非随机犯罪2

马拓 著

© 中南博集天卷文化传媒有限公司。本书版权受法律保护。未经权利人许可，任何人不得以任何方式使用本书包括正文、插图、封面、版式等任何部分内容，违者将受到法律制裁。

图书在版编目（CIP）数据

非随机犯罪 . 2 / 马拓著 . -- 长沙：湖南文艺出版社，2023.8

ISBN 978-7-5726-1311-1

Ⅰ. ①非… Ⅱ. ①马… Ⅲ. ①长篇小说－中国－当代 Ⅳ. ① I247.5

中国国家版本馆 CIP 数据核字（2023）第 127457 号

上架建议：悬疑小说

FEI SUIJI FANZUI. 2
非随机犯罪 . 2

著　　者：马　拓
出 版 人：陈新文
责任编辑：张子霏
监　　制：邢越超
策划编辑：刘　筝
特约编辑：尹　晶
营销支持：周　茜
版式设计：梁秋晨
封面设计：潘雪琴
内文排版：百朗文化
出　　版：湖南文艺出版社
　　　　　（长沙市雨花区东二环一段 508 号　邮编：410014）
网　　址：www.hnwy.net
印　　刷：三河市中晟雅豪印务有限公司
经　　销：新华书店
开　　本：680 mm×955 mm　1/16
字　　数：352 千字
印　　张：21.5
版　　次：2023 年 8 月第 1 版
印　　次：2023 年 8 月第 1 次印刷
书　　号：ISBN 978-7-5726-1311-1
定　　价：52.00 元

若有质量问题，请致电质量监督电话：010-59096394
团购电话：010-59320018

目录 Contents

第一章

致命综艺　001

娱乐圈的流量小生程跃星无缘无故被卷入一个热门话题中，因为"黑粉"众多，被人在微博上刷屏诅咒，甚至收到死亡威胁。没想到在一档综艺节目的录制现场，他竟然当着几百名观众的面猝死在舞台中央。与此同时，他的经纪人也在后台死于道具室，二人死状非常相似，都是身无伤痕，死因不明……

第二章

惊爆点　051

一对曾经深爱着自己独生子的父母，在得知儿子意外身亡后，不仅没有表现出悲伤，还欣欣然有喜色，这令所有参与调查的侦查员都深感诧异。孙小圣和李出阳通过调查，发现这个年轻人的死疑点重重，但当他们希望获得年轻人父母的配合，继续推进调查工作时，这对父母却表现得漫不经心甚至漠然决绝。孙小圣和李出阳坚信，这里面一定存在着难言之隐，或者藏着某些惊人的阴谋。

第三章

高管之死 133

一名麻烦缠身的企业高管，死在集团大厦十层的办公室宿舍内。孙小圣和李出阳勘查时发现，现场门窗都被反锁，连只蚂蚁都钻不进去，可以说是一个真正的密室……

第四章

幽证 173

一起小区内的妻子杀夫案发生之时，楼下的住户存在着一位神秘证人。据邻居称：此人趁房主一家外出时，不仅在深夜轻松破门而入，而且连续在屋内待了两个晚上。但房主家并没有财产损失，室内也未见明显的翻动痕迹，警方完全找不到此人"闯空门"的任何动机。此人到底是谁？他作为唯一可能听到楼上杀人案动静的证人，到底能不能被警方找到？

第 一 章

致命综艺

娱乐圈的流量小生程跃星无缘无故被卷入一个热门话题中，因为"黑粉"众多，被人在微博上刷屏诅咒，甚至收到死亡威胁。没想到在一档综艺节目的录制现场，他竟然当着几百名观众的面猝死在舞台中央。与此同时，他的经纪人也在后台死于道具室，二人死状非常相似，都是身无伤痕，死因不明……

1

傍晚时分，刑侦支队的侦查员孙小圣和李出阳来到古城有线电视台附近的一家体育用品商店买健身器材。两人因为工作原因，经常熬夜做笔录和查监控，时间一长，身体不免有些吃不消，于是两人决定趁着休息出来选购一些简易的健身器材，在宿舍里能够忙里偷闲地放松一下。

李出阳想在宿舍放一副哑铃，又不知买多重的用着顺手，便从网上查到了这家商店。孙小圣对哑铃不感兴趣，进店就直奔划船机和按摩椅，摸摸这个试试那个，体验了无数把最后还不忘管人家导购讨水喝。李出阳那边挑得也不顺，一会儿觉得这个手感不好，用着不舒服；一会儿嫌那个哑铃片太松，怕砸脚。总之，两人最后都是双手空空顶着导购员嫌弃的目光走出了店门。

出了店门，他们看到了一幅奇怪的景象。隔壁的电视台大院前，已经热闹非凡地聚集了上百号小姑娘，这些小姑娘有的手持灯牌，有的举着印有明星的海报，叽叽喳喳地分成两堆。最让他们诧异的是，不少人竟然还提着很多水果。孙小圣定睛看去，大多数人拿的水果好像是橙子，还有少部分人拿的是荔枝。

拿橙子的和拿荔枝的一看就是两个阵营的。"橙子阵营"和"荔枝阵营"都有各自的领队，双方不仅互翻白眼，激烈之处还互喊几句口号，横眉立目剑拔弩张。但"橙子阵营"明显人多势众，要不是有电视台的保安负责维护秩序，没准儿就要把"荔枝阵营"给围歼了。

李出阳正纳闷，孙小圣一拍巴掌："啊！我知道了。今天有两个'小鲜肉'来咱们古城的繁花卫视录节目。这帮粉丝都来为自己的'爱豆'站台来了。"

李出阳也想起来了，之前在手机上看过当地的新闻，这两个"小鲜肉"一个叫程跃星，一个叫张励泽，均是二十三四岁的年纪，在娱乐圈非常活跃，属于当红的流量小生。程跃星的粉丝自称"橙子"，张励泽的粉丝自称"荔枝"，所以不论他们走到何处，水果商们都会因此大赚一笔。

他们火起来还是在十八九岁的时候，当时他们二人与一个叫白东的男孩一起组了个叫"优城男孩"的三人组合，迅速火遍全国。后来白东意外离世，程跃星便和张励泽各自单飞，签约了不同的娱乐公司。虽然二人的人气都居高不下，但近两年程跃星明显发展得更好一些，发行的单曲几乎每首都能刷新下载记录；拍摄的网剧尽管口碑不佳，但点击量都高得惊人。张励泽属于闷骚创作型艺人，自称专注音乐，虽然也出了几首爆款单曲，也给几部文艺片当了配角，但出镜率和热度显然没有程跃星高，所以自家粉丝也总是受到程跃星粉丝的诋毁和攻击。

李出阳和孙小圣弄明白后，刚想离开这个是非之地，忽然听见身后有人叫他们的名字。两人扭头一看，发现竟然是同事王木一。

王木一是探组里最年轻的探员，刚刚转正，穿着便装看上去和学生妹无异。此时她正拖着两块灯牌，喘着粗气跑到他们跟前。李出阳上下打量着这个平时连唇膏都不抹的朴素女孩，发现她今天特意做了头发，还穿了一身鲜艳的公主裙，连手指甲都涂得五颜六色。再一看她带的两块灯牌，一块上面写着"励泽"，一块写着"加油"。

显而易见，她是张励泽的拥趸。李出阳和孙小圣对视了一眼，心领神会。

"怎么着，当上迷妹啦？"

王木一看见孙小圣有点儿不屑的样子，腾出手来给了他一拳："怎么着，你当队长管天管地，还管我追星啊？"

"你把'拉屎放屁'改成了'追星'！文采飞扬，佩服佩服！"孙小圣反唇相讥。

王木一刚要发作，被李出阳拦住了。李出阳指着她手里的灯牌奇怪地问："你一个人举俩板子，不累啊！不能把这四个字写在一块上吗？"

"别提了！"王木一小心翼翼地整理了一下发型，"本来今天我是和朋友一起来的，结果她放了我鸽子，所以我只能一个人拿两块板子了！"

"随便找一个你们粉丝团的人帮你拿不就行了？"孙小圣说。

王木一想起什么，问："哎，你们两个来这儿干吗？不会也是……"

孙小圣使劲摆手，然后指着李出阳，说："我们可不是来追星的，是你们李政委要在宿舍举铁，我们来这儿的商店买哑铃来了。"

没想到这话正中王木一下怀，她眨着眼睛说："还举什么铁呀！来帮我举牌子吧！我们后援团就少男生呢，你们难道不想体验一下众星捧月的快感吗？"

"你可拉倒吧，我们对你那个什么张励泽可没兴趣！演戏都是面瘫脸，老觉得自己多酷似的！"孙小圣脱口而出。

王木一大惊失色，环顾周围，把孙小圣和李出阳拉到一个僻静角落。

"你小声点儿！别让对面听见，更别让我们的人听见！"她神神秘秘的，跟特务接头一样。

李出阳做投降状："好好好！我回去好好管教管教他，让他不再乱说话。"

"这还差不多。"

"现在我们能走了吗？"

王木一抬手看看表，一脸紧迫。她放下板子，然后双手合十："二位哥哥，反正你们也没事，就陪我进去看场节目呗！我跟别人也不认识，一个人多没意思啊！"

"我还有事呢。"李出阳做醒悟状，抬脚要走。

王木一一把把他扯住："出阳哥，孙探长，我知道你们对张励泽没兴趣，但给我两分钟，我给你们讲一件事，你们一定会爱上他的！"

李出阳和孙小圣面面相觑……

接下来王木一说了这样一件事：她来刑侦支队之前，在省厅的新闻办实习过一阵子，当时主要负责省厅的政务微博。那还是三年前，正是"优城男孩"红遍全国的时候。那会儿他们仨作为第一代"小鲜肉"，迅速攻占了娱乐头条和微博热搜，不久之后，又霸屏电视和网络，吸引了各个年龄段的女粉丝。他们出的专辑销量一扫唱片业低迷的阴霾，屡创销售奇迹不说，还远销海外，火爆程度令业内瞠目。那时候每到节假日都有无数电视台邀请他们上节目，所以三个大学还没毕业的孩子基本上全年无休，一直处于超负荷的工作状态。

人红是非多，在工作高压的同时，社会舆论也没有让这三个大男孩闲着。先是有大量媒体报道三人经常为了赶场在各自就读的院校旷课误学，给广大青少年树立了很不正面的形象；又有一些无良狗仔到处去挖他们的"黑历史"：比如程跃星的母亲在小区里开豪车霸占车位，白东商演时涉嫌假唱，最劲爆的当属张励泽，说他刚一走红就泡上了女粉丝，结果被对方缠住，给了一大笔分手费才摆平。张励泽当时怒斥报道这件事的媒体，还发了律师函。后来这家媒体自知是捕风捉影，赶紧发了道歉声明，一场闹剧才作罢。

但所谓"树欲静而风不止"，在这种日复一日的全民聚焦下，"优城男孩"组合真的出事了，而且地点恰恰就在古城。当时古城的繁花卫视邀请"优城男孩"周末上一期综艺节目，然而就在他们前一天晚上彩排时，跳舞最好的白东不小心从舞台的升降台上跌落，当时说只是崴了脚，送医后不久竟然不治身亡，引发了诸多猜测。后来医院方面特意召开了新闻发布会，对外公布说是白东的跌落导致肝部一个血管瘤破裂，造成失血性休克死亡。

白东的肝部有血管瘤这件事谁都不知道，更不会有人想到崴个脚就能引发如此悲剧，唏嘘之余，粉丝们也只能面对现实。但没过多久就有消息传出，白东在送医过程中，出现了延误的状况。如果当时救治及时，说不定还能挽回一命。

具体是怎么延误的呢？据说白东被送医途中，正碰上交警在路边例行检查。交警检查到白东所在的车辆时，发现司机疑似酒驾。当时大家并不知道白东情况危重，白东也只是表示脚腕有些肿痛，所以并没有换乘其他车辆。十分钟之后司机复测，发现检测数值又降下来了，之前属于误测，他们便重新驾车离开了。就这样，网上流传是交警延误了这"黄金十分钟"，导致白东冤死。

白东作为"优城男孩"里最具发展潜力的成员，已经受到韩国非常具有影响力的DX公司的关注，很可能会被DX公司高价挖走进行全方位包装。但就在这个节骨眼上出现了这件事，导致一个未来巨星陨落。粉丝们非常愤怒，在网络上痛骂交警，质疑交警因为判断错误耽误了白东的治疗。王木一负责管理的省厅微博更是被骂得狗血喷头，她看到网友铺天盖地的质疑和谩骂，几乎就要精神崩溃了。

正是在这个时候，张励泽挺身而出为警方发声。他表示当时交警给司机检测时并没有看错仪器上的数据，而且为了保险起见，交警也表示可以为车内病人提供交通工具以便及时去医院，但被白东本人拒绝了。十分钟后司机复测数据正常，交警也及时对车辆进行了放行。至于第一次检测数值超标，司机后来回忆说是因为自己上车前用含有酒精的漱口水漱了口，才导致测酒驾的测试仪数值显示超标。

正是因为张励泽顶住压力澄清了事实，网络上的谣言才没有继续发酵，王木一的心态也没有彻底崩溃。从此以后，王木一就彻底"粉"上了张励泽。

王木一说到最后，几乎要热泪盈眶了。她用期盼的眼光看着孙小圣和李出阳，希望能打动他们，使他们也成为"荔枝家族"的一员。

孙小圣好像有些动容，李出阳却有点儿漫不经心。

"不错的小伙子，回头我微博上'粉'他一下。"孙小圣说，"只不过这种综艺节目的录制，也不是谁想进就能进吧？还是你去吧，我们要是不请自到，回头再给我俩轰出来就难堪了。"

"不会的，我实话告诉你们，张励泽认识我！他说我带几个朋友都行！"

"你就吹吧！人家微博粉丝一千多万，能认识你？"

这会儿好像可以入场了，门口的数百名粉丝开始从大门鱼贯而入，王木一有些着急，朝着孙小圣使劲撇嘴："你们爱去不去！不过小圣哥，下次熬夜看录像查轨迹，你可别指望我加班了！"

2

孙小圣、李出阳陪着王木一一起，腆眉奓眼地随着众多粉丝进入了电视台的大院。粉丝里也有男性，但要么是十几岁的学生，要么是穿着非主流服饰的小潮人，画风明显和他们不同。所以有不少女粉丝偷瞄着孙小圣和李出阳，嘀嘀咕咕地议论着什么。

孙小圣和李出阳的头都快垂到胸前了。

一行人在工作人员的带领下，往里面的演播大楼走去。一路上王木一还在得意扬扬地介绍她和张励泽相识的过程。她说张励泽当年在微博澄清谣言后，她用自己的私人账号给张励泽发了私信，一来以一名普通民警的身份力挺偶像深明大义澄清事实，二来也作为迷妹表达了对他的支持和爱慕。没想到一天之后她竟然得到了张励泽本人的回复。王木一喜出望外，断断续续又和张励泽聊了几次。张励泽虽然后来越来越红，但似乎始终很认可她这名警察粉丝。她说张励泽礼貌、友好，虽然工作繁忙，但还是偶尔会回复她的私信。这次她听说张励泽又驾临古城，就第一时间给他留了言，问能不能去给他捧场。张励泽回复说当然可以，然后又给她留了自己助理的电话，说她到了可以联系助理，看看有没有机会一起合个影。

"又帅又有才，还这么暖，世界上怎么会有这么好的人啊！"王木一陶醉地说，走路都像喝高了似的绵软无力。

李出阳忽然想起什么："对了，这是他们自白东出事之后，第一次回到古城演出吧？"

听到这里，王木一又严肃了起来："可不！最关键的是，还是'优城男孩'解散后，励泽和程跃星第一次同台呢！所以网上两家粉丝一直为这事纠缠不休。"

"粉丝们真无聊，同个台而已，较什么劲啊？再说了，以前都是一个组合的，应该更亲才对啊！我看啊，就应该趁着这时候打得火热一些，俩人言归于好，重新组个二人组合，就叫'水果忍者'得了。"孙小圣笑道。

"算了吧，人家程跃星都攀上高枝儿了，哪能越活越回去啊！有小道消息说，程跃星要被咱内地最大的娱乐公司巨世挖走了，不过这也可能是假消息，他经纪人王传飞前天还在微博上辟谣呢。哦，对了，程跃星现在的经纪人王传飞还是以前他在'优城男孩'时的经纪人。这个王传飞是个老油条，当初励泽和程跃星单飞时，他就选择了更听话的程跃星来带，现在网上好多张励泽的黑料都是他放出来的，他就是个阴险小人！"王木一小声愤愤道。

"张励泽还有黑料呢？按你所说，他应该是美玉无瑕啊。"孙小圣不解。

"都是欲加之罪，而且纯粹是瞎编乱造。最大的黑料就说励泽当时作为

'优城'的队长，怕白东被韩国DX公司签走，导致队伍解散自己没饭吃，故意在当时他们排练的舞台上做了手脚，让白东摔倒，最后死掉。不过这个也太假了，现在白东已经死了三年，张励泽不还是越来越火吗？而且我们还认为这事是程跃星做的呢，所以两家的粉丝就因为这个事掐来掐去，再加上这回两人又回到了事发地录节目，就掐得更厉害了，据说两人都收到死亡威胁了，说白东会来报仇。所以我们就猜，这回录节目，会不会有'黑粉'趁机闹事啊！当然，也不排除对面程跃星和王传飞作妖欺负我们励泽。"

"我的妈呀，这俩人还录什么综艺啊，应该去演宫斗剧啊！"孙小圣感叹。李出阳则在一旁皱着眉头思考着什么。

"所以我得拉你们跟我一起给励泽站脚助威啊！不能输给对方那么浩大的声势。程跃星粉丝可欺负人了，和他们家爱豆一样让人讨厌。"

王木一说着，发现众人已经走到了演播大楼的一层。粉丝团里有的人等电梯，有的人爬楼梯，王木一却让孙小圣和李出阳不要轻举妄动，然后她故作神秘地在角落里打了一个电话，脸上露出了欣喜若狂的神色。她悄悄地把他们招呼到身边，压抑着从头到脚的兴奋，颤抖着声音说："现在你们将迎来人生中的高光时刻！励泽的助理说他正在化妆，可以抽出几分钟和咱们见一面！"

十分钟之后，在工作人员的护送下，孙小圣、李出阳和王木一在一间单独的化妆间里见到了这位活跃在内地娱乐圈一线的当红小生——张励泽。

张励泽看上去比荧幕上还要精神，也更显瘦。他五官清秀，脸庞娇小，眉毛好像文过，又密又粗，脸上涂了一层油彩之类的东西，白得发亮，发型也非常前卫。看见王木一等人进来，他非常礼貌地起身，向他们微微一笑。

王木一都傻了，呆愣了两秒完全不知道该说什么。第三秒的时候，她哭了。

张励泽的女助理赶忙说了一些热场的话，又递给王木一一张纸巾。王木一没话找话地跟张励泽介绍了孙小圣和李出阳，还特意强调他俩是古城非常非常厉害的侦查员。

张励泽把目光转向孙李二人，对二人刮目相看："是吗？好厉害啊！平时一定特别忙吧？"

孙小圣也有点儿紧张。虽说自己从没拿张励泽当过偶像，但他压根儿也没想到能和大明星面对面地聊天，所以说起话来也有点儿口不择言："还好，还好。你别担心，该怎么演怎么演，有我们在不会出什么事的。"

李出阳扭头看着孙小圣，完全不知道他在说什么鬼话。

说者无心听者有意，张励泽说："你们都知道了？"

一边的王木一已经收拾好情绪，飞快地接话，她可不想错过任何和偶像交流的机会："是啊，我跟他们说了。你别担心网上的传言，该怎么演怎么演，我们会在台下给你加油打气的！"

张励泽腼腆地笑了："谢谢！"

孙小圣、王木一又和张励泽尴尬地聊了几句，眼看就要结束对话，李出阳突然问了张励泽一句："这回你来录节目，带了几个助理？"

张励泽愣了一下，随即指着旁边的姑娘："我只带了两个，一个是她，一个是司机，没跟着我上楼。"

王木一见缝插针地问："对面还是王传飞跟着？"

张励泽点点头。

孙小圣看了一眼李出阳，又问张励泽："这回你们是录什么节目啊？"

一边的助理姑娘答道："哦，我们是来录《超能神秘局》的，你们肯定看过吧？主要是以猜谜为主的综艺节目。"

孙小圣看过那个节目，内容主要是做一些低难度的游戏：比如把嘉宾分成两组，比赛猜字、拼图、打哑谜等，中间会穿插一些唱歌或者跳舞的环节，然后做一些花里胡哨的后期，比如一惊一乍的震屏、特别浮夸的表情图等，受众群体主要是学生。

孙小圣点点头："那没什么危险，而且我看台里的安检挺严格的。"

"别的我倒不担心，就是中间给我们设计了一个新环节，是'蒙眼尝鲜'。"

"那是什么？"

"就是我和程跃星各自做一盘菜，然后蒙住眼睛尝对方做的菜，看谁猜得准确。"张励泽说。

"你不会担心他们在菜里下毒吧？"李出阳问。

张励泽没说话，助理在一边有些顾虑地说："那倒不至于。但你也知道，毕竟是入口的东西，搞一些小动作我们也是受不了的。励泽明天一大早还要飞去上海拍广告，万一吃出个食物中毒——哪怕不是食物中毒，就算是腹泻，这损失我们也赔不起啊！"

"最主要的是，假吃也不行吧？网络上传言他们不合已久，如果励泽不好好吃程跃星做的菜，一定会有'黑粉'抓住把柄狂喷他没有风度的。"王木一认真地分析。

"是啊，现在我们就是骑虎难下的状态。"助理说。

"大庭广众之下，还全程录像，他们没那么大胆子吧！万一真有什么状况，社会舆论他们也担不起啊。"李出阳说。

"你们是不知道王传飞那个人，油得很，做事完全不留尾巴，媒体方面人脉也广，控制舆论根本不在话下。而且他这个人特别会倒打一耙。现在我们还不知道节目的具体呈现方式，哪怕是在众目睽睽下做饭，他也可以提前在道具里做手脚。就算东窗事发，他也可以说我们是炒作或者碰瓷，总之就是蹭程跃星的热度，毕竟他现在确实更红一些。而且接下来程跃星的新电影要上映了，正找法子上热搜呢！"助理越说越焦虑，眉头紧蹙，老气横秋地叹了口气。

张励泽坐在原地不发一言，眉宇间透出一股与年龄不相符的深沉和踌躇。李出阳心里对他多少有些同情。明明是这么小的年纪，却要面对工作的重压和各种钩心斗角，既要保持人设，又要时刻防备着竞争对手和"黑粉"的攻击，这得需要多么强大的心脏啊！

"我就不明白了，"孙小圣说，"既然是这么危险的事，你们怎么还会接啊。"

助理说："没办法呀！都是公司安排的。这回的话题太大了，两人分道扬镳后第一次同台，而且还会有很多互动，多少双眼睛等着看呢，这都是流量呀！所以……你们懂的……"

张励泽站起身，伸了一个懒腰，眉头也舒展开了："算啦，不说这些了，走一步看一步吧！来来来，咱们合张影。"

气氛终于轻松了一些，李出阳、孙小圣和王木一凑到张励泽身边，助理给他们照了张合影。张励泽笑得很开心，仿佛他好久都没这样放松过了，也许平时他的身边都是一些势利的或者很功利的人吧？孙小圣拍了拍这个少年的肩膀，刚想说一些宽慰的话，就听化妆间门口传来一阵骚动。几人循声一看，门口出现了两个人。

"是王传飞！"王木一小声和孙小圣、李出阳说。

王传飞旁边那个打扮得光彩照人的男孩不必多说，正是程跃星。

张励泽和助理也愣住了。

程跃星趾高气扬地环视着屋里众人，最后把目光落在张励泽身上，轻轻一挑眉毛："哟，队长别来无恙啊！有客人在？"

孙小圣想起什么，拿起手机打开微博搜寻程跃星的账号，发现上面粉丝量有2500万，昨天阅读量超过100万。

孙小圣腿肚子不自觉地转了一下筋，感觉自己陡然间陷到地缝里去了，已经没什么存在感了。然后他听见王传飞跟张励泽说："让他们出去一下，我有事跟你说。"

王传飞年纪四十左右，小眼聚光，声如洪钟，话语里透着不容商量的强势。

场面冷了两秒，李出阳扭头朝王木一和孙小圣说："那咱们先走吧。"

3

李出阳、孙小圣和王木一三人来到演播大厅里候场。这个演播厅是繁花卫视最大、最豪华的，里面的场地三天前就布置好了。场地上竖起了宽阔的VCR屏幕，两侧也升起了巨大的赞助商标识，各种灯光和道具也在反复调试中。一些场务和导演模样的人在厅中央走来走去，对着对讲机反复沟通着什么。

王木一没心思打量周围，忧心忡忡地说："你们说，这时候王传飞带着程跃星去找励泽干什么啊？"

"老朋友，叙叙旧呗，也正常，不热乎两句，一会儿同台多尴尬啊。"孙小圣挑了个座位坐下，看起了手机。

"看刚才那俩人的模样，有点儿来者不善呢。"

"人家都红成那样了，嘚瑟点儿也正常。"

观众席中，粉丝们已经慢慢进入了状态，有的在统一口号，有的在四处自拍。这期节目的录制一共请了六位嘉宾，除了张励泽和程跃星正当红，其他都是十八线开外来凑数的。程跃星的粉丝劲头最足，甚至有明确的分工：有的负责当啦啦队，有的负责用单反相机拍照，有的负责直播，竟然还有人负责安保——时刻警惕"黑粉"们的骚动。当然，主要还是防张励泽的粉丝。

大家叽叽喳喳，各司其职，只有孙小圣、李出阳和王木一三个人傻乎乎地坐在座位上没事干。一个貌似是程跃星的粉丝看他们拿着写有张励泽名字的灯牌，还挺不客气地把他们轰到了一边。不过很快又有"娘家人"把他们接过去，一个胖乎乎的学生妹样子的姑娘说自己是张励泽的铁杆儿粉丝，让他们一会儿配合着一起喊口号、举名牌，口号是："励泽励泽，势在必得！"

胖妹重复了一下口号，指挥孙小圣和李出阳："我说完前四个字，你们得飞快地把名牌举上去，对，就这样！"

孙小圣就当玩闹了，自得其乐；身边的李出阳却烦躁得不行，几次都差点儿没控制住，要把灯牌拍到胖妹的脸上。

"对面的人太疯狂了，咱们虽然人少了一些，但也不能示弱！"胖妹一副宁为玉碎不为瓦全的气势，给王木一等人打气。

好在没过一会儿，节目终于要开始录制了。

录制开始之前，制片人先上台活跃了一下气氛，又说了一些作为观众应该遵守的规章制度，然后便把主持人请上了台。在主持人热场之后，导演先给观众录了一些热情欢呼和鼓掌的镜头，说是为了丰富素材库，以便后期剪辑时用。前前后后折腾了四十多分钟，节目终于正式开始录制了。

先是嘉宾上台，张励泽、程跃星和几个本土的歌手演员悉数登场，观众们尖叫连连。李出阳放眼望去，整个演播大厅不过三四百名观众，竟然喊出了气壮山河的气势，可见小鲜肉的粉丝也不是那么好当的，至少你得有超强的心肺功能。

主持人拿着话筒挨个和嘉宾嘘寒问暖。张励泽彬彬有礼，程跃星活泼搞怪。两人虽然有一些交流互动，但都不怎么走心。很明显，逢场作戏罢了。

这个时候坐在后排的王木一忽然听见前面的胖妹小声和朋友们议论着什么。她支棱着耳朵听了几句，又定睛向台上看去，然后拽拽孙小圣和李出阳："哎，你们看看，励泽脸上是怎么回事啊？"

孙小圣抻着脖子仔细观察了下张励泽，并没发现什么异常："没看见他脸上有什么啊，怎么了？"

"嘴角那里，好像有点儿不对劲啊！"

孙小圣又看了看，发现张励泽的左侧嘴角那里，似乎有一点儿红肿。但由于灯光打得很强，估计还有化妆品掩盖，所以不是很显眼。但如果是胖妹那种能够盯着他把他的脸看穿的超级粉丝，估计还是会发现这个细节的。

"好像刚才在化妆间里不这样。"李出阳说。他也看出来了。

几人正说着，声音马上被又一轮尖叫声淹没了。主持人把台上的六位嘉宾分成了红蓝两个战队，程跃星带红队，张励泽带蓝队。两个队要在不同的游戏之中进行积分对垒，以这种模式贯穿整个节目。

第一个环节已经开始了，是猜词游戏。这个环节明显只是小打小闹，既没什么技术含量，也没什么激烈的内容，无非就是每个战队派成员上去，一个面对电子屏幕，一个背对屏幕，面对屏幕的用肢体动作向背对屏幕的形容出那上面的词语。无非就是一些"电风扇""广场舞"之类的日常词语，没什么看点。粉丝们激烈尖叫，孙小圣和李出阳看得昏昏欲睡。

这一轮蓝队胜出。随后一名歌手嘉宾做串场演出。

歌手表演完毕后很快进入第二个环节，这便是之前张励泽跟他们说的"蒙眼尝鲜"。大概意思就是嘉宾们按照节目组给出的题目和食材去做饭，如果被蒙着眼的对方选手尝出来自己做的是什么，那么对方得分。也就是既要把菜做得像那么回事，又得让它的味道走样。有点儿偏向于搞怪风格的设计，感觉应该是从日韩综艺节目照搬过来的。

先是张励泽带领的蓝队做饭。他按照题目，做了一道蒸白糕。因为怕被程跃星尝出来，他故意把糕做得很软，又炒了一道糖色，拿给程跃星尝之前倒了些在糕上，后者蒙着眼睛吃了后果然蒙圈："是糍粑？"

台下哄堂大笑。胖妹扭过头招呼孙小圣和李出阳："快点儿，喊口号举牌子！"

底下闹腾了一阵子，很快节目就进入了让王木一万分紧张的阶段——轮到程跃星做饭，张励泽品尝了。好在这做菜过程是完全公开的，除了张励泽作为品尝者全程蒙眼，全场所有人都能看到灶台前程跃星的一举一动：包括选料、切菜、下锅等。孙小圣、李出阳、王木一等人都睁大双眼，生怕程跃星偷偷玩什么花招。

程跃星倒很坦然，三下五除二按照节目组给出的题目做了一盘生煎。为了迷惑张励泽，在夹给张励泽之前他故意把生煎里面的汤汁放了个干净。

张励泽吃了一大口，嚼了嚼："是烤包子？"

台下又是一阵哄笑，程跃星的粉丝就差欢呼万岁了。此局一比一打平。

随后是第三个环节：蒙眼摸物。游戏规则是：每个挑战者要自己选择难度，然后节目组根据难度，在一个封闭的箱子里放上不同的东西，然后在箱子上面开一个口，让挑战者伸手进去摸这样东西。如果能猜中是何物，那么得分；反之则扣分。

先由蓝队开始。张励泽选了最高难度，另外两个成员选择了较低的难度。然后三个人被蒙上眼睛等待测试。工作人员拿出了一个箱子，然后跟现场的观众介绍说："箱子里面就是选手们一会儿要摸的东西。大家现在看不到箱子里面的物品，但我们在里面放了摄像头，只有节目正式播出时才会同步放出箱子里面的画面，还请大家理解。"

王木一有点儿泄气："那有什么意思啊？"

李出阳皱着眉头说："奇怪的设定。直接摆个透明的箱子不就行了吗？还用得着在里面放摄像头？"

正说着，蓝队前两个成员已经"摸物"完毕。一个猜出来箱子里面是假发，另一个没猜出来，还吓得尖叫。随后主持人介绍说里面是键盘清洁泥。

然后工作人员换上来一个新箱子，由张励泽摸。张励泽选的难度系数最高，所以他显得更为谨慎。他先小心翼翼地把手伸进去，晃了晃，然后浑身猛地一抖，显然被摸到的东西刺激到了。

然后他困惑地问主持人："是泥鳅？"

主持人哈哈大笑："BINGO（答对了）！"

粉丝们欢呼雀跃。孙小圣听见前面的胖妹说："好想看看励泽的小嫩手摸到泥鳅时发抖的样子呀，回头等节目播出时我得好好看看！"

接下来由红队进行挑战。当然程跃星的难度系数最高。到他摸物时，也不知他是不是有意夸张，把手伸进去没几秒，竟然跳了起来。台下一片惊呼。

然后他自我解嘲地哈哈大笑起来，问主持人："里面的东西又湿又滑，还在我手上动……是墨斗鱼或者鱿鱼之类的东西吗？"

主持人说："跃星真的好厉害！是鱿鱼！"

程跃星做了一个扮酷的动作："噢吔！"

粉丝们雀跃不已。这个环节过后，场上经过短暂的休息和调整，由程跃星给大家带来一首新歌。这应该就是全场气氛的最高潮了，程跃星的所有粉丝整齐划一地挥舞双手，或是摆动着写有他名字的灯牌，上演了一出全场大合唱。

这是一首舞曲，程跃星当然还有很多肢体动作。其中有一个动作是旋转三百六十度，然后面向观众做出飞吻的手势。据说之前在新歌发布会上程跃星表演这个动作时，有三个女孩子当场晕了过去。

此刻他的所有粉丝都在等待这个最撩人的动作。

程跃星踩着鼓点，上步，转身，旋转三百六十度，然后面向观众！

在飞吻的手势还没有做出来时，粉丝们已经开始近乎癫狂地尖叫！

然而程跃星此时看着台下，表情突然变得僵硬起来。然后他双目圆睁，嘴也张得老大，胸口剧烈起伏。几秒钟之后，他在几百双眼睛的注视下，仰面直挺挺地摔倒在了五彩斑斓的大舞台上。

4

场面顿时乱作一团。所有灯全部被打开，伴舞们都被疏散到角落里。

台下的粉丝们尖叫的尖叫，乱冲的乱冲。节目组出动所有工作人员和保安在舞台前维持秩序，导演不断地朝幕后喊话。制片人跑到舞台中央大喊大叫，然后有两个貌似医护工作者的人上前查看程跃星的生命体征。台上人影憧憧，不一会儿有安保人员上来，用担架把程跃星抬走了。

张励泽和另外几个艺人也大惊失色，助理和经纪人不断跟节目组交涉着什么。只听导演组的几个成员不断朝幕后喊话："叫救护车了吗？王传飞去哪里啦？赶紧给他打电话！"

这时有工作人员引导粉丝们退场。别的艺人的粉丝还算配合，唯独一些程跃星的粉丝吵着闹着打听程跃星的状况。工作人员不断解释说程跃星是因为连夜赶场，出现了低血糖的状况，正在台下接受治疗。几个女粉丝号啕大哭，被工作人员拖着拽着离开演播大厅。

李出阳、孙小圣和王木一也随着人流走到演播大厅外面。这时一个工作人员模样的女人匆匆赶过来，拍拍孙小圣的肩膀说："不好意思，我是制片人，我们听励泽的助理说你们几个是警察，能帮帮我们吗？之前实在是没遇见过这种情况！"

王木一点点头，忧虑地问："励泽没事吧？"

"没事，"制片人使劲擦了擦汗，"节目组整个都慌了，现在我们要不要报警？"

孙小圣把制片人带到一个偏僻的角落里问："程跃星到底是什么情况？真是低血糖吗？还是犯了什么别的毛病？"

制片人说："我也不知道啊！救护车已经在楼下了，人正在往外送。不过好像不太好，已经完全没有意识了！"

"他的经纪人呢？"

李出阳正问着，忽见远处又跑来几个人。这几个人招呼着制片人："何姐，快来！王传飞的电话一直在道具室里响，但门是反锁着的，我们也不知道是怎么回事！"

被称作何姐的制片人跟着那几个人往后台跑，孙小圣、李出阳和王木一在后面尾随。途中不断有人问他们是谁，王木一不得不亮出工作证，正式进入了工作状态。

道具室在后台走廊的最深处，此时门口已经聚集了五六个节目组的职员，有人敲门有人喊话，但都得不到任何回应。见何姐带着众人过来，大家七嘴八舌地介绍着情况。他们说，程跃星出事后，大家第一时间去找程跃星团队的人，但目前为止只找到了一个助理，已经跟车去医院了。王传飞怎么也不接电话。大家找了半天，发现道具室里传来的电话铃声疑似是王传飞的，但门反锁着，怎么敲里面也没反应。

"道具室的钥匙应该在屋里！"工作人员里一个二十七八岁的姑娘火急火燎地说。

"小茜，这几位是警察，你讲一下当时的情况。"何姐朝那姑娘吩咐道。

小茜说，她是道具组的成员之一，这次主要负责节目第三环节的道具统筹工作。第三环节上场的道具比较复杂，是四个供嘉宾玩"蒙眼摸物"用的结构比较特殊的硬纸盒子，以及盒子内五花八门的小玩意儿。这个环节开始之前，她就来到道具室清点道具进行准备，然后用道具车把本环节所用的道具都推到了演播厅的场边。等到"蒙眼摸物"的游戏结束后，她把道具归拢好，本想把所有东西都送回道具室，但因为导演临时叫自己去和灯光组沟通一件事情，便由下一个环节的道具负责人Kimi（基米）把道具收拾好推进道具室内。她再来道具室想清点一下东西时，就发现屋门被反锁住了。

Kimi是个更年轻一些的女孩子，但表现得相对沉稳一些。她说她负责第二环节和第四环节的道具筹备，当时她把第三环节的道具推回屋里后，又把第四环节需要的几样服装道具推了出来，但自己出门时绝对没有锁门。

"你们道具组一共有几个人？"孙小圣问。

"本来是三个人，有一个不在这个栏目这边，所以实际上只有我和小茜负责这边的所有道具工作。"Kimi答道。

"谁负责拿钥匙？"

"我负责，我在节目开始录制之前就开了道具室的门，然后就把钥匙放在一进门的货架上了，想着等到整台节目录制完再锁门。现在却不知道中途谁趁我们不在进了道具室，还从里面把门反锁上了。我给物业打了电话，他们去取备用钥匙了。"Kimi推了推鼻子上的眼镜说。

"这屋里都是各个栏目组平时用的或者自己做的道具，根本没什么值钱的东西，怎么会有人偷偷往这里钻啊，敲门也不开。"小茜觉得这事真是匪夷所思，她把耳朵贴在屋门上听动静，急得有些冒汗。

正说着，走廊那边有个人一路小跑过来，从穿着来看，应该是物业的工人师傅。师傅拿着一大串钥匙，挑挑拣拣好一阵才找出道具室的那把，拧了几下终于把门打开了。

从门口观察，道具室并不大，里面是一排排的铁货架，上面放满了各种收纳纸箱。何姐、Kimi和小茜等人先迫不及待地查看状况，孙小圣和李出阳正想也进去一探究竟之际，就听屋里传来一阵惊叫。

孙小圣、李出阳和王木一冲进屋里，发现在道具室最里面那排货架旁边的空地上，躺着一个双目圆睁、面色发紫的中年男人。那人四肢呈明显的抽缩状，好像曾经垂死挣扎过，但已经毫无生命体征了。

这个气绝身亡的人正是程跃星的经纪人王传飞。

众人正慌乱之际，何姐接到一通电话，然后一屁股坐到了地板上。

"怎么了？"身边的 Kimi 大声询问。

"程跃星到医院了，医生判定他死了！完了，全完了！我可给台里惹了大麻烦了！"说着她整个身子都瘫软在 Kimi 的怀里。Kimi 撑不住，大喊小茜过来帮忙。但小茜显然已经魂飞魄散，跑到门口愣是不敢再进来，最后只能由王木一帮忙，先把何姐抬到隔壁的房间里休息。

当红小鲜肉和自己的经纪人命丧综艺节目组，想必是今天国内新闻的头版头条吧！孙小圣想，这会儿自己要是发条微博出去，立马就能变成流量之王。但事关刑事案件，他还是按捺住这个独家爆料的念头，先给队里打了电话，然后吩咐别的工作人员赶紧去通知台领导，之后保护好现场，在周围察看蛛丝马迹。

他们首先发现，王传飞的手机就扔在脚下。怕破坏现场给技术队添麻烦，孙小圣和李出阳都没动尸体和手机，只是蹑手蹑脚地在周围巡视了一圈。

然后他们又发现这间道具室的格局和隔壁安置何姐的休息室一样，没窗户，但是个套间，里面有个小卫生间。看来这里原来也是一间休息室，只不过后来转变功用，当了道具室了。所以这间屋子里并不像隔壁有沙发和茶几，取而代之的是一排排坚固整齐的铁质货架。

货架上是形形色色的纸箱子，以及一些规格比较大的道具。每个架子和纸箱子都用标签分门别类，整体看倒也算规整。离尸体最近的货架上摆放的都是今天这档节目所需的各种道具。孙小圣让王木一把 Kimi 和小茜找来，打算详细询问一下道具的状况。Kimi 安顿好何姐就来了道具室，小茜却害怕得不行，打死也不敢进来，只是瑟瑟地缩在门口，让孙小圣有什么问题直接大声提，她一定知无不答。

孙小圣在道具架上随手翻着，发现上面都是一些古装或者异域风情的头饰和衣服，还有用木头或者泡沫做的各种仿真道具。这些东西在电视上看着甚是逼真，拿在手里实际上粗糙无比。孙小圣一不小心还被一把木头制作的大刀上的毛刺扎伤了手指，流了好几滴血。在确认这些道具没什么不妥后，他又看了一眼货架上的四个大硬纸盒子，然后要拿下来仔细察看。

"小心！"Kimi 出声制止，然后告诉他，这四个盒子是今天节目中"蒙眼摸物"环节的道具。其实就是把一个硬纸盒子侧放，从上面开了一个供人伸进胳膊的圆口，然后再把供嘉宾"摸猜"的东西从侧面盒子本来的开合处放进去，最后封好。但由于张励泽和程跃星所需的道具里面有水，所以盒子一定要平稳地拿好，省得水洒出来。

孙小圣这时才想起来，张励泽摸的是泥鳅，程跃星摸的是鱿鱼。两样都是活物，还都是水产品，肯定是要放在缸里的。他小心翼翼地端下来一个比较重的盒子，借着灯光从盒子上面的洞往里一看，果然依稀看到了一只玻璃器皿。

李出阳这时问了 Kimi 一个问题："两支战队总共六个人，为什么只准备了四个'蒙眼摸物'盒子？"

门口躲着的小茜抢先答道："是这样，除了张励泽和程跃星，另外四个嘉宾要摸的东西都比较简单，无非就是假发、键盘清洁泥之类的东西，在台下很快就能更换，所以我们给那四个人就只准备了两个盒子。而张励泽和程跃星要摸的是泥鳅和鱿鱼，里面又盛着水，他们的经纪人或者助理又要提前检查，所以他俩的盒子是固定的，装好就不能动了。我就是这个环节结束后想赶紧过来处理里面的活物，才发现道具室的门被锁住了。"

道具室里灯光有些昏暗，孙小圣看不太清每个盒子里的东西，便让工作人员帮忙把那四个盒子都运出去，放到隔壁的房间准备仔细检查一下。

"你觉得这几个盒子有问题？"李出阳小声问他。

"不光是这几个盒子，"孙小圣答着，又面向 Kimi，"把刚才张励泽和程跃星两个人做饭的厨具、作料和剩下的食材都搬到隔壁去。"

没过多久，队里驾车赶来的技术员吴良睿和两名同事被工作人员带到了道具室门口。吴良睿朝他们挥舞着小胖手："什么情况？我听说，好像是程跃星死了？不会是真的吧？"

孙小圣朝他做了个噤声的手势："别嘚瑟发朋友圈啊！"

"微博上早就传开了，录节目的又不止你们几个观众。"吴良睿瞥了孙小圣一眼，然后又歪着脑袋打量尸体，"这也不是程跃星啊！"

"是他的经纪人，程跃星被送去医院了，不过也死了。"

"我去……"

"能看出什么来吗？"

吴良睿让手下先码放了几个痕迹标牌，然后拍照和画轮廓线，最后才翻动了一下尸体，说："体表没发现伤口，尸体周围也没发现什么争斗痕迹——会不会是犯了急症猝死的？"

"不好说，程跃星也是这样，跳着舞突然就倒地不行了。两人不会同时心脏病发作吧？这也太诡异了！"

"发现尸体的时候，你们在现场吗？当时是什么状况？"

"可以说是一间密室。"孙小圣望了望这间狭小又封闭的屋子，一筹莫展。

5

孙小圣让吴良睿和同事们勘查现场，自己则带着一行人移步到道具室隔壁的屋子。在那里，何姐已经好了些，但还是满面愁容，一边和台领导打电话，一边拿着纸巾擦汗。

这是一间演员休息室，四周有沙发，中间摆着一张挺大的茶几。茶几上已经摆满了各种孙小圣要求检查的道具：除了那四个硬纸盒子，还有蒸锅、炒锅、勺子、铲子、盆、碟、碗、罐等，还有做饭剩下的少许葱、蒜、面粉和鸡蛋。这些东西都是由王木一亲自护送来的，以确保中途没有被人调包或动过手脚。

但那些厨具和餐具明显被人清洗过。

"谁这么快就把东西都洗干净了？"孙小圣问。

Kimi举了举手，怯怯地说："不好意思，是我洗的。因为这个环节结束了，我肯定要把道具都回库呀，回库之前就要洗干净啊，总不能油腻腻地入库吧！"

李出阳戴上白手套，摆弄了一下眼前的锅碗瓢盆，跟孙小圣耸了耸肩膀："洗得一干二净，一个油点儿都没有。"

孙小圣又去看了看葱、姜、蒜之类的边角料，同样没发现有什么异样。

"这些一会儿让吴良睿提取一下吧，好拿回去化验。"孙小圣指挥着，然后让工作人员戴好手套，慢慢把那四个"蒙眼摸物"用到的大纸盒子依次拆开。

前两个盒子里分别装了毛绒玩具和猫砂，后两个盒子里装了两个盛有水的容器，类似于化学实验中用到的培养皿，只不过稍微大一些，里面放了一些水，水里面分别是几条活泥鳅和鱿鱼。

那几条被张励泽摸过的泥鳅还在活蹦乱跳地游着；而那几条鱿鱼却软塌塌的，一动不动。

"这鱿鱼是怎么回事？死了？鱿鱼是程跃星摸的吧？"李出阳警觉起来了。

一屋子人没人敢应声，都讪讪地看着坐在中间的何姐。

何姐这会儿已经挂了电话，喘着粗气若有所思。

"制片人，这到底是怎么回事？"王木一抬高声音问。

"这个……我告诉你们，你们别跟别人说啊。这涉及我们录制节目的机密。"

孙小圣几人互相对视一眼，心照不宣：果然有猫腻。连节目组都是如此，不出事才怪。

"你说吧。"李出阳抱着胳膊看着她。

何姐告诉孙小圣等人，一开始节目组和程跃星团队接洽合作时，他的团队就要走了整台节目的策划方案，包括主持人台本、游戏环节设定，甚至是赞助商要求植入的广告内容，并且提出了多项修改意见。在经过无数个回合的对碰之后，程跃星那边才敲定了合作。所以现在录制的节目内容，可以说都是按照程跃星一方的要求修订而成的。

"也就是说，所有的猜谜游戏的谜底，程跃星一方都是知道的？猜出来与否，都是按照节目组定好的剧本走？"孙小圣大跌眼镜。

何姐说："据我所知，程跃星经纪人王传飞是肯定知道的，但是他要剧本也并不是为了让程跃星战队赢，因为那样也没什么意义，主要是为了程跃星的安全和形象。比如他要求张励泽做给程跃星吃的饭，食材必须是纯净无污染的，不能放太多盐，避免对嗓子造成伤害，不能放太多油，避免发胖；唱歌时，必须半开麦，否则一旦走调，就有损人设。不过有意思的是，他还警告我们，让我们别提前跟程跃星透露猜谜游戏的谜底，所以我猜，程跃星是不知道猜谜游戏的答案的，录制时的表现也是真实可信的。"

"这么敬业？"王木一有点儿不相信。

"呃，"何姐咬了一下嘴唇，有点儿难以启齿地说，"王传飞跟我解释过，是怕程跃星知道那些答案后，反而会表现得不自然。因为他演技不行，会弄巧成拙，被对面的张励泽比下去。所以王传飞让我们在谜面上对他保持神秘感，让他也能收放自如一些。"

原来是这样，其实想想也是，就做游戏来说，知道谜底再演出来，反而是既伤神又做作，把简单的问题复杂化。

"所以程跃星真的是在认真地做游戏？包括吃饭和摸物的环节？"王木一问。

"是呀，不过王传飞在过'蒙眼摸物'这个游戏脚本时，又跟我们提出了一个挺矫情的要求。他说鱿鱼有可能咬人，太危险了，万一在盒子里咬到程跃星的手，那事可就大了。据说程跃星是娱乐圈里公认的'美手'，两只手上了三百万的保险呢，也不知道真的假的。"何姐说。

一边的小茜挠头帮腔："是呀，可说呢，当时也把我烦坏了。按照设定，'蒙眼摸物'的最高难度肯定是要摸活物，那样观众看着才有意思嘛，嘉宾摸着也刺激呀！你看韩国那些综艺，都是摸活物。但活物就长着嘴啊，什么小松鼠啊，小青蛙啊，都有可能咬人呀，谁也不能保证万无一失啊！王传飞还说，即使告诉程跃星答案，摸物时道具也得配合到位，要不然他演起来也别扭。"

"没办法，有些大牌就这样，没实力，只能跟节目组提一堆要求，给自己搭花架子。这样的人我们见多了。"Kimi一针见血。

"啊，我明白了，"李出阳接话道，"所以你们只能改变游戏设定，挂羊头卖狗肉，在里面放死鱿鱼让程跃星去猜，盒子是不透明的，对观众称里面放了摄像头。实际上里面根本没有摄像头，在制作后期时，专门按照程跃星当时摸物的反应，去录制一版盒子内的画面，当然这时候用的就是活鱿鱼了，对吗？"

"对对，这样后期把两个画面一拼，就是程跃星摸活鱿鱼的过程。这样看起来才像那么回事啊。"小茜说，"也只有这样才能满足王传飞的各种要求。所以程跃星这个盒子准备好时，里面放的就是几条死鱿鱼，在程跃星上场之前，王传飞和助理还检查过，东西肯定是没问题的。包括张励泽做的饭，我们还在录制的间隙让王传飞亲口尝过，不信你们可以问程跃星的助理。"

孙小圣想了想，去翻动桌上那几条鱿鱼。那些鱿鱼应该是刚解冻，身上冰凉，隐隐泛着腥气。孙小圣手上有伤，被器皿中的盐水一刺激，觉得有些刺痛，便把鱿鱼端到李出阳面前让他检查，李出阳捂着鼻子边躲边看，也没看出所以然，只能让王木一交给隔壁的技术员吴良睿，让他做进一步检查。

孙小圣想，王传飞和助理事先检查过盒子里的鱿鱼，这件道具应该就不会有什么问题，那到底是哪个环节有古怪呢？

第一个环节是猜词，这应该不会有什么危险。

第二个环节是互相做饭品尝，但是餐具和厨具已经被 Kimi 收拾干净，暂时查不出什么古怪。

除了第三个"蒙眼摸物"环节，程跃星在台上还有一段歌舞表演，难道是这个环节有什么问题？

这会儿吴良睿勘查现场完毕，把孙小圣叫出来碰头。

"我建议你先问问死者家属，死者生前有没有心脏病史，或者类似的严重病症。"

他告诉孙小圣，王传飞的尸体已经拉回队里了，回头再系统检查一遍，之后就会送往法医中心做毒物检验，在联系家属后再决定是否进行病理解剖。他初步的判定是，王传飞的死因有两种可能，一是突发心肌梗死之类的急症，二是不明物质的中毒。因为现场没有发现任何带有明显指向性的线索，所以不好妄加猜测。

至于程跃星那边，今天队里的值班探长刘洵已经派手下去医院了解情况，给在医院替程跃星善后的助理做了笔录，说的内容基本能和节目组对上，可见何姐等人并没有撒谎。

"现场什么痕迹都没有？"孙小圣觉得有点儿不可思议。

"有肯定是有，但因为是道具室，指纹、足迹之类的肯定会多一些，我们都采集了，回头一一筛查一下吧，但目前没有发现特别可疑的痕迹。所以我觉得很奇怪，如果作为第一现场的话，就算是中毒致死也不太可能蛛丝马迹都没有。比如，服毒的容器啊，滴液啊，食物残渣啊，不可能丝毫没有。哪怕是吸入性气体，也应该有气味残留啊。但这些我们都没发现，所以我给你个方向，"吴良睿擦了一把脑门儿的汗，挤着眼睛冲孙小圣说，"如果死者是中毒身亡的话，这里会是第一现场吗？他会不会在进这间屋子之前就中毒了？"

孙小圣想了想，不排除有这种可能性。但建立这种假设之后还有一个问题：为什么王传飞在中毒后选择了进入道具室，并且反锁房门？

如果他只是因为犯病猝死，那导致犯病的原因是什么？只是普通犯病，还是在道具室里受了什么刺激导致病情突发？比如得到了什么消息，或者看见了什么。

孙小圣正跟吴良睿说着让他破解一下死者手机，看看能从里面发现什么线索，就听身后的休息室里又乱了起来。他跑进去后，发现一屋子工作人员多半都在听电话。何姐更是正襟危坐，一边和电话里的人认真探讨着什么，一边朝身边的小茜比画着手势。

"怎么了？"孙小圣问身边的王木一。

"程跃星和经纪人的死讯不知道被谁散播出去了，现在已经升到热搜榜第一了。还有人自称是录制现场的观众，说程跃星就是在跳舞时看见了观众席里白东的鬼魂，被活活吓死的。然后白东又去后台把前经纪人王传飞吓死了。这个帖子现在阅读量已经快一百万了！"王木一指着手机屏幕，对孙小圣说。

"还有人发帖说，当年就是王传飞和程跃星怕白东单飞去韩国，导致团队解散，才在 DX 公司签约白东之前，在演播厅的舞台上做手脚，让白东受伤，后来玩脱了才导致他因故死亡，现在白东是向他俩索命来了。还说当年白东受伤所在的演播厅就是这里，白东一直阴魂不散，等着他俩呢。"小茜这会儿也眉头紧皱，盯着手机屏幕跟孙小圣说。

"真是无稽之谈！"何姐挂了电话，把手机重重拍在茶几上，"白东当年坠台的演播厅，跟今天我们这个演播厅根本不在一个大楼，哪里来的鬼话！这不会又是张励泽的粉丝在挑事吧？他家的粉丝煽风点火真是一绝！"

"您先别着急，也有辟谣的，"李出阳这会儿淡淡一笑，不知不觉地也加入了八卦大军，"还有人发帖说这俩人根本没死，是假消息。节目组为了热度在炒作。"

"我倒希望是炒作呢，问题是这俩人真死了啊！台长现在在外地，电话已经被打爆了，我都打不进去。几个副台长正在开紧急会议，我这下死定了！"何姐重重地把头靠在沙发背上，瞅着天花板怀疑人生。

"何姐，那一百多个程跃星的粉丝在三号楼门口把孙副台长他们围了，您赶紧过去看看吧！"有人紧急通报。

何姐完全没了章法，往后挪了挪屁股："我去也没辙呀，我去也就是多一个被围的对象啊！"

"那您说怎么办啊？"

此时李出阳的电话忽然响起，拿起一看，是刘洵打来的。今天是刘洵值班，此时他正在城北一处小区出现场。听说这边有案子后，他先拜托孙小圣和李出阳做访问，又派了两名同事给他们远程打下手。

李出阳接电话听了几秒，很快把手机放下，跟孙小圣说："重要线索，小白在队里查到，半年前，有匿名'黑粉'给张励泽寄了氰化物。"

6

半小时后，孙小圣、李出阳和王木一去找张励泽。

他们到的时候张励泽正在房间里跟助理和司机大吵大叫。助理跟孙小圣诉苦说，张励泽想回酒店，但外面程跃星的粉丝已经闹起来了，而且人马还在不断壮大，各路媒体也都守候在电视台外，此时如果他贸然现身，势必会引起轩然大波。张励泽的经纪人也给他打了电话进行安抚，但张励泽非常激动，眼看就要控制不住了。

两小时前还是一个温文尔雅、不卑不亢的大明星，此时却变成了一个情绪化的普通少年，孙小圣觉得挺有意思。孙小圣让助理把门关好，然后请张励泽坐下，想好好跟他聊聊。张励泽见到孙小圣等人略微收敛了一些，但还是有点儿抑制不住焦虑和烦躁，抱着胳膊靠在窗台前，心事重重地说："要问什么赶紧问吧！"

王木一柔情地打量着偶像，脑中有千言万语，到嘴边却卡了壳。看着张励泽抵触和任性的样子，她甚至觉得这才符合一个万人迷的姿态吧。在粉丝的心中，不免俗也是接地气的象征，反而能让人感到鲜活和生动。她就这么陶醉着，脑子里浮想联翩，嘴里连句完整的话都说不出来。

孙小圣先说了氰化物的事。张励泽愣神几秒，然后点头承认，随后回答了孙小圣的一些提问。

简而言之，就是张励泽半年前收到了一个匿名"黑粉"寄来的不明包裹，结合里面让他自杀的恐吓字条，他怀疑是危险物品，便和经纪人通报了情况。他当时并不想闹得满城风雨，执意低调处理，但经纪人权衡再三，为了他的安全考虑，还是带他去派出所报了案。因为不想被人说是炒作，所以他们并没有通知媒体。后来公安机关经过鉴定，确定不明物质就是毒性很强的氰化物。但因为寄件方是利用街边的邮筒匿名寄件，方式非常隐秘，警方调取了大量监控录像也没有发现有价值的线索。

李出阳想了想，还想再问几个问题，张励泽的司机好像有点儿不爽了。那是一个三十岁左右的精干男子，他打断李出阳的话，反问道："我说民警同志，你们不去好好查查程跃星那边出了什么问题，跑到我们这儿盘问励泽是什么意思啊？是觉得我们下毒毒死了他？"

张励泽这才有点儿回过神来，下意识去看王木一。王木一跟过电一样，磕磕巴巴地跟偶像澄清："我们不是那个意思，我们……我们是猜测害程跃星的人，是不是和给励泽寄氰化物的是一个人？"

李出阳有点儿烦躁地看了眼王木一，直言打断："你什么逻辑呀？"

气氛一时变得尴尬而微妙，张励泽虽然年少，但在娱乐圈浸淫许久，心思多少也有深沉的一面，他知道此刻自己不管是从动机还是历史上来说，都在一定程度上具有谋害程跃星的嫌疑，于是他沉吟几秒，主动跟孙小圣说：

"孙警官，我知道你们是秉公办事，也相信你们能够公正处理。我和程跃星掐了三四年，你们看见的只是表象，背后我经历了多少辛酸和不公，根本没人能了解。这么跟你说吧，我张励泽通告确实不少，但我接通告的第一条，就是看这通告和他程跃星有没有关系，哪怕扯上一丝一毫，我都是避之不及的。这回这档破节目我真是躲不过去了，我们公司高层人事变动，我的经纪人为了稳固地位，不惜用这种制造噱头的方式哄高层开心，我也是没办法。搁以往，但凡是跟程跃星沾边的事，我躲还来不及呢，怎么可能往上凑？怎么可能给他下药？我张励泽有几条命经得起这么折腾啊？"

老实说，张励泽小小年纪能够说出这老气横秋的话，是出乎孙小圣意料的。他也相信这些年张励泽光鲜的背后，没少受非议和委屈，所以后来在楼道里，李出阳提议先传唤张励泽时，他始终犹豫不决。

"最起码可以确定的一点是，张励泽有接触到危险物质的途径。"李出阳在楼道里对孙小圣说。

孙小圣沉吟思考。

"而且死者亲口吃过张励泽做的饭，还是在众目睽睽之下。哪怕他不是在这个环节作的案，咱们不采取一些行动，恐怕对公众也没法交代。所以我建议，先传唤励泽，把他带回队里好好盘问一下。"李出阳说。

两人在楼道里正边抽烟边讨论，就见王木一从不远处过来，拧着眉毛质问李出阳："出阳哥，你怀疑是励泽做的？"

"没有啊，"孙小圣往旁边推了推李出阳，"我们只是在探讨案情。"

李出阳为了照顾她情绪，只好闷声不语。

王木一平时大大咧咧的，此刻却像被踩了尾巴，脸色空前地难看："算了吧，我都听到了，你们说励泽有危险品的接触源。我跟你们混了这么久，再傻也知道你们的办案流程，这不就是确定破案方向了吗？你们不能这么武断！"

孙小圣把烟掐灭，扔进楼道的垃圾桶里，尽力安抚这个伤透了心的小粉丝："这只是线索之一，何况尸检报告至少要等一周才能出来，这之前不都是摸排嘛！"

王木一正色道："我真不知道你俩是一时糊涂了还是被降智打击了，连我都能想明白一点：要真是励泽做的，那在已经立案的前提下，他怎么还敢用这些东西作案？那不是给自己挖坑再往里跳吗？"

李出阳指了王木一一下："你虽然是个'脑残粉'，但能说出这话说明智商还是在线的。"

王木一也不知道李出阳是夸她还是骂她，表情有点儿蒙。

"我也在想这个，但这一切看起来似乎太巧了。氰化物是一种能够迅速麻痹人中枢神经致人死亡的物质，死于它的人都会有'电击状'的尸体形态，这和王传飞的死状是有些相似的。假设王传飞和程跃星真的死于这种东西，他俩都吃过张励泽做的饭，并且张励泽又有接触源，我觉得就算我本人相信张励泽是无辜的，也堵不住公众的悠悠之口啊。但问题就像你说的，张励泽明明已经去公安局立了案，他怎么可能还敢私留这种东西，用于毒害竞争对手呢？"孙小圣说。

"我对天发誓，"王木一把手举过头顶，然后发现头顶是天花板，于是转身朝窗外重申，"我对天发誓，如果这事是张励泽做的，我……我我我我……我就天打雷劈！"

李出阳怔怔地看着她："我收回我刚才说的那句话。"

"你相信不是励泽做的啦？"

"不是，是你智商在线那句话。"

孙小圣想到一个折中的办法："要不然咱们和张励泽沟通一下，能不能先以调查取证的名义，让他跟咱们回一趟队里，接受一下讯问。"

"他能同意吗？"

正说着，张励泽化妆间的门突然被打开了，张励泽率先走出房间，身后跟着那两个苦大仇深的跟班。孙小圣问："怎么了？"

助理一边忙乱地检查他们的随身物品一边回答说："励泽说一刻也不想在这里多待，想回车上等着，看看有没有合适的时机离开。"

孙小圣说了想带他回队里的事，司机又先表达了不满："你们现在把我们带回公安局，不是摆明跟公众说励泽就是犯罪嫌疑人吗？你们怎么能这样？别说没证据，现在连程跃星他们的死因都不明确，怎么就随便给人扣帽子啊？"

张励泽倒显得冷静许多，他深深地吐了一口气："别说了，我跟他们去。清者自清，而且我宁愿去公安局，也不想待在这里了。咱们回车上吧。"

孙小圣等人护着张励泽他们来到车位处，一路上已经万分小心，没想到还是被几个守在隐蔽处的程跃星粉丝发现，很快又有几十人上来把他们围住。孙小圣和李出阳迅速护送张励泽上了车，但车门刚刚关闭，前方道路就被程跃星的粉丝堵住。他们不断拍着车身，有人还朝车子扔东西。一时间车内叮咚乱响，车玻璃外面挤满了愤怒的人脸。

"张励泽杀人偿命！"

"张励泽，史上最毒艺人，为了上位不择手段！"

"脏励泽，真脏！"

喧闹声和叫嚣声此起彼伏。张励泽坐在座位上脸色阴沉地喘着粗气，太阳穴上隐隐有青筋凸起。

司机这会儿也慌了神，回头问坐在后排的孙小圣等人："现在怎么办？"

孙小圣掏出手机："我给队里打电话，叫人开警车过来支援吧！"

没想到他电话还没打，就见张励泽出其不意地拉开车门，跳了下去。

这下子车内和车外的人全愣了。场面瞬间安静下来，百十双眼睛齐刷刷地盯着车门口的张励泽，谁也不想错过这历史性的一幕。

张励泽显然也是一时热血上头，没有考虑周全，所以开口讲话时，还是有点儿吞吞吐吐："各位，我知道，知道你们都是跃星的粉丝。我……我特别理解你们现在的心情。我也承认，'优城男孩'解散后，我和跃星的交集越来越少。但哪怕我的热度不如他，歌曲下载量不如他，参演电影的票房也被他碾压，我都没有过害他的念头。因为没有他，别人也不会认识我；没有他，我今天也不可能吃这碗饭；没有他，我们也不会有一位叫白东的兄弟。我们一起经历了太多太多……"

张励泽说到这里有些哽咽。人群一片静默，有些小女生不自觉地红了眼睛。张励泽的助理也抖着手拿出纸巾拭目。

"可能你们不相信我说的话，因为你们没办法理解，几年之内有两个兄弟从身边离去而自己又无能为力的心情。虽然'优城男孩'已成为过去式，虽然我们相互间一直都有竞争关系，但我们毕竟并肩战斗荣辱与共过。那是我进入娱乐圈之后，过得最快乐、最有安全感的时光。"

张励泽说着，伸手从上衣夹克的内兜里掏出了一张纸。大家定睛一看，那是一张巴掌大的照片，张励泽把照片展示给众人看。

照片上是张励泽、程跃星和白东一起冲着镜头勾肩搭背喜笑颜开的合影。

"这张照片是我们三个拿到音乐风云榜最佳新人组合时拍的。那时我们三个刚出道，一天到晚就是练舞、练歌、泡录音棚。拿到奖的那一刻，我们仨不约而同地抱在了一起。组合解散之后，我就天天带着这张照片，每到坚持不住时就拿出来看看。"

张励泽说完，两行热泪顺着面颊流下。

围观者中有人面色凝重，有人掩面擦泪，有人低头打蔫。王木一在车内拽着孙小圣的衣襟使劲擦眼睛，几度想要下车去守护偶像，但都被孙小圣拉住了。

但"黑粉"毕竟不是省油的灯，人群中有几个火暴脾气的粉丝回过神来，伸手就把一只饮料杯砸向了张励泽。张励泽躲闪不及，从头到脚半边身子都被咖啡浸透。

"别听他白话，现在开始打感情牌了，谁不知道你为了红无所不用其极！"

"就是，还好意思提白东，你配吗？"

陆续又有好事者跟风帮腔，张励泽又被围攻了。李出阳和孙小圣赶紧跳下车，顶着各种饮料杯和水果的攻击，好不容易才把张励泽拉上了车。张励泽慌乱之际，把照片掉在了地上，李出阳飞快拾起，回到车内关好车门，忽然想起一个问题。

"对了，刚才录节目时，我们看到你的嘴角好像肿了，是怎么回事？"

助理正在给张励泽清理身上的污渍，张励泽一开始还老实配合，后来有点儿坐不住了，一把把纸巾抢过来，自己在脸上乱擦。

"是被程跃星打的。"他边擦边说。

"怎么回事？"车内一片哗然，显然他的司机也不知道这件事情。

"怪我，没有管好自家粉丝的能力，可能有人在网上说跃星的坏话吧。他憋了好久，正好今天一块儿录节目，就兴师问罪来了。"张励泽叹着气，把纸巾揉成一团。

"王传飞也不管？"王木一难以置信，看着身边的助理。

助理说，就在孙小圣、李出阳和王木一离开化妆间后，王传飞把她也轰出了屋子，说有事要和张励泽单独谈谈。助理拗不过，又怕出事，出门后赶紧给司机打电话让他上来帮忙。但三五分钟后王传飞就带着程跃星扬长而去了，她再进门时，就看见张励泽嘴也出血了，发型也乱了，问他发生了什么他也不说。

"励泽，你怎么不告诉我呀，我替你废了那个傻子！明知道你今天得上镜，他们还干这事，真是欺人太甚！"司机扭着脖子朝张励泽瞪眼睛。助理则不停地给节目组打电话，让他们赶紧过来帮忙解围。

十分钟后有不少身着保安制服的人跑过来，疏散了车周围的粉丝。一个保安敲开窗子说现在电视台三个门都被记者包围了，张励泽坐着自己的车出去一定会被围追堵截。副台长的意思是让他们先回到化妆间避避风头，但张励泽态度非常坚决，如果等就在车里等，坚决不再回节目组。

这时候孙小圣的手机响了，拿起一看是吴良睿。孙小圣接通听了两句，跟李出阳说："技术队在王传飞的尸体上发现了氰化物！"

7

据吴良睿说，疑似氰化物的粉末放在一个封口为按压式的小塑料袋里，量非常少，少到肉眼都不易发觉的地步。但因为案件特殊，所以技术员还是把那一点儿粉末取出来进行化验，初步结果是经过提炼的氰化钠或者氰化钾，但最终确定还需时日。不过吴良睿也说，袋子里的粉末非常少，最终确认的话，应该也远远达不到致死的量。

"我知道了，原先的氰化物肯定就是王传飞他们搞的鬼。他们有接触到毒药的途径，先是寄给励泽进行恐吓，然后这回又想毒死他！"助理殷切地看着孙小圣，希望警方能够尽快采纳自己的推测。

但孙小圣和李出阳都在想一个问题：袋子里只有少量的氰化物残留，其他的去哪里了？难道说，是被王传飞和程跃星吃到肚子里了？那样的话，残留物又怎么会在王传飞的身上？难道是凶手放的？但道具室的门明明是反锁着的啊。

孙小圣想起什么，问张励泽的助理："第二个尝饭的游戏环节中，节目组是怎么准备食材的？"

助理回忆了一下，说："节目组推来两辆小车，他俩一个人一辆，都是事先准备好的。米呀面呀的，都放在车里。"

"你们事先检查过？"

"是呀！怎么，你怀疑王传飞往食材里下毒，然后弄巧成拙把他们自己毒死了？"

孙小圣一拍巴掌，说："我知道是怎么回事了！"

他是这么推测的：王传飞带着氰化物，实际上是想借程跃星之手，给张励泽下毒。他本想把氰化物下在程跃星的食材中，然后张励泽中毒，程跃星背锅。程跃星做的是生煎，用的是白面，张励泽做的是白糕，用的是米粉。王传飞作为一个北方人，可能不太了解米粉这种东西，把它和面粉弄混了，所以把氰化物错下到张励泽用的米粉当中，于是尝过这道菜的他自己和程跃星就命赴黄泉了。

"这个游戏环节结束后，王传飞还不知道自己毒入膏肓，只想着赶紧处理掉剩下的氰化物。他发现道具室里有个小卫生间，于是进去之后反锁房门，想把残留的氰化物冲到厕所里。但没想到这时候体内毒性发作，自己一命呜呼。程跃星此时也死在了舞台上。"孙小圣一气呵成。

"哇，你们好厉害，这样就没错了！证据应该就是那包氰化物吧？"助理看着孙小圣，满眼崇拜。身边的张励泽还是凝眉蹙目，没有急于发表看法。

王木一先是频频点头，继而又很小心地提出了一个疑问："可王传飞也身涉其中，要替程跃星尝饭啊，他这样做是不是太冒险了？再说了，这么做完全是杀敌一千自损八百，把程跃星这棵摇钱树弄倒了，他自己不也没钱赚了吗？"

李出阳说："我也觉得他这样作案有些牵强。"

这会儿张励泽开口了："巨世公司出高价来签跃星这件事，应该是真的。虽然王传飞之前一直在否认，但巨世私下里从来没有断了和跃星的接触。他们很清楚跃星和王传飞公司的三年合约就要到期了，所以给跃星开出了天价的签约金。"

助理在一边附和："对对，我也奇怪，如果真的是瞎传，那程跃星工作室肯定要官宣辟谣，但迄今为止，仅仅是王传飞用个人账号在不断否认，那样只是一个态度，没有实际意义嘛！"

"这就对上了，"孙小圣说，"眼看自己带出来的明星，一个一直站在自己的对立面，一个翅膀硬了要另谋高就，他难以接受这个事实，想找个机会好好摆这俩人一道，让他俩鹬蚌相争两败俱伤，于是就走了这步险棋。"

王木一说："那咱们现在要做的，就是让刘洵查一下，王传飞接触氰化物的具体渠道？"

孙小圣说："嗯，你给刘洵打电话吧，按这个方向捋。"

王木一掏出手机给刘洵拨电话，一边的助理则问孙小圣："孙警官，现在基本能够锁定作案人了，那我们什么时候能走啊？励泽今晚还要飞上海呢，要是违约了就麻烦了，我们得赔对方好些钱呢！"

孙小圣脑子里还错综复杂地思考着一些问题，被助理这一催，难免有些烦躁，但想到张励泽已经够狼狈了，也就没发作。倒是李出阳淡淡笑着，反问对方："经常在网上看到哪个流量明星拍戏迟到了，做访谈放主持人鸽子了，也没见谁真赔钱啊。怎么到了励泽这儿就会这么严重呢？"

助理愣了一下，苦笑道："有时候是靠公司大佬给摆平嘛……但毕竟都是圈内人，积累口碑才是最重要的啊！"

这会儿王木一放下手中的电话，打断他们说道："跟刘队说了咱们建议的侦查方向。刘队告诉我，刚刚法医那边传来消息，程跃星和王传飞疑似中毒致死，而且根据外显体征来看，毒源很有可能是一个。"

孙小圣点点头："这和咱们的判断一致。"

"但是，法医还说了一句，两人应该可以排除是氰化物中毒。"

话一出口，所有人都目瞪口呆。

刘洵那边捎来的口信是，王传飞家属已经同意做病理解剖。由于案情重大影响恶劣，法医中心拿到手续后第一时间就开展了解剖工作。他们说，如果是口服氰化物中毒，死者消化道各段都有可能出现充血、水肿，胃及十二指肠也有可能出现黏膜充血、糜烂、坏死等情况，但王传飞尸体均没有发现上述状况。这两个人的死因还要做进一步化验才能得出结论，按惯例，还是要七个工作日出化验报告。

孙小圣愣了一会儿，脱口而出："这技术队搞什么鬼？不是都基本能确定是氰化钾或者氰化钠了吗？"

李出阳气定神闲，轻轻拍拍他肩膀："人家说的是袋子里的残留物，并没有说是那俩人中的毒，没毛病呀。"

孙小圣气急败坏地推开车门，跳到了外面。李出阳紧随其后，关好车门后，又递给孙小圣一根烟。

李出阳掏烟的时候，不小心把兜里之前张励泽掉的那张照片带了出来。李出阳一边抽烟一边端详那照片，显得思绪万千。

照片上，三个十几岁的少年笑靥如花，要是没有背景板上的烫金 logo

（商标）和周围的聚光灯，真像是某个普通中学操场上一张随意的抓拍。谁也不会料到，在这张合影之后，三张笑脸很快就各奔东西，走向了一条和童真、青春再也没了关联的不归路。

恍如隔世，令人唏嘘。

孙小圣见李出阳盯着那照片发呆，有点儿绷不住了："我说，你一点儿思路都没有？"

确实，按照以往，案件梳理到这种程度，李出阳早就口若悬河，分析得面面俱到了。如今他却没拿出一丁点儿靠谱的建议，显然有在划水的嫌疑。

"我确实没有好的想法，"李出阳实事求是，眼睛还在照片上，"因为其实我更关心的是：当年白东从舞台上跌落摔伤，到底是意外呢，还是真有人为因素？"

"你不会也以为是白东的鬼魂来找人复仇了吧！"孙小圣嗤之以鼻。

"那倒没有。"李出阳把照片放进兜里，仰头看天，好像有些乏了。

"你要是累了就回去吧，反正今天也不是咱们值班。"

李出阳笑了，知道孙小圣破案心切，有点儿焦头烂额了。他拍了一下孙小圣的后脑勺，说："我觉得呢，网上这些流言，哪怕是假的，对咱们也不至于一点儿帮助都没有。"

"什么意思？"

李出阳觉得案件陷入瓶颈，有必要调整一下战略思路："假设，我是说假设啊，这个程跃星和王传飞真的是被白东的鬼魂吓死的，那至少说明，他俩和白东的死脱不了干系，对不对？"

"对。"孙小圣认可。

"但白东的鬼魂是不可能出现的，所以所谓看见白东的鬼魂，无非是两种情况：一种是有人扮成了白东的样子故意吓唬他们；一种是白东根本没死，而且他还来这里了。"李出阳看着孙小圣，一脸认真。

孙小圣则有点儿毛骨悚然。

李出阳从来都是拿线索说事，很少这样脑洞大开，所以他自己都有点儿不适应，说完之后又下意识往回收了一些："不过，首先能够排除的是白东没死这个假设。如果他真的没死，隐姓埋名这么久只是为了找机会吓唬经纪人和队友，这就太扯淡了。所以我倾向于，是不是有人扮作白东，去吓唬这两个人？"

孙小圣沉吟了一下，觉得不大可能："你这个只是基于白东是非自然死亡的假设来推断的，没有证据就这么推断，大方向容易错，往后怎么分析都是白搭。再说了，就算是真有什么白东的狂热粉丝能惟妙惟肖地模仿他，那这个人怎么可能几乎同时出现在两个地方？一个是众目睽睽的舞台下面，一个是反锁的封闭空间中？他又是怎么从这两个地方离开的？"

李出阳也觉得确实有些离谱，自我解嘲地一笑："也是，这俩地方都没办法全身而退，除非会隐身。"

孙小圣脑袋里好像有什么东西跳了一下："等一下！"

李出阳不解："嗯？"

"再说一遍你刚才说的话！"

"刚才，"李出阳一时有点儿对不上号，"没办法全身而退？"

"不是这句！"

"除非这个人会'隐身'？"

孙小圣不置可否，垂目凝眉了一会儿，又问李出阳："刚才那个制片人跟咱们说，程跃星摸物时，水里的鱿鱼是死的对吧？"

"对，因为怕活的鱿鱼咬到程跃星的手。"

"鱿鱼是海洋生物，即使是饲养的话也必须是生活在海水里，但死鱿鱼为什么也放在盐水中呢？用自来水泡着就可以了啊，何必费事呢？"孙小圣想起之前自己手指上的伤口被盐水刺痛的一幕，百思不得其解。

两人各自沉思几秒，然后都恍然大悟，几乎异口同声："这说明那个装鱿鱼的缸里，之前还有别的东西！"

李出阳说得对，确实有一种会隐身的东西，它能够瞒天过海，杀人于无形。

十分钟后，王木一被孙小圣叫下车："你去找节目组要几样东西，几袋食盐，几双胶皮手套，一只带卡扣的饭盒，一定要快！然后再去找何姐，让她叫上节目组的所有成员，包括嘉宾，一会儿咱们在道具室门口会合！"

8

半小时后,后台道具室门口已经围满了人。张励泽和其他几名嘉宾要顾及"咖位",已经在隔壁的休息室里等候。何姐准备了孙小圣要的一系列东西,尤其是食盐,拿了十几袋。说是楼下有个摄影棚正在拍雪景,一屋子的食盐随便拿。当然,把东西交给孙小圣时,她还问要这些个玩意儿到底要干什么。

孙小圣打量了一圈人群,神神秘秘地说:"当然是要找出杀人凶手。"

何姐还要问什么,就看见孙小圣已经进了之前一直处于封禁状态的道具室。李出阳和王木一紧随其后,每人拿了一袋食盐,沿着每一排货架,从上到下认真地撒着。尤其是墙角、货架下面等暗处,更被他们认真关照。何姐不明就里,刚要进屋子,就被孙小圣制止。她要问什么,又被孙小圣一个"嘘"的手势挡了回去。

"我听网上说,食盐能辟邪。莫不是……"一个工作人员神神秘秘地跟何姐低语道。

何姐下意识地抖了一下,但很快又瞪起双眼,把对方后面的话生生瞪了回去。

随后,孙小圣等人还把货架上一些未封口的储物盒打开,把食盐十分细致地撒进去,就像是做饭一样。

他们就这样地毯式地在整间屋子里撒着盐,一边撒一边还在认真观察。

忽然王木一在一处货架下面尖叫起来。

孙小圣和李出阳赶紧跑过去,何姐和另外两个同事也冲了进去。

只见那货架下面,出现了一只拇指大的、带腕足的软体动物。那动物通体光滑,皮肤发灰,上面还隐隐有圆圈状的花纹。

李出阳最先反应过来:"蓝环章鱼!"

"就是它了,这是剧毒生物,所有人远离!"孙小圣下意识做了一个往后推人的动作。

何姐等人大惊失色,退到门口之后,看见孙小圣戴上准备好的胶皮手套,小心翼翼地把那个叫"蓝环章鱼"的小东西捏进了饭盒里,然后按好了卡扣。

孙小圣拿着饭盒走出道具室，边喘气边擦汗。

"这是怎么回事？"何姐指着他手里的饭盒。

"屋里说吧。"孙小圣说着，走到了隔壁的休息室。在那里，几名嘉宾都歪靠在沙发上玩着手机，互相没什么交流。看见孙小圣等人进来，几人都在各自助理的提示下放下手机，坐直了身子。尤其是张励泽，还主动问王木一："是有什么新发现了吗？"

孙小圣把手中的饭盒放到茶几上："有，我们知道是谁杀了程跃星和王传飞了。"

众人都是一惊，面面相觑一阵之后，七嘴八舌地问他到底是怎么回事。何姐见场面太乱，上前维持秩序，又问孙小圣："以你们警方的办案流程，是不是现在应该把犯罪嫌疑人带走审讯了？那你倒是跟我们说说，这个人是谁呀？是我们台里的人，还是……"何姐本想说"还是请来的嘉宾"，但又觉得似乎不妥，便把话咽了回去。

一名嘉宾问道："我听警察这意思，凶手只有一个？"

孙小圣说："是的。"

"这怎么可能，"一名助理感到不可思议地说，"程跃星是死在舞台上，王传飞是死在后台，这两个人几乎是同时死的，作案人只有一个吗？我看，至少是两个人合伙作案吧！"

"不，"孙小圣说，"凶手耍了一种手段，利用带有剧毒的蓝环章鱼，把这两个人毒死了。确切地说，凶手要毒死的只是程跃星，王传飞只是个垫背的。"

一名歌手好像听说过蓝环章鱼，指着那个饭盒说："这里面的就是蓝环章鱼？就是被咬一下就会中毒而且还没有抗毒血清的那种？我的妈呀，还真有人拿它害人呀！"

"我听说有人买这个当宠物养，当时就觉得好变态啊！"一名萝莉人设的女歌手嗲声嗲气地说。

所有人听罢都下意识往后挪了挪身子，但与此同时，又抑制不住好奇心，抻着脖子想要多看几眼。

孙小圣说："对，蓝环章鱼有一个特点，当它感觉不到危险时，就会利用体内的颜色细胞，形成和周围环境十分相近的保护色，就像变色龙那样

'隐身'起来，不被人发现。凶手先把这只小蓝环章鱼放在程跃星'蒙眼摸物'环节需要的硬纸盒子里，因为按照程跃星方面的拍摄要求，纸盒子里的另外几条鱿鱼是死的，所以蓝环章鱼在盒子里并不会感到危险，皮肤颜色便和盒子内部融为一体，在里面'隐身'了。再加上这个盒子拿给王传飞检查时，他只是从上面的圆洞中往里面看，因为光线的原因，并不会看得十分真切，根本不会发现里面还藏着一只蓝环章鱼。

"后来在程跃星把手伸到盒子里的时候，蓝环章鱼感觉到了危险，皮肤上的'蓝圈'就会亮起，发出进攻信号。但因为盒子是全遮挡的，这些画面我们根本看不到。我们看到的只是程跃星吓了一跳，包括程跃星自己在内，都以为是盒子里的鱿鱼咬了他。事实上，那是蓝环章鱼攻击了他。而他则以为节目组没有按照合约要求，放了活鱿鱼进去，导致自己被咬。所以在这个环节之后，他向王传飞抱怨了此事。"

"啊，我明白了，王传飞是想确认里面到底是不是活鱿鱼才去的道具室，那他为什么还要把道具室的门反锁啊？"Kimi说。

"只能说恐怕王传飞想做的不只是这些。他在身上放了微量的氰化物，我想可能是准备在方便的时候，给张励泽下毒，让他吃些苦头。但是因为一些客观原因，这个计划没有施行，他便想赶紧把身上的毒药处理掉。这时候别的休息室可能都有人在休息，只有道具室比较僻静，他便想利用道具室里的卫生间把氰化物冲下去。于是他反锁了房门，刚想去卫生间，便发现了由工作人员刚刚拿回来的那几个'蒙眼摸物'的纸盒子。他想起了程跃星的抱怨，便伸手进去想试试鱿鱼到底是不是死的。这时候里面的蓝环章鱼便攻击了他，他疼得一抽手，就把蓝环章鱼带了出来，甩到了地上。

"因为蓝环章鱼体内的毒素非常强悍，中毒者在数分钟之后就会神经麻痹，呼吸受阻，甚至在还没有失去意识的时候就丧失了各种生命体征。所以被这只蓝环章鱼咬过的程跃星和王传飞先后死在了众目睽睽的舞台上和反锁的道具室内。"

"这小东西这么厉害？"张励泽眉头紧蹙，感到难以置信。

"更厉害的还在后面呢，"孙小圣介绍，"因为章鱼有一项超强的本领，能将水存在套膜腔中，依靠溶解在水中的氧气生存，所以哪怕它离开了水，活上几小时也没有问题。与此同时，章鱼还能够改变身体形状，钻进各种容器中。这只被王传飞甩出来的章鱼就爬上了货架，然后钻进了某个收纳盒中，利用皮肤变化的保护色，重新隐匿了起来。这也是当时我们几个和我们技术队勘查现场时，都没有发现它的缘故。"

众人啧啧称奇，佩服不已。

何姐问："那些食盐……"

"哦，"孙小圣淡淡笑道，"一开始我也不知道这个方法，我是现场用手机查的。网上说，渔民在对付不从容器里钻出来的章鱼时，就用撒食盐这个方法。没想到一试，还真管用。看来网上的传言也不都是假的嘛。"

何姐前一秒茅塞顿开，后一秒就暗觉不对，忽然把脸转向一个人："是你？不会是你干的吧？"

那个人正是道具组负责"蒙眼摸物"环节的小茜。

小茜此时脸色发白，呼吸急促。见众人都把怀疑的目光投向她，她也只能硬着头皮开口："怎么可能是我？我完全没有理由做这些嘛——这中间肯定是有人动了手脚。"

"一开始呢，我也觉得不是你，"孙小圣扭头看着她，语气意味深长，"但是呢，我越想你之前的各种表现，就越觉得是你。当时这个游戏环节结束后，本来应该是由你把这些道具放回道具室，你也可以利用这段时间来处理掉蓝环章鱼，但没想到你刚要推着道具回去，导演却临时让你做一项别的工作，道具便由别的同事推了回去。按理来说，这时候你就不应该着急再去道具室了，毕竟几条泥鳅和几条死鱿鱼等节目录制完毕再收拾也来得及嘛，你却非常着急地放下节目不管，跑去了道具室，于是也就是你第一个发现道具室被锁住了。"

小茜认真听着，脑门儿上依稀冒出了汗水，嗫嚅着说："毕竟录制现场没有什么需要我处理的了，我先回来把我的活收尾，这也很正常啊！"说着她看向何姐，"何姐，以前也有过这种情况，道具室因为没有及时收拾，变得非常狼藉，对不对？"

何姐不置可否，只是看着孙小圣。

"那之后呢？"孙小圣继续补刀，"当道具室的门被物业人员打开后，我们几乎所有人都进到了室内，只有你一个人死活都不敢进来，只是站在门口跟我们对话。我想，不是因为你怕死人，而是因为你知道蓝环章鱼肯定藏在房间某处，怕进来不经意被它咬到吧？"

何姐这回终于抓住重点了，抬高声音："啊，确实有这么一出！"

孙小圣继续说："其实到了这一步，我还没重点怀疑到你头上。但我又想起一个细节，特别古怪：你准备的那些鱿鱼明明是死物，为什么缸里的水还能刺痛我有伤口的手指。这说明那些水要么是经调制的海水，要么是临时加入海盐的盐水。而死鱿鱼是无所谓放在什么水中的，所以这盐水就很蹊跷。后来我明白了：这水是你为蓝环章鱼准备的吧？因为章鱼无法在淡水中生存，所以缸里的水，必须是经过调制的盐水。也就是说，你既然在缸里放的是盐水，就说明你一早就有把蓝环章鱼放进缸里的计划。"

见小茜还是咬唇不语，孙小圣又说："没关系啊，如果你觉得这些不是证据的话，那我们完全可以查一下你是否有接触到蓝环章鱼的途径。相信以我们的排查能力，别说几个宠物店了，就是你今天早饭买了什么，我们都能通过城市监控视频的轨迹追踪个八九不离十。哦，如果你是网购的，那就更好办了，我们网安部门分分钟就能搞定。"

小茜这回彻底没了话，眼里蓄满泪水，久久不能回过神来。

"到底是怎么回事？你为什么要杀人！咱们这个项目从组建开始，你就跟着我，你为什么要亲手毁了它？你对得起大家这么多年的付出吗？"何姐愤愤不平。

"付出？"小茜脸上流下了泪水，朝何姐漫不经心地冷笑，"你们配说'付出'这两个字吗？你们恐怕只是为了圈钱吧？"

此话一出，屋内众人表情都变得有些微妙。

"三年前，我还是繁花卫视的一个普通的实习员工。当时'优城男孩'来繁花录节目，我得到消息说他们前一天夜里会去录制现场彩排，便偷偷溜进演播厅，想看一眼我最喜欢的白东。虽然我马上被守在门口的保安发现并驱逐，但我还是远远地看到程跃星趁着舞台四周没人，一个人跑到舞台的升降台下面，拿着一个瓶子，假装不小心地在那里倒了什么东西。后来听说在彩排的时候，白东从升降台上摔了下来，我才意识到，白东原本应该从升降台往下做一个简单的跳跃动作，但因为地面上有一层油渍一类的东西，才导致他滑倒。而那些油渍，就是程跃星在彩排之前倒在升降台下面的！"小茜娓娓诉说，泪流不断。

"后来白东因为这次摔倒体内肿瘤破裂,再加上送医不及时,离开了人世。原本他是组合里最有才华和前途的男孩啊,马上就要被韩国的造星公司包装了,却被队友一个小伎俩害得命都没了。你们说,程跃星这种恶毒的人是不是该死?"小茜瞪着眼睛,掷地有声。

屋里一片静默,大家脸色各异,没人回应。

"你们呢?当时台里的态度你们知道吗?"小茜看着何姐继续说,"当时我怀疑舞台上被动了手脚,跟台里反映,台里竟然说舞台已经拆了,道具各归其位了,还不许我乱说,否则不给我转正。"小茜瞪着一边的何姐,语气变得愤慨起来。

"你太荒谬了!你自己都说是远远地看到程跃星的这个行为,万一他只是把没喝完的矿泉水随手倒在了地上呢?退一万步讲,就算程跃星真是想阻止白东被韩国的公司签走,他也只是想让白东摔伤,并不是想要他的命啊!"何姐扼腕叹息。

没想到小茜忽然抬高声音,大声反驳:"不!白东其实一早就知道自己肝部有血管瘤这个事,但因为要赶的场太多,一直没腾出时间来彻底治疗。而且他还让所有的家人都不准把这件事说出去。他跟我说,哪怕是公司里,这事也只有他的一个队友知道。那显而易见,这个知道他病情的人不就是程跃星吗?程跃星,是想要他的命啊!"

小茜说到这里痛哭流涕,屋内众人却听出了不对劲。听这话,这个小茜的身份远远不只是白东的一个粉丝那么简单,她跟白东的关系应该非同寻常。

张励泽第一个有了思路,缓缓站起身来:"你是……刘佳茜?"

小茜放下擦眼泪的手,正视张励泽,眼泪又喷涌而出。

张励泽上前,张开双臂拥抱了小茜。

"白东以前跟我说过,自己有个大学学编导的表姐在繁花卫视当实习生,那时候他还托王传飞给找关系,想让表姐早点儿转正,安排到好部门。但王传飞还没来得及办,他就出事了。"张励泽说。

"白东真是一个特别好的大男孩。组合刚火起来的时候,我们老家楼下天天都有女粉丝来找他,给他送名牌手表、奢侈品背包,但他跟我们这些亲戚说一样也不许收,收了就跟我们翻脸。他让所有家人都不许对外讲和他的关系，就怕亲戚们仗着这层关系在外面作威作福。哪怕是来我们电视台录节目，他也不私下里和我见面，说怕回头等我去了好的工作岗位，被同事们挤对，说我是关系户，找我的麻烦。所以我只能在远处偷偷地看他一眼，没想到，那竟是最后一眼！"小茜哭得几乎要岔气，在张励泽怀里摇摇欲坠。

屋里好些人都红了眼圈。那个萝莉装扮的女歌手哭得梨花带雨，妆都哭花了。何姐也把头偏过去，使劲吸着鼻子。一个男歌手把头上的渔夫帽使劲摔到脚下，破口大骂："这个程跃星，真是吃人不吐骨头！"

小茜把眼泪擦干，看着孙小圣和李出阳："好了，事已至此，我也没有什么可遗憾的了！我跟你们走。"然后她又深深地望着张励泽："今天能够看见你，真好！看见你，我就有种白东还活着的感觉。一路珍重，张励泽！"

9

晴空万里，一架架飞机从天上掠过。古城的国际机场人头攒动。

孙小圣开着车，在机场外高速上飞快地行驶，车内坐着李出阳和王木一。王木一不断催促孙小圣快点儿开，说张励泽的飞机距起飞就只有一小时了，他坐头等舱肯定要先登机，那么留给他们的告别时间就所剩无几了。

当红"小鲜肉"程跃星中毒致死案这两天被媒体广泛报道，各大新闻平台都做了专题。每每有细节披露，都会引发网民们的强烈关注，热度之强，以致几家大网站出现了不同程度的瘫痪状况。古城警方也召开了两次新闻发布会，回应了一些媒体人提出的问题。虽然以半匿名的方式公布了凶手及其作案手法，但并没有将其作案动机和盘托出。只说犯罪嫌疑人刘某某因为私人恩怨对程跃星作案，后者经纪人王传飞也因此不幸身亡。

张励泽对此还一度持有异议，后来刑侦支队队长王艺花亲自跟他解释，因为白东摔倒一事证据灭失，无法确认前后细节，所以不宜按照刘佳茜的一面之词作为官方通告。

张励泽听后表示理解。

张励泽为了配合案件的审理，特意延后了手头的工作，在古城滞留了两天。其间他为了感谢王木一，还特意加了她的微信，说以后常联系。

王木一加他微信的时候，手是颤抖的。加上微信的那一瞬间，她说了一句话："这是我值得炫耀一辈子的事！"

张励泽看着她，笑了。王木一感觉自己快要被这笑容融化了。

张励泽在离开古城前，还特意发微信跟王木一道别。王木一哪儿肯放过这个再次和偶像见面的机会，求着孙小圣一起去给张励泽送行。孙小圣没车，就管李出阳借。李出阳说："好啊，我也去。"孙小圣挺奇怪："你去干什么，你也追星？"

"怎么了，不许？"

"许，太许了！风间还喜欢萌P呢，我还能拦得住你喜欢小鲜肉？"

几人风驰电掣地到了机场外的路边，由王木一联络张励泽。很快，全副武装的张励泽就从候机大厅里走了出来。看样子他已经支开了助理和司机，只身一人推着贴满了各种国外大酒店纪念贴的Rimowa（日默瓦）旅行箱。

大墨镜，大口罩，棒球帽，明星坐飞机的标准装束。

张励泽抬手看表，发现时间并不算太晚，便走到门外一处无人的角落，摘下口罩和墨镜，大口地透气。王木一兴奋极了，趁着这个机会，又和张励泽一起拍了两张自拍。

"我能发朋友圈吗？"王木一小心试探。

"不可以！"张励泽虽然否决了，却笑得很阳光。

"好的，我不发，我留着。"王木一憋住一脸幸福，深情地看着他。

"哎，做笔录时不方便，现在我能问你几个八卦吗？"孙小圣想了一路，觉得这位在娱乐圈，消息肯定靠谱。

"谁的啊？"

"谁的都行，你知道谁的就跟我说谁的。什么××、××××、×××的，都行。就×××的吧，我好喜欢她！"

"人很赞咯，只合作过一次，不太熟。"

"×××呢？"

"超有礼貌，特别高，我都不敢跟她合影。"

"×××呢？"

张励泽看着孙小圣搜肠刮肚地说着各路女明星的名字，不禁有些好笑。刚要说什么，就被一边的李出阳挡住。

"你行了，别就你一个人霸占着。我也跟励泽说两句。"

"好好好，你说。"

"我得单独说。"

"不是吧？要表白？"

张励泽很买账地向孙小圣和王木一摆摆手："哈哈，那让我跟李警官单独说几句吧。"

孙小圣和王木一听罢，只能恋恋不舍地走到了车边。

李出阳和张励泽四目相对，笑了。然后李出阳从兜里掏出那张之前张励泽遗落的照片，递过去："这个还给你。"

"谢谢。"张励泽接过来，塞进了衬衫胸前的兜里。

"我能问你一个问题吗？"

"什么？"

"这张照片是森达相纸洗出来的。但森达今年年初已经被彩乐公司收购，所以从那之后的森达相纸，背面都会印上彩乐公司的logo。这张照片的背面就有这个logo，说明这张照片被洗出来的时间，不会早于今年年初。你却说三年里你都带着这张照片，你会不会是记错了？"李出阳看着张励泽。

张励泽明显有点儿猝不及防，愣了一下，表情收紧了几分："哦，我想起来了，我之前确实有一张当年留下来的我们三人的合照，后来弄湿了。我就在今年年初翻拍了这张。"

李出阳点点头。张励泽把目光从他脸上移开，好像没什么可说的了，做出告别状准备离去。

"刘佳茜还是猜错了，对吧？"李出阳冷不丁蹦出这么一句。

"什么意思？"张励泽转回了本已经偏过去的半边身子，皱眉看着他。

"她说，白东当年只把自己的病情告诉了一个队友，她猜那个队友是程跃星。但其实那个队友是你，对吧？"

"为什么这么说？"张励泽有点儿哭笑不得。

"不为什么，我也是猜的。"李出阳为了缓和气氛，友善地一笑，"我觉得你身为队长,自然有成为队长的理由。白东肯定更信任你。"

"你还猜到了什么?"张励泽不置可否,继续问。

"我还猜到,白东出事当晚被送医途中,那个被查出疑似酒驾的司机,其实就是你们的经纪人王传飞对吧?"

"对,"张励泽痛快地点头,"这个没什么不能说的。"

"但我一直在思考一个问题,是什么样的漱口水,在短暂入口之后,能让人过不去酒精测试仪的测试?"

李出阳慢条斯理地说着,张励泽的表情却越来越严肃。

"我想,应该不是漱口水,而是荔枝吧。"李出阳说。

张励泽脸上有条细小的神经突然抽动了一下。

"荔枝糖分比较高,尤其是新鲜荔枝,在塑料袋里闷一段时间之后,就会发酵产生乙醇。所以新鲜荔枝入口之后短时间内用酒精测试仪测试,是很容易显示为酒驾的。"

张励泽整个人呆立在李出阳跟前,眼珠子都不会动了。

"那让我们来联想一下,那天晚上,在送白东去医院的车上,王传飞开车,白东和程跃星坐在后排,而你坐在副驾驶。当前方排队等待酒驾测试时,你拿出了粉丝送给你的荔枝,让王传飞吃几个解渴。随后王传飞就被查出了酒驾,只能等待第二次测试。白东就诊的黄金时间,就这样被耗了过去。"

"荒谬!"张励泽不屑地笑了一下。

"但王传飞可不是善类,他事后当然觉得不对劲,上网查询之后才发现吃荔枝会导致酒驾,于是就知道了你的居心。当然,你也很清楚程跃星在舞台上给白东动手脚的事,你们双方都不干净,所以只能订立攻守同盟,在媒体面前统一口径,说是漱口水的原因导致测试有误,白东的摔倒,也是纯属意外。

"你们散伙之后,因为都有把柄在对方手里,所以一开始还算相安无事。但是,你一直想搞垮程跃星,所以就不断地买'水军'、雇'黑粉',在网上散布他害死白东的言论。王传飞对此大为光火,但也不敢拿你怎样,因为毕竟是他们谋害白东在先,如果揭发了你,他们自己也别想好过。所以王传飞也一直在找机会抓你的小辫子。与此同时,你也同样在找时机,彻底扳倒程跃星，最好让他被巨世签走之前就星途尽毁。"

张励泽的呼吸越发急促，抓着行李箱的手不觉直冒汗。

"这个时候，你们共同的机会来了。就是这次来我们古城录制《超能神秘局》。我和我的同事之前一直没搞清楚一个问题，就是王传飞身上那一点点氰化物是用来做什么的。我们刚开始猜，只有你才可能接触到氰化物。但是你怎么会在已经立案的情况下，再私留这些东西去毒害别人呢？所以我们压根儿也没把那点儿氰化物和你联系在一起。但后来我想明白了，那一点点氰化物其实就是你的，你也不是想给程跃星下毒，而是想制造自己被对方下毒的假象。

"你很懂得放长线钓大鱼，知道我同事是古城的警察之后，一直和她保持着联系，以备日后利用。所以这次再来古城录节目的时机一到，你就借着她在微博上联络你，让她带着同事来看你录制节目，然后你取了少量之前私留下的'黑粉'寄来的氰化物，在确认达不到致死量的情况下，准备在尝饭那个环节提前吃下去，然后发挥偶像优势，想先让在场的我们给程跃星定一个投毒罪。按照这个方向，之前给你寄氰化物的罪名也能扣在程跃星脑袋上，你就是一个不折不扣的受害者。而程跃星，必然会成为众矢之的。你还把刚刚准备的你们三个人的合照放在身上，就是为了在被抢救时获得舆论的同情和支持。那时候，程跃星也会更加被粉丝唾弃。

"但你还是小看了王传飞。他可不是省油的灯，他之前就猜到你会利用这次和程跃星同台的机会作妖，所以提前带着程跃星在化妆间找到了你，从你身上搜出了那些氰化物。程跃星一怒之下打了你；而王传飞则把那些氰化物带在自己身上，算是真正抓到了你的把柄。而我的同事推测王传飞把自己反锁在道具室，是为了处理掉那些氰化物，其实怎么可能呢？他只不过是正好在后台接到了巨世公司的电话，因为巨世公司想要挖程跃星，必然会给王传飞一大笔好处费。他接到电话时正巧在人来人往的楼道里，为了不被别人听到他和巨世高层讨价还价的内容，他就顺道摸进了空无一人的道具室，反锁房门，进行秘密通话。通完电话，他才想起道具可能有问题这件事，然后伸手去检查，不小心被盒子里刘佳茜放置的蓝环章鱼毒死了。"

李出阳一气呵成地说完，十分平静地看着张励泽。

张励泽面如死灰，嘴唇微微颤抖。

"这都是你的推测，根本就没有证据。如果你要因为这些拘留我，那么我现在就可以奉陪。但我也会如实告诉我的律师，保留起诉你诽谤我的权利。"张励泽身子有些不自然地摇晃，组织了半天语言，一字一顿地说。

"确实都是我的推断。证据灭失，死无对证，你大可以不承认。但我真的想问你一句，是怎样膨胀的欲望和忌妒心，让你小小年纪就能这样工于心计、手段阴毒呢？"李出阳深深叹了一口气，扭头离去。

"你以为白东是什么好人吗？真是枉费你挖空心思分析的这一切了。"张励泽幽幽地在李出阳背后说。

李出阳扭过头看着他。

"一个背着经纪人和队友，为了一己私利，私下和韩国公司接触的艺人，闹到最后谁也容不下他的地步，他自己难道就没有问题吗？"张励泽忽然抬高声音。

"是吗？但以你的城府和权谋，你应该能料想到他这样做，最恨他的应该不是你，而是王传飞吧！你又怎么敢冒险自己动手除掉他呢？"李出阳一笑，转瞬表情又严肃起来，"你知道他的秘密，他也知道你的，你们两个兄弟情深扮久了，对对方的心思就不那么单纯了吧！他人的秘密是可以利用的，后来你确实也是这样做的。"

张励泽面色发白："你……"

"你和女粉丝那件事，应该是真的吧？所谓媒体道歉，也是你花了重金压下去的结果吧？但白东可不是那种你给钱就会受你摆布的人。想到有一天他拿走你所有的资源，手上又有你的劲爆黑料，可能压得你一辈子翻不了身，所以你才借王传飞和程跃星的手，给了他致命一击，除去自己的心腹大患。"

张励泽看着李出阳，目光空洞，恍如隔世。他徐徐说道："你有过溺水的感觉吗？就是那种不断挣扎、不断反抗、不断扯住救命稻草的感觉。其实你想要的东西很简单，就是一口氧气，一丝生存的希望……但你发现这太难了，因为你马上又会沉入水里，陷入痛苦的死循环中。这种绝望你永远也体会不到，所以不要轻描淡写地谴责我，你不配！"

李出阳微微点点头："所以你最终还是成了自己最讨厌的那种人。我从不谴责谁，因为我觉得同情和怜悯比谴责更会让他们在意。"李出阳说完，转身离去。见李出阳没有采取什么行动,而是上了汽车,张励泽重重地松了一口气,宛若获得新生。

然后他重新戴好口罩和墨镜,迅速走进了候机厅。

口罩背后,不自觉的冷笑转瞬即逝。

第二章

惊爆点

一对曾经深爱着自己独生子的父母，在得知儿子意外身亡后，不仅没有表现出悲伤，还欣欣然有喜色，这令所有参与调查的侦查员都深感诧异。孙小圣和李出阳通过调查，发现这个年轻人的死疑点重重，但当他们希望获得年轻人父母的配合，继续推进调查工作时，这对父母却表现得漫不经心甚至漠然决绝。孙小圣和李出阳坚信，这里面一定存在着难言之隐，或者藏着某些惊人的阴谋。

1

　　雷治军手起刀落，一块新鲜的后臀尖肉在案板上四分五裂。虽然数年前精神科大夫诊断他患有双相情感障碍，但他自己的日常生活并没受影响，所以他当时并未察觉出异样，对大夫的说辞嗤之以鼻。现在想来，这病也不是胡诌的，至少在情绪出现波动的时候，他似乎比一般人更难控制一些。

　　他之所以现在才表露出来，是因为遇到了几年里最大的人生危机——他的女朋友小惠要离开他了。

　　本来小惠是一个极其简单而且踏实的姑娘。他们两人同在这间不大的餐馆里打工，一个是后厨掌勺的，一个是前台端菜的，同是天涯沦落人，他们很快就走到了一起。他们一起租房，一起上班，一起度假，一起回乡。虽然漂泊在外没有归属感，但他们两颗心拴在一起，彼此都是对方的家。

　　但这一切就要被那个猥琐的男人终结了。

　　那个男人一开始似乎只是一个在商场里乱逛的闲人。他们这家餐馆在商场的五层——也是顶层——偏西的角落里。那天，男人走到这里，觉得肚子饿了，便一猫腰钻进了餐馆大门的帘子里，坐在大厅一个显眼的位置，要了两个小菜和一瓶啤酒。这时已近下午三点，店里除了他没有别的客人，伙计和大厨们正在角落里享用着迟到的工作餐。

　　工作餐是扁豆焖面和一锅用后厨的富余食材乱炖的下饭菜，盛在两口大铝锅里。店员们忙活了一中午，此刻跟难民一样在锅前你争我抢，大口咀嚼着面前的食物。雷治军看着对面狼吞虎咽的小惠，差点儿绷不住笑出声来。餐馆里不许员工谈恋爱，所以他们一直没敢公开。但他偶尔也会在后厨悄悄地给她开小灶，比如见缝插针地做个浆糖荷包蛋、油炸面包片之类的小食，趁着小惠休息的间隙偷偷塞给她，然后看着她欢天喜地地大饱口福。他知道小惠嘴馋，平时吃什么都没够，而且还不会长胖。这仿佛是一种极佳的体质，很多人都求之不得。但雷治军有时候也为此担忧，这么能吃的老婆，以后恐怕养不起啊！

员工们在角落里吃得热火朝天，引起了不远处那名男顾客的注意。他在等菜的间隙，眯着眼睛饶有兴致地看着这伙人大快朵颐，最后目光落在了身材消瘦、脸庞娇媚的小惠身上。他发现这个看似柔弱的姑娘，在这种油腻忙乱的就餐场合，面对着粗茶淡饭，竟然食欲如此振奋，战斗力如此强悍。他眼看着她短短十几分钟就干掉了两大碗焖面和小半盆炖菜。这可不是一般级别的吃货！

所以在用餐完毕之后，他叫住了在前台帮忙收银的小惠，递给小惠一张名片，上面写着某个传媒公司的全名，在他自己名字的右边，印着一个"传播总监"的头衔。

"这是啥意思？"小惠莫名其妙。

"你平时上网吗？"男人问小惠。

"上呀。"

"上网一般干什么？"

"玩斗地主，或者看连续剧。"小惠想了想，拣了两个能够启齿的说了出来。其实她更多是在一些非常便宜的购物网站上拼团买零食或者廉价衣物。

"你看直播吗？"

"也看一些，有时候朋友发来很搞笑的就会点进去看看。"

"知道什么叫作'吃播'吗？知道吃播的 KOL（关键意见领袖）吗？"男人露出很职业的笑容。

"不知道。"

"你回去看一看，我觉得你有潜质成为一名优秀的吃播 KOL。如果你想好了，可以打我名片上的这个电话。"

男人说罢要走，小惠又在后面问了一句："那个……请问您这个'传播总监'的意思是……"

"哦，说白了，我是个经纪人，专门负责签约网红的。"

雷治军当时还在纳闷,小惠以前从不看网络上的那些直播或者小视频,但那两天她几乎天天捧着手机看这些东西,而且全是吃饭或者品尝野味的内容。她不仅看内容,看网友的评论,还去看点赞和热度,甚至还顺藤摸瓜地找到了那些主播的微博和微信公众号,然后对着他们大体量的粉丝数啧啧称奇。她鬼使神差地加入了一个主播的粉丝群,大家七嘴八舌地一聊,她才知道 KOL 是什么意思。

她得知 KOL 做大之后,发一条广告就能获利六位数人民币。而且 KOL 经常是名利双收,所到之处高光不断,偶尔还能到上流场合刷一波存在感,赚得盆满钵满不说,没准儿碰上个什么机会,就土鸡变凤凰了。

几天之后,小惠开始和雷治军闹分居。雷治军不同意,说她遇上骗子了,然而小惠告诉他,自己已经去了经纪人所在的传媒公司,发现公司不仅实际存在,而且运营得热火朝天。经纪人还给她开出一份合同,不仅承诺将她培养成新晋吃播 KOL,还给她一笔数目相当可观的预付金。当然,前提是小惠要辞掉餐馆的工作,然后全天候地投入 KOL 的培训中,连住处也要服从公司的统一安排。

雷治军不同意,说这太不靠谱了,而且把他的计划都打乱了。他原想的是年底两人结婚的钱攒够了,就回老家办婚礼,然后在县城里交首付买套小房子,再在附近盘个小餐馆,把小日子过起来。但小惠这里风云突变,显然是要和他分道扬镳。

两人吵到大半夜,从分居闹成分手。半夜里小惠拎着箱子摔门而去,留下气得浑身发抖的雷治军在客厅里抽闷烟。

第二天小惠没来餐馆,第三天也没来。

第四天晚上小惠来了,但是据说是来办离职手续的。雷治军过了三天昏天黑地的日子,憋足了气想要和小惠好好谈谈,不管怎样也要让她回头,不能就这样把他们的感情葬送。在他的人生计划里,小惠不仅是他的爱人、未来的妻子,更是他追求美好生活的基础。一旦小惠离开自己,那么他所有的人生计划将会瞬间崩盘。他以前害怕失去希望,但现在看来,他更害怕的是无法面对现实的自己。他不知道医生口中那个患有什么双相障碍的自己,会在病情突发的情况下,做出什么不可控的事情来。

但是在前台,小惠冷冷地拒绝了他的沟通请求。

"再给彼此一个机会吧。"雷治军可怜兮兮地说。他不是故作可怜,是真的词穷了。他至死也不愿相信自己有一天会用这种口气说出这种酸话来,他已经到了绝境。

"求求你给我一次机会吧,"小惠很认真地看着他,一点儿也不像斗气或者逗着玩,"我当了三年服务员了,以后呢?跟你结婚回老家继续给老家的客人端盘子?我不想这样,老天爷现在给了我一个改变命运的机会,我必须抓住,要不然我会后悔一辈子。"

"那不要分手,行不行?"雷治军想了想,压低声音小声哀求。

小惠摇摇头:"长痛不如短痛!"

"你决定了?"

"对。"

雷治军只觉得一阵天旋地转,胸口像鼓风机一样不由自主地剧烈起伏。他一股热血上脑,浑身上下仿佛被灌注了什么黑暗能量,让他可以不顾一切地做任何疯狂的事情。

然后几乎是必然地,他的双脚带动着他的身子,强有力地向后厨走去。半路餐厅经理碰见他,见他面色铁青、双眼通红,叫了他一声,但没得到回应。经理暗觉不对,刚想跟他进后厨问问是怎么回事,又被一个客人叫过去加热水。加完热水后,经理忽然听见后厨门口附近传来一阵尖叫声。他循声望去,便看到那个五大三粗的山东大汉雷治军,双眼圆睁,额头青筋暴起,一手拿着菜刀,一手挥着一把剃猪毛用的单刃刀,像发疯一样朝前台冲了过去。

2

在一座老小区居民楼下的汽车里,李出阳给孙小圣打开车门。

孙小圣热得像条狗一样"哈哈"喘气,然后把手里举着的两只快化掉的冰淇淋甜筒递给李出阳,自己又手忙脚乱地找纸巾擦手。

李出阳一边舔甜筒一边问他:"这到底是个什么案子啊?不是咱们组接的还给我叫回来蹲点儿,我跟你说,我要中暑了可就歇病假了。"

孙小圣在座椅上调整好姿势,做出很无辜的表情:"哎哟,这案子可大了，你这两天没看新闻？没看那个……哎，出来了出来了，就是他们俩！"

正说着，只见不远处一个单元门里走出来两个五十来岁的男女。据孙小圣说，那个戴眼镜，略有谢顶，看起来文质彬彬的男人叫薛洪亮，退休前是名地理老师；旁边那个身着花衣，浓妆艳抹的老阿姨叫祝金枝，是他的老伴儿，以前是薛洪亮所在学校的校工。两人面带笑意兴致勃勃，见到单元门门口甬道上坐着出来透气的几位老街坊，还非常兴奋地打招呼。祝金枝和其中两个老太太相谈甚欢，几人好像说到了什么逗乐的事，放声大笑了好半天。

"看出不正常了吗？"孙小圣捅捅一边的李出阳。

"这怎么了？不就是老两口子嘛，还是过得不错的那种。"

"他俩前两天刚死了儿子。"

李出阳一愣，咽掉最后一口冰淇淋，很认真地问孙小圣："亲儿子？"

"当然，还是独生子，横死！"孙小圣说着，忽然见李出阳手中只剩下两个空蛋卷了，气得大叫："俩你都给吃了？你大爷，有一个是我的！"

李出阳的注意力显然已经被孙小圣之前的话吸引过去了，把蛋卷扔到垃圾袋里，问他："那这对父母挺奇怪，看上去一点儿也不悲伤啊！"

"可不，不仅不悲伤，还挺高兴呢，天天还在家里唱歌呢！刘洵他们过来做笔录时都傻眼了，以为这俩人是受刺激精神不正常了，跟他们聊了聊，才发现他们思维都挺清晰的，不是脑子坏掉了，是真高兴！"

"儿子死了有什么可高兴的？"

"这就是今天咱俩来这儿的目的呀！"孙小圣说，"刘洵他们那边还在给案子做收尾工作，把这个反常现象汇报给花姐后，花姐就让咱们组来盯这件事了。说让咱们盯住这俩人，能深挖就挖一下，看看有什么线索——这俩人的反应太反常了。"

"说了半天，这是一个什么案子啊？"李出阳问。

孙小圣掏出手机，滑出一条自己早先收藏的新闻，递给李出阳让他看。然后孙小圣发现薛洪亮和祝金枝已经和街坊们聊完天，一起向小区大门走去。孙小圣赶紧发动汽车，慢慢地尾随在两人后面。

李出阳看着那新闻，内容说的是两天前晚上七点半左右，古城金融街的天宝大厦五层发生了一起暴力砍人事件。当时事发突然，一名炒菜的餐馆厨师情绪失控，手持双刀在餐厅内手刃了自己前女友后杀红了眼，逢人便砍，造成整个商场内顾客大规模奔逃。随后商场报警，暴徒逃窜到二层，接着又通过楼梯跑到地下二层车库，在那里砍伤了两名无辜群众。最后暴徒劫持了一名女童，被赶来的特警包围，在与警方对峙和谈判期间，暴徒被狙击手一枪爆头，当场死亡。

这次事件共造成四名无辜群众遇害，若干群众受伤。薛洪亮和祝金枝的儿子薛飞便是此案的遇害者之一。

薛飞今年刚满二十六岁，未婚，一直和父母居住在一起。据邻居说，薛飞从小温顺听话，跟父母十分亲近，和邻里的关系也很和谐。事发那晚薛飞可能是到天宝大厦购物，他的汽车停在地下车库的二层，他准备取车回家时，碰到了正在逃窜的暴徒，不幸被砍身亡。

这本是情节简单又具有悲剧色彩的遇难经过，但其父母的表现，使事情变得复杂诡异起来。首先，在刘洵带着薛洪亮和祝金枝去法医中心认尸时，二人就和其他遇难家属的反应截然不同：别人的家属看到亲人遗体后都哭得歇斯底里痛不欲生；这两人只是草草看了眼冰柜里的遗体，然后点头称是，就再也不看第二眼，未表现出任何的悲伤情绪。

其次，刘洵手下侦查员到薛家做访问的时候，发现薛洪亮和祝金枝竟然在对着卡拉OK机唱评剧，对他们前来访问的内容也很是敷衍。提到自己儿子的死，夫妻二人仍旧很平静，甚至漫不经心，他们飞快地跟侦查员叙述了儿子遇难当天的行动轨迹后，就着急要出门去听什么养生讲座。

邻居们对薛洪亮和祝金枝的反应也是嗤之以鼻。街坊们在面对侦查员的访问时，倾诉欲特别强，仿佛都对这对老夫妻的种种表现看不下去。众人皆说，薛飞打小听话，为人热情，从未听说跟父母有什么矛盾——哪怕是最近真有什么矛盾，那也是他们的亲儿子啊，一起生活了二十多年，现在人突然没了，当爹当妈的这俩不仅不悲痛，看上去似乎还欣欣然有喜色？

更令人齿冷的是，一个老街坊还发现了一个细节：从获悉儿子遇难的第一天开始，这对夫妻就会在夜半时偷偷出门，把薛飞生前的物品一袋袋地往楼下运，然后丢到甬道边的垃圾桶里去。

"你哪怕给他烧了呢！这么随随便便扔到垃圾桶里，多不地道啊！"街坊说到此处，摇头叹气，意气难平。

"是有些奇怪，"李出阳跟孙小圣说，"不过子女和父母产生深仇大恨的事也不是没有过，说不定这么多年来，这个家庭里一直有什么从未公开的矛盾。"

"再有矛盾，亲儿子死掉了，白发人送黑发人，也不至于是这种反应吧！"

孙小圣边说，边慢慢地驱车跟着前面行走的薛洪亮和祝金枝二人，发现他们一同走进了小区的居委会。孙小圣把车靠边停好，和李出阳一起下了车，也走进了居委会，准备一探究竟。

他们进去才发现，居委会里有一间非常大的居民活动室，窗明几净，常年暖气空调供应，小区的中老年人闲来无事就会来此消遣娱乐。薛洪亮和祝金枝此时也是如此，前者和一帮老头凑在一起打桥牌，后者跟老太太们和着音乐节拍翩翩起舞。

广场舞的音乐舒缓而响亮，祝金枝在人群中舞步轻旋，神采飞扬。不远处的打牌区域里，薛洪亮也自得其乐地洗牌摸牌，满脸笑意。午后的阳光从活动室的大玻璃窗照进来，整间活动室通透明快。这场景在不明就里的人看来，真的是和谐又美好，仿佛是人们都向往的晚年生活。

但不知为何，看着那对笑意盎然的老夫妻，孙小圣和李出阳却感到了一种由脚尖至头皮，像过电一样飞快蹿上来的寒意。

3

下午三点钟，孙小圣和李出阳被花姐紧急召回队里。

两人在支队院里碰见正要上楼的花姐，凑上去问她到底何事如此着急。花姐摘下双臂的冰袖和脸上的大墨镜，端着女王范儿目不斜视地往前走，结果脚下一绊，差点儿趴在台阶上。

孙小圣和李出阳赶紧做搀扶状。花姐重新站好，有点儿烦躁地推开大楼的玻璃门，边走边对孙小圣和李出阳说："你们那边查得怎么样了？这个案子现在出了一点儿岔子，挺让人头疼的。"

"这种犯罪嫌疑人被当场击毙的案件，不是立案之后就撤案了吗？还能出现什么问题？难道说嫌疑人还有同伙在逃？"孙小圣屁颠屁颠地问。

迎面有人跟花姐打招呼，花姐也顾不上回应，兀自跟孙小圣飞快低语："没有同伙，问题也不是出在那个暴徒身上。"

这会儿三人走到花姐办公室门口，花姐让二人进屋坐下，然后一五一十地讲述了案发后，连新闻媒体也不知道的一些现场细节。

犯罪嫌疑人雷治军在自己打工的餐馆内砍死自己的前女友吴小惠后，冲出餐馆在大厦五层的回廊上又砍死了一名老年男性，随后商场大乱，警报声此起彼伏。有一名勇敢的年轻保安上前用灭火器朝他喷干粉，虽然没能彻底制止暴行，但令雷治军左手的菜刀掉落，右眼也因为干粉的冲击力而受了压迫伤。随后雷治军手持单刃刀从扶梯跑到二楼，一路上又刺伤两名无辜群众。从后来的监控录像分析，雷治军在二楼停留了大概两分钟，在走廊上大步流星逢物便砍。好在这层的顾客离一层比较近，基本上已经疏散干净。雷治军在损坏了一些店铺的陈设和装潢后，又去厕所和育婴室等容易藏人的犄角旮旯扫荡了一圈，随后他似乎听见了一层大门外的警车声，便转而钻进了走廊尽头的楼梯间。

这也是大厦内监控录像拍到的雷治军的最后画面，显示的时间为晚上七点四十八分左右。也就是说，以上事实都是监控录像还原的，没有任何争议。而天宝大厦的楼梯间是没有监控的，但据后来的现场勘查看，楼梯间里没有发生砍杀行为。

大厦底下共有两层车库。第一层车库有监控，第二层车库由于刚刚启用，监控设备还处于调试阶段，尚未开启。而雷治军去的就是地下二层车库。

再一次真实记录雷治军暴行的监控设备，是出警民警佩戴的执法记录仪。一众民警手持各种警械装备赶到地下车库二层的H区域时，发现雷治军似乎受了很严重的外伤，血流满面，气喘吁吁，但其怀里却多了一名被劫持的女童。

从民警的记录仪录像里能看出，雷治军一手把女童扼在怀里，一手仍旧持刀，正在和几米外的一名男子对峙。那名男子左臂也受了刀伤，鲜血顺着整条胳膊往下淌，但他仍非常坚定地握着一根棒球棒，朝暴徒雷治军怒目而视。

在离这两人不远的西北方向的地面上，躺着一男一女两人，每人身下都是一摊鲜血，一动不动，看上去已经凶多吉少。

随后特警队迅速布位，那名和暴徒对峙的小伙子也被民警护送到安全区域。谈判专家和暴徒对话三次后觉得无法劝服，便在转移暴徒注意力的同时，朝狙击手传递开枪信号。

三分钟后，狙击手枪响，正中暴徒雷治军的眉心。雷治军应声倒地，人质获救。随后现场另外几名伤者被紧急送往医院进行救治。那名和雷治军对峙的小伙子伤情无碍，但另外一男一女因为伤势过重医治无效，被宣告死亡。

女性死者叫周欢，是本市一家广告公司的策划。

男性死者就是薛飞。

"也就是说，雷治军在地下车库的二层砍死两人，劫持一人，这过程中还和一个奋起反抗的群众展开了搏斗？"李出阳问。

"这得算见义勇为了吧？"孙小圣不等花姐回答，先行总结。

"更劲爆的还在后头，"花姐突然换了一种语气，走到孙小圣和李出阳跟前，用一种悬疑故事讲到最后突然出现大反转的邪性口气说，"知道这个拿着棒球棒和雷治军对峙的小伙子是谁吗？风月城集团董事长陈蜀成的独生子，古城大名鼎鼎的富二代——陈傲杰！"

"怎么会是他？"李出阳非常吃惊，腾地站起身来。

花姐虽然觉得这个消息有一定爆炸性，但没想到竟然能把李出阳直接从沙发上"炸"起来，一时不知说什么好。

李出阳可能察觉到了自己的失态，赶忙又坐下，换了种沉稳的口气重新问："身份确定了？真是陈傲杰？"

"怎么了？你认识他？"孙小圣想，李出阳家里也是做生意的，说不定和这个大名鼎鼎的公子哥有什么交集。

"啊，没有，我也只是听说过。"李出阳敷衍了两句。

"行啊，这陈傲杰也算是古城商界的名人，著名的公子哥啊！哎，我记得去年年初，他还因为在南城一小区里骂保安被群众拍下来传到网上火了一把呢，现在摇身一变又成了见义勇为的英雄啦？"

孙小圣记得当时网传的事情经过是这样的：陈傲杰驾驶一辆高端跑车到一处高档小区里找朋友，没想到小区门口的抬杆出了故障，陈傲杰被堵在了那里，便对门房里的保安破口大骂。一些看不过去的路人便拍下视频传到了网上，很快就有眼尖的网友认出这是本市大名鼎鼎的富二代。一石激起千层浪，网友都谴责和讥讽陈傲杰这种行为，"骂人门"也就成了他作为一个名人抹不去的污点。

花姐半坐在桌子上，抱着胳膊："我记得这小伙子脾气够冲，当时名声也够臭的，不过就事论事，这次从目前掌握的情况来看，他很有可能是一位见义勇为者。但话说回来，'见义勇为'怎么定性，还要依据咱们市《见义勇为人员奖励和保护办法》，由市里设置的见义勇为评审委员会来认定。但案件是咱们处置的，委员会认定的重要依据也在咱们公安。还有公众和新闻媒体肯定要看咱们的案件通告，那咱们出于对事实的尊重，就必须对奋勇抗暴的人的行为加以肯定。所以我和刘洵他们讨论了半天，觉得只有两个人的反抗和制止暴徒的行为是板上钉钉、有据可查的：一个是五楼拿灭火器制止暴徒的保安；另一个就是地下车库二层，拿着棒球棒和暴徒对峙的陈傲杰。"

"嗯，没毛病，"孙小圣做出一脸佩服的表情，"虽然陈傲杰做过让人反感的事，但在这件事中，他能在危难关头挺身而出，尤其是面对这种暴徒，在现在的社会真是挺难得的；那名保安也值得褒奖。"

"等一下，"李出阳忽然提出质疑，"您也说了，仅仅是在咱们民警到达现场之后，发现陈傲杰拿着棒球棒和雷治军对峙。那这之前的过程，还有别的目击证人吗？"

孙小圣和花姐都听出他在质疑陈傲杰是否真的和凶犯展开过搏斗。花姐随后说道："经后来确认，现场除了雷治军、周欢、薛飞、陈傲杰，还有那个被劫持的九岁女孩，就再没别人了。"

"那个女孩是怎么出现的？"

花姐说，女孩叫杨晓童，就住在天宝大厦后面的小区里，事发前她自己一个人到商场三层的VR（虚拟现实）游戏体验店去玩游戏，发现周围出现暴乱，情急之下找了个楼梯间就往一层跑。可能因为太紧张，她一下子就跑到了地下二层，精神过度紧张再加上体力透支，就一直躲在地下二层的楼梯间没敢出来。她在角落里看见陈傲杰和雷治军发生了打斗，一时间害怕至极，弄出了响动。后来不知怎么回事，雷治军撇下了已经受伤的陈傲杰，竟然朝楼梯间里的她冲了过去，然后把她强扼在怀中，走出楼梯间，和陈傲杰对峙。

"后来根据陈傲杰本人的陈述和对雷治军尸体状况的分析,我们认为雷治军在和陈傲杰搏斗期间,头部遭到棒球棒的重创疼痛难忍,在搏斗中落了下风,再加上他知道警察不久后就会抵达现场,便劫持了更为弱小的杨晓童,想带着人质乘电梯离开车库,上到大厦一层逃跑。但没想到晚了一步,咱们的民警已经把他包围了。"花姐说。

　　"杨晓童也是这么跟咱们叙述的?陈傲杰和雷治军确实打起来了?"李出阳问。

　　"她在被解救后基本上确认了这个情节。但她受到了很大惊吓,现在住在儿童医院接受治疗和心理疏导,咱们公安机关也不便正式询问。"

　　李出阳眉头紧锁,沉思了半刻,又问:"周欢和薛飞在事发前或者事发当时,给外界打过电话吗?这个一定要查一下,说不定他们会把当时的所见所闻透露给家人朋友,有助于我们还原事情的经过。"

　　"当时薛飞确实给他的父亲打过一个电话,通话时间只有十几秒。刘洵他们询问过薛洪亮,薛洪亮说自己确实接到了这个电话,但听筒里没有人说话,只有一阵嘈杂的声音,他以为是儿子误碰了手机,便把电话挂断了。"

　　"那周欢呢?"

　　"现场没发现周欢的手机。"

　　孙小圣觉得不对劲:"怎么会没有手机?现在哪儿还有人出门不随身带着手机?更何况她还是个白领。"

　　"你听我说完呀,"花姐嗓子都说干了,走到饮水机边续了茶水,又往里面拈了两朵小甘菊,继续道,"当时我们也觉得很奇怪,但后来弄清楚了,是事发前周欢把手机落在网约车上了。案发后媒体发了新闻,一个网约车司机主动把周欢的手机送到了公安机关。说是当晚周欢下车时落在自己车上的,当时手机已经没电了,所以他一时找不到机主,第二天看了新闻,结合事发地和报道中受害者证件照的模样,他觉得这个丢手机的客人很可能就是受害者。咱们核对后发现,这的确是周欢的手机,而且周欢在事发当晚确实用过打车软件,乘坐了那辆网约车。"

　　李出阳说:"哦。"

　　看来陈傲杰见义勇为勇斗歹徒的行为是板上钉钉的了。孙小圣无不赞许地说:"陈傲杰没跟咱们警方说说,他当时是一种怎样的心理状态啊?怎么就敢提着棒球棒，跟拿着刀的凶犯死磕呀？"

花姐喝了一大口水，嗓音顿时清亮很多："他倒是没怎么渲染这些，就说他当时正准备发动车子回家，见到歹徒正在行凶，一想到车里有根球棒，就没顾得上想别的，下车就冲了上去。"

孙小圣看看李出阳，李出阳面无表情。

"那如果按照现在你跟我们讲述的情况，事情经过基本上已经捋清了，犯罪嫌疑人被当场击毙，见义勇为的事迹也瓷实了，也能够直接撤案了吧。您刚才却跟我们说出了岔子，出的是什么岔子呢？"孙小圣问花姐。

"如果我没猜错的话，应该和薛飞有关吧？否则您也不会让我们关注他父母的动态了。"李出阳说。

花姐吸气点头，然后坐到他俩对面，跟特务头子交换密报似的压低声音说："也不算是出什么岔子，就是有一处细节至今存疑：侦查员在凶犯被击毙后进行现场勘查，发现薛飞压在身下的手中，握着一只女士手包，手包里有一些现金和银行卡，光现金就有几千块钱，卡有密码，暂且不能估计价值。经周欢家属确认，这只手包的主人是周欢。"

"什么意思，这俩人认识？男的帮女的拿包？"孙小圣问。

"经过咱们的排查和访问，这俩人似乎没有交集。"花姐回答。

孙小圣和李出阳互相看了一眼，一时都不知道该说什么。

"所以后来包括周欢的家属在内，一些人就提出是不是存在这么一种情况：薛飞在周欢被杀之后，趁乱抢了她身上的财物，但没想到凶犯雷治军又反身回来，看到了薛飞，便把他也干掉了。"

孙小圣觉得有点儿毁三观，不过仔细想想，这世上并不缺吃人血馒头的人。灾祸就是他们的试金石，本性如何，此刻一验便知。有人能挺身而出，有人就能趁机作乱。人啊，是世界上个体区别最大的动物！

想罢，孙小圣很失望地点点头，又很无奈地仰头看天花板。

李出阳同样觉得难以置信。从孙小圣之前透露给他的信息来分析，薛飞似乎不是这种丧尽天良的小人。所以他提出疑问："那个叫什么晓童的女孩和陈傲杰看到这个过程了吗？"

"没有。杨晓童只看到了陈傲杰和雷治军搏斗，陈傲杰只看到了雷治军砍杀薛飞，然后劫持杨晓童。"花姐很肯定地说。

李出阳摇摇头:"那不能就这么武断地认定。现场情况有可能比咱们想象得复杂,万一是周欢被雷治军追砍时,手包掉了,被后来出现的薛飞捡起临时拿在手上呢?怎么能单凭这个细节就说他是趁火打劫啊!"

花姐想了想,最后撇嘴摇头,并不认可:"两人倒地后相距三十米左右,想必倒地前也无外乎就这个距离。你觉得离得这么近,前面有人被砍,后面的人还有心思帮她捡东西?这可不是追公共汽车,是砍人!"

孙小圣按照花姐的话想象了一下当时的情景:周欢被凶犯发现并追杀时,薛飞当时应该就在车库的某个角落里,也有可能是在自己车上。他一开始怕被凶犯发现,所以一直藏匿着,等周欢倒地,凶犯跑远后,他利欲熏心,悄无声息地跑到周欢尸体旁边,洗劫了她的随身财物,没想到此时凶犯又绕了回来,将他一刀毙命。

想罢,孙小圣后背又是一凉,然后他问花姐:"那您也认为薛飞是那种人?"

"不,"花姐定了定神,很笃定地看着孙小圣,"我从来没这么说。"

孙小圣和李出阳再次对视,不知道她葫芦里卖的什么药:"那您把我们俩叫过来的原因是?"

"虽然从社会关系排查和对周欢、薛飞家属等人的访问来看,没找到两人的关联点,但我觉得事情可能不会这么简单。尤其是薛飞,邻里对他的评价是很正面的。"

孙小圣插话:"但他父母的反应……"

"你说的是他父母对他的死漠不关心的态度吧?"花姐接过话头,"这就更说明有问题了。事出反常必有妖,如果问题不是出在他们家庭内部,那就是出在这件事上。你们就更要查清楚。虽然案件已经撤了,但涉及后续对各位涉事者家属和公众的交代,我们不会放过一个坏人,不会否定一个英雄,更不能冤枉一个好人。"

孙小圣和李出阳没想到花姐最后在这里点题,有点儿意外的同时,又觉得甚是欣慰。可见她不是一个只懂得机械地部署任务和传达命令的领导,在惩奸除恶的同时,还是挺有人情味的。孙小圣和李出阳内心甚感温暖,对花姐也不禁有点儿"路转粉"起来。

"好的,我们会按您说的,去查清薛飞和周欢到底存在什么关联点,以及薛飞的父母为什么是这种奇怪的反应。"孙小圣说。

李出阳以为这就是结束语了,起身告别道:"那我们现在就过去了。看看这个在邻居眼中底子特别干净的薛飞到底是怎么让爹妈这么嫌弃的。"

"底子干净?我什么时候说薛飞底子干净了?"花姐又冷不丁放话。

李出阳和孙小圣已经往门外迈的脚都停住了,一头雾水地回望着这位今天不住地向他们爆猛料的女领导。

"您的意思是?"

"啊,没别的意思,忘记跟你们说了,薛飞一年前被判过刑,前几天刚出狱。"

4

随后孙小圣和李出阳才了解到,薛飞一年前因为就业压力,在古城市内一家饭馆里醉酒闹事,用随身携带的双节棍把邻桌不认识的客人面部打伤,随后被当地分局刑事拘留。虽然他事后悔改态度诚恳,赔偿上也格外积极,但因为是持械伤人,社会影响比较恶劣,还是被判了一年有期徒刑。

孙小圣和李出阳面面相觑,没想到这家伙还有另一面,可见有时候老街坊的话也很不靠谱啊。

"不过听说当时薛飞是因为突然失业,心态崩溃,喝闷酒时和邻桌起了冲突,他不是惯犯,也没有什么黑社会背景,所以这个前科仅供你们参考。"花姐眉毛一挑。

"正经人能随身带着双节棍?这种武器咱们警方都没有!"孙小圣冷笑。

"哦,这个也可能是有原因的,"花姐拍拍孙小圣肩膀,又去接水,"薛飞好像是个功夫迷,对这种由李小龙发扬光大的东西很热衷。而且事发前,正是美国联邦法院裁定纽约州对双节棍的禁令违宪,解除了双节棍在纽约四十四年的收藏和使用禁令,所以那一阵子咱们古城的市面上也有很多商贩违规出售这种玩意儿,薛飞就买了一个随手玩。没想到那天碰上了事,在酒精上头的情况下,拿起来就往对方脸上甩了一下,就那么一下,对方就头破血流了。"

"鼻梁骨断了呗,那玩意儿一碰就断,一断就是轻伤。"孙小圣深谙此道。

花姐也怕薛飞的过往影响他们二人调查的积极性，又把话题往回拉："所以说，你们还是尽量客观地调查。多问、多听、多看。一旦有什么进展，及时向我汇报。"

"我有一个请求，"李出阳说，"能不能访问一下杨晓童和陈傲杰？"

"陈傲杰下午来队里补做笔录，刘洵负责接待，你们可以参与。杨晓童那边，你们可以去医院试试，但据她家长说她的情况不太好，还是要酌情对待。"

回到宿舍，孙小圣懒洋洋地往床上一趴，问对面的李出阳："哎，你是觉得陈傲杰不是那么大义凛然的人吗？所以才要会会他？"

李出阳没言语，而是走到窗前把窗子打开，抱着胳膊死死地盯着窗外的一棵梧桐树，好像那树上刻着什么无字天书。

"我知道了，"孙小圣一个鲤鱼打挺坐起来，自言自语道，"你绝对认识他，说说吧，是在哪个夜店？还是在什么高端会所？"

李出阳歪了一下脑袋，也坐到了床上。

"他是个纨绔子弟吗？特霸道、特嚣张的那种？"孙小圣接着问。

"反正挺能装的，"李出阳终于答道，"这种人从小就被家人保护得非常好，看似有着良好的家教，受过高等教育，其实骨子里还是极度傲慢的。我们之前只在一个饭局上见过，但并不熟，他只跟能和自己发生利益关系的人交朋友。"

孙小圣想了想，问："那这也不妨碍他见义勇为吧？"

李出阳说："你可以先在网上查查他，看看他到底是个什么样的人物。"

孙小圣以前只依稀听说过陈傲杰的大名，知道他是个本省的富家子弟，省内乃至全国连锁的著名餐饮品牌风月城就是他家的买卖。至于他个人的信息，孙小圣还真没了解过。听李出阳这么说，他打开手机，一个字一个字地仔细阅读。

然后孙小圣才知道，陈傲杰在古城出生，一直就读于贵族学校，大学就读于伦敦的著名学府，还修了两个听起来很厉害的专业。三年前他回到古城，一边做风月城集团的董事，一边又在父亲陈蜀成的帮助下，开了一家自己的主营咖啡饮品的有限公司。一年前，陈傲杰回国后成为风月城董事的事还引起过一阵争议，有很多自媒体和小报对其个人经历进行了大起底，称其在外求学时不过是一介花花公子，学历涉嫌造假，还在公共场合辱骂保安，根本不具备接手家族上市企业的资格。陈傲杰当时还在社交账号上回应过，说自己还在学习阶段，而且不担任公司内的任何职务。不过不出半年他就在父亲的帮助下大张旗鼓地创建了自己的餐饮品牌，又和有"古城第一才女"之称的叶泳飞谈起了恋爱。两人四处参加公益活动，给希望工程捐钱，给灾区群众捐物，陈傲杰个人形象回升很多。当时就有犀利的媒体一语道破，说陈傲杰为了自己的事业，开始注重个人软实力的积累了。

"积累个屁！还软实力，软柿子还差不多。"李出阳躺在床上，对孙小圣念出的内容嗤之以鼻。

孙小圣看着看着，对那个"古城第一才女"叶泳飞产生了兴趣，见那名字是蓝色的，知道肯定有百科链接，便点进去打算深入了解一下。然后他才知道，叶泳飞当年是全省的文科状元，毕业于古城最负盛名的光化大学，修的是王牌专业新闻学，后来因为一张照得非常美的毕业照火遍了网络。但才貌兼备的叶泳飞似乎只想做一个普通人，不仅婉拒了很多导演和影视公司请她拍摄影视剧的请求，还推掉了所有请她上节目的电视台的邀约，甚至连自己的社交账号也不公开。总之，她对外界表现得非常低调。

除了嫁给陈傲杰。

下午五点的时候，陈傲杰带着叶泳飞来了。两人十指紧扣，款款走下一辆奔驰轿车。令人意想不到的是，他们身后还跟着大批前来采访的记者。

陈傲杰的伤势似乎已经稳定，只是左臂还打着石膏挂着绷带，看上去行动稍有不便；叶泳飞长发披肩，穿一身香奈儿长裙，贤惠地搀扶在侧，温柔可人。

孙小圣和刘洵皱着眉头走到大门口，让保安把那群记者拦在门外，问这是怎么回事。陈傲杰有点儿不好意思地解释说，不知道是哪家媒体事先得到消息，放出风来，记者们就闻讯跟过来了。毕竟天宝大厦砍人事件是大热点，所有人都在关注后续进展。现在警方还没有发布完整通告，古城的名人夫妇陈傲杰和叶泳飞为此事配合警方调查，中间还可能涉及见义勇为等正能量情节，自然是一引即爆，吸睛无数。

来的记者起码有二三十人，聚在门口大声问刘洵是否已经结案、凶犯为何行凶等问题。还有人隔着大铁门叫陈傲杰和叶泳飞的名字，问他们陈傲杰受伤是否与案件有关，网传他在地下车库勇斗歹徒的事情是不是真的。刘洵有点儿头大，快速将新闻热搜榜上搜索指数最高的二人迎进大楼。

李出阳是在刘洵办公室里见到的陈傲杰夫妇。陈傲杰看见李出阳先是愣了一下，露出很惊讶的神色："李出阳？没想到在这儿碰到你了啊！原来你就在这儿上班啊。"然后他又凑到李出阳身边，小声说："我还以为得给我带到那种小黑屋里，坐着铁椅子问话呢。"

刘洵问："你们认识？"

"啊，不会的，你又不是犯罪嫌疑人——伤口怎么样了？"李出阳也只能假装关心一下。

"挺好的，医生说没伤到骨头和大血管。"陈傲杰感激地拍拍李出阳肩膀，"咱们坐下说吧。"

这次询问是刘洵主问，孙小圣和李出阳旁听。陈傲杰先比较详细地讲述了一下案发经过，内容基本上和花姐对孙小圣和李出阳的讲述相符。他说当时自己正准备乘车从地下车库离开，发现歹徒时，歹徒正向薛飞行凶。于是他从后面朝歹徒靠近，用棒球棒重重击打了歹徒的后脑勺。歹徒受创后眩晕了两秒，然后转身向他砍来，两人搏斗了一小会儿，歹徒可能有些吃不消，然后歹徒听见身边的楼梯间有动静，扭头一看里面还藏了个小女孩，就冲进去劫持了她。

刘洵咬着笔杆子："你能记清楚你打了他多少下，都打在了什么部位吗？"

陈傲杰想了想："要说清楚记得的，应该就是第一下打在了他的后脑勺上。后来的几下都是瞎比画为主，打没打到他，我就说不好了。"

一边的叶泳飞轻声补充："没打着也是正常的，反正是消耗了歹徒的体力了。"

刘洵先笑了一下，然后陈傲杰、孙小圣也笑了起来。李出阳也陪着干笑两声，然后问刘洵："法医那边给出鉴定报告了吗？"

"今天上午我问过丁雁心，她说还没有。那姐们儿可磨蹭了。"

"细致一点儿是对的，你们也真不容易啊！我刚刚给你们点了咖啡，估计一会儿就到。"叶泳飞放下一直拿着的手机朝大家说。

"哈哈，不用，你太客气了。"孙小圣受宠若惊地摸着头说。

陈傲杰很宠溺地看了一眼娇妻，又一本正经地问刘洵："那砍人的是怎么回事啊？是精神病还是报复社会啊？简直太恶劣了！"

"经过我们调查，应该是情感纠纷。"

陈傲杰和叶泳飞都觉得此人戾气太重，真是应了那句话：地狱空荡荡，恶魔在人间。陈傲杰啧啧感叹半天，还灵光一闪地跟叶泳飞说："看来我们不能光给那帮上不起学的孩子捐钱了，人啊，经济上再穷，精神上也不能穷。我觉着咱们得重点关注一下底层劳动人民的心理状态，成立一个类似于低消费型给人心理按摩或者减压的……那个叫什么来着？"

"心理咨询室，就是咨询公司。"叶泳飞提示道。

"对对对，就是这个，现在市面上的心理咨询都太贵了，底层老百姓根本消费不起。咱们可以设立个基金会，专门做这个，我回头跟我爸商量商量，用咱们'天际咖啡'来冠名，你当形象代言人，旨在为底层劳动人民分忧解压……"

"我代言哪行啊，还是找个小鲜肉吧。"叶泳飞咯咯笑道。

"你没问题，你人气比小鲜肉可高多了。"

刘洵、孙小圣、李出阳静静地看着这对金童玉女商业互吹。叶泳飞可能觉得离题太远了，捅捅陈傲杰，陈傲杰这才回过味儿来，问刘洵："哦，对了，刘警官，现在这个案子是不是已经结了？还需要我配合什么吗？"

"哦，目前不用了，如果需要的话我们会再联系你们。"刘洵放下笔，"等雷治军的尸检报告出来，不出意外的话一周内我们公安机关将会召开针对这起事件的新闻发布会，到时候也会提到你和那名大厦保安的事迹，等着火吧！"

陈傲杰含蓄一笑，不知说什么好。倒是李出阳在旁边问了一句："你和歹徒搏斗时，注意到周围还有其他人经过或者躲藏起来吗？"

刘洵明白了李出阳的意思，知道他在质疑陈傲杰单方面陈述自己事迹的真实性。这么说来，这个见义勇为的情节似乎是牵强了点儿，所以他也扭头看着陈傲杰，看陈傲杰做何反应。

陈傲杰显然没有防备，沉吟道："这个我还真没注意……我没看到还有别人在啊。"

李出阳点点头。

叶泳飞倒是有一个思路："其实现在想来，你们如果想找别的目击者的话，虽然地下二层的车库没有监控，但你们可以问问大厦车库出入口那里有没有监控录像，然后按照时间点查看事发前后有没有车辆出入。如果有，再核对车牌号，根据车牌号找到车主，询问他们当时是否把车停在地下二层，或者直接问他们有没有在车库目击此事。"

孙小圣一听，觉得甚妙："对，是可以这样，现在的车库出入口都是依靠电子眼抓取牌照，是有牌照记录和时间节点的。这个方法可行！你可以呀，来我们这儿当顾问吧。"

刘洵也有点儿自愧不如地看着她。

叶泳飞莞尔一笑，又看了眼自己老公，自嘲地说："学新闻的都得有点儿'克格勃精神'呀。"

5

做完笔录后，刘洵带人去调查车库出入口的监控录像，孙小圣和李出阳又来到薛洪亮和祝金枝所住的小区。他们这回想上楼跟二老聊聊，也顺便进屋看看，兴许能找到什么线索。

结果，登门时间有点儿尴尬，薛洪亮开门时，屋内飘出一阵饭香。不过薛洪亮一听他二人是民警，态度相当热情，请进屋后对他们嘘寒问暖："吃饭没有？要不要坐下一起吃点儿？"

房子是典型的南北通透老户型，两居室，一间卧室大敞着门，放眼望去里面是铺着中老年气息极浓的花格布单的床铺；另一间卧室门紧闭着，估计是薛飞生前的卧室。客厅全部是老实木家具，祝金枝从八仙桌边站起身来，吆喝老头："你这问题问的，当警察的能按点儿吃饭吗？还不给俩小伙子拿碗拿筷子去！"

薛洪亮赶紧一溜小跑奔向厨房，祝金枝则低头猫腰去搬椅子。孙小圣和李出阳还没反应过来，就几乎被强按到了饭桌前，面前还摆上了热腾腾的米饭。

再一看摆上桌的几道菜，松鼠鳜鱼、葱爆羊肉、蒜蓉扇贝、鸭血粉丝，香味扑鼻，分量也很足，他们四个人吃估计都有富余，更别提就老两口了。孙小圣和李出阳面面相觑，要知道他们的儿子薛飞还尸骨未寒呢，搁别人估计早就食不下咽了，这老两口却精神百倍胃口大好，真是太奇怪了。

但人家热情地把饭都盛了，孙小圣和李出阳也只能硬着头皮端起碗。李出阳尝了一口祝金枝夹给他的松鼠鳜鱼，发现味道竟然还不错，甜而不腻，香酥可口，可见是用了心的。他都有点儿恍惚了，自己没走错门吧？

"干你们这行的，都特别辛苦吧？瞅瞅你俩，一个赛一个瘦。"祝金枝端起碗，一边咀嚼一边很关爱地看着他们。

孙小圣也被他们这个开场弄得犯了迷糊，一时不知道该怎么开口提问，只能同味同嚼蜡地扒拉了几口饭，尴尬地聊几句，然后试探着把话题往案件上靠："那个……我们是为了前两天天宝大厦那件事来的……"

"啊，那件事啊，"薛洪亮看了妻子一眼，脸不变色心不跳地说，"那件事还没完结呢？你们也真够辛苦的，这大热天的，来回跑。"

他就这么不咸不淡地说了两句，又大口吃菜了。

孙小圣把目光投向祝金枝。祝金枝兀自面带微笑："那你们是来了解什么情况的呢？"

孙小圣说："您能不能跟我说一下，薛飞在案发当天去天宝大厦干吗了？"

祝金枝微微皱了一下眉头，旋即飞快答道："这个我们也不太清楚。可能就是去买东西或者吃饭吧，他的事我们也基本不过问。"

那态度和口吻，和评价一个普通路人并无二致。

李出阳转向薛洪亮："我听其他主办民警说，薛飞在案发时，也就是晚上七点五十五分左右给家里打了一个电话，当时是您接的？"

薛洪亮把嘴里的一大口饭咽下去，又灌了一口放在手边的浓茶，无奈地笑笑："这个我已经跟他们说过了呀，电话里他根本没说话，可能是误碰了手机吧。"

"因为这个时间点很特殊，正是歹徒在地下车库里行凶的时间，所以还希望您能仔细回忆一下，听筒里有没有什么其他的声音？"

薛洪亮看了祝金枝一眼，又很困惑地看着李出阳："没有呀，也许有，但我没注意到？谁能想到那会儿会有那种事发生呀？咱们正常人发现对方误碰了手机，不都直接挂断嘛，难道还听听对方在干吗，和谁在一起啊？那不成了小脚侦缉队了吗?"说完,他和祝金枝都咯咯笑了起来。

孙小圣和李出阳都觉得这笑声格外瘆人。

祝金枝给他俩夹菜:"多吃点儿。"

"我听说,薛飞是前几天刚刚出……刚刚回来的?"孙小圣又试探地问,还刻意避开了"出狱"这个词。

"是的。"祝金枝答道。

"他回来后,跟你们说过什么特别的话吗?或者有没有什么奇怪的举动?"

"特别……"祝金枝玩味地重复着这个词,扒拉着盘子里的一根鱼刺,"现在的年轻人啊,哦,也就是你们呀,说的话呀,做的事呀,崇尚的东西呀,在我们这些老辈人看来,都是很特别的好不?所以这就很难融入一起去,因为完全不是一个世界的人嘛。就好比这根刺,对鱼来讲,它是必不可少的;但对吃鱼的人来说,它就完全是一样多余的东西,没有才是最好的。"说着她干脆利落地把刺挑到桌面上,又拿起抹布擦擦手,冲孙小圣笑笑,"再给你盛碗米饭?"

吃过饭,祝金枝哼着小曲擦桌子,薛洪亮在收拾厨房。孙小圣暗示李出阳是不是可以撤了,瞧这个样子,这个家庭绝对不正常,也别想再问出什么有价值的东西来。

李出阳却还不死心,他凝神静气地想了两秒,忽然话锋一转,冲正在忙活的祝金枝说了一句:"阿姨,薛飞的事情我们很抱歉。"

"嗯?你抱歉什么?是凶犯的错啊。"祝金枝扭脸说,神色仍是波澜不惊。

"如果我们警方的人能够再早到一会儿,说不定他就能免遭毒手了。"李出阳说。

"啊,"祝金枝应了一声,把抹布扔在桌上,"事情已经过去了,就不要想这些啦。你看我和我们家老头,现在的想法很简单,就是享受生活。"

薛洪亮也从厨房里走出来:"小伙子,你们的工作态度和专业性我是认可的,但说到底你们还是太年轻呀,没经过大风大浪。知道什么叫曾经沧海难为水吗?就是我和你阿姨这样,等到你们熬到我们这个岁数,就不会纠结于什么生啊死啊情啊爱啊的,那样特矫情,纯粹是跟自己过不去。"

"对，等到你们俩头发白了，背也驼了，就会有那么一天，你出门一拍脑门儿，忽然全明白了：这就是命！为什么人家说五十岁知天命？那之前，比如你们这个岁数，只会认为生离死别多痛苦，等你们到了我们这个岁数，就会看得很开了。"

孙小圣一口老血差点儿喷出来：从没听说过这么不着四六的宿命论。要真把自己儿子的生死看得如此开，那也太没心没肺了吧！他真怀疑这两口子是不是入了什么邪教，被洗脑成了那种满口仁义道德内心却无比自私冷酷的黑暗教徒。但是又有什么邪教有如此大的魔力，能击垮几十年的血肉亲情，完全控制这对平凡生活中的老夫老妻？

真是太匪夷所思了！

"那个，"孙小圣尽量克制着问，"能让我们去薛飞的房间看一眼吗？"

祝金枝扭脸去看薛洪亮，薛洪亮这才想起什么似的说道："那个房间里面什么都没有了，东西都让我们清出去了。"

"是，我们家老薛平时喜欢练练书法什么的，我就说把那屋腾出来让他写字用。那里没有薛飞的东西了，就甭看了。"祝金枝赶紧补充道。

孙小圣和李出阳听罢，知道多说也无用，只得告辞离去。

回到楼下的车上，天色已晚，周围有不少带着孩子遛弯的父母，他们脚步欢快笑声阵阵，听得孙小圣感慨连连。他见过许多死者家属，那些人得知亲人意外离世后惊讶、悲痛、难以接受的样子历历在目，他们看上去悲痛欲绝，这也能证明他们与死者之间在乎与被在乎的真实关系。可薛洪亮夫妇真是令他大开眼界，他觉得他们今天的每一个无所谓的眼神和每一句不咸不淡的话都在诠释着教科书式的冷血无情，甚至会在余生影响他，提醒他父母亲情也并非都是万般美好的，总会有一些禽兽不如的人玷污世间本应最天然和纯粹的感情。

李出阳也靠在椅子背上沉思，他想的内容更深入一些：不知道这对老夫妻和儿子之间发生了什么难以化解的矛盾，才令他们变成今天这副铁石心肠的模样。按说薛飞刚刚出狱，算上一年前被刑拘的几十天，他已经一年多没有在家待过了。那么这种矛盾是很早就积累下了，还是他刚刚回家的这几天，突然和父母产生的？

久别一年，儿子死后父母波澜不惊。这反常的表现使李出阳倾向于前一种猜测。

两人正各怀心事地沉默着，孙小圣手机响了，拿起来一看是刘洵打来的。刘洵告诉孙小圣，按照之前叶泳飞的想法，他们对照着大厦地下车库的出入口监控，追踪到一辆符合条件的白色电动汽车。这辆车离开地下车库的时间为晚上七点五十六分，正好处于雷治军在地下车库二层行凶的时间段。其实这个时间段还有十几辆车先后离开车库，能看出司机行驶匆忙。有的车车速快到都没被自动抬杆系统感应到，最后车是把长杆撞断冲出去的，一看便知是受到了大厦内突发事件的影响。但根据车牌号和大厦地下一层车库的监控录像来排查，其他车辆都停在地下一层，只有那辆白色电动汽车是从地下二层开上来的。现在刘洵正在努力和车主取得联系。

孙小圣说："太好了，说不定这个车主看到了当时雷治军是怎样行凶的，当然也就看到那位陈傲杰是怎么路见不平的了。"

说到陈傲杰，刘洵又告诉了孙小圣一个重磅消息：今晚陈傲杰好像准备携夫人叶泳飞到儿童医院看望这次事件中被解救的女孩杨晓童。

"什么？"孙小圣觉得有些不妙，"他们是不是又叫了一大帮媒体记者？但我没看到有新闻报道啊。"

"没跟你说是'好像'嘛，我也没有确定。"刘洵说。

"那你是怎么知道的？"

刘洵说，傍晚六点左右，他忽然接到了一个陌生来电，接起来才知道来电者是陈傲杰的夫人，那个大名鼎鼎的才女叶泳飞。叶泳飞说陈傲杰现在在医院换药，但门外守候的记者仍然很多，给他们的生活造成了很大困扰。尤其是当记者们反复询问陈傲杰是不是见义勇为的英雄时，他们不知该如何回答。

"那她是什么意思？"

"是啊，我问她是什么意思，她就问我咱们公安什么时候能对外发布结案通告，因为成天被记者包围，给他们的工作和生活带来很大的不便。最关键的是官方没定性，他们也不敢回应，但那些记者你也是知道的，越不回应就越来劲，所以她说就是想打听一下案件审理的进度，也顺便提一个诉求。"

"什么诉求？"

"她说关于陈傲杰见义勇为这个行为，咱们能不能先对媒体有个交代，这样也能堵上那些记者的嘴，不至于让他们整天被媒体包围、议论。她还说他们晚上想去医院看看杨晓童，关心关心人家孩子，他们不想被记者们描述成作秀。"

"让她先歇会儿吧，"孙小圣有些反感了，"你问问他们懂不懂法啊，这种恶性案件中的见义勇为性质的确定，得市综治委认定，是荣誉称号，他们想现在就把帽子给自己戴上，难不成自己先给自己颁一个奖？"

挂了电话，孙小圣跟李出阳吐槽："按说陈傲杰和叶泳飞也是见过世面的人，怎么在这个关头就能冒这种傻气呢？好事要真是他做的，谁也抢不走呀。"

"他要是没做，也有办法杜撰出来。"李出阳沉沉地说了这么一句。

孙小圣有些意外，想了想问："你的意思是，他当时根本没和雷治军发生搏斗，而是在事后借机宣传自己勇斗歹徒？"

"你想想，现在除了他的自述，对于他见义勇为的各种见证都是打擦边球，还没有一样证据能完全证明这个事实，所以这个时候他一定会急不可耐地想先把事情坐实，这样才能最大化地从这件事中获益。"

孙小圣想了想，依然觉得李出阳有点儿主观臆断："可那辆白色电动汽车还是在叶泳飞的提示下找到的啊。"

李出阳摇了摇头："车主看没看到事情的经过还是一回事。"

孙小圣忽然想起什么："对了，那是不是不能叫陈傲杰一方去接触杨晓童啊？万一他把那女孩和女孩家属收买了——哪怕不是收买，只是充好人，到时候杨晓童给咱们提供证词时，肯定也会说有利于他的话啊。"

"但他又不是犯罪嫌疑人，咱们又有什么权力限制他的人身自由？"李出阳摊手。

"那也不行，"孙小圣看了一眼越发深沉的夜色，启动了汽车，"得去医院看一眼，反正现在闲着也是闲着，我得去会会那孩子，别回头有些话让别人说在前面，咱们就更问不出什么了。"

"也好，那你去，我留下。"

"你不陪我一起去？"

"我听说，晚上这老两口会出来扔薛飞的东西，我得留意观察一下。"李出阳深深地望着旁边居民楼上那扇属于薛家的窗口。

6

杨晓童在位于郊区的第二儿童医院就诊,这家医院好像是杨母临时带着她转过来的,据说就是图个清静,有利于孩子的调养。孙小圣驱车赶往医院,抵达时已过晚上八点半。他在刘洵的提示下,很快找到了杨晓童所在的独立病房,也很快被杨晓童的母亲拦在了门外。

杨母名叫徐慧,三十五岁,年纪不算大,但实际看上去要老一些,头发也有些稀疏,略微蓬乱地盘在脑后。刘洵之前告诉孙小圣,这个女人是一个在线教育网站的编辑,早年间和丈夫离婚,一个人带着杨晓童。由于工作压力大,再加上对孩子视若珍宝,所以她一直百般阻挠警方接触正在治疗中的杨晓童。孙小圣知道这些后,特意在楼下的便利店里买了很多零食,还在明知被宰的情况下花高价包了一束鲜花。

徐慧这两日显然已经身心俱疲,还算客气地收下礼物,但表示晓童处于治疗阶段,实在不方便接受访问。而且这孩子毕竟是劫后余生,已算是万福了,如果再出现什么差池,徐慧的心态说不定也会崩溃。

听她的意思,警方在杨晓童这边恐怕算是绝缘了。见孙小圣大失所望,徐慧解释说,孩子大前天受了惊吓,白天哭闹夜晚梦魇。医生诊断为因受了过度刺激而导致的心因性精神障碍,今天刚刚好一些,但绝对不能当孩子的面提起当日的风波,否则病情一定会出现反复。

"真是抱歉,我们也不是不通情达理的人,但孩子太小,如果这件事不能让她尽快忘掉,那恐怕会影响她的一生。"徐慧看了一眼手中的鲜花,爱莫能助地说。

未成年人必须得到监护人的同意和陪同才能接受询问,这是办案程序规定的。现在人家监护人说得在情在理,实在是无法辩驳。孙小圣看了一眼紧闭的病房,想起自己这一趟的无谓折腾,气恼之余,又深感无助。

"嫌疑人不是当场就被击毙了吗?也就没必要再往下查了吧?"徐慧又问。

孙小圣不知如何作答,反问:"今天还有别人来看过晓童吗?"

"别人?你是指……"徐慧愣了一下,见孙小圣很肯定地看着自己,这才反应过来,"今天陈傲杰和他的夫人来过。"

孙小圣刚要说什么，徐慧又补充道："不过我也没让他们见晓童，只在楼下和他们聊了几句。"

"只有他们两个人来吗？"

"是的。"

"都聊了些什么？"

徐慧听后似是不悦，脸色微微一沉："我是受害者的母亲，他是解救我女儿的好人，你说我们能聊些什么？慰问、感激、共勉这些话，哪一种是你们需要的？"

这女人果然心思深沉，表面上不卑不亢，暗地里很有自己的一套。孙小圣调整了一下语气："我不是这个意思……"

徐慧见孙小圣软下口气，马上主导了对话："可是现在给我的感觉，你们警察的目的性比陈傲杰强多了。他今天和叶泳飞过来，没带一个部下，也没带一个记者，他们只是想单纯地看看孩子，觉得和孩子患难与共，孩子的安危也牵动着他们……"徐慧说至此处，话音有些哽咽，"这两天，来找我的人也不少，记者、警察，还有市里的人，但你们都是局外人，为了你们想要的东西来敲我们病房的门。只有陈傲杰，他是当事者，当时就和我孩子相距咫尺，他不顾自己的生命危险勇斗歹徒……"

说到这儿，孙小圣觉得事情开始不对劲了。怎么连这个不在场的孩子妈的口风也变成如此了？陈傲杰怎么就勇斗歹徒了？

"和凶犯搏斗这个……是晓童告诉您的，还是陈傲杰告诉您的？"孙小圣狐疑地问道。

"是晓童，"徐慧很肯定地说，"是晓童告诉我的。"

孙小圣心下一惊，登时无语。

翌日早上孙小圣来到宿舍，发现李出阳在床上闷头睡得正酣。李出阳平时睡眠质量不好，很少有这种睡态，想必是头天晚上熬得过甚。孙小圣扭头到食堂打了早点，再一推门却把李出阳吵醒了。这家伙昨天晚上熬了夜，眼圈黑得像挨了两记炮拳似的。

李出阳坐在床上醒神，孙小圣把豆腐脑给他盛在饭盆里，又用微波炉热包子。一通忙活之后，孙小圣发现李出阳又倒在了床上。

孙小圣正想着怎么处置刚刚弄好的早点,就见刘洵竟然大步流星地跨进了他们屋内。看到桌上已经布置好的吃食,刘洵伸手便拿,被孙小圣一把打回去:"不是给你的!"

刘洵撇嘴:"不给我?得,那我就走了,你别后悔啊!"

孙小圣觉得不对劲,赶紧又把他往回拽:"吃吃吃,跟我说说是有什么新发现吗?"

刘洵坐到孙小圣床上:"那辆白色电动汽车的车主联系上了,但人家在外地,不方便来做笔录,所以我们只能电话访问了。"

电动汽车车主说,当晚他们夫妻俩带着五岁的孩子到天宝大厦吃饭,吃完饭大概晚上七点四十分抵达地库二层 J 区,准备驱车回家。上车过程中,忽然听到远处传来惊叫声,再加上大厦内警报骤响,便猜到是有什么突发事件。因为怕孩子受到惊吓,一家三口赶紧上车坐定,然后迅速驾车驶离了车库。

"J 区,那岂不是离 H 区很近?"孙小圣叨念了两遍字母顺序后问。

"是的,车里的男人和孩子什么都没看到,但是孩子妈说,她看到几十米外一个拐角处,有个拿着棒子的身穿白 T 恤的年轻人,在追打一个拿着刀的人。"

事发时只有陈傲杰身穿白色 T 恤,看来他勇斗歹徒的情节又多了一条佐证。孙小圣想了想,还是觉得哪里不牢靠,问刘洵:"那这家人现在去了哪儿?"

"那男的说,孩子妈和孩子在这过程中都受了点儿惊吓,为了平复他们的情绪,一家子就回四川老家度假了——正好孩子也放暑假。你那边呢?接触到杨晓童了吗?"

孙小圣把昨天杨母徐慧与自己的对话大致给刘洵讲了一遍,刘洵听后好像更疲惫了。仰面半躺在孙小圣床上,刘洵有气无力地说:"虽然咱们都觉得陈傲杰不大可能是那么勇敢的人,但从现在调查的进展来看,他确实是这样做了。虽然他事后挺高调挺嘚瑟的,但瑕不掩瑜,咱们也别带着偏见去看待这件事就行了。"

孙小圣抓了抓头,虽然没表态,但基本也默认了刘洵的话。

"有问题。"这会儿从不远处忽然飘来了低沉的几个字。原来是一直面朝墙躺着的李出阳发话了。

"什么问题？"刘洵手撑床板，坐直了身子。孙小圣也看着李出阳，努力分辨着这位是不是在说梦话。

李出阳揉了揉眼睛，一个鲤鱼打挺坐起来，胡乱套上了一件搭在椅子上的 T 恤衫，然后踩着拖鞋下床，从床脚处拎起了自己的双肩背包，又从背包里拿出了两个黑色的塑料袋。

"这什么啊？"

李出阳说，昨天晚上不出他所料，和之前街坊们提供的情报一致，在半夜零点左右，薛洪亮和祝金枝两个人开始往楼下运东西。

从这两个人挑选的时段和行事风格来看，他们应该是在刻意躲避外界的关注。两人行动迅速、安静，甚至相互都没有交流，一前一后，分工明确。他们一共下了三趟楼，运出了四五个塑料袋的东西。他们把这些东西扔到楼下不远处的垃圾桶里，直到零点三十分左右才处理完毕。

一点左右，直至确认二人不会再出现了，躲在暗处的李出阳才去那个垃圾桶里翻看他们扔掉的东西。六个黑色塑料袋里，有四个装的都是衣服，另两个塑料袋里是一些零散物件。其中一袋里有两本相册和一些薛飞上学时获得的奖状；另一袋里，则是一些人物玩偶。李出阳觉得这两个袋子里的东西很具有代表性，便挑拣了一些带了回来。

"玩偶？"孙小圣很好奇，连忙打开袋子，掏出一个仔细观察。那个人偶大概三十厘米高，穿着一身挂满勋章的美国军服，还戴了顶白帽子。孙小圣依稀觉得这个形象有点儿眼熟，又一时对不上号。

"啊，这个是汉默将军！"刘洵先认出来了。

汉默将军是大片《勇闯夺命岛》中的人物，形象经典，也很具有代表性。孙小圣又掏出了另外一个人偶，发现这个人偶穿着一身类似特警的服装，肌肉发达，面露凶光，还手持一把冲锋枪。孙小圣道："这一看就不是将军，是冲在前头打仗的。"

李出阳说："我查了下，这是俄罗斯 SSO 特战队中的狙击手，属于俄罗斯兵人系列。"

"什么叫'兵人'？"刘洵摆弄着这个"兵人"，发现人偶的衣服竟然还能随意解开、拆下，就好像小时候玩的那种可以换装的玩偶。

李出阳告诉他们,"兵人"是一种源自美国的玩具,面目生动,雕画细致,全身的关节都能够活动,衣物鞋帽能够自由穿脱,各种装备也可以根据玩家的喜好随意改装,所以广受世界各地发烧友们的喜爱。薛飞收集的这种十二英寸①的"兵人"是流传最广的"兵人"版本,是依照真人和装备的六分之一比例制作而成,非常方便收藏和展示。

　　"而且这东西价格不菲,比二次元那帮人玩的手办还贵,估计是薛飞生前非常宝贝的收藏品。"李出阳说。

　　刘洵赶紧把"兵人"的衣服穿好,一脸敬畏地放在桌上。孙小圣拿着一个海豹突击队的"兵人"仔细翻看,问:"那就是说,薛飞是一个那什么……'兵人'爱好者?"

　　"能收集这么多这种东西,那就一定是了。"李出阳从孙小圣饭盒里拿出一个包子塞到嘴里。

　　"这也不能说明什么问题啊,顶多表明他活着时不差钱。"刘洵撂下一句。

　　"那你们再看看这些。"李出阳把袋子里的两个相册打开,一页页地翻开来给他们展示。孙小圣看到,那些照片都是薛飞从小到大的成长记录:从出生开始,一直到大学毕业,多数是跟父母的合照,还有一些和同学的合影,以及自己单独的照片。拍摄地点遍布全国,有的在自己家里,有的在公园,还有的在草原和海边。从数百张照片中看,薛飞从一个肉嘟嘟的小婴儿,逐渐成长为一个青春洋溢的小伙子,一直是很阳光很率真的形象。在一旁共同面对镜头,渐渐老去的薛洪亮夫妇也是目光纯净、和蔼温柔。

　　刘洵和孙小圣内心都有些五味杂陈,同时叹了一口气。但孙小圣也表示:"看来薛飞和父母的关系就像邻居所说的,很正常也很稳定啊。"

　　刘洵又仔细翻看了一下相册的后几页,发现近两年的照片比较少,便道:"也可能是最近突然爆发了什么矛盾?他还没结婚吧?有对象吗?会不会是因为个人问题和父母闹翻了?"他说着说着,觉得略显牵强,又补充道:"也可能是因为一年前他入狱的那件事,导致父母对他绝望了?"

　　孙小圣想起什么,说:"我去查一下他服刑的监狱,看看能不能查到在

---

① 1 英寸 = 2.54 厘米。

他服刑期间父母来探视的记录。"

李出阳点点头："这个靠谱。"

孙小圣查后发现，薛飞是在省第二监狱服的刑。孙小圣搜肠刮肚地想了一下，还真有个警校同学毕业后去那里当了狱警，就打电话联系了一下，看能不能委托对方看一眼薛飞的被探监记录。那同学说自己虽然在第二监狱，但不在薛飞所在的监区，要看记录的话得去找别的同事。等消息传递过来，已经临近中午了。

结果令大家都有些惊讶，从监区办公室留存的探监记录上看，薛洪亮夫妇基本每个月都会来监狱探视薛飞，而且时间都不短，基本都在半小时以上。他们还很积极地给薛飞存钱、送物，尽量让薛飞能在里面过得舒坦一些。

知道这些消息时，孙小圣和李出阳及探组里的其他人正在食堂吃午饭。孙小圣挂掉电话后，组里人为此产生了激烈的争论。樊小超认为，薛飞父母在其服刑期间还体贴关怀至此，说明他父母至少在其出狱前，跟他的关系还是正常的。如果双方真的因为什么矛盾导致关系破裂，那也是在薛飞出狱回家后那几天。

"但这几天，能有什么事让他们闹成这样呢？人死了还能若无其事？"灿灿姐百思不得其解。

"假设一下，"苏玉甫说，"之前李出阳也说了，薛飞是个'兵人'爱好者，而这种爱好又是很烧钱的，所以薛飞可能打小就不是个节俭的人。长大后迷上了这玩意儿，估计少不了管父母要钱。而且他又在监狱里待了一年，在里面说不定和某个狱友学坏了，出狱后变得更贪钱了，然后就因为钱的问题跟父母翻脸了。"

"啊，有可能，"樊小超说，"我听说刚重获自由的人，心态其实不像咱们想的那样轻松，他们一方面想赶紧融入社会，一方面又想在精神上和物质上补偿自己，很容易躁动不安。"

"所以他才会急需钱，所以他才会去动周欢的财物！"黑咪总结道。

"你们这样猜测太武断了，"灿灿姐有些不爽地说，"他当初进监狱又不是因为钱，别逮着个帽子就随便给人扣。"

"现在不是咱们给他扣帽子，是他父母的反应太过奇怪，咱们在找原因呀。"苏玉甫喝了口鸡蛋汤说。

孙小圣都没心思吃饭了，看着大家说："现在猜测这些都没有用，我觉得下午咱们还是去一下案发现场，进行一下原景重现，说不定能有什么收获。"

7

下午孙小圣等一行人来到当天的事发地天宝大厦。天宝大厦停业整顿了两天，此时开业不久，顾客还不算多。孙小圣等人直接进入地下二层车库H区，发现整个H区并不大，呈矩形，只有七八百平方米，还是个死胡同，只在两侧的墙上靠北侧各有一个楼梯间。在H区的北侧，是横条状的J区。J区东西方向通透，和H区形成一个"丁"字形。

现场稀稀落落停着几辆汽车，地面上还有一些没擦干净的黑色血迹残留。根据当时的现场勘查笔录，凶犯雷治军是从H区东侧的楼梯间下到地库二层，应该是正好碰上从对面楼梯间出来的周欢。周欢明显不了解地形，朝H区南侧的死胡同跑去，半路被雷治军截住。这个位置正是H区西侧中部的贴墙处。

周欢死后倒地。此时凶犯刀上沾有周欢的血迹，根据血液滴落的轨迹显示：凶犯此时可能往J区走去，寻找电梯，或者其他比较隐蔽的地库出口。然后不知为何，他又原路返了回去，在周欢倒地位置的东南侧二十米处，捅倒了薛飞。

随后在薛飞倒地处的东侧，也就是靠近H区中部区域的比较宽敞的地带，根据地上的血液痕迹推断，凶犯和陈傲杰发生打斗。可能就在此时，西侧楼梯间里传来杨晓童的动静，凶犯冲进去劫持杨晓童，出来后和陈傲杰对峙。此时民警从J区的东西两侧包抄进来，对现场进行布控。

孙小圣等人先后模拟了当时在场几人的位置和行动路线后，觉得事实虽然看似清楚，逻辑也大致成立，但似乎不具备唯一性。

孙小圣想了想，问樊小超："刘洵说的车主电话提供线索的那辆白色电动小汽车停在什么位置？"

"在J区的中间部位。"樊小超小跑两步，远远指去。

"薛飞的车停在什么位置？"

"这里。"樊小超又折回来，指着 H 区西部靠南侧的位置，也就是离薛飞倒地不远的位置。

"陈傲杰车的位置呢？"

"这里。"樊小超满头大汗，根据笔记上记录的停车位号码，找到一个车位。孙小圣一看，这里正是 H 区最南侧的中间部位，视野非常好。如果陈傲杰的车头朝北，是完全可以看到整个 H 区，以及面对着的 J 区大部分车位的。

孙小圣站在那个车位上，朝北面望去，若有所思。

李出阳也站过去，目眺远方，问孙小圣："是想到了什么吗？"

"如果陈傲杰的车头朝北，就是正对着 J 区中间的位置，他说他当时发动汽车正准备离开大厦……"孙小圣猛地扭头看着李出阳，"我记得陈傲杰昨天驾驶的奔驰车的风挡上，是有行车记录仪的！"

"你的意思是，陈傲杰的行车记录仪可能会记录下地库里案发的全程？"

孙小圣还未回答，王木一等人的问题就跟了上来："假设他的行车记录仪真的对着这个角度启动了，不说照个全景，至少能把当时歹徒行凶的经过录下来八成，那他为什么不提这件事？"

李出阳沉吟道："可能性只有两种：一种是记录仪没开；一种是开了，也录到了，但他不想公开。"

黑咪一拍巴掌："那咱们现在直接联系他，让他把录像拿出来不就完事了。"

苏玉甫推了一把黑咪："你也不动脑子想一想，当时他都不主动提供出来，就说明这东西肯定是拿不出手的。就算他有，肯定也会说没有，要也没用的。"

大家一想，这话确实在理，你无法叫醒一个装睡的人。何况谁也不能保证当时记录仪真的启动了。这个假设从头到尾都只是空谈。

"不，"孙小圣有些不甘心，做了一个举例的手势，"咱们先把他开启了记录仪但不愿公开当作一个前提，那么在这个前提下，他为什么不能拿出这份录像？说明这份录像肯定对他不利，也就是说录像录下的内容，和他对咱们警方交代的东西不符。"

孙小圣飞快走向 H 区中部，看看四周，最后目光落在 J 区中部车位的几辆车上："假设行车记录仪开启了，这个位置，录像是能够采集到的吧？"

樊小超抬了抬眼睛，点点头说："应该可以。现在行车记录仪都是大广角高清拍摄——可是这里也不是歹徒行凶的位置啊。"

"你就光想着行凶，"孙小圣后退几步，指着前方，"刘洵说，那辆白色电动小汽车上有人目击了陈傲杰和歹徒的搏斗过程，那么反过来说，那辆车也被陈傲杰的行车记录仪拍下来了！"

李出阳反应迅速："我明白了。"

孙小圣和李出阳明显已经在思考下一个问题了，探组其他成员显然还没跟上他们的思路，不禁频频发问。孙小圣便解释道："这辆车存在的信息是叶泳飞提示给我们的。好巧不巧，车主提供给我们的就是有利于陈傲杰的证词。而且车主自称人在外地，无论如何都不方便现身接受咱们的询问，你们不觉得奇怪吗？"

"你是说……"黑咪也转过弯来了，眼睛瞪得老大，"陈傲杰有可能通过自己的行车记录仪看到了这辆车，然后联系上了车主，通过买通的方式，让他给自己做伪证？"

灿灿姐皱眉摇头，觉得脑洞太大，而且这方法不大可行："他凭什么联系到车主的啊？车牌？他又不是警务人员，怎么能查到车主的信息啊。"

李出阳说："那辆电动汽车是一款新型轿车，牌子也比较小众，在咱们市内应该只有为数不多的几家 4S 店销售点。他只要确定车牌是本市的，那联系那几家 4S 店，尤其是就近的，给人家一点儿好处，或者声称自己和对方发生剐蹭，想找对方，就非常有可能找到车主。——我还纳闷叶泳飞怎么那么有侦查意识，原来这是一个局。"

"我的天哪，"樊小超觉得浑身都不好受了，"叶泳飞可是我的女神啊……你们确定他们绕这么一个大圈子，就为了给自己捞一个见义勇为的好名声？万一败露了，就会身败名裂，这值得吗？"

李出阳冷笑道："你懂什么？陈傲杰今年一直在融资，憋着气给自己的天际咖啡在新三板挂牌，誓要做国内轻餐业第一股。但他之前因为骂保安公众形象受损，自己的品牌也很难有大的热度，所以他才和叶泳飞捆绑，努力扭转口碑。如果这回见义勇为的称号能拿下，年底他就有极大可能当选省级优秀青年企业家，他那破咖啡公司上市就指日可待了。这对他的事业发展来说，无异于坐上了火箭。"

众人听罢，心下均是一惊，纷纷感叹富人的思路就是不一样，没个懂行的还真是看不出门道来。大家啧啧感叹的同时，又备感压力。因为如果此局成立，那必是经过了陈家势力的各种推动和维护，想要推翻，一定是难上加难。

"也不光是为了这个，"孙小圣这会儿走向H区西侧的楼梯间附近，有点儿自言自语地说，"还有可能，他同时是想隐藏什么。"

众人赶忙跟随着他聚集到此地。

"周欢从这个楼梯口出来，看见对面的凶徒，按理说应该往相对空旷、开放的J区两侧奔逃，怎么会朝死胡同一条的H区南部跑？"

李出阳脑中灵光一现，扭脸看孙小圣："她是去找那里的陈傲杰？"

孙小圣兀自自语："陈傲杰事先等在那里，随后看到朝自己奔跑过来的周欢被刺倒地，紧接着薛飞也被刺倒地。然后陈傲杰下车，出现在凶犯雷治军的视线里……假设真的像现在咱们认定的那样，薛飞在周欢倒地后，偷偷去取了周欢的手包拿在自己手上，然后又被折返回来的雷治军袭击……"

孙小圣把手机递给苏玉甫："帮我拿一下。"

苏玉甫接过来的一刻，孙小圣冷不丁使劲掐了苏玉甫的腰一下，苏玉甫惊声尖叫，手机应声落地。

"你们看，"孙小圣迫不及待地向大家展示，"人在受到重创的时候，手中的东西多半是拿不住的。"

大家茅塞顿开，对孙小圣的思路很是拜服。

"你大爷，你怎么不掐他啊。"苏玉甫对孙小圣刚刚的行为耿耿于怀，指着一旁的李出阳说。

孙小圣又说："所以说，薛飞即便是当时偷取了周欢的手包，在遭受袭击之后，也很难继续保持拿包在手的状态，包应该是掉落在一边的。"

"但那个包当时是被他抓在手里的……是有人后来放到他手里的？"

"那没有别人了，只能是陈傲杰了。"大家一致得出结论。

孙小圣照着这个思路继续推理："但陈傲杰为什么要这么做呢？"

他走到周欢倒地的位置，见王木一背着双肩背包，便指挥她："来，你躺下。"

王木一本来有些抵触，但见孙探长煞有介事的表情又不好推托，只能硬着头皮往地上躺。地上之前勘验现场时给尸体画的粉笔圈还在，王木一躺在里面顿觉生死瞬息间——活着真好！

孙小圣又让黑咪躺在了薛飞倒地的位置。孙小圣发现，这两个位置距离虽然不太远，却是一条斜线，前者在车尾处，后者在车头处，想必当时中间一定有汽车遮挡。

孙小圣让樊小超扮演雷治军，自己则扮演陈傲杰。

"雷治军把周欢和薛飞捅倒后，往北面J区跑去，"孙小圣轰樊小超，"赶紧跑啊。"

樊小超顿悟，装模作样地往北面跑。

李出阳和其他队员在一边观摩。

孙小圣这时从陈傲杰的停车位置跑到王木一身边，拽下她身上的双肩背包，然后往黑咪的位置走，边走边回头喊樊小超："行了，你往回跑，往我这里跑。"

李出阳一挥手："不对！"

众人看着李出阳："哪里不对了？"

李出阳走到樊小超面前拍拍他："你歇会儿吧，我演雷治军。"

樊小超谢幕，李出阳顶替他走到H区北部，然后回头看着大家，大声说："雷治军为什么忽然折返回来？我觉得，他是看见或者听见J区东西两侧的通道里，有警察过来了。他知道自己无路可退了，于是就往回跑，想着跑到H区的楼梯间里，上到一层逃离大厦。但他往回跑时，看见了陈傲杰，于是就想劫持他，和警方谈判，事实上后来他也是这样劫持的杨晓童。"

说着李出阳走到西侧墙边，往楼梯间一溜小跑，边跑边指着孙小圣所在的方向："在我发现你之前，你会做什么？"

孙小圣一愣，看着手里王木一的双肩背包，忽然想到了什么，然后迅速拉开背包的拉锁，翻看里面的东西。

"警笛声或者警察喊话的声音由远及近，你不会听不到。"李出阳边向孙小圣追近边说。

孙小圣心里一慌，看着眼前已经走到王木一位置的李出阳，又看看身边趴着的黑咪，顺手把双肩背包塞到了黑咪的身下。

随后李出阳和孙小圣短兵相接，演练结束。

"我知道了，"孙小圣说，"是陈傲杰拿了周欢的手包，但随后他听到了警笛声，知道警察马上会赶来，为了不让警方发现这个细节，他必须把这个包放回去，或者藏到自己车上。但自己的车离得比较远，位置也开阔，一时间不好过去；他又通过前方汽车之间的间隙，发现雷治军竟然折回来了，所以他也没法把这个包放回到周欢的身上；随便丢到一边也不行，他知道警方一定会仔细勘查现场，回头查起来，难免会牵涉到自己。所以他急中生智，就把包塞到了薛飞的身下，这样不管怎么样，他至少能够撇清和这个包之间的关系。"

"也就撇清了他和周欢的关系。"李出阳飞快地接道，"这两个人一定认识，而且肯定是那种见不得人的关系。以至于他必须冒着生命危险，去找周欢包里的一样什么东西，否则这个东西一旦落到警方手里，就会给他招来灾祸。"

"啊，周欢和陈傲杰相约在这里见面，所以周欢看见歹徒后，第一反应是往陈傲杰车的方向跑，而不是往外面跑。"黑咪从地上坐了起来。

"会是什么东西呢？"孙小圣抓耳挠腮，把双肩背包扔给一边的王木一。

这会儿灿灿姐把刚才苏玉甫掉到地上的孙小圣的手机还给他："花姐好像刚才给你打电话来着。"

孙小圣和李出阳瞬间对视，不约而同地开口："是手机！"

按照两人的推测，周欢的手机中一定存了什么关于陈傲杰的不能公开的信息，所以陈傲杰必须要在她生死未卜时将手机拿在手中，以免手机落在别人手里，导致手机里的信息被泄露、公开或者他自己被勒索。而根据之前刘洵探组调查的情况来看，周欢当时身上确实没有发现手机，手机是次日被一个网约车司机送到公安机关的，理由是案发前周欢把手机落在了自己车上。根据调查，那辆网约车也的确是周欢当日乘坐过的。

"陈傲杰知道虽然手包的问题解决了，但一个都市女性身上没有手机同样会引起警方的怀疑，所以他在删掉或者转移了手机里对他不利的内容后，又根据手机里周欢的约车记录，找到了那个载她来天宝大厦的司机，给了司机一点儿好处,让司机把手机交给公安机关,堵上了这个可疑的漏洞。"樊小超尝试总结。

"我去,那周欢不会是陈傲杰趁乱杀死的吧?"苏玉甫问。

"不排除这种可能性。"孙小圣说。

队员们听得倒吸凉气,目瞪口呆。套路能做到这种程度,没有高超的智囊团和雄厚的资本还真是玩不转。有钱人的世界真危险啊,正所谓牵一发而动全身,哪怕是表面上的一丝波澜,都会翻起无数汹涌的暗潮。

"收买目击者,收买网约车司机,现在看来,杨晓童那边他们可能也收买了。这一切,就是为了掩盖丑闻,顺道还当一回英雄。"孙小圣咬牙切齿地说。

"你忘了还有最重要的收买对象,薛飞的父母。"李出阳看着孙小圣,语气忽然变得异常低沉。

孙小圣仿佛迎头挨了一闷棍,疼痛、耳鸣,连带着直面惨淡人生的悲凉感。

是啊,如果不是被收买,薛飞的父母怎么会是那种奇怪的反应?那是他们的亲生儿子,他们难道不应该悲恸万分吗?可现在,他们选择了最冷淡的处理方式,不发一声不问一句,甚至和自己儿子划清界限,一切任凭陈傲杰大肆渲染扭曲事实,凌驾于真相之上操纵着一切。这不是和他串通好了又是什么?!

"不,"孙小圣还是不太相信,有点儿发慌地摇着头,"什么样的好处,能够切断父母和儿子的亲情?恐怕金山银山也不可能吧?"

"除去收买,你觉得陈傲杰就没别的手段了吗?他能够偷天换日到这种程度,除去给那些人施以好处,一定还有别的手段。"李出阳深沉地吐了一口气,声音越发沙哑,"威胁、恫吓,为了达到目的不择手段。老两口子能有什么办法,就算他们去闹,去争执,就能不让死去的儿子背这口黑锅了吗?所有的证人都被买通了啊。"

"所以他们只能按照陈傲杰的要求,表现出本来就和儿子不亲,甚至儿子本来就不是个省油的灯的样子,去做给外界看?"灿灿姐眉头紧锁,看看孙小圣,又看看李出阳,却没得到任何一个人的答复。

现实永远是血淋淋的!有句话说得好,人心和太阳一样无法直视。

最令人绝望和愤怒的是，虽然孙小圣等人推断得清楚明白，却拿不出一样实质性的证据。那些疑似被收买的人，除去薛飞父母，不是拒绝警方访问，就是推说自己不在本市，想来早就想好了对策。更何况他们对警方的陈词虽然对陈傲杰极为有利，对于雷治军杀人一事的整体侦破却无关痛痒，所以基本涉及不到做伪证的问题，当然就更加有恃无恐。

　　"现在只有一个办法，"李出阳说，"只能去找丁雁心了，看她对孙小圣说的那个人在受伤的一瞬间手里抓不住东西的说法认不认可。如果能写进尸检报告里，说不定能当个证据。而且如果周欢是陈傲杰杀的，尸检中肯定也能看出端倪。"

　　孙小圣又想了想，对黑咪说："你们去查一下陈傲杰和周欢到底有没有交集。"

　　李出阳补充道："还有问问技术队，周欢的手包和手机做没做指纹提取和鉴定。"

8

　　"你这就是扯淡了。"法医丁雁心一边在办公室的水池子洗手一边扭头给孙小圣浇冷水，"什么叫'受伤时抓不住东西'，自己乱造理论也得经过实际验证好不？"

　　孙小圣一听要实际验证，就把李出阳往自己身边扯，被李出阳反推一把："去去去，找别人试去。"

　　丁雁心回身朝他们走来，跟个幼儿园阿姨一样摇头晃脑："这个不是找谁试的问题。首先你得明确：当时薛飞受伤，他有没有自己的预判，还是像你说的那样，是被突然袭击的。不过我看过这案子的案情，我倾向于前一种。"

　　"为什么？"

　　"很简单，"丁雁心早就把案件的分析报告放在桌上了，她一边拈着报告一边照本宣科，"薛飞的致死伤是'腹壁穿透创导致下腔静脉劈裂，失血性休克死亡'，左胸和左臂还有两处刀伤，这些伤都是在身体正面。而车库是相对开放的场所，所以他在受伤前，至少在一两秒钟内一定看到了凶犯，而且他应该还有抵抗行为，所以他对自己受伤是有预判的。"

"有没有预判区别很大吗？"

"当然，有预判，肾上腺素就会提前分泌，痛感就会大大减弱。不信你去问问那些打仗或者打架中受伤的人，他们中刀或者受到其他伤害的一瞬间，基本都是感觉不到疼痛的，所以也就不存在什么手里拿着的东西会掉的理论。"

"那你能确定周欢就是被雷治军杀的吗？"

"当然，刀口、伤口撕裂度，和雷治军手持的单刃刀是完全吻合的，和其他受害人身上的刀伤也有共通之处，可以确定是出自同一把凶器。除非雷治军杀着杀着，把刀借给别人了——你觉得可能存在这种情况吗？"丁雁心朝孙小圣摊手抖腿。

唯一残存的一点儿希望也被无情扼杀了，孙小圣觉得丁雁心那张人畜无害的娃娃脸骤然间邪恶阴沉起来。

倒是丁雁心，严肃地完成科普任务后又一脸八卦地坐到孙小圣和李出阳面前，凑近说："哎，你们给我说说呗，是不是发现了什么新线索？我还挺关注陈傲杰和叶泳飞的。你看我这头发，"丁雁心使劲扭了扭脖子，卖力地给他们展示，"就是仿叶泳飞的新发型剪的，怎么样？有没有那种很知性又很稳重的感觉？"

"挺富态的。"李出阳心不在焉地说。

"嗯。"丁雁心应声后又觉得这个词有问题，"什么叫富态啊？这不是形容老太太的话吗？还是那种特胖的老太太。"

"是富婆，富婆，"孙小圣掐了李出阳一把，安抚丁雁心，"挺好看的，颜值噌噌地往上升啊。"说着他又把话题找了回来，"我跟你说我们现在怀疑陈傲杰根本没跟歹徒搏斗过，至少是没主动搏斗过，而且有很大的个人因素在里面。说白了，他并没有见义勇为。"

丁雁心登时愣了："啊！"

孙小圣就把下午他们在车库的推断给她一五一十地讲了一下。丁雁心静静思考了一会儿，顺便又喝了口桌子上的咖啡，喝的同时，她似乎突然想到了什么，反应一大，咖啡差点儿喷到地上："啊，我好像有点儿明白啦。"

李出阳赶紧问："是在尸检过程中发现什么问题了吗？"

丁雁心一边胡乱抽着纸巾给自己擦嘴，一边做了个稍等的手势，抬起屁股去柜子里翻东西。一会儿她拿出一本尸检报告来，坐到孙小圣和李出阳面前，一边端着一边翻。

"这个是凶犯雷治军尸检报告的副本，正式的已经拿给刘洵他们附卷去了。"

孙小圣和李出阳走到丁雁心身侧，跟她一起翻看这本报告。报告里有很多雷治军尸体的局部照片和伤口特写。丁雁心边翻边说："雷治军额部及后枕部可见两处圆形创口，经解剖可见脑组织破碎，符合子弹导致的弹后空腔效应，额部软组织有缺损，也符合射入口的特征。问题在于枕部射出口那里，也就是我们所说的后脑，"说着她轻轻叫道，"啊，是这里。"

丁雁心停住翻页的手，指给孙小圣和李出阳看。两人发现那页报告上是一张黑漆漆中间又泛着红色的纵向伤口照片，伤口上面还有一个黑色的圆洞。孙小圣和李出阳辨认了半天，才看出那是雷治军后脑伤口部位的特写照。

"根据简要案情推断，雷治军偏后脑部位的这个钝挫伤应该是陈傲杰用他当时手持的棒球棒击打的。我听刘洵说，陈傲杰自述当时雷治军正在向薛飞行刺，他一棒抢过去，把雷治军打蒙了，随后雷治军就把目标转向了他。"

"有什么不对吗？"

丁雁心把脸又往近凑了凑："但这处伤我觉得有点儿问题。棒球棒咱们大家都是知道的，球棒是比较粗大的，一般的球棒最粗处横截面直径至少有6厘米，砸在人头部，接触面应该是比较大的，镶边样挫伤带会比较宽，但这处伤口却很窄，明显不是用棒球棒打的。"

孙小圣和李出阳对视一眼，孙小圣又问丁雁心："那你跟刘洵探讨过吗？"

"探讨过，不过因为这个伤痕的绝大部分被子弹射出的创口破坏了，参考性就大大降低了。而且刘洵后来特意询问了陈傲杰，陈傲杰说自己当时第一下没有打中，手潮了，球棒掉到了地上，但他怕雷治军反应过来，捡起来没拿好就抡上去。也就是说，他打中的那一下，把球棒拿反了，给雷治军造成实质伤害的，是相对较细的球棒的握棒处，所以镶边样挫伤带这样窄。"

李出阳有点儿失望地靠在椅子上，手指头下意识敲着桌面："虽然这样能解释得通，但总感觉哪里怪怪的。"

"反正能让我想到的陈傲杰的可疑之处，就只有这个了。不过他也能把问题圆上，就看你们能不能找到其他佐证，形成证据链了。"丁雁心耸耸肩。

"没办法，晚上咱们还是去薛飞家楼下蹲着吧，看看那老两口这回能扔出什么有线索的物件来。"孙小圣朝李出阳撇嘴道。

晚上十一点，薛洪亮和祝金枝这老两口还没下楼呢，黑咪那边便传来好消息，说是找到了陈傲杰和周欢的关联点。他们先从周欢的住址入手，通过属地派出所调取监控录像，按照时段和地点试图追踪出周欢生前一个月的活动轨迹。与此同时灿灿姐和王木一还联系到了一名周欢的同事，并且成功访问到了此人。但此人称自己只能私下里提供自己知道的信息，不做笔录更不签字，只是单纯出于公理心，说一点儿关于周欢的真话。

不出孙小圣和李出阳所料，这个同事是个和周欢年龄相仿的女性。这个女同事告诉灿灿姐和王木一，周欢一个月前接了一个私活，是给一个咖啡品牌设计一款线下产品的 logo。

当时灿灿姐和王木一就猜到了："是天际咖啡吗？"

对方说具体的品牌不知道，也就不妄加猜测了。但自始至终周欢都表现得很兴奋，跟那个给她介绍活的中间人也打得火热。那个中间人也是个女的，据说是一家会馆的股东，买卖不少，人也敞亮，牵线的同时，还邀请她到会馆去玩，说在那儿能认识很多生意人，可以开拓人脉，发展财路。于是周欢欣然前往，后来还发过朋友圈，只不过周欢设置了三天可见，现在这些内容都看不到了。

随后黑咪和苏玉甫根据这个女同事提供的内容，视频追踪到一个月之前，周欢确实去了一家名叫"渡口之梦"的生活会馆。这个会馆消费高昂，里面只有四个私汤小院，提供餐饮、温泉和娱乐服务，是古城很多高端人士谈生意、扩交际的场所。周欢于晚上八点进入这家会馆，第二天中午才出来。

而根据樊小超从属地派出所调取的这家会馆停车场附近的监控录像发现，陈傲杰的车曾经开入过停车场，时间大概为头天晚上十点，于次日上午九点左右离开。

"会馆里有监控吗？"孙小圣问。

"我们联系过会馆，不出所料，他们说超过一个月的监控录像都被顶掉了，所以无法提供。"

看来这家会馆老板也是个明白人，知道不给金主找麻烦。孙小圣这边也拿不到合法的手续，只能攥着手机干瞪眼。

"没关系，现在至少证明咱们的猜测是靠谱的，接下来就是继续找线索。我就不信了，这陈傲杰本事再大，脑子也不见得够用，肯定还有什么疏漏没堵上。"李出阳一边扯开一袋薯片一边说。

"技术队那边问了吗？周欢手包和手机上提取的指纹做鉴定了吗？"孙小圣接着问黑咪。

"问了，吴良睿说那手包是布质的，提取不出指纹，手机他们倒是检验了，但因为被网约车司机触摸过多，也没提取出别人的有效指纹。"黑咪答道。

李出阳听罢，有点儿失望地靠在座椅上，使劲往嘴里塞薯片。

紧接着孙小圣又接到了花姐的电话，花姐问他人在哪里，孙小圣如实回复。花姐叹了口气，让他们现在归队。

孙小圣问："怎么了？"

"事实清楚，检察院那边也调查完了，这个案子已经撤了，后天咱们局会召开新闻发布会，对外公布详细案情。"

孙小圣心头一凉，下意识问："那……陈傲杰那边？"

"评审委员会经过调查，认为保安和陈傲杰符合见义勇为情节，已经报市综治委，申请授予他们见义勇为先进分子称号。这个情况到时候也会在案件发布会之后当着媒体宣布。"花姐短平快地跟孙小圣说着，"所以你们那边可以不用盯薛家了，都撤回来吧。"

孙小圣看了一眼李出阳，有点儿急躁地问花姐："可是这边薛洪亮和祝金枝咱们还没有调查清楚啊，还有……"

花姐那边好像正忙着签什么东西，跟孙小圣说有什么事见面再说，便摁断了通话。孙小圣猴急地要往回拨，被李出阳一把按住："她都说了有什么事见面说，你就回去好好跟她谈谈呗，看看能不能再给咱们争取一些调查时间。"

孙小圣既没把握也没着落，心里空空的，瘫坐在椅子上："能行吗？"

"能行，只要发布会没开，时间上就来得及，你去搞定花姐，我继续在薛洪亮夫妇身上下下功夫，实在不行，我就跟他们摊牌。"

孙小圣赶回队里的时候，花姐正要去会议室开视频会。会议室的大喇叭已经开始点名了，花姐这边却被孙小圣扯着衣襟，祈求宽限调查时间。

花姐也爱莫能助。一方面最初的调查是她支持的，另一方面她也确实想把一些存疑的东西查个水落石出。但办理任何案件，不管是结案还是撤案都是有时限的，尤其是这种重大恶性案件，一旦长久拖延，就会引起公众的质疑和猜测，待到真相公布之时，反而不那么服众了。所以花姐只能用最快的语速跟孙小圣推心置腹地说了一下，说自己不是否认他们的工作，但现在时限已到，既然他们没找到推翻陈傲杰见义勇为行为的实质性证据，就不能否认这个情节。

"可是我们需要时间啊，王队，也许我们马上就能找到证据了，我们现在已经调查出周欢和陈傲杰两人之间存在交集了。"孙小圣堵在楼道里，摆出最拿手的死皮赖脸架势。

"然后呢？"花姐停住脚步，"这能说明什么？"

"说明薛飞并没有偷拿周欢的手包，很可能是陈傲杰塞到他手里的。因为周欢手上有对陈傲杰不利的东西，所以陈傲杰必须要拿到那个手包。"

"好，你的分析符合逻辑，"花姐朝他伸出一只手，"那证据呢？"

"证据……"

"人证，物证，视听资料，哪怕是鉴定意见，你拿出一样给我，我立马递交给评审委员会，让他们撤回打给综治委的申请，你看怎么样？"

"现在还没有，但是……"

花姐毫不留情地打断他："你与其在我这儿浪费时间，不如再去碰碰运气。记住，后天晚上八点，咱们市局的指挥中心会直播这次案件的对外通报发布会。这之前如果你能找到证据，哪怕是在发布会现场，我也能帮你扭转乾坤。"

孙小圣本已万念俱灰，但听到此话，又觉得希望的小火苗似乎还没完全熄灭："您说的？一言为定！"

"但你记住,一定是实质性的证据!"花姐眼睛浑圆,掷地有声。

9

半夜零时十分左右,居民楼一层单元门洞的灯蓦然亮起,李出阳揉了揉惺忪的睡眼,从汽车座椅上调整好姿势。

薛洪亮和祝金枝的身影从门洞里依次走出。和昨日一样,他们跟地下党一样悄无声息、小心翼翼、脚步细碎地走向甬道上的大垃圾桶,然后暗自发力,把手上提着的黑塑料袋一股脑儿扔了进去。

按照李出阳的经验,他们应该会下三趟楼,扔出约五个塑料袋的衣物。所以在他们第三趟上楼之后,李出阳就从车上跳下来,走到垃圾桶边翻看他们之前投入的黑塑料袋。

这回薛洪亮夫妇扔下来的袋子一共有六个,好像绝大多数是衣服,而且还是很厚实的冬服,塑料袋拿在手里死沉死沉的。李出阳顺着一个袋子的打结口摸进去,发现里面衣服的布料很粗糙也很硬实,有点儿像工装服。但因为周围太过黑暗,他又不敢打开手电筒,所以一时无法判断这衣服到底是何种材质。

还有一个袋子很沉,摸上去里面有很多硬物突起,应该不是衣服。袋子的结打得也很死,李出阳搞不清是什么东西,只得拎起整个袋子,往自己车上运。

没想到刚走几步,就撞上了迎面而来的薛洪亮。薛洪亮手里还拎着一个袋子,显然是还有东西没扔完。但他后面并没有跟着祝金枝,想必是老太太上下楼累了,先歇着了。

"你在干什么?"薛洪亮在阴影里看着李出阳,眼睛反射着不知从哪儿投过来的一丝亮光,看上去颇为诡异。

"啊……"李出阳觉得手里的袋子忽然间变得异常沉重,"没干什么,随便走走……"

"这是我刚才扔的袋子吧?"

李出阳不知该如何回答。

反倒是薛洪亮,先低头笑了一下,然后边继续往前走边说:"我明白了,你们还在查那个案子吧？小伙子很有正义感嘛！"

薛洪亮和李出阳擦肩而过。李出阳转过身子，看他把手上的塑料袋扔到垃圾桶里，然后很解脱地拍拍手："这就是最后一个啦，家里终于清净了。"说着他走到李出阳跟前，拍拍李出阳的肩膀，未发一言，朝门洞走去。门洞里的灯可能是声控的，在他抬脚迈过去时忽然熄灭。但这并不影响他的步伐，他脚步稳健，不疾不徐，浑身上下透着一股自然而然的平静和淡定。那是一个白发人送黑发人的背影，是一个晚年丧子、老来无靠的背影啊，尽管是那样泰然自若，但李出阳还是感受到了万般的悲凉。他和薛洪亮相隔几米远的这段路途中，一股令人窒息的憋闷油然而起，让整条甬道似乎都逼仄幽暗起来。

李出阳胸中仿佛被什么东西积压到了极点，终于按捺不住："为什么？你们为什么一点儿都不难过？"

薛洪亮的身影一停，扭头反问："你说什么？"

李出阳跟上一步，索性把话说个痛快："明明你们很疼爱薛飞，明明你们的关系很亲密，在薛飞打架入狱之后，你们也没放弃他，依然在关爱他，鼓励他。为什么这件事出了之后，你们却表现出要和他撇清关系的样子？能告诉我吗？"

李出阳被这压抑的环境和气氛所折磨，几乎是哀求着这名父亲的回答。

薛洪亮看着李出阳，虽然沉默，但表情上看不出有丝毫动容。

"请您告诉我，你们不难过、不悼念，甚至连他的遗物也只是在没人的时候随便扔掉……这些，这些，都不是你们的真实反应！你们是被要挟的，在某种强大的压力下，你们被要挟去淡化，甚至丑化自己心爱的儿子，是这样吧？"

李出阳目光如炬，使劲支撑着自己其实已经发颤的身体。

"小伙子，你是一个刑警，你见过无数失去孩子的父母歇斯底里、痛不欲生的样子。你已经形成了思维定式，认为所有的父母心里都有自己的孩子，但这个世界上总是有例外的。更何况，这世上能有什么是必然和永恒的？越是美好的东西就越脆弱，它粉碎的一瞬间，所有和它相关的东西，都会灰飞烟灭。"薛洪亮沉静如斯，犹如站在讲台上一般对李出阳娓娓道来，"或许，这也是一种涅槃吧。"

薛洪亮不经意地抬头望了一眼夜空，似乎很释然。

"那您告诉我，薛飞做了什么事，让您和阿姨这样决绝？"

薛洪亮漫不经心地一笑："这是我们的家务事，说出来丢人，有机会我再告诉你吧。"

说罢薛洪亮转过身子，继续上楼。

"等一下，"李出阳小跑两步，追上他，"您刚才跟我说，我是一个有正义感的警察，那我问您，"李出阳胸口的闷气仍在使劲冲撞，他憋得快要仰天长啸了，"什么叫作正义？您告诉我——什么叫作正义？"

薛洪亮看了他一眼，未发一言。

"我认为，公平就是最大的正义。哪怕您说您已经不把薛飞当儿子了，哪怕他是您的仇人、冤家，但在这个案子中，您难道不能给他最起码的公平吗？他没钱没势，被歹徒一刀捅死，已经很可怜了，现在还要被人污蔑成偷拿死者财物的小人。如果您再不站出来告诉大家薛飞是一个什么样的人，他临死前给您打的那通电话里到底说了什么，那他的人格只能平白地被恶人、被金钱践踏！"

李出阳语毕，死死地盯着薛洪亮的眼睛，捕捉着那里面可能出现的任何一丝波动。他多么希望此时的薛洪亮能够深明大义、不畏险恶、勇敢地说出真话。哪怕只是蜻蜓点水地提示一下他，让他稍微接近一点儿真相也行。

薛洪亮迟疑了一下，嘴唇刚刚张开，但很快又改变了节奏。

"我说过，那通电话里没人说话，是他误碰的。"他飞快地说着，"不好意思，我要回去休息了。"

说罢，薛洪亮快步前行，飞快地闪进了楼洞里。

第二天，李出阳带着昨夜从小区垃圾桶里新收集的两塑料袋遗物来到办公室，跟孙小圣说了与薛洪亮的对话。孙小圣听完一开始七窍生烟，咒骂怎么会有如此禽兽的父母，但随后一想又倍感蹊跷。他坐在椅子上云山雾罩地想了半天，反复念叨着："这陈傲杰到底是用了什么手段，让这夫妻俩这么听话，口风这么严？他真有那么大的能力吗？"

"能力大小是一方面，你也得看薛洪亮和祝金枝是什么人。手无寸铁、没权没势。更何况，他们即使反抗，也掀不起任何水花。我猜测陈傲杰在威胁恫吓的同时，可能也给了他们一些许诺，比如金钱或者一些更实际的好处。"

孙小圣朝一边坐着的樊小超挥挥手："去查查薛洪亮夫妇账户上有没有大笔资金进账。"

李出阳一个手势拦住："没用的。你以为这玩意儿微信转账就能搞定？肯定是走现金。我甚至怀疑好处根本还没兑现，因为他的荣誉称号现在还没拿到手呢！他这种人不会做任何有风险的买卖，一定是先运筹帷幄，然后等时机成熟，拿到最大的收益之后再兑现承诺。"

李出阳说着，把两个塑料袋放到桌面上，哗啦啦地解开。探组众人都聚拢过来，想看看这一拨遗物里到底藏着什么玄机。

李出阳先拿出了一个迷彩的类似骑行头盔的装备。这个头盔两侧有绳带固定，盔顶还有两排洞眼，盔内部前额处有衬垫，四周还有调节尺度的齿轮和弹簧。头盔虽然构造精密，但所用材质非常轻，拿在手里负重感很小。大家一开始还不确定这到底是什么类型的头盔，还是黑咪联想到什么，打开手机迅速搜索了几个字母，最后确认："啊，这是'FAST 盔'。"

"什么是'FAST 盔'？"

黑咪把头盔拿过来，前后端详了一下，然后把手机上的网页展示给大家看："没错，样子都一样，只不过这个是复刻版的，和模型差不多，给粉丝收藏用的。"

网页上介绍，这款头盔的名字叫作 FAST Base Jump，可以翻译成"基础跳跃盔"，是美军一款战地装备，防护功能和便携功能齐备，是战地头盔中很经典的款式，也很受军备迷们的追捧。这种复刻版的头盔现在买来也要费一番功夫，估计多半是走代购，而且价格不菲——可见薛飞对这种野战装备很是热衷。

袋子里还有一副"超级技师"的手套。这种手套似乎更知名一些，在网络上出售，也是鱼龙混杂，主要就是一种技战术的装备。除去这副手套，袋子里还有夜视望远镜、强光手电和钢制挂绳等物。

"怎么净是这种东西？这薛飞攒一堆这种战术装备干吗啊？"灿灿姐翻看着这些东西，觉得莫名其妙。

"这个是什么啊？"孙小圣拿起另外一个钢制的奇形怪状的东西，那东西乍一看和奥迪标志差不多，只不过在四个圈的一侧，还绕着一个大圈。孙小圣似乎在哪里见过这个东西，他试着把四根手指穿入圈内，赫然发现，原来这个也是打架用的：手一攥拳，这东西就成了拳头的外挂，又锋利又稳固，杀伤力应该不小。

"这个叫'指虎'，又叫'拳扣'，格斗用的。"王木一说。她是跆拳道黑带、技战术高手，估计对这种东西略懂一二。

"看来薛飞攒一堆这玩意儿，自己也不是什么善茬儿啊。我终于知道他去年为什么能用双节棍把人家鼻子打骨折了——谁身上带一堆这东西，稍微一急眼不给人揍出个好歹啊。"苏玉甫看着大家说。

"不，"孙小圣又仔细翻看了每一样东西，"这些东西其实都是野外生存或者格斗使用的，看上去都非常新，表面基本上没有磨损，我估计是薛飞自己觉得好玩，放在家里收藏用的，基本没带出来过。"说着孙小圣又闻了一下那指虎，发现上面还散发着抗磨润滑油的气味，可见薛飞非常宝贝这些东西，偶尔还拿出来擦拭维护。

孙小圣忽然想起什么，整个人怔在桌边。

李出阳问："怎么了？"

孙小圣放下指虎，指挥着探组众人："灿灿姐看家，其他人跟我过来一趟。"

孙小圣带着众人先来到刘洵组的办公室，刘洵此时正在伏案写报告，见孙小圣带着一大票人呼啦啦围过来，吓了一跳，以为他们要端自己老窝呢！赶紧站起来问怎么回事。

孙小圣目的很明确，问陈傲杰案发时手持的那根棒球棒发还给本人了没有。刘洵说应该还没发还，但也不在这儿，存在证物室了，要看直接去看就行了。

"那棒球棒是金属的，还是木头的？"

"……我还真没仔细看，金属的吧？有木头的吗？"刘洵当时只仔细核对了雷治军所持的凶器，对陈傲杰拿的物件还真没太注意。

孙小圣扭头便走，刘洵扯住后面的樊小超问怎么回事，樊小超说孙探长可能发现涉案物品有问题，想赶紧确认一下。刘洵看孙小圣这架势，唯恐自己工作出了疏漏，便赶紧把手头工作丢给组员，自己跟着孙小圣等人跑出了办公室。

孙小圣在证物室登记口签了字，火急火燎地接过文员递过来的塑料袋。然后他发现，那根棒球棒是一根实木棒。

"果不其然，是木头的。"孙小圣拿着那球棒说。

虽然市面上铝合金材质的和碳纤维材质的棒球棒很多，但美国职业联赛规定，正规棒球比赛必须使用木棒，也就是说木棒才是棒球棒的正统。陈傲杰是棒球爱好者，还在国外留学多年，想必深谙此道，所以自己打棒球也只会选择最专业的木棒。

李出阳接过那根棒球棒问孙小圣："怎么，你猜测雷治军后脑上的伤口不是这根棒球棒打的？"

孙小圣还未回答，刘洵在一边说："这个最初我们也怀疑过，因为丁雁心跟我们说过伤口特征不太符合，但陈傲杰告诉我他是用球棒的细端击打的雷治军的后脑，等雷治军劫持了杨晓童之后他才调整好。我也让技术队那边大致核对了一下球棒细端的尺寸，大抵能和雷治军的伤口特征对上。"

李出阳指着棒球棒手柄的底部："这里有一圈凸起，也能和伤口对上？按理说，虽然伤口镶边样挫伤带比较窄，但深度上应该呈上侧深、下侧浅的特点吧？"

"能对上，确实是这样的。"刘洵回答。

李出阳和探组其他人有些失望地看着孙小圣。好在孙小圣并没有泄气，而是说："没关系，咱们先去一趟法医中心，看看丁雁心那边怎么说。"

一行人又驱车赶往法医中心。此时外面已经淅淅沥沥下起了小雨，一行人坐在车内相顾无语，不知道接下来等待他们的是转机，还是新一轮的失望。

孙小圣坐在副驾驶座位上，手中反复摩挲着那个指虎。

还好今天丁雁心当班。孙小圣等人在法医中心见到丁雁心后，开门见山地问丁雁心木质武器和金属武器在敲击人的颅骨后伤口会有什么样的区别。丁雁心觉得孙小圣这个问题已经不能靠翻照片来回答了，便干脆带他们来到法医中心的存尸处，按照编号找到了雷治军的存尸柜，然后一把拉出来，在助手的协助下，仔细观察雷治军尸体的后脑。

雷治军的尸体由于长期冻在冰柜中，面部有些发胀，且已经呈现灰蓝色，眉心中央黑色的弹痕触目惊心。他双目紧闭，双唇微张，身上冒出微弱而又刺人的凉气。

存尸处是一个空旷又封闭的房间，存放尸体的铁柜子三面环壁，每一个抽屉上都贴着标签。柜子里放着的都是待验或者已经处理完毕的尸体，整个空间安静、肃穆，又憋闷。孙小圣和李出阳在警校时曾经来这里观摩学习，当时的法医老师带领着他们走了一遍法医验尸的流程，告诉他们一起命案的办理中尸检所占的比重和价值。孙小圣当时对尸体还颇抵触和恐惧，只是犹豫了一下，就再也挤不进前方围住待检尸体的人群里。没想到今天以这种方式又来到这里，而自己俨然已经从一个懵懂少年变成了能够主导案件进程的刑警，心中百感交集的同时，又迫切地希望事情的走向能够符合自己的预期。他坚信击伤雷治军后脑的根本不是陈傲杰所持的木质棒球棒，而这是他们现在唯一能够揭穿陈傲杰所有谎言的突破点。

丁雁心平时虽然大大咧咧，进入工作状态后却异常谨慎和细致，一直在反复查看雷治军尸体的伤口。孙小圣、李出阳和刘洵等人在旁边等待，忽然看见一拨法医和工作人员走到存尸处，核对抽屉上的标签后，拉出了一具尸体，然后放在推车上推走了。可见又有一具尸体已经履行完使命，即将入土为安了。不知道是哪起案件了结，哪些家属从此卸下重负，走向新生了。

终于，丁雁心说话了："啊，是这里。"说着她按压着雷治军后脑的一处伤口，对孙小圣说，"这里，只有一点点细微差别。"

"什么差别？"孙小圣心脏怦怦直跳。

丁雁心放下尸体头部，摘下手套冲孙小圣等人说："我摸到了一点点死者颅骨骨折处断端的阶梯状改变，但面积非常非常小，主要是伤痕被弹洞破坏了——不知道是不是你们需要的细节。"

"这意味着什么？"刘洵问。

丁雁心示意助手把抽屉合上，然后告诉他："这种颅骨骨折处阶梯状改变，多数情况是金属制棍棒打击造成的。但这并不是绝对的，因为死者的个体差异和凶器打击颅骨的角度情况都存在多样性，再加上这伤痕被破坏了，所以没法进行决定性的判断。"

话还没说完，孙小圣就仿佛看到黑暗中透出了一丝光亮。他按捺着激动的情绪，瞅着李出阳等人说："我猜得没错，击打雷治军头部的人根本不是陈傲杰，是薛飞！他用了一种自己携带的器械，这种器械一定是某种他生前收集的战术装备，是金属的。"

李出阳冲口而出："那就说明，见义勇为的人是薛飞！他上前用自己的武器制止雷治军行凶，被雷治军杀害后，又被陈傲杰陷害了。"

孙小圣当即啐道："这个王八蛋！"

刘洵扭脸问丁雁心："这个能在鉴定报告里加上吗？"

丁雁心惊讶之余，又迅速恢复冷静，摇摇头说："写上是可以的，但我说了，这不是决定性的判断，只是给你们提供一种推断案发时情节的可能性，所以它即使呈现在报告中，意义也不大。"

孙小圣听罢并没泄气："没关系，现在只要找到薛飞当时所持的器械，就一定能推翻现在陈傲杰的所有陈述，但那东西现在在哪儿呢？"

刘洵说："我现在给吴良睿打电话，问一下他们当时勘验现场时有没有发现类似的东西。"

孙小圣一边率众人走出存尸处，一边思索着下一步如何继续行动。丁雁心见他们一行人来回奔波，自己又没帮上什么大忙，心中有点儿愧疚，便送他们来到院里，又从专业角度说了一些提示的话。孙小圣边走边听，刚下台阶，竟然在前方看见了薛洪亮夫妇。

此时雨已经下得有点儿大了，他们二人打着伞，面无表情地看着保安把一个推车上的遗体运进他们身边的灵车。灵车的后面，还停着一辆车，看起来好像就是薛飞的汽车。

孙小圣和李出阳登时明白了，这起案件将撤，薛飞的尸检也已经完毕，今天他们是来这里领遗体回去入殓安葬的。而刚才那具从存尸处推出去的遗体，就是薛飞的。

薛洪亮和祝金枝也看见了老朋友孙小圣、李出阳，不禁有些尴尬，下意识地便往车门边走，看样子是想逃离这个是非之地。

雨忽然下得更大了。孙小圣瞅着那灵车，想着那上面载了一具可怜的、含冤的、连父母都不为之申冤的年轻人的遗体，想着自己和队员们拼尽全力却难以挽回真相，想着陈傲杰那副不可一世的阴险嘴脸，胸中悲愤交加，难以自持，一下就冲进了雨中往祝金枝面前跑，边跑边说："你们给我站住！"

刘洵吓了一跳，推着李出阳："赶紧把他拦住！"

大家上去拉的拉，拽的拽，把孙小圣围在中间。孙小圣在雨中被浇得似是清醒似是糊涂，只有一个意识是清晰的，就是一定要这对父母说一句实话。他实在是不明白，当所有人都背叛了真相，选择了沉默，败给了现实的时候，这对满头华发的父母怎么也可以无情至此！

"薛飞才是英雄，他才是英雄！你们怎么能这么麻木，不能站出来说句实话吗？不能告诉所有人，薛飞不是一个坏人？哪怕他犯过错，哪怕他进过监狱，哪怕你们和所有人都对他失望，他也从没停止过想要做一个好人！"

孙小圣说着说着眼泪都流下来了，歇斯底里地在雨中朝薛洪亮和祝金枝大喊："他只是为了证明自己，他是一个好人，所以才义无反顾地往歹徒面前冲！可是你们呢？你们为了保全自己，为了钱，为了名声，不惜葬送自己儿子的清白，你们还配做人吗！"

薛洪亮和祝金枝一开始似乎没弄清是怎么回事，看见孙小圣这样激动才知道他又翻起这本账来了，好在孙小圣被众人扯住，再难前行。薛洪亮便跃进了小汽车的驾驶室，祝金枝回头看了孙小圣一眼后，也快速闪进副驾驶室。

随后灵车前行，小汽车随后，两辆车驶离此地。雨幕覆盖了眼前的一切，灵车逐渐从大家的视线里消失。车里薛飞的遗体也即将化作灰烬，和这个世界永远地告别。

空荡的院子，淅沥的雨声，好像一场接近结局的悲剧电影，展现出世态炎凉的惨淡人生。是啊，人生已经够艰难了，有时候活路都走不出一条，为何有人死后还得不到尊严和安宁？

孙小圣落汤鸡一般眼睁睁地看着这一切，心里比地上乱溅的雨水还乱。他想挣扎，想驱车把薛洪亮的汽车截停，却被李出阳狠狠拽到楼道里。

李出阳浑身也已经湿透，雨水顺着头发流到下巴上，又从下巴滴落到衣襟上。他使劲按着孙小圣，用尽全身力气让他恢复平静："你冷静点儿！"

"我冷静什么？现在是冷静的时候吗？你没看那对夫妇是什么态度吗？难道要看着他们装傻到底，让薛飞永远翻不了身吗？"孙小圣怒不可遏。

"你好好想想，要是没有他们往楼下扔薛飞的遗物，咱们怎么可能知道薛飞到底是一个怎样的人?"李出阳把他的肩膀往墙上按。

"什么意思?"

"他们扔的那些相册、奖状,还有薛飞生前喜好的这些玩意儿,都是咱们宝贵的线索。他们是利用这些东西向咱们传递信息,告诉咱们薛飞生前到底是一个什么样的人。"李出阳抹了一把额头上的水滴,"薛洪亮和祝金枝从没放弃自己的儿子,他们是迫于无奈,才以这种方式给咱们提供线索的。"

孙小圣听罢,情绪和身体慢慢冷却下来,使劲看着李出阳:"你确定?这都是他们故意的?那他们为什么不能跟咱们直说?"

"他们有难言之隐,或者一定有其他不能直说的理由,想必他们一直在忍着悲痛,承受着外界的非议,心中一定更加痛苦。所以咱们现在要做的,就是抓紧时间,在撤案后到案件发布会召开之前找到证据,给薛飞平反。"李出阳目光坚定,掷地有声。

"对,"一直在后面听着的刘洵也走上前来,对他们二人说道,"刚才吴良睿给我回电话,说没有在现场找到什么可疑的武器和器械,所以那个东西可能还留在现场,咱们要在其他人发现之前尽快把它找回来。"

10

下午一点,刘洵探组、孙小圣探组和技术队的所有当班人员都集结在天宝大厦地下车库二层H区,努力寻找着当时薛飞攻击雷治军的器械。根据孙小圣等人的猜测:那件器械应该是金属制棍状物,可以用作武器,攻击端应该和棒球棒的形状很像;整体略细,但在顶部有一定范围的凸起。但这样的描述其实也很笼统,毕竟涉案人员中谁也没提到这种东西,能不能找到也只能凭运气。

案发后第一时间的勘查现场工作已经做得很细致,H区附近的J区、I区也都有涉及,均没有发现明显和案件有关的残留物。孙小圣和李出阳判断:如果当时薛飞和雷治军搏斗时,不小心把手中的武器甩了出去,那这件物品有可能滚落至周围停靠车辆的底部,导致没有被现场勘查人员找到。吴良睿等人尽管不太认可这个说法,但还是顺着这个思路和大家一起进行排查。他们在所有的墙角、汽车底部和空的车位处仔细搜索，甚至没有放过附近的每一间楼梯间。

一小时过去了，大家一无所获。孙小圣有些着急，站在H区中央瞪着眼。黑咪这会儿走过来，提出一个疑问："会不会这两天被别的在这里停车的顾客捡到，顺走了？"

苏玉甫摇摇头："不见得，案发之后这里成了大家都忌讳的地方，你看看车都没停几辆，估计也没多少人愿意靠近这里。我倒倾向于那东西可能被陈傲杰碰过，他怕被警方找到查出真相，就把那东西藏了起来。"

孙小圣想到之前丁雁心说的"搏斗时由于肾上腺素分泌导致手中武器不会掉落"的概念，忽然联想到当时陈傲杰准备把手包塞到薛飞手上时，是很有可能发现薛飞手中还紧攥着这件武器的。所以他八成先是把武器抽了出来放到自己身上备用，再把手包塞到薛飞手中，完成了一出"狸猫换太子"的剧情。

"可是我们到现场时，没发现陈傲杰手中还拿着什么别的棍状物啊？按说这东西要是能被薛飞拿来当武器用，还是主动攻击的武器，肯定也短不了吧？陈傲杰就穿了一件白T恤和一条短裤，身上也藏不住啊。"刘洵发表了不同的意见。

"你们说的都有道理，"李出阳飞快推断，"那就是陈傲杰为了不让警方发现这样东西，在警方赶到之前，趁着雷治军去楼梯间劫持杨晓童时，故意把这东西藏在了附近。"说着他扭头跟其他人说，"注意搜索H区的消防栓、电闸门和一切能藏长形物的犄角旮旯。"

众人应声，刘洵推推鼻子上的眼镜，有点儿消极地冲孙小圣和李出阳说："我有种不好的感觉，即使当时陈傲杰有条件把这样东西藏起来，那他事后肯定会猜到咱们有可能复勘现场，可能已经找机会回来把那东西拿走了。"

"这是最坏的情况。"李出阳无奈地承认。

"他没有时间藏东西，现场那么紧急，他怎么可能跟做游戏似的，再找个合适的角落把那玩意儿藏好？心理素质再强的人，也不会把这件事完成得那么顺利。"孙小圣心里有些焦躁。

"那你说这东西有可能在哪儿？"胖技术员吴良睿一溜小跑过来，一边擦汗一边有点儿埋怨地看着孙小圣和李出阳,"你们俩确定这东西还在现场吗?我们都快把这车库掘地三尺了,什么棍子啊,棒子啊,都没发现。薛飞拿的总不会是个金箍棒,能变成绣花针吧?"

众人都觉得这样搜索无望,个个朝孙小圣聚拢过来,等待下一步指示。

孙小圣也不知该怎么指示。刘洵倒是有个思路:"我刚才看了看,这车库里除了电闸门、消防栓,还有一个地方可能会藏东西。"

"什么地方?"

"垃圾桶。"

王木一撇嘴:"那不是跟没说一样吗?垃圾桶天天都有人清理,要是真藏在那里,早就被人收走了。"

孙小圣很不耐烦地说:"我刚才就说了,当时那种状况,都命悬一线了,陈傲杰难道还有工夫去藏东西?再说那么大个玩意儿,他短时间怎么能藏好呢?所以这东西不见得是被他处理掉了。"

"那你说怎么办?真掘地三尺?还是我取金属探测器来?"

大家互相看着,气氛已经不太和谐。刘洵见状,知道再把精力耗在这里也没什么意义,便让大家都回队里,等待下一步指示。

一下午都浪费了,孙小圣有点儿沮丧。李出阳安慰他,晚上可以再蹲一次薛家,看看这回薛洪亮夫妇能给他们扔下来什么东西,说不定就有意外之喜,这两天他们都是靠薛飞的遗物获取思路,在宣告结案的头一天,薛洪亮和祝金枝说不定能给他们一份大礼呢!

但没想到,两人在薛飞家楼下一直蹲守到半夜一点,也没见薛洪亮和祝金枝下楼。李出阳抬头望去,薛飞家的窗户已经彻底黑了。看来这老两口今晚是不会露面了。

孙小圣叹气,抓头,揉脸。

李出阳无奈地笑笑,拿出手机:"我订点儿吃的吧。"

"算了,你吃吧。"孙小圣有气无力地说。

李出阳想了想,问:"如果这个案子就这样了,你会怎么办?"

孙小圣扬脖挑眉:"我他妈先去臭骂陈傲杰一顿,再来这儿找薛洪亮和祝金枝……"他说着说着,又觉得气短起来,"算了,找谁都没用。没证据,说啥都白搭。他们各得其所,各行其是,咱们再认真,又算什么呢?人生啊，就是这么恶心。"

　　李出阳往椅子上靠了靠，找了一个最舒服的姿势："其实想想，咱们现在只是推断，尽管逻辑上比较通，但是一样靠谱的佐证都没有。对咱们自己来说，那是寻找真相；对外人来说，根本就是臆想，是不想承认陈傲杰那种人会见义勇为，会成为英雄，反而还显得咱们格局挺小，特别拧巴。"

　　李出阳说着说着就自嘲地笑了，看着孙小圣，最后孙小圣也苦涩地笑了。

　　车窗外是一片沉静的夜色，天空中连片的繁星闪烁。微风拂过，孙小圣打开车里的收音机，里面一曲清亮的歌曲传出：

　　夜空中最亮的星　能否听清
　　那仰望的人　心底的孤独和叹息
　　夜空中最亮的星　能否记起
　　曾与我同行　消失在风里的身影
　　我祈祷拥有一颗透明的心灵
　　和会流泪的眼睛
　　给我再去相信的勇气
　　越过谎言去拥抱你
　　每当我找不到存在的意义
　　每当我迷失在黑夜里
　　夜空中最亮的星
　　请指引我靠近你

　　孙小圣和李出阳相顾无言，有些哽咽。不知道薛飞当时拿起武器，决定向歹徒发起冲击之前，是否也有过短暂的恐惧和困惑？那是把自己交给命运的一刻，也是他为自己选择的一条通往光明但也可能是万劫不复的道路。就像孙小圣说的，他在入狱的时候，可能一直在质疑以后自己还能不能成为一个好人。但危难临头时，他毅然决然地拿起棍棒走向凶险之境，想必无论结果如何，他心中也是喜悦的吧！因为他知道，自己并没有丧失作为好人的本能，自己更可以成为一个千万人所不及的勇士。

　　"生当作人杰，死亦为鬼雄。"哪怕身后有无数人质疑和臆断，哪怕他的事迹不被认可不被赞颂，哪怕他被人栽赃陷害，但他胸中无怨、问心无愧，即便是死，亦坦荡磊落，不负生命。

孙小圣和李出阳不约而同地想到此处，心中都有些释然。

第二天上午队里的晨会上，花姐主动找到孙小圣，问有没有新线索和证据。孙小圣遗憾地摇了摇头，花姐思忖半刻，本想说些什么，但最后还是沉默无语，拍了拍孙小圣肩膀，算是给这个任务画上了一个句号。

上午花姐去市局筹备晚上新闻发布会的事情，本来刘洵作为助手要跟随前往，但省厅有个督导组要过来检查，他只能等接待完毕后再动身过去。中午孙小圣、李出阳和刘洵在食堂碰见，还简单聊了聊。刘洵感叹："今晚过后，陈傲杰可算是镀了金身了，媒体指不定怎么把他捧上天呢。"

"怎么捧也没用，名不副实，德不配位，早晚得折。"孙小圣一语道破。

"看来你不知道什么叫公关啊，"李出阳边从菜里往出挑青椒边说，"他们这种靠走人设建立品牌的商人，都是有公关团队的，最差的也有对接的公关公司。你没看现在好些名人一旦出事，微博撤热搜都是分分钟的事，然后小软文唰唰地就蹿上热榜了。"

"他找叶泳飞这种人结婚不就是为了给自己的品牌带来一种……"刘洵嚼着一口菜，想着那个挺时髦的词，"哦，小清新气息嘛！"

正说着，刘洵放在桌上的手机响了。刘洵看了一眼，迫不及待地拿给孙小圣和李出阳展示："看见没，说曹操曹操就到！"

屏幕上显示的来电人正是叶泳飞。

"行啊，都有大红人叶泳飞的私人电话了。"

"我还加了她微信呢。"

"没事多聊聊。"

"得了吧，这娘们儿可难对付了。"

刘洵冲孙小圣和李出阳做了一个"嘘"的手势，接起后应了几声，反问："那你们在哪儿？……这……我这儿一时也走不开啊……人手上也……"刘洵一边搪塞着，一边朝孙小圣做着苦不堪言的表情。

孙小圣刚想问是什么事，就听刘洵竟然对着手机主动提起了他："啊？你说孙警官？他也忙啊！他……"

孙小圣扒拉了一下刘洵，比画着问到底什么事。

刘洵小心地捂住话筒，悄声告诉孙小圣，说已经有新闻媒体报道说作为受害者之一的杨晓童不能亲临今晚的新闻发布会现场，陈傲杰获悉后又开始施展公关套路，派叶泳飞带了很多吃的和玩具去医院看望杨晓童，同时也利用关系找了一些记者就此事写报道，渲染一下他们的人道主义关怀。

到了医院后，叶泳飞为了拍徐慧的马屁，当然也为了在报道中巩固自己的"白莲花"女神人设，跟杨晓童说自己代表陈傲杰，可以满足杨晓童一个愿望，只要是人力可为，他们都会尽量满足她。杨晓童就说自己憋闷太久，想去游乐场玩。正好徐慧今天高血压犯了，想休息休息，叶泳飞就在征得徐慧同意后独自把杨晓童带出来了。

但没想到的是这夫妻俩没通好气，找来的记者在圈子里互相招呼，最后一大帮人追到游乐场去了，争相给女神和幸存者拍照，弄得杨晓童大惊失色，情绪一度失控。后来没办法，叶泳飞和杨晓童只能躲在厕所里，给陈傲杰打电话，陈傲杰不接，她只能求助刘洵这边，看看能不能过去帮个忙，把记者们给对付走。

刘洵拧着眉毛抱怨："这不有毛病吗？警察过去能帮什么忙呀？自己炒作没搂住，谁给她擦屁股啊。我跟她说你也没空。"

"什么？她把杨晓童带出来了？"孙小圣和李出阳对视一眼。

"不光是带出来了，现在都回不去了，说孩子被媒体给吓坏了。"

孙小圣听罢赶紧拍了一下刘洵的手："问问她，在哪个游乐场，我现在过去。"

刘洵没搞清楚他葫芦里卖的什么药，孙小圣急得一推他脑门儿："说呀！"

刘洵只得如实跟叶泳飞说了，挂断电话，告诉了孙小圣游乐场的具体位置，又莫名其妙地问："你真要过去啊？你这不是给自己找事嘛。再说了，警察给这种资本家当保护伞，人家记者回头也骂你啊。"

孙小圣快速地扒着碗里的饭："只要杨晓童不在徐慧身边，说不定我就能跟杨晓童搭上话，我得好好问问她到底看没看见当时薛飞拿着的是什么东西。"

"大哥，叶泳飞在边上呢，她傻啊？能让你问？"刘洵以为孙小圣急糊涂了。"

孙小圣未回答，李出阳道："现在也只能试试了。离发布会召开只有一下午的时间了，找机会呗。"

孙小圣快速扒完饭，见李出阳也端着盘子站了起来，赶紧说："你别跟我去了，咱们两人都到场，叶泳飞肯定会警觉的，我一个人先去，你等我电话。"

说着孙小圣端着盘子一溜小跑地离开了。李出阳看着自己手里没吃完的饭，自言自语道："你倒是早说啊，我把面巾纸都扔到盘子里了。"

孙小圣赶到游乐场时已经接近下午两点。烈日当头，他在停车场停完车就已经汗流浃背。他用刘洵提供的号码和叶泳飞联系，最后终于找到了位于"蚂蚁王国"附近的公厕。但叶泳飞和杨晓童并没在公厕里，而是躲在公厕对面的小食区吹空调呢。

叶泳飞身穿一袭粉色长裙，头发盘起，略施粉黛，肩挎一只LV限量款小肩包，坐在小桌边，颇有鹤立鸡群之感。一边的杨晓童看上去有点儿瘦，但小姑娘整个人很有灵气，坐在一边正喝着果汁。孙小圣过去和叶泳飞打了个招呼，又问她记者们现在身在何处。

"刚才吓死我了，被他们堵在卫生间里，孩子都给吓坏了，万一出点儿什么事我可没法跟她妈交代。"叶泳飞走到孙小圣一侧小声说，又给他指了指不远处一张桌子边的几名年轻男女，"幸亏刚才我在卫生间里向一名工作人员求助，人家找了游乐场领导，领导派来保安把我们护送出来了。大多数记者都走了，现在还剩那几个人，刚才还在偷拍呢。"

孙小圣望过去，发现那几个人果然在看着这边，其中两个人的脖子上挂着微单相机，手指还放在快门键上，一副蠢蠢欲动的样子。这年头记者也真是不好干，写报道拍照片都跟做谍报工作似的。孙小圣无奈地朝叶泳飞笑笑，又逗了逗一边的杨晓童，对她们说："没关系，有我在，他们不会把你们怎么样的，你们刚才都玩了什么项目？咱们再出去玩玩吧。"

说着孙小圣抬手看了一眼表，两点二十分，如果能找到一个和杨晓童单独相处的机会，尽快问出案发时的情形，说不定还有时间替薛飞翻案。他看着叶泳飞和她桌上的饮料瓶想，喝了这么多饮料，我就不信你连个厕所都不上。

没想到孙小圣还是太乐观了。叶泳飞倒是上厕所，但是是带着杨晓童一起上。其余时间叶泳飞也是紧紧抓着杨晓童的手，生怕她离开自己半步。而孙小圣只能陪伴左右或者跟在后面，完全充当苦力和背景板的角色。叶泳飞和杨晓童要玩项目，孙小圣就站在炎炎烈日下为她们排队；两个人玩上项目了，他只能在栅栏外等着；两个人出来了，他又得听候叶泳飞的吩咐，杨晓童想玩哪个，他得提前过去排队。除此之外，他还得防备着有记者尾随或者偷拍，哪怕是认出叶泳飞的路人也不行。

不出一小时，她们就玩了"旋转木马""丛林水战""蚁兵特工队"。这些都是小型游戏，两人虽然玩得酣畅淋漓，但意犹未尽。孙小圣正相反，烦躁得头昏脑涨。叶泳飞虽然有个知书达理的好名声，但骨子里还是千金大小姐的做派，不仅对他召之即来挥之即去，话里话外还没有一点儿感激之情。孙小圣在心里骂街，怪不得刘洵说她是个难对付的娘们儿，可见新闻和网络上的人物形象真不能信，叶泳飞真的是教科书式的明星人物、见光死案例。

眼看已经将近下午四点，杨晓童还是牢牢被叶泳飞控制霸占着，孙小圣近身不得，有点儿急躁也有点儿抵触，问她们："都这时候了，还想玩点儿什么吗？"

"能帮我们买杯咖啡吗？"叶泳飞对孙小圣的不快丝毫未察觉，直言道。

孙小圣无语，又挥汗如雨地买来了咖啡，看着两位大小姐慢悠悠地喝了，问她们下一步的计划。杨晓童看着叶泳飞，又看了看一边的孙小圣，眨着水汪汪的眼睛，指着不远处的摩天轮说："我想坐那个。"

孙小圣抬眼望去，那大摩天轮看着跟座山一样高，坐一圈估计没半小时下不来，刚要劝她放弃，没想到叶泳飞先为难起来："这……还是别坐了吧！"

"为什么啊？我一直想坐那个。"杨晓童很是失望。

叶泳飞用一只手遮着阳光，看了看那摩天轮，有点儿不好意思地说："我有点儿恐高，要是晕在上头就麻烦了。"

孙小圣听出了门道，赶紧说："没事，我带孩子坐也行，我不恐高！"

叶泳飞赶紧挥手："不用了，怪麻烦你的，再说也不早了。"

孙小圣心想你老人家不都麻烦我一下午了嘛，这会儿良心发现也太假了吧。想罢他在杨晓童身前蹲下,很认真地问她:"你真的特别想坐吗?要是特别想坐的话,叔叔就带你坐。"

杨晓童嘴角一咧:"想坐。"

孙小圣站起身,看着表情复杂的叶泳飞,索性把话说开了:"孩子这么想玩,我就带她玩嘛。反正离发布会召开也就三四个小时了,都尘埃落定了,你也不用担心什么了。"

叶泳飞终于无话可说,看着孙小圣带着杨晓童走进了安检口。两人的身影消失在队尾的一刻,她心里似乎也放下了什么沉重的东西,沉沉呼出了一口长气。

11

摩天轮缓慢地转动,孙小圣和杨晓童的车厢稳稳地上升,地面建筑在他们脚下越发渺小。不一会儿,他们就到了半空中。

下午四点钟,阳光照进玻璃窗,给车厢镀上了一层金黄色。杨晓童兴奋地看着外面的景色,小嘴笑得都合不拢了。她用手指着某样建筑,问孙小圣这是什么,那是什么,然后又抬眼看着上面,那逐渐靠近的天空穹顶。天空中白云飘飘,一行小鸟从远处飞过,让人感到时光的流逝。

孙小圣想了半天怎样缓和地跟杨晓童说开场白。否则万一在这高空中触发她恐惧的回忆,令她情绪崩溃,场面可就无法收拾了。但时间紧迫,由不得他过多铺垫,他沉心静气地想了半刻,然后蹲在杨晓童身前,非常轻柔地和她说:"叔叔给你讲个故事好不好?"

杨晓童愣了一下,旋即笑了:"好。"

孙小圣从来没哄过孩子,此刻见杨晓童这样买账,倍感欣喜之余,又唯恐会让孩子失望。因为他压根儿也不知道该讲什么故事,关键是这个故事还要和案情联系起来,以便最快也最安全地唤起杨晓童的回忆,来帮助他们寻找真相。

摩天轮悠然转动,他们的车厢已经快接近顶点。阳光普照,蓝天似乎触手可及。窗外传来一阵鸽子哨声,空气似乎也更加清新起来。孙小圣却急得脑门儿冒汗,扭头一看窗外的鸽子,忽然灵感迸发,问她:"你是属什么的啊?"

"我属兔。"杨晓童怯生生地答道。

"属兔,"孙小圣心道这就好办了,他思忖着说,"叔叔给你讲一个有关小白兔的故事,好吗?"

"好。"

孙小圣望着窗外远去的鸽子群,努力使自己镇定下来。"有一天,一只小白兔到森林里玩耍,忽然碰到了一个猎人。猎人拿着枪,想捕捉小白兔。忽然有一个大哥哥冲过来,想救小白兔。但大哥哥手无寸铁,只能冲上去挡住猎人的猎枪,没想到猎人这时候扣动了扳机……"孙小圣说到这里,下意识一顿,他发现杨晓童的脸色变了。

杨晓童呼吸变得急促起来,眼神里也露出了无比紧张的神色。

孙小圣赶紧换了温和的口吻:"小白兔马上跑掉了,它逃脱了猎人的追捕,但同时,它也远远地看见大哥哥倒在了草地上。正是因为大哥哥的勇敢搭救,小白兔才捡回了一条命,你说,大哥哥是不是一个英雄?"

杨晓童双唇有点儿发抖,直愣愣地看着孙小圣,似乎要说什么,但始终未开口。

孙小圣心怦怦直跳,尽管心中一万个不忍,但还是硬着头皮继续说道:"小白兔又过上了幸福的生活,但大哥哥永远地躺在了那片草地上。他以后再也看不见阳光,再也闻不到花香,再也没办法和家人团聚……他……他真的太可怜了。"

杨晓童忽然鼻尖一红,眼泪流了下来。

孙小圣慌了。他不知道在这百米高空之上,杨晓童会不会有什么过激的举动。他只能尽力地把故事往回圆:"但大哥哥从没后悔过,哪怕没人知道他为什么而死,哪怕他躺在这里一辈子都没人发现,他也无怨无悔。因为他知道,小白兔心里是感激他的,感激他一辈子。"

杨晓童"哇"的一声,彻底哭了出来。孙小圣慌了神,他也不知道自己这番话对有过创伤后应激障碍的杨晓童来说,会有多大的杀伤力。万一她犯了什么病,自己的麻烦就大了。但话已至此,已是覆水难收了,他只能手忙脚乱地给杨晓童擦眼泪,努力安抚她的情绪。

好在杨晓童的意识还很清醒,她哭着哭着,结结巴巴地应道:"叔叔我不想当那只小白兔，因为……因为我不想让那个大哥哥死……"

孙小圣听见这话，心中有数了，见车厢已经迫近地面，知道时间已经不多，赶紧继续追问："那你能不能告诉我，你见没见过一个这样勇敢的大哥哥？他为了救别人，冲上去和坏人搏斗，最后献出了自己的生命？"

杨晓童的哭声渐渐有所节制，整个人也进入了一种思考状态："我……我见过……"

"当时是怎样的情形？"

"当时……"杨晓童使劲抹着眼泪，断断续续地说，"是一个黑衣服的大哥哥，冲上去和坏人打架……"

黑衣服！孙小圣记得案情报告里当时薛飞穿的就是黑色衣服，心中一阵狂喜："黑衣服的哥哥手中拿了什么吗？"

"我……我当时躲在楼梯间里，看得不太清楚，但我好像看到他跑过去时，手里拿了一个黑色的很短的东西，然后他手一伸，那东西就变成了白色，很长很长……"

黑色，很短，手一伸，又变成白色的长物，孙小圣脑中迅速处理这些信息，然后赶紧拿出纸巾给杨晓童擦眼泪。他知道不能再往下问了，接下来就是雷治军绑架她的细节了。与此同时，摩天轮逐渐减速，他们的车厢很快抵达了地面。孙小圣不知道是不是因为过于兴奋，大脑竟然出现片刻眩晕，眩晕过后，又有片刻的如释重负感。不管怎样，他问出了一个关键信息，就是薛飞当时手持器械的特点。随后只要加以分析，迅速投入排查，说不定给薛飞翻案还是有一线希望的。

孙小圣想到此处，感慨万千。

"大哥哥也一定会感激小白兔的。"

下午四点四十分，李出阳在办公室接到了孙小圣火急火燎打来的电话。据他采集的情报，薛飞在案发时手持一个疑似金属器械，这个器械的攻击端应该和棒球棒的手柄处很相似，顶部都有一圈凸起，并且该物能够伸缩，便于随身携带。而在薛飞倒地后，这个器械很可能被随后在其身上动手脚的陈傲杰偷藏在了自己身上。

"根据我的经验，那东西应该是伸缩甩棍。"孙小圣一边开车一边冲着车载蓝牙话筒说，"咱们之前的思路有问题，都觉得比较长的棍棒陈傲杰不会放在身上，但没想到那玩意儿是甩棍，所以陈傲杰一定是把它缩短后藏在了自己裤兜里，然后在警察控制现场并带离相关人员时，他怕这东西会被公安机关查出端倪，肯定就近找了一个最方便的地方扔掉了。"

"能是什么地方呢？地下车库二层咱们基本上都找过了。"李出阳迅速思索着，忽然想到一个问题，问旁边坐着的黑咪等人："陈傲杰跟警方来公安机关之前，上没上过厕所？"

黑咪说："这就得问刘洵了。"

"赶紧打电话啊。"

刘洵此时正身着制服正装，在市局指挥中心的多功能厅指挥布置今晚新闻发布会的会场。听闻黑咪打电话来询问此事，赶忙定神回忆，然后转告李出阳，他记得把陈傲杰带离现场时，他还没提出上厕所的要求，后来他们在前往商场一层的途中，陈傲杰忽然说自己可能是因为刚才神经过于紧张，有点儿闹肚子，便开始找厕所。

李出阳干脆把电话抢过来："当时具体是在哪里？"

会场布置得有些混乱，不断有文职人员和民警来找刘洵协调，刘洵一个头两个大地应付着，但仍然努力回忆："当时……当时我们走的是楼梯……哦，我想起来了，是走到地下一层车库的时候，他去找的卫生间！"

"能确定是哪个区吗？"

"哪个区……哪个区……"刘洵着急上火地想着，再加上现场繁重的工作量，他都快晕厥了，"应该是从H区楼梯上去的，哦，不对，当时H区被封锁了，我们是从I区还是K区走的我忘记了，I区的右边就是K区，对吧？"

"什么HIK的，我都被你说晕了，"李出阳吹胡子瞪眼，"算了，我们先去大厦，到了再问你。"

随后李出阳又给孙小圣去了电话，说高度怀疑陈傲杰把甩棍扔到天宝大厦地下一层车库的某间厕所便池里了，让他先往天宝大厦方向开，大家在那里会合。

挂掉电话后，李出阳迅速组织探组众人奔赴天宝大厦。从支队到天宝大厦的直线距离只有十公里，但由于是晚高峰，路上有些堵车，到达大厦时已经五点一刻了。李出阳等人一路快跑来到大厦内部，在地下车库一层逛了一圈，发现整个停车区一共有四个卫生间，其中每个男厕所里至少有七八个便池。李出阳正焦灼之际，王木一指着车库顶棚上的一个监控器说："地下一层和二层不同，是有监控器的，咱们可以去看监控录像呀。"

李出阳一拍脑门儿："我都糊涂了。"

二十分钟后他们在大厦安保部工作人员的带领下，终于走进大厦的中枢管理区，然后绕到了一间监控室。监控室一面墙上挂着几块大屏幕，随机切换着大厦内部不同角落的即时画面，屏幕下方是两排台式机，用来存储和操作录像。李出阳说了一个大概时段，操作员打开监控软件调好时间，然后在地下一层的各个监控器拍摄的录像中依次查找，并没有发现有符合条件的影像。这时候苏玉甫说："这个时段太早了吧？估计现场还在勘查和取证呢，他们不太可能这么早就上来。"

随后他们把时间往后推了二十分钟，依然没有在录像中发现陈傲杰等人。他们又把时间段后推半小时，终于在一个探头拍摄的录像里看见了刘洵的身影。通过推断，那个位置应该在地下一层车库的C区西部，而那里确实有一个卫生间。李出阳问安保部的经理："那个卫生间这两天有人报修过吗？"

经理有点儿蒙："报修什么？"

"比如下水道堵塞之类的问题。"

经理通过和同事确认，十分钟之后告诉李出阳："没有。"但随后经理又补充道："不过那起恶性案件发生后，大厦停业整顿了两天，再加上地下车库的厕所本身就少有顾客使用，所以即使出现了什么故障，也有可能还没被发现。"

李出阳等人带着经理一起来到C区的那个厕所，依次进到便池的隔间里进行查看。以李出阳的经验，一般的甩棍并不粗，很容易就能投进便池的坑洞里。再加上这便池的下水道呈"L"形，甩棍很大概率会卡在下水管道的拐弯处，不会顺着冲水的水流流走，短时间内不会造成管道完全堵塞。所以如果那个甩棍真被陈傲杰投入了便池，那很有可能就还在下水道里卡着。想到这里，他叫组员们给便池挨个冲水，通过水流的速度来判断下水管道中是否存有异物。

试验了一会儿，樊小超发现最里侧的便池最可疑。李出阳确认后，让经理叫来了维修工，维修工用强光手电往里照了一下，发现管道深处果然像是卡着什么东西。然后维修工找来了一个很长的工具，一头是剪刀模样的把手，一头是绳钩，中间用钢丝连着，维修工尝试把绳钩伸到里面去钩住异物，但操作半天未能成功。可能是由于刚才一直冲水，异物卡得比较死，绳钩钩不上来。

"这东西扔在管道里，又被冲了半天，上面还能取出痕迹吗？"王木一小声问黑咪。

黑咪抬手看了一眼表，已经过了六点钟。李出阳脑门儿上渗出一层细密的汗珠，表情也越发严肃。黑咪捅捅王木一，让她先别乱讲话，李出阳要是狂躁起来，把她扔进便池里都有可能。

"那现在该怎么办？东西还能掏出来吗？"李出阳胸前的T恤已经被汗水浸透，死死地盯着维修工问。

维修工摇头："只有一个办法，就是把便池拆了，但……"他有点儿为难地看了后面的经理一眼。经理嘴一撇："不会吧？这么大动干戈？我得请示一下……"

"赶紧拆吧！不就是一个便池吗？"

"我得问问领导。"

孙小圣在路上堵了半个多小时，急得差点儿把方向盘拍碎。六点四十分的时候他依旧未能赶到大厦，好在随后接到了李出阳的电话。李出阳告诉他已经从大厦车库的一个卫生间下水道里把甩棍掏出来了。

"掏出来了？"孙小圣激动得差点儿从座椅上弹起来。

"别提了，拆了半个卫生间，可算是拿到手了，你猜得没错，是一根仿制的美国ASP甩棍，甩出来比咱们的制式甩棍细长一些。你现在别往大厦开了，咱们直接队里见吧，我得赶紧把东西给技术队送去，看看他们能不能从上面提取出痕迹来。"

孙小圣听罢，一转方向盘出了高速口，向支队飞奔而去。又开了大概半小时，终于开进支队院里，他跳下车，直奔技术队所在的四楼。气喘吁吁地爬上四层，他跑了一圈，最后在会议室里找到了正等候鉴定结果的探组众人。没想到一进屋，就看见李出阳把脖子上的工作证摘下来，狠狠地摔在了会议桌上。

"怎么了?"孙小圣喘着粗气问。

李出阳满头是汗,T恤湿得紧贴在身上。他双手抱住头,整个人显得生无可恋。在孙小圣的印象中,李出阳从没有如此沮丧过。

这会儿李出阳对面的吴良睿朝孙小圣转过身,一脸丧气地说:"甩棍外表被冲刷得干干净净,提取不了有效指纹。"

"那别的呢?汗液油脂什么的呢?"

吴良睿摇头:"这些东西可以试试,但瞅这东西被冲刷得这么干净,估计希望不大,今晚肯定出不来,而且还得跟法医那边对接呢。"

一屋子人都陷入了沉默。一个冰冷的从零到零的现实摆在眼前:只凭一根没有检验出任何证据痕迹的甩棍,是不可能给薛飞正名的。谁也证明不了这根甩棍就是当时薛飞手持的,而且谁也无法证明这是陈傲杰扔在厕所里的——除了陈傲杰自己。

而陈傲杰,此时应该已经西装革履地出现在了发布会现场,等待迎接自己人生中最闪亮的高光时刻。他将从评定委员会手中接过见义勇为的奖章,迎接不计其数的掌声、欢呼声和鲜花。世人将共同见证一个青年企业家向模范英雄的华丽变身。

孙小圣只觉得整个人像从头到脚被浇了一桶冷水,所有的情绪都被抽空,所有的神经也被麻痹得僵硬。他感到自己快窒息了。这种挫败感的可怕之处在于:它有一种千斤重负的压迫感,让你对整个社会和生存环境都感到陌生和恐惧。就像在晴空万里时抬头望天,虽然看见了蓝天,却深知那只是带有美丽表象的牢笼,自己作为众生之一,只是屈服于苍穹之下的渺小蝼蚁。

而那些有钱有势的人,则自带光环,远远地站在高处,操纵着一切,然后对你露出一丝漫不经心又很嘲讽的笑。

真是令人恶心且绝望。

"怎么了?都大眼瞪小眼的?集体相亲大会啊?"孙小圣身后传来一阵清脆的女声,回头一看,正是法医丁雁心。

丁雁心身穿一身便装,是下班顺路来分局送材料的,忽然想起昨天孙小圣提到的和陈傲杰、叶泳飞有关的案子,就过来串个门,问问查得怎么样了。孙小圣有气无力地跟丁雁心讲了经过,丁雁心从吴良睿手里接过那个套着塑料袋的甩棍，皱着眉捂住鼻子问吴良睿："提取到血迹了吗？"

"他们要得太急，目前还没看到，主要是这东西被水冲了好几天了，而且还粘上过粪便，要多难有多难。不过，即使有血迹，做 DNA（脱氧核糖核酸）比对不也得好几天嘛，这么快哪儿能出得来。"

丁雁心虽然在嗅觉上很抵触这个东西，但工作的热情让她又对它很感兴趣，欣然道："我先试试。"

众人心里又燃起一线希望，赶紧驱车跟着丁雁心去了法医中心。他们进入中心主楼时，大厅时钟已经指到了晚上七点四十八分。丁雁心拿着证物，气定神闲地走进一个操作间，戴好胶皮手套，准备好滴管和棉签等物，然后仔细地把伸缩甩棍伸展开，用放大镜前后查看。

她不经意地抬头，看见探组众人都挤在门口往里看，十分不爽地说："别都跟这儿这么深情地望着我行吗，弄得跟遗体告别似的，大厅等着去。"

12

七点五十五分。

发布会即将开始，大批记者从会场外鱼贯而入，刘洵作为引导员，把新闻发布会暨见义勇为荣誉称号颁发仪式请来的相关人员迎进场内。陈傲杰作为被授奖者，身穿一套深蓝色的西服，头发梳得油光锃亮，步履款款地在刘洵的引导下慢慢走进会场大门。陪伴他的，还有他最强有力的后盾、他的父亲陈蜀成，以及两个私人助理。

短短几十米的路程，陈傲杰的优越感简直要"刷爆"两侧的玻璃窗，他先是跟身侧的刘洵说："刘探长，你们市局这环境太差了啊！感觉有十年都没有装修了，要不你跟你们领导提提，咱们达成个战略合作，反正你们也老熬夜，干脆批量订购我们的咖啡，赚钱多少无所谓，主要是我们想打开政府这边的渠道，装修这事就包在我身上了。"

刘洵说："这事我可说了不算。"

"不用你说了算，你就是个牵线的，到时候好处也少不了你的。"陈傲杰斜着眼睛看着刘洵道。刘洵说："这事陈总需要联系局长级别的，我们这些干活的可没有权力随便承诺。"

刘洵又要说什么，陈傲杰使劲摆摆手："我知道，你们有纪律，但工作上的纪律和生意上的规矩不冲突呀。更何况我们天际咖啡现在各大城市都有代理商了，一年前你还没听说过这品牌吧？"

刘洵笑了，扭脸看着他意味深长地说："陈总都是这样的神仙操作吗？擅长把一样东西从无变有，从有变无。"

陈傲杰愣了一下，旋即说道："当然啊，因为我是神仙啊。"然后他又向刘洵偏过头，放低声音，"所以别惹我，尤其是你们这些小鱼小虾。"

说完，他肆无忌惮地投给刘洵一个冷笑。

此时会场门被推开，陈傲杰和陈蜀成走入观众席，一众记者站起身来拍照，闪光灯映得会场内亮如白昼。随后，天宝大厦所属的公司代表、见义勇为的保安，以及作为被害者家属的薛洪亮祝金枝夫妇和其他两名被害者亲属入场，接着是综治委代表入场，最后是莅临发布会的公安局领导及市政府官员入场。

薛洪亮和祝金枝身着正装，和其他被害者亲属相比，表情虽然不显轻松，但也不算凝重。他们坐在观众席第三排，时而关注着场上的动态，时而小声互相说着什么。

刘洵候在场边，手机响起，拿起一看是孙小圣的来电。

"怎么样了？"刘洵找到一个僻静角落接通了电话。

"你那儿怎么样了？开始了吗？"孙小圣问。

"马上开始了，先这样吧。"刘洵看着观众席里气宇轩昂的陈傲杰，愤愤不平地说道。他还想说什么，发现孙小圣已经结束了通话。

此时在法医中心的大厅内，丁雁心已经从操作间走出，站到众人面前。

大家赶紧从墙边的等候椅上站起来，跟听候审判似的等着她发话。

丁雁心先沉沉地吐了一口气："好在那玩意儿是可伸缩的，缩短后估计是倒着卡在管道里的，手柄凹槽挡住了大部分水流，我在里面提取到了一点儿血迹。经过检验，是属于两个人的，而且与雷治军和薛飞的血型相符。但DNA的检测，这么短时间之内是出不来的。"

孙小圣大喜过望："能给我们出鉴定意见吗？"

丁雁心摇头："单凭血型可出不了鉴定书。"

没有鉴定书，依旧是白忙活。孙小圣和李出阳等人又开始血压升高了。

只听丁雁心又说:"不过我认为这上面提取的两种血迹同时符合案犯和被害人的,而且这东西的末端形状,和雷治军伤口形成的钝挫伤完全吻合,应该没错了,所以我可以给你们出具一份临时的鉴定意见,正式的鉴定书等DNA检测结果出了你们来取,大概需要七个工作日。"

大家不约而同地欢呼起来,孙小圣一个健步冲上来,差点儿就要拥抱丁雁心了,他紧握着她的双手,语不成句:"那个……感谢啊!我给你送锦旗!"

"我可担着责任呢,回头你得请我吃饭啊。"丁雁心边说边走到办公室的电脑前,快速调出模板,打印了一份临时鉴定意见报告。

孙小圣和李出阳把证物照片也做了打印,然后拿着两张纸,飞快上了汽车,打开警笛向着会场一路狂奔。两人百感交集,看着窗外快速掠过的街景说不出话。这件案子从他们介入以来,经历了多少坎坷,又迎来了多少峰回路转,才走到今天这步,他们只能说自己为挽回一个人的清白,争取一份正义,已经竭尽全力了。但激动的同时,他们又都有些惴惴不安:不知道这份报告在花姐和评审委员会那里,能不能作数?它真的能如花姐说的那般,对事实认定有着扭转乾坤的作用?

他们虽然很紧张,却又都绝口不提。事已至此,他们只能说问心无愧。愿上天能够眷顾薛飞,也眷顾他们这些尊重事实真相的人。

他们大概开了二十分钟,终于抵达市局门前。

孙小圣停好车,和李出阳一起快跑进大楼。他们跑到发布会所在的指挥中心多功能厅门口,汗流浃背,气喘吁吁,差点儿把守在门口的刘洵撞一跟头。此时花姐刚在讲台前向媒体公布完案情和处置结果,正要宣布见义勇为者的事迹。这边刘洵赶紧接过孙小圣手中的纸,大致看了一眼,眼睛霎时亮起,冲孙小圣竖了一下大拇指。然后他快速走进会场,走到台上,把手里的证据照片和临时鉴定意见递给花姐,并耳语了相关内容。

随后花姐携文件下台,与第一排的市局领导和评审委员会小组成员进行小声交流。

台下众人,尤其是记者,见发布会突然中断,一时议论纷纷。随后花姐重新上台,嘈杂声才平息下来。

花姐随后宣布:"在本次事件中,凶犯手段残忍,穷凶极恶,被前来处置的民警当场击毙。后经公安机关和市综治委调查，发现在凶犯雷治军行凶过程中，有两名勇敢的市民置个人安危于不顾，挺身而出与凶犯进行搏斗。他们符合我省《见义勇为人员保护和奖励条例》，在此我们将对这二人的行为进行肯定和表彰，他们是……"花姐抬头看了眼台下，掷地有声，"天宝大厦的保安蒋文韬，以及市民薛飞。"

此话将场内气氛瞬间引爆，众人一片哗然，都把目光投向之前意气风发的陈傲杰。陈傲杰显然还没醒过味儿来，一脸蒙圈看着台上的花姐。他身边的父亲陈蜀成甚至以为是播报错了，还欠起半个身子，小声询问前排的工作人员。

"由于薛飞同志已经遇难，我们将根据国务院于2011年7月26日公布的《烈士褒扬条例》上报市委，申请为其评定烈士资格。"

掷地有声，全场静默。大家好像都在竭力消化这令人始料未及的信息，一时间没有任何记者或者媒体人反应过来，发布会竟然出现了短暂的冷场。

孙小圣下意识去看薛洪亮和祝金枝，只见二人同样目瞪口呆，显然也被刚才宣布的消息震惊了。两个人瞪大眼睛似乎在回味每一个字，仿佛这些是他们后半生能听到的所有的话，他们要用全部的精力来搞清楚这些话的真正含义。

孙小圣看见祝金枝慢慢站了起来，薛洪亮见状，也站了起来。祝金枝似乎是想走出听众席，但脚下像绊到了什么，身子小幅度地趔趄了一下。

孙小圣怕出乱子，赶紧跑到她面前。见祝金枝整个人都失神得如同蜡像一般，孙小圣伸手扶住她，然后小声说："阿姨，您没事吧？"

祝金枝眼珠呆滞地转动了半周，正视了他。

在场众人似乎觉得将要发生不寻常的一幕，也都望着他们三人。

"阿姨，现在……事情弄清楚了，你们不用担心和害怕了。"孙小圣说。

祝金枝嘴里叨念了句什么，下意识地往前走了两步，走到旁边的通道上。她嘴里的话语终于慢慢传到了大家的耳中。

"飞飞，飞飞……"

祝金枝忽然向前跌倒在地，大声哭喊道："我的飞飞啊！"

哭声撕心裂肺，响彻整个会场。薛洪亮也哭跪在地，一边去拉祝金枝，一边大喊着："当时我接到电话，儿子跟我说，他要做一件惊天动地的大事，证明给我们看……"

"我的飞飞，妈妈对不起你……可你不能就这么撇下我……"祝金枝在地上哭得上不来气，仿佛要把这些天积蓄的所有委屈与悲恸都发泄出来。

在场上百名记者这才反应过来，全部举起相机，争相拍摄这戏剧性的一幕。会场内霎时间白光闪烁，所有的光芒都聚集在扑到地上的祝金枝和薛洪亮身上，一时间场面变得混乱无比。孙小圣和刘洵蹲在地上安抚他俩，忽然想起什么，扭头一看前排陈傲杰的座位，发现那里已经空无一人。

孙小圣赶紧站起身来环视四周，发现陈傲杰和陈蜀成等人已经趁乱窜到了会场后门处，似乎想就此开溜。孙小圣想追过去，却被一众记者拦住，把他围得水泄不通。大家都在向他询问是如何发现了新的证物和证词，孙小圣喊了两句也无济于事，绝望地看着陈蜀成带着陈傲杰走近后门，即将逃离这个旋涡中心。

隔着憧憧人影，孙小圣看见李出阳忽然出现在陈傲杰对面，挡住了他的去路。

李出阳早就发现陈傲杰要脚底抹油，于是从外面绕到后门，进门后正和他狭路相逢。陈傲杰见状，似乎明白了什么，眼睛一眯，咬牙切齿道："是你搞的鬼，对不对？"

李出阳说："没有你能搞，你买通所有目击者，销毁证物，隐藏狗血的婚外关系，在死者身上偷梁换柱，甚至恐吓人家父母，还有什么是你搞不出来的？"

"我没有！我没有恐吓他父母！我根本没见过他们！"陈傲杰暴躁大怒，陈蜀成赶紧招呼助理们拽住他，以免当众出丑。

"也就是说，我说的其他的，你都做了？"

话音刚落，陈傲杰身边忽然拥过来大批记者，他们争相把录音笔和手机往他嘴边递，问他到底出了什么状况。陈蜀成也急了，在拥挤的人群中慌乱地大叫："保安！保安！这里没有保安吗？"

李出阳平静地看着这一切，心中却是五味杂陈。他有些许欣慰，欣慰薛飞沉冤得雪；他也有一点儿遗憾，遗憾一条积极向上的生命终究是没了；他还有一丝痛快，痛快陈傲杰这种人的罪恶终于暴露在世人面前；他还有不少希望，希望从此这世界不要再辜负那些向美向善的人，哪怕不给他们过多的光明照耀，也别让黑暗去终结他们的真实和纯良。

　　当天晚上，有关陈傲杰冒充英雄、伪造见义勇为事迹的新闻铺天盖地，登上了各大新闻头条，在热搜、热榜和话题上也独占鳌头，成为一时无两的热门话题。网友们聚众"吃瓜"的同时，还有不少民间高手给陈傲杰编段子、做恶搞视频。比如讽刺陈傲杰弄虚作假的网络段子、用影视片段改配音嘲笑陈傲杰功成名就的短片等，总之大家借此展开了一场网络狂欢，用娱乐至死的精神来嘲讽这个大出洋相的富二代。

　　公安机关随后也传唤了陈傲杰，传唤案由是"伪证罪"和"妨害作证罪"，随后陈傲杰被市局刑事拘留。但据说陈傲杰请的律师比较厉害，一直对检察院和外界强调陈傲杰所做"伪证"并不是替案件犯罪嫌疑人脱罪，也不是为其隐瞒犯罪事实，试图销毁的证据也不是出于替犯罪嫌疑人隐匿罪证的目的，所以不构成这两种犯罪。但公众对此极不认可，网络上也是一片骂声，认为即使陈傲杰没有和犯罪嫌疑人勾连，也是出于一己私利破坏证据，妨碍司法公正，必须得到审判。

　　从陈傲杰被曝光之日起，风月城集团的股价大幅下跌，陈蜀成身家断崖式缩水，他不得不召开发布会替儿子向公众道歉，又紧急解除了其在风月城品牌所属公司的董事职务，自己也退出了儿子公司的控股董事席位，似乎已经放弃了天际咖啡。在陈傲杰被刑拘刚满一周时，叶泳飞也突然退出了天际咖啡所属公司的董事席位，这引得外界猜测连连。大家都说，陈傲杰丑闻频出，这位"白莲花"女神实在是坐不住镇，准备要和他离婚了。

　　更有甚者，还在网上放出一张叶泳飞朋友圈的动态截图，大意是她说最近遭遇太多纷扰，请诸位放心，自己会尽快了断——大有和陈傲杰分道扬镳之意。

　　"你说说啊，现在网上这东西，可信度太低了，幸亏我有叶泳飞的微信，要不然我还真信了这张图了。"刘洵在食堂向孙小圣和李出阳展示叶泳飞的朋友圈，"你看看，她都一个多月没发动态了，而且头像也不是网上传的那张啊。"

　　孙小圣接过刘洵的手机，一边看叶泳飞的朋友圈一边说："我看看啊。"

　　孙小圣发现，叶泳飞在事发后确实没发过朋友圈，不过她之前的动态里，也没有太多心情感悟之类的东西，多数是参加公益活动和旅游的照片，说白了还是一直在打造可爱女神的人设。那些照片都是典型的九宫格配图，一看就是由专业摄影师拍摄，又经过精致修图而成的典型的社媒照：在养老院慰问的，在孤儿院抱孩子的，在伦敦逛街的，还有在埃及晒太阳的。不过孙小圣也发现，这些图片里，陈傲杰露面甚少，不知是后来被其删除了，还是向来如此。

不过有一张带陈傲杰正面照的照片还是引起了孙小圣的注意。那大概是去年这时候，他们刚结婚，一起去白石山脚下一个村里做公益时，顺道爬山游玩所拍的照片。他们登上了白石山的半壁，在海拔几百米的半山腰上豪情满怀地合影。他们身后是层峦叠嶂的山峰和一望无际的蓝天，脚下则是悬空搭建的狭长石廊。那时的他们，想来都没有预料到一年后会突发这么多是非，甚至到了生活和事业都岌岌可危的地步。

孙小圣感慨着，突然发现有什么不对。

叶泳飞拍照的位置，明明是在百米山腰啊，她不是恐高吗？

孙小圣随后看看李出阳，李出阳好像也感到诧异，不禁想到那日在发布会现场，他质问陈傲杰所做的恶行，陈傲杰唯独对恐吓威胁薛洪亮和祝金枝矢口否认。

这里面会不会有什么关联呢？

孙小圣想了想，感到浑身上下都起了一层鸡皮疙瘩："我知道了……这会不会是叶泳飞给陈傲杰做的局？她早就知道陈傲杰出轨，借这件事给咱们打助攻，把他引到风口浪尖上，然后顺理成章地和他离婚分财产？"

李出阳认真分析了一下叶泳飞在事发后的反应，觉得确实很可疑：她首先向他们透露了陈傲杰涉嫌买通的那名车主的存在，然后通过刘洵告诉他们陈傲杰已经私下和徐慧进行了接触，最后又在取证艰难的情况下，把杨晓童带了出来，给孙小圣提供采集情报的机会。不过仍有一点问题他没有搞清楚：假设薛洪亮夫妇不是被陈傲杰恐吓或者买通的，那这件事会不会和她有关，她又是怎样做到的呢？

孙小圣听完李出阳的分析想了几秒，忽然面如土色："她……她……在案发时，不会也在现场吧！"

按孙小圣的推测，叶泳飞似乎在事前已经察觉到陈傲杰和周欢发生了一夜情，周欢还拍摄了陈傲杰的床照对其进行威胁或者勒索，随后陈傲杰携带大量现金和周欢约好到没有监控设备的天宝大厦地下二层进行谈判。叶泳飞驾驶一辆别人的私家车进行跟踪，没想到在车内目睹了雷治军行凶，当然也就目睹了陈傲杰偷梁换柱的全过程。但迫于不能暴露身份，她只能藏在车中，直到警察离开后才驶出现场。所以她笃定杨晓童看到了薛飞见义勇为的过程和手持的武器，随后便在他们调查陷入瓶颈的时候，略施小计把杨晓童从徐慧身边带走，又主动叫来孙小圣，偷偷嘱咐杨晓童要把自己所见对他和盘托出，于是就有了孙小圣在紧急关头获得重要情报的一幕。

"她知道薛洪亮夫妇一定不甘心自己儿子蒙冤，所以主动找上门去，告诉他们没证据闹也没用，只要听她的，她就能让证物重新出现！"李出阳说。

刘洵感到难以置信："那她为什么还兜这么一个大圈子，弄得鸡飞狗跳的。自己来公安机关主动提供证词不就行了吗？"

"不可以，那样就把自己牵连进去了，得罪整个陈家不说，还会惹上家族内斗的丑闻。最好的方式就是让薛飞父母假装成也被陈傲杰恐吓或者买通的样子，吸引咱们警方的注意。因为别人被买通都是无形中的，咱们也无法马上辨出真伪，但如果亲爹亲妈都举动反常，那就必然有人在背后作怪。"孙小圣说。

刘洵也有点儿反应过来了："我明白了，这样做还有一个好处，就是能一步步地把陈傲杰推到公众面前，在达到舆论峰值的时候，通过咱们一下子让事情反转，制造最大的新闻热点，让陈傲杰彻底翻不了身——这一招真是太狠了。"

"叶泳飞隐藏在陈傲杰身边，窃取他的每一步行动，然后利用薛飞的父母以及咱们打配合，一步步给咱们提供情报，最后戳穿出轨的丈夫，顺理成章地成为整个事件中最大的受益者……"孙小圣倒吸了一口凉气，觉得眼前的世界仿佛都被撕开了一条裂缝，一切都变得失真而荒诞。

"能给她打个电话吗？就说咱们想见见她。"李出阳对刘洵说。

"她能出来吗？"刘洵觉得不太靠谱。

"她会出来的！因为她一定想搞清楚，事到如今咱们醒没醒过味儿来。"

三天后，孙小圣、李出阳和刘洵坐在天宝大厦对面的一间咖啡屋里，等待叶泳飞的到来。他们对此次见面期待良久,因为他们实在想知道:一个女孩子体内到底拥有多大的潜能,能够独自完成这么庞大而复杂的计划。他们也想知道:是怎样极端的思维,让她能够巧妙地保全自己,转而去利用一对可怜的丧子夫妇,不遗余力地达到自己的目的。

虽然陈傲杰一事已经水落石出,案情也真相大白了,但孙小圣依然有种被玩弄的感觉。要知道,他是一心想要追查真相的啊,但没想到其实真相一直被人翻手为云覆手为雨地操控着,只有当这个人利益达到最大化的时候,才轻松地丢给他。这能不让人恼火吗?

李出阳也想问问她,设计这个计划的时候,考虑过薛洪亮夫妇将承受多大的压力吗?又有谁能够剥夺父母对亡子的哀痛之情呢?再大义凛然的理由在此情此景面前,也只是不入流的诡计,更何况是一个利欲熏心之人玩的诡计!

"我也得好好教育教育这女的,太捉弄人了,我当初被她耍得团团转,都找不到北了!"刘洵大口咽着柠檬水,气哼哼地说。

半小时后,戴着超大墨镜的叶泳飞姗姗到来了。

她低调又不失热情地和三位警官打了招呼,然后淡定地坐下,没点咖啡。

"不好意思,最近事情实在是太多了,找我有事?"她没摘墨镜,却也莞尔笑道。

"你这一波操作真是行云流水不露痕迹啊,"孙小圣见其还端着架子,不由得心生厌恶,迫不及待地开口道,"我见过杨晓童了。她告诉我,漂亮阿姨嘱咐她,在上摩天轮之后,要对警察叔叔说真话。这应该是你支使我买咖啡时偷偷告诉她的吧!"

李出阳和刘洵也一脸严肃地看着她。

"怎么,"叶泳飞面不改色地道,"我说得不对吗?不应该对你们说实话吗?尤其是小孩子。"

李出阳也绷不住了:"可你不是小孩子,你知道不说实话对一个成年人来说有着本质区别。你选择沉默,却费尽心机让一个孩子开口,机关算尽,难道这就是你一个学新闻出身的名人该做的事吗?案发时你也在现场吧?可是你从来没想过发声。"

叶泳飞墨镜后的笑容渐渐消失:"可是没有我,你们永远也不会知道真相。"

刘洵说:"这个不提,薛洪亮和祝金枝那边也是你搞的鬼吧?你是怎么搞定他们的?恐吓还是利诱?他们刚刚死了儿子,却要被迫和你做交易,你不觉得你很残忍吗?"

叶泳飞听罢,收起一脸的轻描淡写,似乎微微陷入了回忆:"哦,你说他们啊。我确实找了他们。一开始他们要去找你们闹,甚至还要去上访,但被我拦住了。我告诉他们,闹没有用,没证据,哭啊闹啊的,就是撒泼,就是想抢荣誉。可他们是不可能相信我的,直到我告诉他们当时我也在现场,并且听见了薛飞给他们打电话的内容,他们才相信我。"

"我告诉他们,只有装作若无其事,才能引起警方的高度怀疑。"

"是的——事实确实如此。"

孙小圣三人竟然一时无话可说。

"陈傲杰在事后做了一系列动作,就是为了要掩盖和那个贱女人的丑闻,然后借势做一把英雄。但他是决计不敢上门找薛飞父母的,这是他的聪明之处,也是整个事件中我唯一能够插手的空当。既然他不找,我就要制造出他找了的假象,让所有人都看到,陈家到底是有多么雄厚的财力和震慑力,能够连死者家属都唬住,就为了成为一个名不副实的英雄。这就是我竭力为你们打造的突破口。"

"那既然我们已经怀疑他父母不正常了,也已经找上门去了,你为什么不能让他们就此打住,为什么让他们一装到底?"

"因为还不是时候啊。事情在一步步发展,疑问也在一步步加深。我要让整件事在舆论关注的最高点东窗事发,才能收到最好的效果。"叶泳飞说着,脸上一股煞气一闪而过,"在新闻学中,这叫作惊爆点啊。"

此话一出,孙小圣等人均是周身发冷。没想到叶泳飞能将自己所学用在这种事情上;没想到她为了这个计划,竟然殚精竭虑到如此地步,简直有些走火入魔了。

李出阳缓了缓神,问道:"让薛飞父母往楼下扔东西也是你计划的一部分?"

叶泳飞沉吟道:"我告诉薛飞父母,我看到了薛飞手持的那件击打雷治军的武器，也看到了陈傲杰把那东西藏到自己身上的过程。当时我想拿手机拍摄，但一紧张手机掉进车的座位缝里去了。所以我告诉他们，要想让警方替薛飞翻案，就必须告诉他们薛飞可能拥有这么一件东西，这件东西才可能被找到，所以我就让他们挑拣能代表薛飞兴趣爱好的遗物往下扔。可惜啊，到了第二次才被你们察觉到，浪费了整整一天的时间。我见你们所剩时间实在是不富余了，只能把杨晓童弄出来，否则陈傲杰现在说不定都红透半边天了……"

李出阳没想到她能把事情讲得如此轻描淡写，这简直是对连日来历经了无数曲折和折磨的他们的一种侮辱。他冷冷地打断她："别跟我说得这么仁义，你一直说你在帮我们，那我倒想问问，你真的是为了真相吗？你就没有个人目的吗？一个利用了所有人的人，又成为整件事的最大受益者，怎么还好意思谈真相！"

叶泳飞也笑了，但很快收住："李警官，我记得你提过一个问题，'什么是正义？'对吧？"

李出阳看着她，没应声。他私下里和薛洪亮说的话都能轻易被她获悉，可见这个计划有多么周密。

叶泳飞自问自答："后来你说了，你心中正义的标准是是否公平，对吧？"说着叶泳飞又环视众人，"那我也想问问你们，你们查案查了这么久，找证据找得这样艰难，你们却还一直坚持着没放弃，有多少是真正为了正义，又有多少是不相信陈傲杰能是个英雄？"

孙小圣、李出阳和刘洵没想到她竟然抛出了这么尖锐的问题，一时间不知如何作答。叶泳飞又继续说道："当然，我也不相信。我和他结婚之后，很快就领教了他的人品。他之前所说的爱啊情啊的，我发现都是假的。他找我，就是想利用我，拿我当个公关工具，给他贴金加分。我跟着他去各处谈合作、拉生意、搞融资，大家都会说，是叶泳飞啊，你来了真是太好了，你是个活招牌呢。你说这事要放在你身上，你恶不恶心，反不反胃？"

李出阳说："这和正义是两码事。正义是大公无私，而你心里却充满了实现存在感和价值的欲望。"

"不，"叶泳飞干脆地否决，"那是你对'正义'这个词的理解。就好像薛飞拿起甩棍走向暴徒的那一刻，他自己都说了是为了证明自己。你能说他就脱离了正义吗？他没有，他依旧是个英雄！"

孙小圣等人看着这个大半张脸藏在墨镜后的女人，不知道她此刻的微表情中，隐藏的是胡搅蛮缠的虚伪，还是发自内心的真诚。

"在我的字典里，衡量正义与否的标准只有一个：就是做与不做。"

叶泳飞说罢，高傲地起身，头也不回地离开了座位。

第 三 章

高管之死

一名麻烦缠身的企业高管,死在集团大厦十层的办公室宿舍内。孙小圣和李出阳勘查时发现,现场门窗都被反锁,连只蚂蚁都钻不进去,可以说是一个真正的密室……

1

古城连续下了两天暴雨,雨停后的第三天,终于迎来艳阳高照。今天是孙小圣探组值班,孙小圣推门进屋时,发现所有人正围着王木一的办公桌兴致勃勃地玩着什么。

"一大早这么有兴致啊,都看什么呢?"孙小圣发现连不爱凑热闹的李出阳都挤在人群里,上前轻拍了一下李出阳的脑袋。

李出阳站起来,挡在孙小圣面前,又冲大家伙说:"哎哎哎,收了收了,领导来了,该工作了,别让领导抓着小辫子。"

孙小圣扒拉着李出阳,想看看王木一桌子上到底有什么,李出阳偏不让看。王木一、灿灿姐和黑咪等人憋着笑,仿佛在等什么好戏。

忽然人群里传来一个温柔的女声:"九点整到了,孙小圣该吃屎了。"

孙小圣一愣,还未反应过来,大家就已经笑成一团。黑咪直捶桌子,灿灿姐捂着嘴都出溜到桌子底下了,樊小超把眼镜摘掉,边笑边抹眼泪。

孙小圣把同样笑走了样的李出阳推到一边,发现王木一桌子上放了一个蓝牙音箱似的玩意儿。刚才那个让他吃屎的声音,似乎就是从这个东西里传出来的。

孙小圣一把将那音箱拿在手里,一脸蒙地观察着,忽然听那音箱又开了腔:"九点零一分到了,孙小圣是个狗屁代理队长,哈哈哈哈哈哈!"

那声音字正腔圆,温柔认真,大家又是一阵爆笑。孙小圣也笑了,扯着旁边的王木一:"这个怎么玩啊?教教我!"

王木一把音箱抢过来,很有仪式感地放在桌子上,给孙小圣做科普:

"这个叫作智能音箱，新出的，可高端了，你没听说过？"

孙小圣这才想起似乎在哪儿看见过这种音箱的广告。广告打的是"人工AI"的噱头，说这种音箱能接入互联网，使用者可以直接跟它对话，搜索信息、听歌、查路况，甚至还能授权一些电器设备，让它能够控制智能家居。孙小圣记得当时广告短片上是一个美女，对着这音箱说了一句："打开电视，看《动物世界》！"然后墙上的电视就跳出了野猪奔跑的画面。

"这个是云豆刚出的，去门店买还得登记身份呢，等一个月也不一定有货，我这个是在网上抢的。"王木一得意地跟孙小圣介绍。

云豆是国内一家一线的电器公司，做手机起家，近年来朝智能家居方向发展。门店遍布全国，已经在美国上市，据说市值上百亿。因其产品极富科技感又价廉，深得年轻消费者的喜爱。短短十几年时间，云豆在中国千百个电器品牌中大浪淘沙，成为非常具有实力且颇负盛名的公司。云豆公司总部就在古城的金融街，他们甚至还在玉川郊区建立了巨大的科技园区，成为当地人津津乐道的话题。

孙小圣忽然想起一件事："不过我记得，这家公司好像挺'吸血'的，去年还是前年，有个高管因为工作压力太大，跳河死了呢！"

黑咪接话："对对，是一个什么主管，女的，在他们科技园附近的水池里被捞上来的，当时是刘洵他们出的现场。不少新闻都报道了，蛮惨的。"

"嘻，在这种高新技术产业的公司工作都很累，据说那班加得惨绝人寰。"灿灿姐说。

孙小圣手一摆："嘻，不说那个了。"然后又拿起那个音箱问王木一怎么玩。

"嘿，云豆。"王木一对着音箱说。

"你好，什么事？"音箱竟然应了声。孙小圣眼睛一亮。

"播放苏打绿的歌曲。"

很快，一曲苏打绿的《起风了》悠扬地从音箱里传出。

"嘿，云豆。"孙小圣也急不可耐地叫着。

"唉，怎么了？"音箱答道。

"我帅吗？"孙小圣问。

"一般一般，天下第三！"云豆马屁拍得毫不迟疑。

孙小圣嘴都乐歪了:"嘿,云豆。"

"我在呢。"

"能播放郭德纲的相声吗?"

很快老郭和于大爷的声音就传了出来。孙小圣如获至宝,捧着音箱回到自己的座位上,任王木一怎么说都不归还。一会儿他又想起什么,对着云豆音箱设置了无数个提醒:比如九点半让李出阳去领文件,九点四十分让黑咪去找花姐签字,十点让王木一写一个案件总结,十一点让樊小超先去食堂看看有什么菜出锅,等等。

苏玉甫听他设置了这么一大串的使唤人提醒,估计马上就轮到自己了,赶紧往门外走,没想到刚走到门口就和隔壁探组的刘洵撞了个满怀。刘洵昨晚值班,似乎没睡好,眼圈都是黑的。他拿着手机就往苏玉甫耳朵边递,臊眉耷眼地说:"刚接到中心布警,金融街有家公司报案,说有人死在办公楼里了,九点之后的事,你们组的。"

苏玉甫一看那电话是花姐打来的,不敢轻举妄动,拿过来就准备转给孙小圣,又轻轻问了句:"哪家公司啊?"

刘洵打了个哈欠:"好像是网上挺火的那个叫什么'云豆'的?"

这时就听孙小圣面前的音箱大大地应了一声:

"你好啊!"

2

孙小圣开车,载着李出阳、黑咪和王木一,赶赴位于市中心金融街的云豆大厦。云豆大厦是古城的地标建筑,总共有三十层,造型新颖,三面都是玻璃结构,在太阳的暴晒下反射出耀眼的光芒,也彰显了云豆集团雄厚的财力。没想到刚刚拐入主街,他们的警车就被一辆停在路边的黑色奥迪拦住了,一个穿着西服的中年人问他们是不是去云豆公司出警。问明情况后,那人告诉孙小圣,自己是云豆公司的保卫部张经理,特意前来迎接警方人员的。

孙小圣没想到大公司服务如此到位,一时不知如何是好,反倒是坐在后座的李出阳微微一笑:"你是怕我们不知道后门在哪儿吧?你带路就行。"

张经理也不多解释，二话不说上了奥迪车，然后打着双闪引领着孙小圣等人的警车拐入一条小街，七拐八绕，不一会儿的工夫就来到了一座大楼的地库门口。

孙小圣问李出阳："这儿是公司后门？为什么他要带咱们从后门进？"

李出阳朝他晃晃手机："你能多关心一下时事吗？新闻都推送了，死的人叫关庭筠，是云豆的销售部总经理。现在公司大门口肯定全是记者，如果咱们这会儿闪着警灯进去，网站肯定就得做专题直播了，到时候爆黑料的爆黑料，炒话题的炒话题，股价一泻千里，得损失多少啊。"

孙小圣说："哪至于那样啊！还不一定就是非正常死亡呢。"

黑咪说："李出阳还真没夸张，前年他们公司那个女高管死了之后，媒体炒作得特别厉害，一群人在网上骂他们公司是血汗工厂，后来据说董事会把整个公关部都解散了，现在云豆最怕的就是旧事重演吧。"

孙小圣在地库里停好车，跟着张经理一路来到一个电梯门口，那里已经有七八个人在等着他们。那些人有男有女，有老有少，皆穿着标准又时尚的工作装，男蹬皮鞋女扎马尾，胸口带着整齐划一的胸牌，看起来都不是等闲人物。孙小圣出过这么多次警，还从没见过这种阵仗，不知道的还以为他们是来参加什么外事活动的呢。

这些人很快将孙小圣和李出阳等人围起来，有的自我介绍说自己是公关部的经理，有的介绍说自己是公司新闻办公室发言人，有的说自己是销售部的人，他们虽然都面有惊慌，但无一不是快言快语、雷厉风行，透着浓厚的职场气息。孙小圣听得有点儿犯晕，让王木一边走边记，然后在张经理的带领下踏进电梯，一路升到十层的案发现场。

在电梯里，一个公关部的女经理跟孙小圣等人讲述了事情的大概经过。

云豆公司的销售部总经理关庭筠前天，也就是二十号的白天还在正常上班，晚饭去参加了一个饭局，晚上十点左右，在助理兼司机的陪伴下回了办公室。他的办公室里有一间卧房，当晚他就在卧房里留宿。第二天也就是二十一号的一整天谁也没有见到关庭筠，打电话也是无法接通。直到今天早上大家才发觉古怪，来到他的办公室，发现屋门反锁，敲门没人回应，这才找来物业把门打开，发现他已经死在了卧房的床上。

"昨天一整天都没有联系上他，你们就没发觉异常？不来他办公室看看?"孙小圣问张经理。

"是这样,"张经理折腾半天,也出了一脑门子汗,"因为昨天是周日,大家本来就不太敢在休息日打扰他,更何况关总习惯在周日去游泳,连助理也不带,这我们都知道,所以就没太当回事。但今天八点钟销售部有个很重要的会,几位董事也要视频参加,关总是绝对不可能不出席的,我们死活都联系不上他,这才想到去办公室找他。"

这时候电梯门打开,一个又高又瘦的戴眼镜的男子等在电梯口,看见孙小圣等人,立刻前来引路。男子二十五六岁,自称是关庭筠生前的助理,叫胡栋彬。胡栋彬显然还惊魂未定,双眼有些呆滞,嗓音也格外沙哑。在孙小圣的反复询问中,他才断断续续地道出了自己这一早上的所见所闻。

他说按照关总的习惯,但凡有重大会议,他都要提前一个小时准备关总开会需要的资料,然后到会议室布置相关事宜。后来七点五十分关庭筠还没来,打电话也是关机,他就觉得很奇怪,便联系了关总的家里人。关总的爱人称关总昨天根本没回家,他便派了一名秘书去关总办公室找人。没想到关庭筠的卧房大门紧锁,他找来物业开门,才发现关庭筠似乎已经在床上死亡多时。

通过宽敞明亮的走廊,孙小圣等人来到了走廊尽头的一扇高大的双开木门前,这便是关庭筠的办公室。工作人员打开木门,里面宽敞透亮,视野极好。北侧码放着一圈真皮沙发,沙发后面是一个阳台,透过巨大的窗纱可以看到阳台上的圆桌圆凳;办公室南侧放着一张非常宽大的红木办公桌,办公桌后是一扇一尘不染的落地窗;在西侧靠墙的位置还有巨大的鱼缸和书柜。书柜里的图书琳琅满目,还有各种看起来价值不菲的花瓶摆件,旁边的鱼缸里面养了很多条看起来非常珍贵的热带鱼。那鱼缸造景精美,在背景灯的照射下,几条身姿曼妙的热带鱼悠闲地游着,显得光怪陆离,好像到了水族馆一般。

孙小圣不由得偷偷向李出阳感叹:"我的天哪,连个高管都有这样的办公室,他们的大老板还不得住在水晶城堡里啊!"

李出阳面无表情:"先看尸体行吗?"

关庭筠的卧房就设在办公桌的西侧。两个女性工作人员远远躲着那扇门,有一个甚至在孙小圣推开门的瞬间吓得跑了出去。开门之后,大家首先闻到了一股轻微的臭味，几个工作人员干脆避在门外，只有张经理和胡栋彬忍着不适陪孙小圣等人走了进去。

卧房陈设比办公室简单许多，不过也是个套间，一进门能够看到一个小卫生间，卫生间旁边的墙上有一台壁挂空调。右手边是一张书桌，桌子上摆着一个小鱼缸、一个电热水壶和几只扣在托盘里的杯子。再往右便是一张双人卧床，关庭筠就躺在上面。他身上没有明显的外伤，五官有些扭曲，看起来死前有点儿痛苦的样子，鼻子下面有一些白色的凝固物，眼圈红肿，眼皮紧闭。因为这间小屋一直封闭着，外界气温又很高，尸体腐败得似乎有些快。

不过这种尸臭似乎和孙小圣以前闻到的有些不一样。以前他闻过的那种臭味，只是单纯的恶臭，直冲人脑门儿那种；今天的臭味似乎还有一些呛。孙小圣问胡栋彬："这间屋子的密闭性怎么样？"

胡栋彬说："密闭性非常好，因为关总睡眠不好，所以这屋的门、窗户都是最好的断桥铝材质，非常隔音的。"

"怪不得呢，味儿这么冲。你们确定当时这间屋门是反锁的？"

"对，我和一名秘书，以及物业的员工当时都在。"

"你们关总平时身体怎么样？有没有心脑血管病什么的？"

"他身体还行吧，平时坚持锻炼，没感觉有什么不对劲。"

孙小圣戴上手套，检查了一下卧室的窗户，拨开紧拉着的窗帘，发现窗户从里面反锁着，一丝缝隙都没有，恐怕连一只蚂蚁也爬不进来。

李出阳这会儿打量着屋里的其他陈设。他发现这间屋子的书桌上也摆着一个小鱼缸，不过那里面没有鱼，只有几块石头。有两块石头上粘连着几根短短的丝状物，在水波的荡漾下微微浮动。

"这个缸里没有鱼吗？"李出阳问。

"啊，这个里面没有，只是个造景缸。之前里面有两条小热带鱼，但因为缸比较小，可能是氧气不足吧，就死掉了，关总一直也没有再放入新鱼。"胡栋彬在一旁解释说。

"没有鱼，光养石头啊？这石头也不好看啊，都长毛了，看着怪恶心的。"孙小圣随口说着，被李出阳暗中打了一拳，才没继续往下说。

"是啊，我也觉得不好看，"胡栋彬并不介意，尴尬地笑了笑，"我也说要不先挪出去，但我们关总比较迷信，说找人算过，他卧室里必须得放鱼缸，说什么水主财、化煞气，我也不懂。于是缸就一直没有挪出去，想着什么时候再找两条合适的鱼放进去。结果没等找到合适的鱼，关总就出事了。"

"你们关总有点儿迷信啊？"

"也不是，"胡栋彬摇头，"他就是太喜欢鱼了，对鱼比对自己还在意呢。平时我给鱼换水，他都要求我把手洗好几遍，手上的戒指也必须摘掉，就怕污染了水质。"孙小圣一看，胡栋彬左手食指戴着一枚银戒指，应该还没结婚。估计在云豆这种公司，年轻人都没时间谈恋爱吧。

李出阳发现那缸壁内侧贴着加热棒，里面还能看到金属制的发热管，他有点儿奇怪地问："里面没有鱼还用加热棒？"

胡栋彬凑近看了看，说："没有开吧。没有鱼当然不用开了，开关摁这个就行。"然后他看了一眼鱼缸边上的插线板，发现插着加热棒的那个插头前面的灯是灭着的，下意识地就摁了一下，孙小圣忙制止："别碰！"

胡栋彬吓坏了，赶紧做投降状，然后才意识到要保护现场，顿时惊出了一身冷汗。

这时李出阳发现，胡栋彬按下了那个按钮，按钮的提示灯却没有亮。

李出阳戴上手套，又按了一下那个按钮，灯还是灭的。他想了一下，又去按旁边的台灯开关，发现台灯也没反应。

"怎么回事？这屋没有通电？"李出阳抬头看天花板，看到头顶上的白炽灯是亮的。

张经理说："会不会是这条线的空气开关跳闸了？"说着他出了门，走到办公室门口的总闸那里检查了一下，然后回来说："确实这条线路跳闸了！"

李出阳想了想，问："一般什么情况这玩意儿会跳闸？"

张经理说："一般是两种情况，电流超载或者是漏电。像这种电源插座，漏电的情况比较多，跳闸是一种漏电保护。"

胡栋彬说："是不是关总挪鱼缸时，水溅到插线板的插孔里造成漏电了？或者是用什么大功率的电器了？需要我现在把空气开关打开吗？"

李出阳说："先不用了。"这时候他又发现了一样关键的东西——一盒摆放在台灯底座边上的安眠药。李出阳睡眠一直不大好，对于安眠药有一定的了解，这种俗称"快安寂"的安眠药是促进入睡的，虽然不能显著提高睡眠质量，但镇静的效果比较好，吃完人会很快泛起睡意。

"关庭筠平时有吃安眠药的习惯？"

胡栋彬认出了那药："哦，是的，关总睡眠一直不好，尤其是入睡困难，躺在床上经常睡不着觉，这才一直坚持游泳、跑步。这盒安眠药还是我帮他开的，他说最近工作太多，失眠又严重了，所以这些天睡前他总是吃一片这个。"

孙小圣把药盒打开，发现药板上一共九个药格，还剩下四片药，便问胡栋彬："你是哪天帮他开的药？"

胡栋彬算了算："开了有四五天了吧。"

按照关庭筠一天吃一片的剂量来算，好像前天晚上也不至于吃过量。孙小圣跟李出阳说了想法，李出阳说："药理我不太懂，但有的药，尤其是精神类药物是有致幻作用的，会让用药的人产生不同程度的幻觉。"

王木一在一旁很是崇拜地感叹："出阳哥懂得真多啊。"

孙小圣很淡定地说："可不，精神病人一般都很了解精神类药物。"

正说着，随后赶到的技术员吴良睿带着两名同事进了屋。黑咪给他大致介绍了案情。吴良睿绕着床看了半天尸体，又让两名技术员拿着照相机和各种工具认真拍照和提取痕迹。三人忙活了半天，节奏逐渐慢下来。李出阳走到他身边小声问："发现什么没有？"

"身上没有外伤，没发现机械性窒息的痕迹。"吴良睿愣了半刻神，又反问："现场有发现遗书一类的东西吗？"

"没有。"

"死者有自杀倾向吗？"

李出阳看看身边的胡栋彬，胡栋彬似乎底气不足，避开李出阳的目光，去看一边的张经理。张经理有点儿无奈，瞅着胡栋彬说："看我干吗，这得问你啊，天天和关总在一块儿的是你又不是我。"

胡栋彬头部微垂，有点儿难以启齿地说："要说自杀倾向我不知道，不过最近关总遇到了一件麻烦事。"

"什么事？"李出阳问。

胡栋彬有点儿怯懦地缩着脖子，看看周围乱糟糟的人，张不开口。孙小圣一摆手，说："算了，一会儿回队里说吧。"然后他又问吴良睿："你继续说，为什么这么问？"

吴良睿戴着宽大的口罩，但从紧皱的双眉能看出他面色凝重："窗户反锁得一点儿缝隙都没有，卫生间也没窗户，如果能够确定当时屋门也是反锁着的，那可以说这个房间是一个真正的密室。"

　　孙小圣看着吴良睿紧蹙的眉头哼了一声，似乎在嘲笑他少见多怪："那也未必，这间屋子又不是只有一把钥匙，物业有，说不定别的工作人员也有。"

　　胡栋彬在旁边插话："不会的，别说物业的钥匙轻易拿不出来，就算是被谁拿出来了，这间办公室门外的所有走廊也都是无死角监控，谁要是擅入，肯定会被摄像头拍下来的。"

　　"有监控？"孙小圣眼睛一亮，"那很好，我们可以先排查一下监控录像。你们这个大楼里是所有的地方都有监控吗？"

　　胡栋彬好像一时也回答不了这个问题，扭头看旁边的张经理，张经理尴尬地说："当然不可能所有的空间都有监控，一般来讲，公用的办公室是有监控的，私人的没有。"

　　也就是说只有基层员工被监控，领导则保有隐私。孙小圣耸了一下肩。

　　李出阳把无关人员都请了出去，问吴良睿："能大概判断出死者的死因吗？是发病还是什么中毒？"

　　吴良睿说："现场的杯子和水壶我准备带回去化验一下，感觉是中毒，有可能是氰化物一类的，但是也不一定，现场留的痕迹太少了，还得看法医的解剖和毒检结果。"

3

　　法医中心根据尸斑和一些别的体表特征，初步判定死者的死亡时间是在二十一日，也就是昨天上午八时至十时；至于死因，给出的初步判断是疑似某种物质中毒，但这种毒物似乎不太常见，显化状态和常见的毒物不大一样，有可能是一种混合物，也有可能是某种毒物的变异体。孙小圣听得云山雾罩。总之，就是关庭筠到底中了什么毒还要等待化验结果，至少七天。

　　"七天？"李出阳等人一听，头都大了。

　　"嗯，还是工作日。"孙小圣摊手。

"那现在怎么办？不知道死因，调查的效率肯定低，凶手跑路的可能性也肯定大。"苏玉甫叮着笔，一板一眼地提醒孙小圣。

"没事，技术队那边还在化验水杯水壶，那个快，如果上面有毒药残留，说不定下午就能出结果。咱们现在先按程序办，双管齐下，一边做笔录一边查监控。"

孙小圣把胡栋彬等人带回队里，分别做了询问。黑咪也带人拷贝了关庭筠办公室门口近三天的监控录像。中午的时候，他们从人到物，基本梳理清了关庭筠死亡前两天的经过。

根据胡栋彬提供的证词，他在前天晚上十点，陪着关庭筠一起走进了办公室。五分钟之后他离开，回到了自己位于公司的宿舍，再没有出现在大楼十层。这从监控录像里能够得到印证。

从监控录像里看，晚上十点五分之后，关庭筠的办公室确实没人到访。但在十点三十分左右，有两个女人一前一后敲门进了房间。

很快，有不止一个云豆的员工认出，这两个女人分别是他们公司的销售经理王晓馨和关庭筠的爱人赵慧。

王晓馨三十岁，赵慧四十七岁，一个时尚妖娆，一个雍容富态。两人踏入关庭筠房间间隔不到十分钟，半小时后王晓馨先行离开，又过了二十分钟，赵慧也从办公室离开。不过值得注意的是，赵慧走时似乎很不愉快，满脸怨气，大步流星，飞快地消失在了监控范围内。

李出阳、孙小圣和黑咪调高倍速，又看了半天录像，确认从赵慧离开后直到今天早上秘书来叫关庭筠开会，中间没有别的人来过这间办公室。也就是说，也不会有人去过关庭筠的卧房。

孙小圣初步分析："关庭筠是在昨天上午死的，但那个时候根本没人去过他的办公室。如果关庭筠是被人下毒，那只有一种可能，那人想办法让关庭筠先喝下毒药，然后在毒发之前就离开了办公室。这个药毒性发作可能比较缓慢，再加上安眠药的作用，关庭筠就神不知鬼不觉地死在了被自己反锁了的卧房里。"

黑咪觉得不可思议："大哥，我想问问你什么毒药能够在十多小时之后才起效？这也太扯了吧，岂不是能让所有凶手都完美地制造不在场的证明?！"

孙小圣觉得黑咪言之有理,一时不知如何作答。他下意识揉揉眼睛,看了半天录像,感觉眼睛异常干涩。李出阳也揉了揉眼睛说:"真是老了,以前看监控录像,没觉得眼睛这么扛不住啊。"然后又掏出纸巾,"我还有点儿感冒,流半天鼻涕了。"孙小圣吓坏了,以为李出阳下一步该请假了,那自己可就少了一个强力外挂。孙小圣赶忙把他扶到椅子上坐好,让他踏实歇着。

有可能是这两天温差太大的缘故,孙小圣也有点儿感冒,他管李出阳要了一张纸,正擤鼻涕的当儿,听见有人敲门,开门一看是樊小超。樊小超说,刚才给胡栋彬做笔录,他透露了一个很重要的信息,就是关庭筠和销售部的女经理王晓馨常年保持不正当关系,但最近关庭筠受到王晓馨的敲诈,惊动了他的妻子赵慧。

胡栋彬说,关庭筠和王晓馨相好有三年了。王晓馨在进入云豆之前就是关庭筠的情妇,后来被关庭筠一番操作进入公司工作,直接安排到自己手下做经理。但关庭筠很有心机,把王晓馨安排进公司不光是为了能够近水楼台,也是让有一定管理能力的王晓馨为己所用,同时也方便对其进行控制和摆布。在关庭筠近乎天衣无缝的手段下,两人的关系除了公司极少数和关庭筠关系非常近的人知道,几乎没人能看出破绽。

所以王晓馨醒过味儿来之后很不爽,当然这也是大龄小三都过不了的心理关,觉得自己大好青春被葬送,一身的才华被利用,最后只是便宜了渣男,委屈了自己。在被关庭筠哄了一阵之后,她终于按捺不住,反复跟关庭筠提分手,还要离职,并且以出国留学为名,管他要一大笔分手费。可能是王晓馨要价太高,并且放出了狠话,关庭筠收拾不了场面了,就把事情原原本本告诉了妻子赵慧。赵慧虽然大动肝火,但木已成舟,她也只能硬着头皮陪关庭筠应对。于是双方一直在分手费的问题上扯皮,谈了很久依然没有解决。

"也就是说,前天晚上三个人在关庭筠办公室见面,还是商量这件事?这关庭筠胆子也够大的啊,敢把小三和爱人同时约到办公室来,真不怕人多眼杂啊。"黑咪揉着眼睛说。

"这时候先别管关庭筠怎么想了,王晓馨肯定是想在办公室解决问题的。闹到这种地步,这夫妻俩肯定是被王晓馨牵着鼻子走的。在关庭筠办公室谈,安全、熟悉、有监控,再合适不过了。"孙小圣说。

樊小超认真听完,使劲点头。

"还愣着干吗,赶紧去传唤这俩女的啊。"孙小圣说。

4

一个多小时之后,两个女人就前后脚到了队里。王晓馨先被带进了询问室,她看上去三十岁出头,长发披肩,保养得不错,拎着非常考究的小挎包,穿着豹纹短裙和皮靴。之前她已经对关庭筠之死有了大概的了解,有了情绪缓冲期,所以看上去并不十分激动,只是一时回不了神,每回答一句话都要反应一段时间。

她还反复说:"警察小哥哥,我可没有杀他啊。"

这句话一出口,坐在对面的李出阳和孙小圣都是一阵汗颜。王晓馨虽然不算老,但也是而立之年的岁数,比他俩大了三四岁,这会儿张口就是小哥哥,把两人肉麻坏了。可见装可爱是这种人随时随地都能发挥的自保技能。

两人询问了王晓馨与关庭筠的关系,王晓馨是个聪明人,知道警察肯定在查关庭筠的关系网,自己撒谎也没用,欲盖弥彰可能后患无穷,便大概讲了一下,和胡栋彬所言没什么大的出入,两人是濒临反目的情人关系。说到后来,王晓馨的情绪还有些激动,一直说自己被关庭筠算计了。

"你们也别把我想得那么坏,其实一开始我跟他的时候,他和我说他早就跟老婆离婚了!后来他瞒不住了,我也下不了船了,这只能说他太会骗人了。我其实是最吃亏的,这些年真没花他什么钱。一开始他倒是大方,但我傻啊,拉不下那个脸呀,老用感情这东西做安慰。就拿进公司这件事来说,我可是正经名校研究生毕业,就算是自己出去找工作,也不见得比现在差呀!结果倒好,弄得跟他养了我多少年似的,其实真不是那么回事。现在有时候我想起来都想抽自己大嘴巴,我这图什么啊?"

说着说着王晓馨开始抹眼泪:"现在倒好了,人也没了,我这儿除了一个小三的恶名,什么也落不下,我倒了八辈子霉遇上这么个人!我跟你们说,要杀他的不是我,他老婆才有这个动机。毕竟我要分他的家产,他要是死了,家产就直接归那女人名下了。我这事就算捅破了天,她也不怕了,所以她为了钱，很有可能一不做二不休，杀掉关庭筠！"

她这一番话说得孙小圣都有些好奇了："你到底跟他要多少钱啊？"

王晓馨愣了一下，转而说："啊，我还是跟你们说一下前天晚上我们见面的事吧。"

她说，当晚关庭筠夫妇约她商量分手费的事情。说是商量，其实还是以恫吓和安抚为主，让她消停，偃旗息鼓。关庭筠和赵慧处心积虑，一方面想压价，另一方面又想分期付，还想让她签什么协议。王晓馨也不是省油的灯，同样提出了好多条件和想法，什么转让股权、给她办出国之类的，双方有些胶着，谈了二十分钟依然没有结果。赵慧提出想和关庭筠单独合计一下，关庭筠便让王晓馨先进卧房等候。

十分钟后，关庭筠和赵慧也没能达成一致，王晓馨有点儿不耐烦，又觉得时间太晚，此地不宜久留，便提出先离开，择日再谈，然后便急匆匆地离开了关庭筠的办公室。

从赵慧的笔录来看，她的说辞和王晓馨的基本是吻合的。

黑咪和灿灿姐给赵慧做的笔录。赵慧本来是个挺高冷的女人，再加上老公去世，思绪比较混乱，所以一开始不太配合。好在灿灿姐比较有耐心，先跟她扯了许多闲篇，好不容易才拉到正题上。

赵慧同样把关庭筠骂了一通，不同的是，她不知是故意还是无心，在控诉关庭筠的同时还强调了他们之间的感情，大意是老公虽然出轨了，但毕竟和她生活多年，又有孩子，自己也只能硬着头皮为他保驾护航。王晓馨不仅言语威胁，还涉嫌敲诈，反复吓唬他们，如果不满足她的要求，就要让关庭筠身败名裂。一旦她把自己和关庭筠的事捅出去，由于云豆公司的影响力，这件事一定会被新闻媒体大肆炒作，关庭筠的损失绝对是难以估量的。而且关庭筠和赵慧的儿子还小，在信息化如此发达的今天，他将怎么面对同学和老师？赵慧因此恨王晓馨恨得牙痒痒，恨不得当场就手刃了她。

在王晓馨进了卧房后，赵慧跟关庭筠小声商量，既然要斗狠，那他们完全可以威胁威胁她：比如拿她在浙江老家父母的安危来吓唬她，说不定她会服软。但需要确定的是，关庭筠是否知道王晓馨父母的居住地。这也是赵慧让王晓馨先回避的原因。

黑咪听得有些背脊发凉：真是最毒莫过妇人心啊。

赵慧可能觉得自己说得太实在了，不符合她气度非凡的人设，赶忙又补充："当然了，我可不敢真那么做，只想吓唬吓唬她。我们家老关确实知道她老家在哪儿，经我这么一提醒，他也觉得这个办法可行，但又怕逼得她狗急跳墙，所以直到她走，我也没敢跟她提这事。为这个，后来我还跟我们家老关吵了一架呢，本来那么晚了我是想跟他一起住办公室卧房的，后来气得我直接摔门回家了。"

看完赵慧的笔录，孙小圣和李出阳分别坐在椅子上想了想，忽然孙小圣眼皮一跳，说："我有一个猜测。"

李出阳看了他一眼："我也有——你先说吧。"

孙小圣说："你说，会不会是王晓馨在卧房里听到了赵慧跟关庭筠的谈话，一时间气得不行，把事先准备好的毒药放在了卧房的水杯里，想要毒死他们夫妻俩？"

"不排除这个可能性。"李出阳靠在椅背上，看着天花板想了想说，"其实这两个女的心机都挺深的。从关庭筠做的事来看，赵慧肯定挺恨他的，但她一再强调跟自己丈夫还有感情，这是想让我们打消对她的怀疑；而如果王晓馨真的听到了赵慧和关庭筠的谈话内容，又不将这个情节告诉我们的话，那她就有很大嫌疑。因为她知道，一旦她告诉咱们她知道关庭筠和赵慧要对她父母下手，她是绝对有杀人动机的。"

"嗯，她很可能以为赵慧也准备住在关庭筠办公室，所以想把俩人都干掉。没想到赵慧后来走了，所以只有关庭筠一个人死掉了。事实上赵慧也确实准备住在办公室，只不过随后和关庭筠吵架不欢而散了。"孙小圣补充道。

"我有一个疑问。"王木一在一旁举手。

"说。"

王木一一副小学生做奥数似的表情说："按理说，赵慧故意把王晓馨支到卧房，和老公偷偷商量事情，说话音量肯定会放小啊，怎么可能被里屋的王晓馨听到？"

"对对对，我也是这么想的。"黑咪在一边说。

李出阳和孙小圣听完，都无可奈何地笑了。

"怎么了？我说的不对吗？"王木一还是一脸蒙。

孙小圣说："赵慧如果想让她听见，就一定能让她听见。故意让她偷听到内容，比直接急赤白脸地威胁，更能达到恫吓的目的。至于看上去一开始没想到这步的关庭筠，很可能是唱的白脸。其实这夫妻俩早就预谋好了，就等着王晓馨上套。"

王木一都听傻了，没想到人心竟能如此险恶，人缓缓往椅子上靠去。黑咪则茅塞顿开："所以王晓馨也正是利用了这一点，故意不说自己听见了那些话，把自己择出来？"

"孙队，阳哥，你们好厉害啊。"樊小超崇拜地感叹。

"这种套路我们见多了。"孙小圣趾高气扬地掏出一根烟。

"都是套路，只不过一个更深而已。"李出阳说。

5

稍微总结一下，到目前为止，嫌疑人有两个。一个是与关庭筠闹掰了的情妇王晓馨，一个是关庭筠的妻子赵慧。王晓馨可能会因为恨意和害怕下毒报复，赵慧可能会因为担心丈夫的财产被分割而杀人，直接继承遗产。

本来孙小圣的思路是，等着吴良睿那边对卧房内杯具的毒物检测结果出来，再根据毒物类型追根溯源，锁定最终的嫌疑人。但等到下午，技术队传来一个让所有人都大感意外的消息：关庭筠卧房内的水壶、水杯内侧，均没有检测出可疑物质。也就是说，凶手并没有利用水杯或者水壶下毒。

当时孙小圣和李出阳等人正在食堂吃晚饭，孙小圣接过樊小超递过来的化验报告看了一眼，先是一阵怪叫："这怎么可能？现场没有毒物残留！门窗反锁，那关庭筠究竟是怎么中的毒？"

李出阳正嚼着一根芹菜："别忘了，卧房里还有一个卫生间。会不会关庭筠服下毒药之后，那个沾有毒物的杯子或者水壶，被人在卫生间里刷干净，然后又整齐地摆了回去？"

"那肯定不是王晓馨了。"孙小圣说着，把李出阳盘子里的一块排骨夹出来，放在桌上，"你看，这个是王晓馨，"他又从李出阳盘子夹出两块排骨，放在另一侧，"这俩是关庭筠和赵慧，"然后孙小圣用自己的一根筷子将两边隔开，然后用另一根筷子拨弄着代表王晓馨的排骨，"王晓馨只有在关庭筠的卧房里，才有下毒的可能，"然后孙小圣又夹了李出阳的一根芹菜，放在排骨边上,"假设这个是王晓馨下的毒,然后王晓馨就走了,"孙小圣把排骨推到别处,"这期间,赵慧和关庭筠谁都没进过卧房,毒肯定是要留在里面的。"

李出阳用筷子把代表赵慧的排骨推到原本属于王晓馨的位置:"你看,赵慧原本是准备睡在关庭筠卧房的,所以她在王晓馨走后,肯定有机会单独进到卧房里,然后下毒。"他把代表关庭筠的排骨也推过去,"关庭筠喝了毒药之后,赵慧很可能去卫生间刷了杯子,"李出阳把芹菜和代表赵慧的排骨推走,"之后以吵架生气为由迅速离开了现场。关庭筠便自己锁了门,上床睡觉。"

"所以赵慧的嫌疑更大?"灿灿姐已经吃完了,抱着肩膀,皱眉瞅着桌上孙小圣和李出阳摆弄了半天的"排骨阵"。

"理论上来说,是的。"孙小圣说,"不过还是有一个问题:到底什么毒药能够在十小时后起效致人死亡?就算真的存在这种有毒物质,市面上也绝对不会有,一般人肯定非常难搞到。这样其实也好办,一旦毒药成分检测出来,就可以从药物源头进行排查,当然以王晓馨和赵慧为出发点,看看这两个人究竟谁有渠道接触到这种毒药。"

黑咪依然持否定态度:"我觉得不可能有这种东西,所以你们别瞎分析了。别说这么玄乎的毒药了,现在就连普通的氰化物都得实名购买。管控这么严,还实名登记,甭管什么渠道,谁沾了剧毒物质就等于在脑门儿上贴了'我是凶手'的标签,这人可能那么傻吗?"

"再说了,下完毒,又等着关庭筠服毒,随后又得若无其事地刷杯子,然后找个吵架的理由气鼓鼓地离开,这也太戏精了吧?我觉得赵慧虽然挺有心眼儿,但心理素质不见得这么强。"灿灿姐说。

"所以我也一直在考虑一个问题,"孙小圣眉头紧锁,"这个杯子,会不会是关庭筠自己刷的?"

灿灿姐一挑眉毛:"毒药就在杯子里,关庭筠在第二天凌晨或者早晨才喝,喝完后自己刷了杯子,然后毒发身亡?"

孙小圣的这个新设想虽然听起来能够自圆其说,但实际上要同时满足两个条件:一是关庭筠在赵慧走后很久才喝下毒药,二是喝药之后自己还亲手刷了杯子。但凶手不在现场,又怎么能让这两个完全取决于关庭筠本人的条件先后满足呢?

孙小圣想了一晚上依旧毫无头绪。由于晚上没睡好,第二天一早他头昏脑涨没吃东西就出了门,下地铁时已经饿得眼冒金星。

路边正好有一家饭馆,属于平时做炒菜,早上兼卖早点的那种。孙小圣怕自己低血糖牺牲在半路,便赶紧掉转方向,灾民似的冲进了饭馆。

那饭馆规模不小,早餐可能是承包给别人的,中午才正式开始营业。孙小圣匆匆忙忙买了一屉包子,一边吃着一边往门口走,忽然听见身后传来一阵骚乱。他和众人一样循声往身后看去,发现是一个领班模样的人在痛骂一个小保洁工。那领班嗓门本来就大,口中还脏字不断,边骂边上手搧小工的脑袋。小工看上去年纪很小,脸憋得通红,已经被领班逼到了角落里,屁都不敢放一个。

孙小圣最见不得恃强凌弱,赶忙过去帮小工出头,把领班推到一边,问他干吗欺负小孩。领班一开始还觉得孙小圣多管闲事,但看见孙小圣的样子不像善茬儿,便偃旗息鼓,翻着白眼说:"这孩子手脚太毛躁,来我这儿干了半个月,刷碗摔碗,刷盘摔盘,现在让他过来擦擦鱼缸,还能出岔子,我能不急吗!"

孙小圣才发现领班身后有个大鱼缸,里面花花绿绿游着不少热带鱼。

"这鱼缸里的东西能摔吗?鱼缸是招财的,你这不是成心给老板添堵吗?赶紧收拾好了。"领班踢了一脚地上的碎玻璃碴,穿过围观的人群,灰溜溜地走进后厨。

孙小圣笑嘻嘻地朝小工摆了一下手:"没事啦。"然后转身就要往门口走。忽然他想起什么,又折返回来,盯着地上的一堆碎玻璃碴:"这是玻璃?我看这鱼缸没碎啊,哪儿来这么多玻璃碴?"

小工从脚边捡起一个棍状物,臊眉耷眼地说:"那不是鱼缸的碎片,是加热棒的碎片。我擦里面时想把加热棒拿出来,没想到搁手边被碰掉地上了。今天谢谢你了,哥。"

孙小圣有点儿摸不着头脑:"玻璃的加热棒?加热棒不应该是金属的吗?"

小工边扫地边说:"哥,你说的那是淡水缸吧?我们家这是海水缸,只能用玻璃加热棒,用普通的金属加热棒会被腐蚀的。"

孙小圣愣了一下，出门想了想，给李出阳打了一个电话。

李出阳此刻正在食堂盛豆浆，歪着脑袋用肩膀夹着手机，问孙小圣什么时候到，大家还等着他布置工作呢。

孙小圣说："我手机昨晚忘充电了，长话短说，我问你，昨天咱们在现场看见的，关庭筠卧房鱼缸里的加热棒，是金属的还是玻璃的啊？"

李出阳放下勺子，把手机拿在手里，说："金属的吧！怎么可能是玻璃的？那还不炸了？"

孙小圣说："可是据说海水缸就要用玻璃加热棒啊。我觉得咱们可能忽视了一个问题，关庭筠办公室里的鱼缸，是一个海水缸，里面养的都是海水鱼。海水缸需要定期调配里面的海盐和微量元素，比淡水缸复杂多了。他如果是海水缸爱好者，那些配海水需要的原料都是现成的，用小缸匀出来一些就好了。可是他卧室里的是一个淡水缸，而且里面还没有鱼。这不是很奇怪吗？"

李出阳想了想："你说的有道理。那你接下来准备怎么办？"

孙小圣说："技术队把卧房里的鱼缸或者鱼缸里面的某样东西带回队里了吗？"

李出阳说："好像没有。"

孙小圣决定直接去云豆公司二次勘查现场，局里由李出阳代管。他给李出阳留的作业是，梳理赵慧和王晓馨二人的社会关系，看看两人有没有什么机会或场合，能够接触到化学类、毒品类的危险物质。

李出阳带着黑咪和苏玉甫等人查了一上午，并没有什么大收获。王晓馨曾经是个高才生，虽然可能具备一些化学和药理常识，但近期活动范围小，甚至从年初到现在，都没有离开过古城，以往的出省或者出境记录也都是去一些比较知名的旅游城市。本人的社会关系中，也没有从事医疗或者化工行业的亲友。

赵慧比王晓馨的情况复杂一些，她是古城本地人，小时候算是个富二代。家里开过饭店，虽然没什么学历，但年轻时也算个富家小姐。后来可能挑对象挑花了眼，慢慢把自己的终身大事给耽误了，三十多了才嫁给当时初来乍到的外地人关庭筠。赵慧虽然家道中落，但没想到押准了一只潜力股，关庭筠在后来就职的云豆公司扶摇直上，自己也就顺理成章地成了持有不少股份的高管太太。不过从赵慧的履历上看,她前几年还因为和邻里争执打伤过人,进拘留所待过几天。按说这样胸无城府又脾性火暴的人,恐怕没有足够的脑细胞和耐心策划出这么缜密的杀人计划。

不过似乎也不能完全排除这种可能性。毕竟赵慧在本地根基深厚,人脉强大,而且看旅店住宿记录,她经常出入娱乐场所。什么洗浴、会所、私汤温泉、度假酒店,基本上月月不落,而且基本一到旅游旺季就出国,去的全是欧洲国家,经常一走就大半个月。查到的这些结果让李出阳惊叹于富太太的生活丰富多彩,也从另一个侧面证明,赵慧似乎沉浸在自己的世界里,对老公关庭筠一直处于放养的状态。这种女人说聪明其实也聪明,只要物质到位,就不会给自己找不痛快。

李出阳根据赵慧留在笔录里的手机号,搜索到她的微信,发现她年近知天命,昵称竟然叫"三叶"。

"三叶"是新海诚动画《你的名字》里的女主角。

赵慧的头像也是动画片里的"三叶"形象。

微信里看不到赵慧的朋友圈信息,李出阳根据微信号搜到了赵慧的微博。他发现赵慧果然是一个戏多的人,成天不是炫富就是自拍,用的都是花花绿绿的少女滤镜,每张自拍磨皮磨得鼻子只剩下两个洞了。赵慧的炫富微博五花八门,有晒包的、晒车的、晒旅行的,实在没的晒了,喝杯摩卡也要露半只金表。当然富太太的另一习性赵慧也没有遗漏,那就是晒老公。从微博的时间线看,关庭筠的出镜率还是挺高的。不过都是赵慧拿着手机给两人自拍,角度死板,表情单一,颇为刻意。

马上到中午了,黑咪和苏玉甫不想吃食堂的饭,问李出阳要不要跟他们一起出去买点儿吃的。李出阳看赵慧的微博看得正起劲,说随便吃点儿什么都行。不久之后,二人就提着几盒酸辣粉进了办公室。

李出阳顾不上吃,把酸辣粉放在一边,继续看赵慧的微博。时间线进入前年,赵慧似乎在微博上因为什么事跟别的网友吵起来了。李出阳渐渐看出了门道:原来是云豆公司刚发生女主管跳河事件,一些网友认为云豆公司应当负主要责任。还有很多所谓"消息人士"披露云豆公司员工受到各种不公正待遇,大有将云豆公司推向风口浪尖之势。看到这里,李出阳才知道前年自杀的员工叫陈桃君,是销售部的一名主管。赵慧在网络骂战中担任"洗地"角色，一直替云豆公司和自己老公开脱，列举了一系列陈桃君死亡与工作无关的证据，什么陈桃君生前就患有抑郁症，有自杀倾向，等等，正气凛然地称"造谣可耻"。而且这些微博，多数都有明显购买转发和评论的迹象。时隔多日，很多机器人评论都已经被系统屏蔽，点进转发记录，里面也是清一色的营销小号。

可见，她还真是践行了自己的那句承诺，再苦再难，也要硬着头皮为老公保驾护航——这其实也是为了兜里的钱啊。

李出阳这时才发现，当时关庭筠已经是销售部的总经理。想必当时作为陈桃君的主管领导，关庭筠面对的指责和质问也是铺天盖地的吧！所以赵慧才会化身"水军"，在网络上一直帮云豆公司带节奏。说不好，是关庭筠授意甚至是本人操作也未可知。

这会儿王木一从档案室回来，发现满屋子都弥漫着酸辣粉的呛鼻味儿。王木一抱怨了句："熏得我眼泪都出来了！"然后她对着孙小圣桌子上的云豆音箱喊了句："嘿，云豆，空调打开换气模式。"

办公室的空调应声启动。

李出阳愣了一下，黑咪在一旁边吸溜酸辣粉边赞叹："好厉害！还能这样玩？"

王木一得意扬扬地说："它能控制好多智能家居，只要是限定品牌和型号内的电器都能授权给它，然后联网就可以了。正好咱们办公室的空调可以，我就给匹配上了。"

李出阳忽然从椅子上站了起来。

王木一问："哥，你怎么了？"

李出阳原地愣了两秒，扭脸看她："有可能咱们查错方向了。根本没有十小时才起效的毒药，关庭筠也不可能自己动手刷杯子。是有人在屋里布置了某个机关，让他第二天一个人在反锁的房间内中毒！"

"那是个什么机关？语音遥控的机关？"王木一想着玄机可能在那个智能音箱里。

李出阳答非所问："去，给我调出前年在云豆工业园区自杀的主管陈桃君的所有资料，要所有的，赶快！"

6

孙小圣再次到访云豆公司，先勘查了之前让公司保卫部严加看管的现场，发现关庭筠卧房里的鱼缸加热棒确实是金属制的。不过这根金属制的加热棒看上去非常简陋，外表并不像一般加热棒那样，有摄氏和华氏的刻度。也许是早年间的老物件，一直被关庭筠保留着。一边的保卫部张经理也说："我们关总虽然平时挺大手大脚的，但对于自己爱好这方面，特别念旧。他有一根鱼竿，我亲眼见过，还是他念高中时买的呢，至今都舍不得扔，没事还拿出来甩甩，说能找到自己年轻时的感觉。——挺有意思的一个人。"

"这屋子，我们昨天走后没人进来吧？"孙小圣把加热棒放进物证袋，又把物证袋放进背包里。

"没有，您放心吧，别说我这儿有人一直看着，就算是真有人想进来干点儿什么，门口也有监控啊。谁也没那胆子。"

"干得不错。"孙小圣扬眉点头。

"对了，孙队，胡栋彬之前要求进来喂鱼，我没让他进来。他说办公室的热带鱼得一天一喂，要不然容易互相掐，说不定哪条就被掐死了。"张经理汇报道。

"你不让他进来他怎么说？"

"他也没怎么说，就走了。不过我觉得这鱼能喂还是喂吧，据说关总这一缸鱼也不便宜呢，光最细溜的那条'蓝凤'，就一万多块呢。要是饿死了，他那个夫人来闹，您说您赔还是我赔，都不合适啊。"

"也是，"孙小圣想了想，"今儿这办公室就不用找人看着了，反正我们已经看完了，没什么需要再提取的了。"

"真的？"张经理没想到孙小圣这么痛快。

"当然是真的。再说了，门口不是有监控嘛。"

"好嘞！"

孙小圣和张经理边说着边走出卧房。孙小圣看见外屋那个巨大的鱼缸，里面的那些热带鱼丝毫没有受到这屋子里变故的影响，依然在水里无忧无虑地游着。

孙小圣想起什么，又返回卧房。

张经理屁颠屁颠地跟进去问:"孙队长,落东西啦?"

孙小圣不理他,盯着桌子上那个小鱼缸,愣了半刻,把手指伸进了鱼缸的水里,然后拿出来,放到自己的舌头上。

张经理都看傻了。

孙小圣把手放下,眉头紧皱:"咸的。"

随后张经理接到一通电话,说是公司几个高层想和孙小圣聊聊。昨天事发紧急,高层们在外地的在外地,在开会的又脱不开身,今天听说警方又来调查案件,自然要露面关心一下进展。几位高层中有 CEO(首席执行官),还有两位董事。CEO 是个风度翩翩的中年男性,人称"吴总",经常在电视上抛头露面,思维敏捷温文尔雅,说的都是句式复杂滴水不漏的官话,似乎和孙小圣不在一个次元。几人和孙小圣聊了聊,希望了解一下案件最新的进展。孙小圣心想有进展我还找你们干吗,便装出一切平稳进行但是绝不能透露分毫的神秘架势,打了几句马虎眼,转而问了他们几个问题。

这些问题有关庭筠平时的生活习惯,在公司里是否与人结仇,是否和他人有利益冲突,等等。吴总等人回答得比较官方,孙小圣觉得没什么价值,便让他们把关庭筠生前的助理胡栋彬叫了上来。吴总很配合,嘱咐小胡先放下手头的工作,好好配合孙警官,务必挖掘出有价值的线索,赶紧让这起甚嚣尘上的案件降降温。

临走时,吴总又问了孙小圣下午的工作计划。孙小圣说想找几个销售部的同事做笔录,吴总听了之后马上让胡栋彬去安排,还说多找一些同事,让他们放下手头的事,先以警方的工作为主。

这时已经接近中午,胡栋彬在走廊里打了一通电话,然后走到电梯里对孙小圣建议道:"要不然先在我们这儿吃午饭吧,有什么要聊的咱们可以随时聊。"

孙小圣说:"好啊。"

云豆的餐厅有好几个,胡栋彬带孙小圣去了规格最高的那一个——自助餐,花样繁多,种类齐全。这里菜式非常丰富,从炒菜到意面,从饺子到汉堡,四处飘香。孙小圣随便盛了一些,然后和胡栋彬在靠窗的座位落座。

胡栋彬朝孙小圣笑笑,还帮他打了一杯饮料。孙小圣一直说不用,胡栋彬轻轻地把饮料递到孙小圣手上,自嘲地说:"没事,这个我干惯了,自然而然了。"

孙小圣说："助理也干这些端茶递水的活吗？"

胡栋彬苦笑："当然了。而且比这烦琐操心的事多了去了。我们这种助理，既不像秘书那样有权力，也不像管家似的有存在感。充其量就是一个人肉闹钟，每天提醒领导该去哪儿了，该见谁了，该开什么会了。领导给我们布置什么我们就得完成什么，压力很大，万一遗漏了一项，就可能给公司带来难以估量的损失。"

"你跟关总多长时间了？"孙小圣问。

"不到一年吧，我去年入的职，年底开始给他当助理。"

孙小圣说："他对你怎么样？"

胡栋彬反应了一下，才说："啊，关总虽然平时要求比较严格，但是也很关心我的。所以他突然发生这种事，我也不好受。"

胡栋彬放下筷子，仿佛说到此处，再也难以下咽了。

孙小圣有些疑惑："你入职时间这么短，就给高层当助理了？"

"是的。我刚才也说了，助理不是什么体面风光的岗位，尤其是销售部的助理，就更难做了。所以这个岗位是没什么竞争性的，我也就有了这么一个机会。"

孙小圣问："在销售部很累吗？"

"对，因为我们本来就承担着非常繁重的任务。销售是把双刃剑，一方面考验你的意志，一方面也确实给你机会——很多大老总都是从销售干起的。"

"所以你选择了销售部？成为关庭筠的助理？"

"一方面是我的选择，一方面关总的事务比较多，对助理的要求也比较苛刻。所以关总的上一个助理离职之后，没有人愿意顶上去。后来我思来想去，觉得这也是个机会，自己各方面条件都符合，好好努努力，说不定这是个往上走的捷径，就跟着他了。"胡栋彬叹了口气，摇头，"没想到现在出了这种事，我的处境也变得特别尴尬。"

孙小圣似乎想到了一些难以启齿的内容，放下筷子："你们关总，生前有没有一些……不为人知的事情？"

胡栋彬诧异地看着孙小圣，没应声。

孙小圣调整了一下坐姿，重新措辞："我的意思是说，我听说很多助理在给上级办事打杂时，是不分公事私事的。想必关庭筠也找你处理过不少私事吧？有没有一些事情，天知地知你知他知，别人却不知道的？"

胡栋彬手里攥着一团纸巾，边揉边说："既然您提到了这个，那我可以跟您汇报一些。"

"你说。"孙小圣兀自吃饭。

"其实……其实关总从年初开始，就借用我的身份信息，在外面租了一栋别墅。这件事可能符合您说的那种情况，是除了我和他，别人都不知道的一件事。"

"在哪儿？"

"北城，方壶北里。他从年初就经常住在那里，我可以带你们去那里看看。"

方壶北里属于郊区，离金融街的云豆公司至少三十公里，孙小圣觉得有点儿奇怪："他为什么在那儿用你的身份租别墅？是金屋藏娇，还是有别的什么要从事的活动？"

孙小圣听说有的有钱人，利用郊区的别墅私下开设赌场，甚至还有组织集体吸毒的。胡栋彬似乎也听出孙小圣暗有所指，忙摆手澄清："那并没有，那个别墅平时只有关总一个人去，有时候……王经理也去。"

他指的应该是关庭筠的情妇王晓馨。孙小圣明白这个狗血桥段了，从鼻子里哼了一声。

"我每隔一段时间帮他找人打扫和收拾。不瞒您说，"胡栋彬此刻颇为神秘地压低声音，"吴总也问过我关总是不是在外面另有住宅。他可能是觉得，公司里有什么涉密的文件或者合同之类的，被关总单独存放了起来。现在关总人没了，这些东西必须得找到。如果您准备去那里看看，我可以叫吴总一起吗？"

孙小圣说："当然可以。咱们什么时候出发？"

胡栋彬抬手看了看手表，说："现在是十二点半，吴总可能也刚刚吃完饭，他下午三点还要开会，我现在联系他，如果他那边可以，咱们一点钟准时从公司走。"

7

李出阳在电脑前，翻阅了大量有关前年云豆公司去世的销售主管陈桃君的资料。陈桃君是江西人，高才生，之前一直在一家咖啡连锁公司做咖啡机销售。十年前来到云豆，只用了两年就坐上了地面销售主管的位子，主要负责云豆集团地面连锁店的销售运营。她当上地面销售主管两年后，就因为不堪工作重压跳河自杀，年仅四十八岁。

云豆集团短短两年就有两人非正常死亡，而且还都是在销售部，不得不令人浮想联翩。这也是此次关庭筠死后，公司高层格外重视，一边积极配合警方工作，一边又极力对媒体封锁消息的原因。

李出阳利用王木一和苏玉甫调出来的各种资料，逐渐梳理出陈桃君生前的工作和生活轨迹。她十年前离了婚，没有儿女，父母都在江西老家。她刚刚当上云豆集团地面销售主管时，应该还是春风得意的。那时候云豆地面连锁店的销售额非常高，动不动就创造出业界纪录，所以作为地面销售总负责人的陈桃君一时风头无两，关于她的照片和访谈时常出现在各大财经报道中。

而且相较于其他的企业高管，比如关庭筠，陈桃君似乎更会经营自己的人设。往好听了说是贴近群众，往难听了讲就是会抓住一切时机给自己造势。比如天津第一家门店开业时，陈桃君亲自带领团队前往，并在门店做了三天的宣传促销。从做策划到方案实施，从给当地群众展示企业文化到面对面讲解产品使用，陈桃君都亲力亲为。她甚至还在海滩上用云豆的无人机做表演，当场给希望工程进行捐助，被当地很多财经媒体争相报道。

虽然当时很多同行都说陈桃君作秀，但她死后，形象忽然就格外光辉了起来。有报道指出：陈桃君信佛，心地非常善良，虽然是商人，但也算半个慈善家。她虽然无儿无女，但曾经不止一次给西北偏远地区的学校捐钱，甚至还常年援助好几个贫困生。可在她自杀之后，受到她援助的贫困生却无一露面，不仅没人出现在她的葬礼上，有的被媒体找到的学生也拒绝接受记者的采访。甚至有一名女学生还痛骂前来采访的记者，叫嚣如果再拿陈桃君的事来骚扰她，她就报警。有的媒体就猜测，那些被援助的学生已经到了就业年龄，如果这时候站出来声援陈桃君，必然会得罪如日中天的云豆公司，那未来的前途说不定就蒙上了阴影。所以为了自己能够走出大山改变命运，这帮学生都选择了沉默。

那篇报道叫作《从女高管之死看中国还有多少这样的"白眼狼"》，可谓触目惊心，让人心里五味杂陈。文章里还配了一张图片，是当时捐助机构专门为陈桃君和被援助学生打造的"心连心"戒指。这枚戒指看上去虽然朴实无华，材质也只是较为低廉的白银，却是慈善机构专门为援助者与被援助者设计的信物。

李出阳看到这里，整个人如过电了一般，差点儿从椅子上跳起来。

图片上的那枚戒指，看上去和关庭筠助理胡栋彬左手上的戒指非常像！

李出阳定了定神，问周围的同事："孙小圣还没回来？"

"没呢，刚才他给我打电话说估计得晚上见了，胡栋彬带他去什么关庭筠生前租的一栋别墅了。孙小圣想去看看那儿有什么线索。"黑咪伸着懒腰说。

李出阳赶紧掏出手机给孙小圣打电话，没想到听筒里传来的却是"已关机"的提示音。他这才想起，早上孙小圣告诉过他，自己手机昨晚忘充电了，估计这会儿已经自动关机了。李出阳想了想，又转头问黑咪："孙小圣说那个别墅在哪儿了吗？"

"没有。"黑咪呆若木鸡，有点儿搞不懂李出阳怎么突然变得如此急躁。

"孙小圣有危险，这个胡栋彬有问题。"李出阳急得直抓头发。黑咪、灿灿姐等人赶紧围上来，七嘴八舌地问到底怎么回事。李出阳一时也没精力和耐心去解释，突然想到什么，转头对樊小超说："去，去找技术队，给孙小圣手机定位。查一下孙小圣现在的位置！赶快！"

樊小超几乎是被李出阳推出门的。王木一给李出阳拿来把椅子，让他少安毋躁。李出阳哪里坐得住，又问一边的黑咪："花姐呢？在队里吗？"

黑咪说："花姐刚才去市局开会了，估计你现在给她打电话她也不会接。"

"那现在队里还有哪个领导在？"

"今天是花姐值班，都这会儿了我也不知道还有没有其他领导在。"

"还愣着干吗，接着给孙小圣打电话啊！"李出阳朝王木一嚷嚷。

李出阳急得团团转，一边让黑咪给房管局打电话查关庭筠名下的房产，一边又让苏玉甫去查胡栋彬留的电话。房管局那边需要黑咪传真工作证照片，黑咪手忙脚乱地找传真机，没想到一时情急，竟把传真机按死机了。一帮人在捣鼓传真机的当儿，那边苏玉甫终于查到胡栋彬的电话，李出阳飞快地拨过去，却发现对方根本不接。这会儿樊小超推门回来，战战兢兢地跟李出阳汇报："技术队的人说，要定位手机还得找局领导申请，因为涉及调用技术追踪车的情况。"

"调飞机也得找人啊！"李出阳嘴上硬，心里却虚了大半。抹了一把头上的汗，他知道现在申请也来不及了，申请了也未必能批准，便指挥探组众人带好装备找好车，马上奔赴云豆大厦。

李出阳开车，一路上风驰电掣，到达云豆大厦时正好是下午两点。李出阳把车停在大厦正门口，也不顾保安的指引，直接跳下车，带着黑咪、苏玉甫等人进入一层大厅。保安吓得不轻，用对讲机通知了大厦内的工作人员。在云豆巨大的标志下面，前台的所有工作人员都上来堵住李出阳等人，问他们来者何人，有何贵干。

李出阳朝一个带头的男员工出示了工作证，让他带路去找胡栋彬。男员工不明就里，说让他们先在一边等候，他打电话联系。李出阳说："电话打得通我还用来你这儿啊！"说着就带着人往电梯口冲。员工们叫来了外援，呼啦啦过去把李出阳等人包围在中央，七嘴八舌地解释，让他们不要擅入。

李出阳哪里听得进去，兀自往前闯，那男员工见拦不住，就用手推了李出阳肩膀一把。李出阳一下子急了，指着那人鼻子尖道："想动手是吧！"

探组其他人也不爽了，和周围的职员嚷嚷起来。

这会儿有个年轻女职员跑过来，跟李出阳说："警官，您这边如果要查案或者取证，得跟我们保卫部联系。"

"那你们这儿出事还报什么警，找保卫部不就完了？"

女职员好像是个小领导，不急不恼，却也丝毫不让步："我可以帮您电话联系。"

正在众人乱作一团之际，人群后面传来一个清脆的女声："怎么了？"

众人顺着声音一看，竟然是销售经理王晓馨。员工们急忙给王晓馨让路，刚才那个女职员小声给她说明情况。

王晓馨之前见过李出阳，她朝女职员做了一个"打住"的手势，直接问他："那么着急找胡栋彬干什么？"

李出阳拍了一下脑门儿，心想怎么把她这个重要人物忘了，赶紧跟她小声说了一遍经过，问她知不知道胡栋彬的这座神秘别墅在何处。

王晓馨没着急回答，先挥挥手让众人各自回到工作岗位，待场面清静下来才沉吟了一下，皱眉说："这个我也不太清楚啊。"

李出阳这会儿也冷静了不少，知道急躁也无用，尤其是对王晓馨这种自以为很聪明的女人。他换了口气，看着王晓馨："你想好了再跟我说。"

"警察小哥哥，我是真的不知道啊。"王晓馨瞥了一眼四周，推心置腹地跟李出阳压低声音说，"关庭筠到处置业，别说租的房了，就是买的房也是遍地开花。他怎么可能都告诉我。我要真是对他的底细门儿清，临了还能这么被动？"

李出阳知道，这女的是铁了心不吐口了。他想了想，反而笑了。

"你笑什么？"王晓馨正色道。

"我笑你傻啊，"李出阳讽刺地看着她，"你这样做，只能让我怀疑你跟胡栋彬是一伙的。你们俩合谋，杀了关庭筠。"

"你真可笑。"王晓馨冷冷一笑，然后不欲再饶舌，拢了拢头发，转身要走。王木一抬手拦她，被李出阳一个手势制止。

"王晓馨，"李出阳在背后叫她，"我知道你和胡栋彬不是那种关系，否则你不可能出现在这儿。你也不是杀关庭筠的人，因为你没那个本事。所以你现在应该好好想想，关庭筠为什么死，我们又为什么要找胡栋彬。还有最关键的一点：杀关庭筠的人，恨不恨你。"

王晓馨停住脚步，扭转身子走回李出阳跟前，一脸脑洞大开的疑惑表情："你是说赵慧？赵慧和胡栋彬有一腿？这不太可能吧，不可能不可能，这……我……"说着说着她自己都乱了，磕巴了半天也组织不出一句完整的话。

"你毁就毁在太自信上了，总以为自己做得天衣无缝。你可以设想一下，如果你是赵慧，无意间知道了自己老公和女下属的事，为了顾全大局暂时不能发作时，你会怎么办？"

"可是……我怎么一点儿都没看出来……"王晓馨还是一脸的难以置信。

"赵慧和胡栋彬都是关庭筠朝夕不离的人。他们俩是利用关庭筠，你则是被关庭筠利用。"李出阳说着说着又笑了,"你说说你们之间这段位差了多少!"

王晓馨听得目瞪口呆。

李出阳凑近她的耳边,挑着眉毛压低声音,看似波澜不惊,实际上透出一丝不易察觉的阴冷:"听没听说过一句话,叫作扮猪吃老虎啊?"

这句话显然击中了王晓馨的要害。她呼吸变得急促,缓了几秒,结结巴巴地说:"走……我……我带你们去那个别墅。"

王晓馨在前面走,李出阳等人在后面紧跟着。王木一拽了拽李出阳的衣角,小声问:"阳哥,胡栋彬真要对这个王晓馨下手?"

李出阳说:"狗屁。"

8

在方壶北里这座并不大的别墅内,孙小圣、吴总和另外两位董事四下看了看,然后都在客厅的沙发上落座。客厅是西式风格,简装修,墙面连壁纸都没有贴,但家具和灯饰都很考究。实木地板,进口家电,一看便知是用心布置过的。客厅南侧是一扇落地窗,通透光明,北侧还有一个仿真壁炉。客厅一侧的矮柜上,还摆着一个不小的鱼缸。那鱼缸虽然没有关庭筠办公室的大,却也十分精致,里面的造景很美,有大片的小热带鱼,也有微微浮动的珊瑚和水草。

胡栋彬依然是一副管家模样,给各位沏了茶。然后他介绍说一开始关总租下这里,本来是想给自己母亲过来时小住用的,后来因为关总母亲不愿总是挪动,这里才成了关总自己的别居。

在座的几人谁也不傻,心照不宣地笑笑。

随后场面有点儿冷清,胡栋彬尴尬地朝吴总说:"吴总,对不住了,您之前一直问我,我都在隐瞒,实际上我是怕关总的夫人知道这件事,会记恨我。毕竟从租房办手续到日常打理,都是我帮关总弄的。"

吴总和身边的两位董事对了一下眼神,其中一位董事朝胡栋彬微微一笑:"哦,没关系,理解。人事那边给你做安排了吗?"

胡栋彬说:"还没有。"

"那回头我跟他们打声招呼,让他们加紧办。"

"谢谢。"

孙小圣在沙发里百无聊赖地伸了一个懒腰,听见那董事继续跟胡栋彬说:"其实我们也没有别的意思,公司有两份比较重要的文件应该在关总那里,但他的办公室里没有,联系了他爱人,他爱人说家里也没有。我们就想到这里来看看。你在最好,帮我们仔细找找。文件挺重要的,涉及公司明年的两个战略项目。"

胡栋彬说:"好,不过我能先清理一下鱼缸吗?十几天没弄了,里面肯定已经繁殖了不少细菌,如果有鱼感染了就不好了。"

另一位董事显然是被捧惯了,对胡栋彬的话有点儿不满:"这都什么时候了,还有工夫弄鱼缸?"

胡栋彬没接话,微微低头,一动不动。

吴总马上打圆场:"啊,没事,你先弄吧。"然后给董事递去一个眼色,"咱们等会儿,正好也能跟孙队长聊聊案情。"

胡栋彬端起茶几上的热水壶,放到鱼缸边的矮柜上。然后他去了杂物间,找来水桶和鱼缸擦之类的工具,开始有条不紊地清理鱼缸。

这会儿吴总问孙小圣:"孙队长,您说现在还不能跟我们透露具体的案情,那能不能告诉我这个案件的性质啊?"

其中一位董事也补充道:"就是说关庭筠既然是中毒死亡,那是意外中毒呢,还是自杀或者他杀呢?"

孙小圣有点儿不爽,自己明明是来查案的,现在倒成汇报工作了。想到这里他又开始跟这几个老油条打起了太极:"我也正是想搞清楚这个问题,才来这里的嘛。如果是自杀,现场没发现遗书一类的东西,那说不定这里会有;我还想顺便跟小胡聊聊,咱们关总平时的一些生活习惯。"

胡栋彬这会儿拿着一根塑胶管子,一边把鱼缸内的水往脚下的桶里抽,一边淡淡地说:"关总最大的习性,就是他非常喜欢养鱼。他喜欢有关鱼的一切,不管在哪里入住,房间里都必须有鱼缸。闲来无事时,他还会手把手地教我养鱼的技巧,包括海水怎么调配成分,怎么培养硝化细菌,怎么放'黑水',怎么调试水温。"

他说着,拿起手边的一把笊篱,小心翼翼地把鱼从鱼缸里捞进桶里,看样子他是要给鱼缸换水。

"他跟我说，养鱼会让人上瘾。你们可以想象一下，在鱼缸那样巴掌大的空间里，鱼就会以为那是整个世界。所以它们的世界是你给的，你不是它们的主人，而是它们的上帝。"

吴总和两位董事面面相觑。

胡栋彬却依旧沉浸在近乎演说的表达中："不管你给鱼一个什么世界，是充满了水草的，还是遍地珊瑚的；是插满枯木的，还是沙砾满地的，它们都会很开心地游。你可以给它们的世界打上无数的光，打出无数的气泡，感叹自己的鬼斧神工，然后替这些鱼高兴，怎么会有你这么一位厉害的造物主。"

吴总等人不知该说什么，一起瞅向孙小圣。孙小圣则眉头紧皱，一直盯着胡栋彬的手。

胡栋彬此刻已经把鱼都捞进了桶里，然后用塑胶管子继续抽鱼缸里剩下的水："所以当你站在自己的鱼缸跟前时，你才真正能找到一种主宰的感觉。关总说，这能让你感到一种宁静的亢奋。"

鱼缸里的水快抽干了，胡栋彬却依旧没有停手的意思。孙小圣这会儿站起身来，冲他说："关总真的给你讲过养鱼的技巧吗？他难道没有告诉过你，给鱼换水，只需要换掉最多二分之一就可以了？"

胡栋彬没有答话。这时塑胶管子的管口传来一阵阵空抽的声音。缸里的水都被它吸干净了。胡栋彬伸手去拿不远处的热水壶。

"胡栋彬，果然是你。把水壶放下，跟我回队里。"孙小圣朝他抬了抬手。

吴总和两位董事莫名其妙，问孙小圣："孙队，这是什么意思？"

胡栋彬扭头看着孙小圣，把水壶拎高，歪了下脑袋，脸上浮现出诡异的笑："可是我还没有给鱼缸消毒呢。"

孙小圣面目严肃，一字一顿地说："我让你把水壶放下。"

孙小圣话音未落，就听吴总一声惊呼，原来是一位董事忽然昏迷，瘫在了沙发上。吴总知道事情不妙，赶紧按住了他的人中，另一位董事正帮忙之际，突然觉得神志开始混沌，他使劲甩头眨眼，说："坏了，这小子给咱们下药了！"

孙小圣看了一眼茶几上的茶杯，发现两位董事的茶基本都喝了一半，只有吴总的和自己的没怎么动。看来自己的推测是正确的，胡栋彬是要把他们几个一锅端了！

没想到再一回神，胡栋彬已经把半壶热水浇进了鱼缸里。鱼缸里升腾起一阵氤氲的雾气，胡栋彬在雾气中冲孙小圣森森地笑。

孙小圣看已经制止不了胡栋彬，忙过去帮吴总。吴总问现在怎么办，孙小圣说："赶紧先把人抬出去，待在这个房间有危险。"

胡栋彬看着他们，悠悠地说："出去？恐怕没那么简单吧。"说着他一步蹿到吴总身后，亮出一把匕首，使劲抵在吴总的脖子上，冲孙小圣说："你敢动一下，我就提前让他死。"

孙小圣说："胡栋彬，你已经害了一条人命，你想让自己变成魔鬼？你犯得上搞出这么大的事情吗？"

胡栋彬姿势不变，拖着已经绵软的吴总缓缓往大门处退："别跟我在这儿废话，你现在把茶几上的茶喝下去！"

孙小圣现在极为被动：不喝，估计胡栋彬就要大开杀戒；喝了，就等于把自己和吴总等人的命交给了他，同样是凶多吉少。孙小圣内心焦灼之际，胡栋彬没耐心了，大喊着："喝啊！"

这当口，一支枪悄无声息地抵到了胡栋彬的后脑上。

是李出阳，身后还跟着荷枪实弹的探组众人。

"你们……怎么进来的？"孙小圣又惊又喜。

"当然是用钥匙喽。"黑咪展示着王晓馨给的别墅钥匙。

十分钟后，一位董事彻底睡着了，另一位董事在不断地喝水洗脸后，神志稍微清醒了一些。吴总的脖子被胡栋彬划了一个小口，灿灿姐为他进行了简单的处理。尘埃落定，孙小圣一边活动筋骨一边居高临下地冲被黑咪和樊小超按在地上的胡栋彬说："你够狠啊！想把我们一锅端了，连我都赔进去了——我招你惹你了啊？"

这会儿一贯谈吐风雅思维敏捷的吴总才终于回过神来，抹着脖子上的汗水哆哆嗦嗦地问孙小圣："孙队长，这是怎么回事啊？他是要开煤气毒死咱们，还是要放火烧死咱们？"

孙小圣说："当然不是，他只不过想用他杀死关庭筠的方法来杀死咱们。

幸亏咱们制止得及时，否则再耗上几分钟，咱们都可能性命不保。"

"是他杀死的老关？"那位清醒的董事惊呼。

"你放屁！说我杀人，拿出证据！我什么都没做，我只是要刷鱼缸。你们可以去检查，去化验，看看水壶和鱼缸到底有没有问题。"胡栋彬脸贴着地，不顾一切地大喊大叫。

"没问题，不过小胡同志，"孙小圣居高临下地看着他，"你先来跟我解释解释，你的关总那么喜欢海水缸，却在自己卧室里放了一个淡水缸，这是为什么？雨露均沾吗？"

胡栋彬在地上使劲挣扎，孙小圣示意黑咪和樊小超把他放开。他站起来，整张脸可能是充血的缘故，涨得通红。他大喘着粗气说："我从来没说过那是一个淡水缸。"

"哦，是吗？"孙小圣走向自己的背包，把包里的那根从关庭筠鱼缸里取出的加热棒拿出来在胡栋彬眼前晃了晃，"可是海水缸用的是玻璃加热棒，只有淡水缸才用金属加热棒。这根加热棒是金属的，所以也从侧面证明那个小缸是淡水缸。——我这样分析对吗？"

胡栋彬瞪着孙小圣，不说话，然后又看向窗外。

孙小圣也不是头一次碰到脾气又臭又硬的嫌疑人，他毫不在意，接着往下说："可是那个缸里的水确实是咸水。也就是说，那其实是一个海水缸。那么问题就来了，关庭筠生前为什么要用一个海水缸来养几块石头呢？而且他是养鱼的行家，又怎么会搞错加热棒的种类这么简单的问题呢？"

一边的樊小超推了推眼镜："是障眼法？故意让我们以为那个缸是淡水缸？但他为什么要那么做？"

"因为海水缸能杀人。"

孙小圣此话一出，众人皆是目瞪口呆。吴总又下意识地向后挪了挪身体，想离那个鱼缸远一些。

"没关系，所有窗户都已经打开了，保持通风就没事了。"孙小圣说。

"那海水缸为什么能杀人？"那位董事强作镇定地问。

孙小圣答非所问："当时我和我的同事看到那个小淡水缸的时候很奇怪，发现里面只有几块似乎长了毛的石头。关庭筠怎么会布置这样一个难看又恶心的缸呢？后来我仔细想了想才明白，原来那缸里的石头上，其实是养着珊瑚的。只不过珊瑚后来死掉，触手要么缩回去，要么就腐烂掉变成絮状物，而死掉的珊瑚尸体也变成了珊瑚石。所以我们才会把它们和普通石头混淆，以为那只是一堆造景用的石头而已。"

"哦，我知道了：是因为电线短路，加热棒不制热，珊瑚因为水温太低，都死了？"王木一也出了现场，对当时的状况记忆犹新。

"不，你恰恰说反了，如果珊瑚是被冻死的，是不可能那么快石化的，何况还是肉比较多的软体珊瑚。这些珊瑚之所以会死掉而且快速石化，是因为被烫死的！"

胡栋彬这会儿脸颊一抽，呼吸也明显急促起来。

孙小圣举起那根加热棒展示给大家看："其实这根也不是什么加热棒，而是一根烧水器，只不过被胡栋彬稍微改装了一下，做成加热棒的模样。如果这根被改装过的烧水器通了电，短时间内水温就会迅速升高。而这时候，软体珊瑚会释放出一种天然毒素，叫作'岩沙海葵毒素'，这种毒素毒性非常剧烈，会在气温升高的情况下变成气体，杀人于无形。"

吴总拍着脑袋："哦，海葵毒素我在国外时听说过，说是一克就能杀死很多人，是非常厉害的！可是当时我记得保卫部跟我说，从监控录像上看，小胡是最早离开老关办公室的人啊，那时候老关还安然无恙，他是有不在场证明的啊。"

孙小圣说："玄机就在这根烧水器上。胡栋彬作为关庭筠的助理，非常了解他的生活习惯。他事先把关庭筠卧室里小海缸的玻璃加热棒换成了这根烧水器，因为加热棒在石头后面，所以关庭筠也没有看出来。再加上当时关庭筠跟老婆谈事情闹到很晚，他吃了片安眠药就着急上床睡觉。睡觉前他习惯性地摸了一下鱼缸，发现温度很低，便以为前两天室温比较高，胡栋彬帮他关了加热棒的插座开关。这时候他便把插着加热棒插头的插座开关打开，然后便上床入睡。然而没想到的是，他睡着二十分钟之后整缸水就接近沸腾状态，缸里的水溢出，溅到了鱼缸插线板里，造成短路，空气开关就闭合了。"

"这个时候毒气就出来了？"

"对，虽然断电了，但是汽化的海葵毒素已经出来了，因为关庭筠卧房的密闭程度非常高，导致毒素在空气中的密度不断升高。这种毒素给人造成的直接反应就是流鼻涕和眼泪。"

"我说后来我看监控时,眼睛怎么一直疼呢,李出阳还一直打喷嚏。"黑咪说。

"没错,咱们当时只是轻微中毒,因为那时候毒气已经散得差不多了。而关庭筠在卧房里待了一宿,再加上安眠药的作用,使他中毒后失去了意识,然后就在第二天早上因为吸入了大量毒气死掉了。"

说着孙小圣看向胡栋彬:"我们出现场之后,你还假装去关庭筠的办公室喂鱼,其实你就是想把几样关键物证销毁吧?一个是死掉的珊瑚,一个是那根伪装后的烧水器。今天我让张经理结束对办公室的戒备后,你第一时间就以喂鱼之名去了现场。你发现我拿走了那根烧水器,知道我只要顺着烧水器的来源查,马上就会查到你,所以你就一不做二不休,想把我们骗过来,一起都搞死。我没说错吧?"

吴总托着下巴问:"我有个问题。海葵毒素按说不会散发得那么快啊,何况老关的卧房密闭性非常好。你们出现场时,怎么没有当场中毒,或者是闻出异样?"

孙小圣说:"其实当时现场是有一些气味残留的,只不过被尸臭遮掩了。后来我们也出现了流眼泪、流鼻涕的症状,当时还以为是感冒或者看监控视频看得眼睛累了。"

这会儿一直在边上的李出阳说:"其实他后面还有一项操作,就是在第二天确认关庭筠差不多毒发身亡之后,打开了卧房里的空调,让毒气散发出去。"

"可是当时房间是反锁的,而且门口有监控,他怎么可能进去?"吴总问。

李出阳给王木一使了个眼色,王木一马上会意,从背包里掏出个小玩意儿,扔给吴总:"多亏了贵公司设计的这个东西啊。"

吴总和两位董事定睛一看,正是那台"云豆音箱"。

旁边的董事说:"我知道了。只要云豆音箱接入型号匹配的空调,然后两台设备都连入同一个无线网络,就能用云豆音箱控制这台空调。"

李出阳说:"没错,所以他只要在楼下,让自己的云豆音箱连上关庭筠卧房的无线网络,就能用事先关联好的设置随意控制关庭筠卧房的空调,也就能神不知鬼不觉地将空调设置成换气模式，把大部分毒气都排到窗外去。"

胡栋彬恨恨地瞪着李出阳，双手微微发抖。

李出阳毫不在意，继续对吴总等人说："如果你们云豆公司可以从 APP（应用程序）后台查看用户的联网和操作记录，那一定要查查胡栋彬的，查出之后发给我们，这也是证据之一。"

吴总马上点头："没问题，我回去就让他们查！好好查！"

弄清所有事实，另一位董事深深地吸了一口气，用一种很懊恼也很责怪的口气问胡栋彬："小胡，你为什么这么做？是关总哪里对不起你，还是公司对不起你？你这样不仅把别人害了，也毁了你自己！"

胡栋彬满脸通红，低头不语。

这位董事还要高高在上地指责胡栋彬，李出阳抢话道："我想，是因为之前一直资助你学业的云豆公司前销售主管陈桃君吧？"

此话一出，胡栋彬忽然抬眼正视了李出阳，一边的吴总和两位董事也全哑了火。

李出阳说："陈桃君从十多年前就资助你，直到你上了大学。她一定跟你说过什么，让你对关庭筠有特别大的恨意。"

胡栋彬沉默良久，才慢慢开了口："陈大姐是个好人。可她自己从没遇到过好人。她默默资助我好几年，一直都不留姓名，直到我爸出车祸死了，我实在是读不下去书了，她才开始写信鼓励我，让我别放弃。那时候她已经进了云豆公司，还跟我说这家公司多么有潜力，多么符合自己的理想。"胡栋彬说着，已经有点儿泪目了，"后来她当上了地面销售主管，一开始做得顺风顺水，没想到从第二年开始，地面销售额就突然大幅下滑。我是学市场经济的，知道是现在电商发展得太迅猛，冲击了地面实体销售，属于非常正常的现象。但陈大姐告诉我，她的上级领导，就是关庭筠，根本不接受这种解释，让她想办法提高业绩，不断给她施加压力。她为了提高销售额，什么方法都用过，甚至跟着最基层的员工去大厦里站柜台做促销、搞活动，开会、加班，一个月都睡不了几个整觉。做到这份上，关庭筠却依旧不认可，常常在大会上指着她的鼻子破口大骂。陈大姐后来就是禁不住他的百般施压和羞辱，才在一次醉酒之后跳河自杀的。"

说着说着胡栋彬已经泪流满面，扭脸看着吴总和两位董事："这些你们应该都比我清楚吧？作为公司的高层，你们起过作用吗？有过人性化的协调和管理吗？你们没有，你们只是把手下人当作给你们赚钱的工具，你们踩着脚下流血流汗的员工，还摆出一副正人君子的模样。"然后胡栋彬看着孙小圣等人，大声控诉着，"所以他们也不配活着！"

吴总和两位董事被他说得脸一阵红一阵白，脑袋都冒汗了。

李出阳待他稍微冷静一些，才皱眉问他："胡栋彬，你这样做值吗？你觉得陈桃君资助你这么久，就是为了让你替她出气吗？"

胡栋彬双肩微微颤着，看着李出阳，冷笑着说："你懂个屁！"

大家都倒吸了一口凉气，屋子里落针可闻。

"陈大姐从我初中开始，就每个月给我寄钱。那时候没有银行转账，我只能每个月的月底，坐在我们村口的一辆没人要的破马车上，等着邮递员来。日复一日，我坐那辆破马车坐了上百次，我一坐到那上面，就觉得自己还不错，觉得活着还有奔头。有一次天降大雨，村大队的人跟我说邮递员把陈大姐寄给我的汇款单放在了队支部，我想都没想就冒着大雨朝队支部跑，跑着跑着摔了一个跟头，磕得头破血流，却一点儿都不觉得疼。因为，那时的我知道自己的人生还有希望。"

胡栋彬说着，又看着孙小圣："你们这种城里孩子，能感觉到我的那种希望吗？你们不能，因为你们从未绝望过。一群生下来就骄傲的人，怎么会知道饥饿的痛苦？怎么会知道成为文盲的恐惧？怎么会知道老死大山的无助？在你们看来，几百块钱可能就是一顿饭钱，但对我来说，那是我活下去的意义。哪怕后来我大学毕了业，已经不再需要陈大姐的资助，想到她，也永远让我有一种安全感，就好像是走夜路时手里提着一盏灯。"

胡栋彬哭得几乎说不下去了："可关庭筠竟然因为少赚了点儿钱就逼死了她！她那么好的人，却被一个王八蛋害得没了命！所以我一毕业就奔着云豆公司而来，也终于等到了一个机会，当上了他的助理，这才集齐所有对付他的条件。没想到，却遇到了你们。"

一屋子人都有些唏嘘。谁也不知道该说些什么。

李出阳心里也很不是滋味，但调整了一下思绪后还是问："想必你这么缜密的杀人方法，也是集思广益的结果吧？"

大家皆是一愣，不明白李出阳指的是什么——难道胡栋彬还有同伙？

没想到胡栋彬却似乎明白了什么，马上说："不，都是我的主意，和其他人没关系！"

李出阳想到那篇控诉被陈桃君援助的几名大学生的文章，想着里面几个人一致抗拒媒体、立场模糊、不闻不问的反应，鼻子有些泛酸。他脑中出现了这样一幅画面：在一个风和日丽的午后，四五个正值花季的少男少女，身穿带着补丁的破旧衣衫，分别等在不同的村庄口，用同一种期盼的眼神，望着邮递员驶来的方向。

胡栋彬只是他们中的一员。

李出阳此刻忽然什么都不想问了。

"给他戴上手铐吧。"李出阳说。

第四章

幽证

一起小区内的妻子杀夫案发生之时，楼下的住户存在着一位神秘证人。据邻居称：此人趁房主一家外出时，不仅在深夜轻松破门而入，而且连续在屋内待了两个晚上。但房主家并没有财产损失，室内也未见明显的翻动痕迹，警方完全找不到此人"闯空门"的任何动机。此人到底是谁？他作为唯一可能听到楼上杀人案动静的证人，到底能不能被警方找到？

1

绣竹园小区杀人案发生后的第三天，孙小圣探组接到通知，说支队长王艺花点名让他们参加这起案件的案情分析汇报会。

这起案件李出阳有所耳闻，大致是一名妇女于凌晨在自家因为家庭琐事杀死了自己的丈夫，然后报警自首。这种家庭纠纷导致的恶性刑事案件他们屡见不鲜，而且根据曾经的汇总分析，近年来本市内六成以上的杀人案都是熟人作案，其中八成以上的凶手都是因为一时冲动手刃了受害者。所以这种案件侦办起来并不复杂，刘洵探组当日就走完了法律手续，于次日凌晨将嫌疑人刑事拘留，只等补充一些材料后呈请检察院批准逮捕。

而这个时候又大规模召开案情分析会，显然有些反常。李出阳猜测会不会是因为案件比较具有典型性，花姐一时兴起要让众侦查员尤其是一些新手跟着熟悉熟悉套路。

李出阳兴致索然，想找个借口开溜。他正想着是去市局送材料，还是去给警车做保养，便看到孙小圣一蹦一跳地从门外进来冲自己来了。他赶紧声明："我一会儿出去一下啊，分析会我就不参加了。"

孙小圣没立刻应声，而是眼珠一转，坐在李出阳办公桌前，双手托腮一副天真无邪的样子说："我给你出一个脑筋急转弯，你要是猜对了我就批你假。"

李出阳假装忙碌地收拾东西，头都没抬："没时间，我忙着呢。"

孙小圣睁大眼睛："我说的可不是那种什么把猴屁股当红灯的弱智题，是真的很考验脑子的。你是不是咱们组的智商担当，就在这一道题上见分晓了。"见李出阳还是没反应,孙小圣又跑到办公桌后去摇李出阳的胳膊。

"哎,好好好!你说吧。"

"那我说啦——"孙小圣表情和语气像极了春节联欢晚会上给赵本山出题的宋丹丹,"说有一天,你们一家人去外地玩,两天两夜都不在家,但是等你们回到家之后,你家邻居告诉你,你们家这两天晚上亮灯了。你说,这是怎么回事?"

"有病!忘关灯了呗。"李出阳白了他一眼。

"不,晚上九十点钟灯亮,凌晨就关了,连着两天晚上都是这样。"

"那就是进贼了呗。"李出阳靠在椅子背上,抱着胳膊懒洋洋答道。他觉得这道题的设定还不如拿猴屁股当红灯呢。

"贼?你要是个普通群众我就不说什么了,你是个警察能回答是贼我也是服气——你见过入室行窃开灯的吗?"孙小圣煞有介事地看着他,"更何况你家也没丢东西。而且东西也没有明显被翻动的痕迹,家里一切和你们出发前别无二致,门窗和锁也没坏。"

"你的意思是说在我们家没人的两天里,有个人夜里开门进去,不偷东西不损物,就在我家待着?"

"是的。"

"好瘆人!"王木一不知从哪儿凑过来,身后还跟着同样兴致勃勃的樊小超和黑咪。

众人终于在孙小圣的渲染下展开头脑风暴。王木一先说:"那用的是万能钥匙呗。今年咱们队办了好几起嫌疑人用万能钥匙捅开事主家大门实施盗窃的案子呢。"

"你见过哪个贼进屋不偷东西,还开灯,还连着两个晚上都只奔这一家的?"孙小圣驳回。

"不偷东西,那会不会是去找东西的?自己有什么把柄落在李出阳手里,比如借条、艳照什么的?"

"李出阳手里什么把柄都没有。"

黑咪思忖了一下,扭脸笑眯眯地看着李出阳:"那就只能从他自己身上找原因了,说说吧,是不是自己哪个哥们儿没钱开房,你雪中送炭啦?"

李出阳笑了:"那起码我也会知情吧?再说了,就算是干柴烈火,也不至于开一晚上的灯啊，所以这个人晚上来我家一定不是这个原因。"

"不是偷东西的，那会不会是进来放东西的？"樊小超脑洞大开，"比如给李出阳投毒，或者安装摄像头、窃听器什么的？"

黑咪拍了拍巴掌："这个靠谱！我听说现在好多小旅馆里就有人这么干……"

"录视频，然后发到网上去出售。"樊小超和他一拍即合，两人表情邪恶极了。

李出阳扭头看着孙小圣，一脸烦躁："你这算什么脑筋急转弯啊？肯定还有什么前提或者细节没说。这让我怎么答?!"

孙小圣跟大家做了一个"别闹"的手势，又跟李出阳重复了一遍："我说了，你家连续两个晚上进了人，但是不偷东西也不乱翻，就开灯在你家待着，白天就走。就问这个人是谁，在你家到底干了什么。"

李出阳耐着性子想了想，如实说："我不知道。"

孙小圣乐开了花："哈哈，走，开会去。"

"谜底呢？"

"你很想知道？"

"是啊。"

"开完会我就告诉你。"

孙小圣轻拍了一把李出阳的后脑勺，乐颠颠地去办公桌上拿自己的会议记录本了。

2

这个分析会阵仗很大，由支队长花姐亲自主持，刘洵探组、孙小圣探组全员参加，本案的责任技术员吴良睿和主检法医丁雁心也列席其中。

刘洵先给大家介绍了一下大致案情：

三天前，也就是今年的十月三日清晨六点钟，支队接到指挥中心布警，说城南的绣竹园小区内一名叫郭玉琼的妇女打电话报警称自己杀了丈夫。刘洵带领侦查员迅速赶赴现场，到达后发现该妇女已在家中被先赶到的派出所警力控制。在郭玉琼的家中厨房门口，发现一名呈趴卧姿势的男子，该男子已无生命体征，经郭玉琼现场指认其就是自己的丈夫吕昆。

郭玉琼事后供认：吕昆和自己是半路夫妻，两人无儿无女，通过婚介所认识，但结婚一年来两人生活非常不和谐，总是争执不断。在案发当晚两人又发生争吵，吕昆喝了酒，情急之下扬言要杀了她，并去厨房拿菜刀准备行凶。郭玉琼因为害怕自己遭毒手，便拿起茶几上的一只将军龟茶宠拍向其后脑，导致吕昆倒地，当场死亡。

孙小圣一时没听明白凶器是什么，茫然之际，见白幕上投影出一个紫色动物形状的工艺品，才搞明白这是泡茶时的摆件。他还是头一次听说拿这玩意儿杀人的，所以倍感惊讶。

随后法医丁雁心和技术员吴良睿分别陈述了尸检、现场痕迹和物证提取情况：

凶器——紫砂质地的茶宠已经在现场找到，经过比对后可以确认上面留有郭玉琼本人的指纹。经过尸检，能够判断出吕昆死于枕部遭受钝性外力打击，导致枕骨骨折以及颅内出血，因重度颅脑损伤当场死亡。死者后脑出血不多，现场也没有任何血滴或血痕。但经现场勘验，发现室内客厅处有明显清扫过的痕迹。

吕昆当晚确有饮酒，但血液内酒精浓度为每一百毫升血液含酒精四十毫克，并不算很高。通过法医现场测肛温，可以推定吕昆死亡时间为十月二日晚上九点至十一点。郭玉琼本人供述称，自己杀害丈夫的时间在晚上十点左右，当时自己非常惊慌，曾想藏匿尸体并逃跑，所以试图毁坏现场。但打扫了一会儿现场后身心俱疲，压力巨大，经过激烈的思想斗争，终于在十月三日凌晨四点决定自首。

以上内容彼此共通，能够互相印证，再加上有完整的本人供述以及鉴定意见，可以认定郭玉琼杀害吕昆的事实。

说到此处，花姐忽然扭头看着孙小圣："你这边还有什么疑问吗？"

孙小圣被问得猝不及防，又不想表现得自己没有主动思考，于是调整坐姿去问刘洵："有，说是现场被打扫过，那就有可能有痕迹被抹掉了。这些痕迹中，会不会有第三者的痕迹？比如现场当时还有一个人在，这个人有可能是共犯？因为毕竟郭玉琼是女性，只凭一己之力杀死一个成年男性还是有一定难度的。"

花姐凝神点头："问得好。"

刘洵马上回答："一开始我们也有这个怀疑，但经过我们调查，郭玉琼的社会关系简单，她二十四岁就死了丈夫，没有孩子，一直单身，老家也没什么亲戚。两年半前她从就职的副食品厂退休搬到本市居住，在这里也没什么社会关系。被害者吕昆也是外地人，两人结合后只是关起门来过日子，没有什么来往频繁的亲戚朋友。"

一边的助手小白接话道："我们调查走访了郭玉琼的邻居，他们也表示平时没有和郭玉琼吕昆夫妇来往密切的人；技侦那边已经在着手调取二人的通信记录，我们手头暂时没发现什么可疑人员，尤其是郭玉琼这边，不存在一些类似情人、亲属、伙伴或者其他身份敏感的联系人。"

丁雁心拿着一本报告在旁边做补充："我进行尸检和伤检时，发现死者吕昆双手指甲内残留有人体皮屑组织和少量血迹，而嫌疑人郭玉琼脸部、颈部有明显的软组织损伤以及月牙状创口，也就是我们平时所说的抓痕。反之，郭玉琼手指甲中也同样残留此物，并且吕昆脸上、颈部也有少量同类伤口。经过DNA比对，可以确认他们手指甲中的人体皮屑组织和血迹都属于对方，没有检测出属于第三者的DNA。现场提取到少量被扯落的毛发，经检验也是属于他们夫妻二人。"

"郭玉琼在审讯中表示，在杀死吕昆之前，两人曾经在客厅发生肢体冲突。这和勘验报告以及尸检、伤检报告中得出的结论是吻合的，再加上郭玉琼本人供述，可以确认案发时只有郭玉琼和吕昆二人。如果现场真的还有第三人参与了打斗或者作案，郭玉琼不太可能把这个人的痕迹抹掉。"刘洵最后总结道。

孙小圣探组众人面面相觑，不明白一起简单明了、侦破顺利的命案，为何还需要这么兴师动众地探讨和部署。最关键的是，还把他们整个探组都叫过来增援，这显然不是一起单纯的普通命案。

众人语毕，花姐低头蹙眉，看了看自己的记录本，然后把目光转向孙小圣和李出阳等人："但是现在法制处那边根据咱们给这起案件的反馈认为：在这起杀夫案中，郭玉琼可能存在一个'正当防卫'情节，或者说是一个'自卫'情节，需要咱们本着不可忽视的态度，再向这个方向调查取证。因为这个情节可能在后续法院对郭玉琼的判决和量刑上有很大影响——你们明白我的意思吗?"

一般来讲,如果嫌疑人是出于自我防卫给对方造成伤害甚至致对方死亡,那可能适用于一些从轻裁决的法律条款。因此,也会有很多人想钻这个空子,把自己包装成一个万不得已的受害者,用来逃避或者减轻法律的处罚。所以分局法制处对该案审查之后,明确表示支队应该把此环节调查清楚,既不能掩盖事实真相,也不能任由嫌疑人夸大个中细节。

"这方面嫌疑人那边是怎么供述的?"李出阳问刘洵。

刘洵也打开手中的记录本,照本宣科道:"嫌疑人是这样说的,案发当晚她在小区西侧遛弯,回到家时是九点五十分左右。当时正在看球赛的丈夫情绪很差,当她走到电视柜前拿东西时,她丈夫,也就是吕昆,忽然暴跳如雷——可能是觉得她挡了电视画面,上前就动手打她。两人随即发生肢体冲突,吕昆把她摔倒在地后,大喊了三声'我要杀了你',然后就去厨房拿菜刀。郭玉琼以为他要砍自己,慌忙之际就拿起茶几上的茶宠,使劲砸到已经走到厨房门口的吕昆后脑上,直接导致吕昆死亡。"

"一场球赛引发的悲剧?"樊小超觉得不可思议。

"与其说是球赛,不如说是赌球吧,"小白解释道,"据郭玉琼讲,吕昆一直在手机上参与国外非法赌球网站的赌球。当时他看的是英超,曼联对热刺,是一场关注度很高的比赛,他可能下了不少赌注,所以当比分不如意时才会气急败坏,再加上喝了酒,便情绪失控,拿老婆撒气。"

孙小圣挠了挠鼻子,忽然想到一个问题:"但这些都是郭玉琼单方面的供述吧?毕竟死无对证。吕昆参与赌球的事情查实了吗?"

"在查,但因为吕昆的手机在两人打斗时被摔坏了,而且那些赌球网站的服务器都在国外,所以还没查出结果。"

孙小圣点了点头,又问:"如果嫌疑人真是害怕对方拿刀杀掉自己,为什么当时不跑出家门,而选择主动去攻击对方?"

刘洵听罢放下记录本,拿起手边的投影仪遥控器,打开开关,调出了技术队勘验报告中对郭玉琼家测绘的平面图。他拿起激光笔在投影幕上比画着说:"这个问题我们问过郭玉琼,她说她不是不想跑,但就她家的户型和当时她所处的位置来说,家门比厨房还要远,如果她当时执意往门口跑,丈夫很可能在取了菜刀之后从她背后追上来砍杀她,所以她选择了先发制人。"

根据刘洵的操作，大家可以清晰地看出大门旁边就是厨房，厨房的最外端就是操作台，而菜刀当时就放置在操作台上。如果吕昆动作够快，可以迅速取到菜刀并舞向奔赴大门准备出逃的郭玉琼。假设郭玉琼再因为紧张开门不畅，那么从大门逃脱对她来讲，无疑就是送死，还不如躲到其他房间里。

"法制处的领导阅读完卷宗后对我说，如果能够查实吕昆确实说了'我要杀了你'这样的话，就可以认为他主观上有对郭玉琼造成伤害的意愿，至少是极度言语恐吓的行为，那么郭玉琼的正当防卫情节就在一定程度上是成立的。随后我们对郭玉琼家的周边展开调查走访，但郭玉琼家正巧位于居民楼最西侧单元的西面，又住在五楼顶层，也就是一幢楼房的最边角处，所以可能听到这些话的邻居只会是她家对门的住户，以及她家楼下的住户。"

"直接说结果。"花姐有些耐不住性子，额头上渗出了一层细细的汗珠，画的浓眉像两条毛毛虫似的耸动起来。

刘洵赶紧清了一下嗓子，快言快语起来："呃，那个结果就是：郭玉琼家的对门住着一位耳聋的空巢老人，他当晚什么也没听到；郭玉琼家楼下的那户人家回老家给老人办丧事去了，当晚家里没人。"

"那上哪儿去印证这个细节啊？只凭郭玉琼一人的口供，恐怕没法认同这个自卫情节吧？"黑咪说。

"是啊，这不是典型的'幽灵抗辩'吗？"苏玉甫说道。

"幽灵抗辩"指的是办案人员根本无法查证的嫌疑人自我辩护，又称"海盗抗辩"，源于我国台湾地区的一起海上走私案件。法院在审理这起海上走私案时，嫌疑人将罪责全部推到一艘根本不存在的海盗船身上。而不存在的海盗船根本无法查实，但办案人员又无法证明嫌疑人在说谎，最后只能将他无罪释放。在这起案件中，郭玉琼就是那个走私犯，而那三句"我要杀了你"，就是那艘最关键又最扑朔迷离的海盗船。

不过根据现行法律，如果没人能证明吕昆在现场确实说过这几句杀人的话，郭玉琼很大概率是不会被轻判的。但现在的公检法部门不会放过有可能存在影响判决的任何细节，毕竟涉及司法公正和人权道义，所以嫌疑人有这方面的需求就一定要尽量查实。

更何况本案中，通过刘洵等人的后续调查，郭玉琼供述的吕昆在现场所喊的这几句话，也不见得就完全没有被人听到。

"什么意思？"孙小圣觉得自己好像被绕进去了。他觉得刘洵是那种典型的将简单问题复杂化的人，以此来表示自己的高深莫测——其实就是脱了裤子放屁。

刘洵看了看孙小圣和众人，又开口说道："一开始我们也认为这是孤证，但后来我们得到一个消息，在案发当晚，郭玉琼家楼下的那户人家，似乎被人闯了空门。"

刘洵说：楼下那户人家住着三口人，男主人叫林政军，女主人叫葛华，两人还有一个十一岁的儿子叫林昭昭。案发前一天他们一家三口启程去邻省给故去的林政军父亲办丧事，一连走了两天，直到十月三日上午才回来。到家后他们听说楼上发生了命案，都感到十分震惊。然而更让他们震惊的还在后面，楼下的邻居告诉他们，在他们不在家的这两天，他们家的灯每到晚上九点钟左右就亮起，直到凌晨都不见熄灭。

李出阳听到这儿终于醒过味儿了，抬脚踩在身边坐着的孙小圣的脚上，使劲蹍。孙小圣有苦说不出，恰好花姐扭脸看他，他只能强忍疼痛故作镇定，跟便秘似的。

樊小超等人也对上号了，知道孙小圣之前说的脑筋急转弯就是这家人遇上的事，忙问："我明白了，你的意思是说，这个'闯空门'的人有可能听见楼上吕昆喊的那三句杀人话？"

"对，我们还实地勘查和演练过，发现绣竹园小区的居民楼都是二十年以上的老楼，楼板非常薄，而声音都是往下走的，所以上下层之间隔音功能非常不好。随后我们仿照郭玉琼在笔录中的供述，模拟了当时现场的状况，并借用楼下林家进行观察，发现夜深人静时如果真在楼上大喊三声的话，楼下林家不说能听得一清二楚，至少也听得八九不离十。"

孙小圣脑子里浮现出刘洵在现场喊出"我要杀了你"时脸上的狰狞和扭曲。说不定他伪装压抑了许久，终于找到一个合适的机会把内心中的变态情绪释放出来了。

李出阳这时问道："那林政军说没说这个半夜里偷偷溜进他家的人到底是谁？如果门窗都没损坏的话，多半是个熟人吧？"

花姐应道："不一定。但即便是熟人，没经过他们同意就擅自进屋，还连着两晚在家中开灯过夜，目的是什么？"

李出阳想起之前孙小圣的话，问刘洵："林家报警没有？财产有没有损失？家中有没有发现可疑痕迹？"

"林政军一开始报案了，后来又自己去撤案了。"

"为什么？"

刘洵说，林政军一家人刚到家时，并不知道被闯空门一事，所以就打扫了屋子。听说家里被人闯了空门后，葛华赶忙清点财物，发现客厅的茶几抽屉里少了两千元现金，便报了警。但民警勘查现场并没有发现什么可疑的足迹或者指纹，可能是因为家中被打扫过的缘故，也可能是这个闯空门的"神秘人"比较谨慎，没有留下蛛丝马迹。后来林政军和葛华整理卧室时，在卧室的床头柜里找到了那两千元现金，猜测可能是由于之前自己放钱时过于匆忙而记错了地方。于是这起案件就成了没有任何财产损失的诡异事件。虽然诡异，但零损失是达不到立案标准的，再加上楼上的杀人案和自己家被神秘人闯空门的事情已经不胫而走，成了街坊们茶余饭后的八卦谈资，一家人都觉得困扰不已，林政军便决定让此事到此为止，去派出所撤了案。

"我们经过研究一致认为，虽然他撤了案，但我们还是要找到这个人。因为这个人很有可能是郭玉琼杀人时是否有自卫情节的唯一证人。"花姐说着，目光落在了孙小圣和李出阳身上，"现在侦审合一，这个案子后续调查全靠咱们自己跟进，所以这任务就交给孙小圣探组，你们最好在郭玉琼被报捕之前找到这个人，取到他的证词，以保证本案证据链的完整。当然，还有一点，就是要查清这个人会不会和楼上的杀人案有关联，怎么好巧不巧他就出现在了楼下？现在你们还有什么疑问吗？"

孙小圣探组众人表情微妙地互相对视，终于搞明白了孙小圣之前为什么给他们打哑谜：原来是为了调动大家的积极性。孙探长绕了这么一个大弯子，真是越来越懂得领导艺术了。李出阳更是狠狠地看了孙小圣一眼，整个人散发出很不好惹的气息。

花姐敏锐地察觉到李出阳的异样，问道："李出阳，你怎么了？"

李出阳赶紧应道："啊，我就是有个弄不明白的地方。"

"你说。"

"现在唯一能证明林家夜晚进去了人这件事，是来自林家楼下邻居对他家晚上开了灯这个表述，对吧？可这个邻居也仅仅看到他家晚上开了灯而已，仅凭这一点，并不能成为家里进了人的充分条件吧？比如灯本身出问题了，或者邻居眼花看错窗户了，都有可能呀。你们怎么就能这么肯定地认为这个神秘人一定是存在的？"

刘洵反应迅速："不，这个人一定存在，而且是个年轻男子。"

"为什么？"

"邻居亲眼看见这个人了。"

3

下午一点，孙小圣和李出阳就见到了林政军楼下的这个邻居。

邻居名叫孔垂青，是个五十岁左右的妇女，四年前搬到绣竹园，三年前死了丈夫，一年前从就职的报社内退，还有一个女儿在外地读书，现在自己独居。虽然算半个空巢老人，但孔垂青有过当记者的经历，性格外向，为人热情，不仅是居委会的干部，也是小区党支部的积极分子。与此同时孔垂青还有个更接地气的职务，就是他们这单元的"门长"，也就是说，这单元里的大小事务都由她负责和反映，街坊邻居也很认可她。

孔垂青认真负责的态度是出了名的，林政军家连续两晚的异常现象就是她发现的。不过她也是有名的话痨，倾诉欲非常旺盛，而且说话容易跑题，常常能把人聊得晕头转向。

"真是辛苦你们了，"孔阿姨把他们领进门就一直喋喋不休，"我们这儿现在是多事之秋，一个杀人案一个入室盗窃，前两天小区门口一个饭馆还发生了煤气泄漏事故，真糟心——这楼盘一看当初就没找大师算过啊。"

"您仔细跟我们说说？"接过水杯的孙小圣朝她挤出一脸笑容。

"煤气泄漏那个，都停业整顿啦。据说什么相关部门都介入了，给他们开单子……"

"不是说那个饭馆，"孙小圣摆手，"说您看见的林政军家的那个闯空门的人。"

"哦，"孔阿姨严肃起来，"我现在就跟你说。"

她告诉孙小圣和李出阳，因为自己是"门长"，又住在林政军家楼下，所以林政军一家非常信任她。在准备出远门之前，林政军特意悄声将出门的消息告诉了她，让她帮忙收一下快递。

所以她可能是小区里唯一一个知道林家连续两晚没人的人。

虽然是出远门，但好在就两天，孔阿姨也没把这太当回事。没想到在林政军一家出门的当天晚上，也就是十月一日国庆节那天，孔阿姨就发现了不对劲。当时是晚上九点多钟，孔阿姨由于吃了一大碗汤圆当夜宵，感觉不太容易消化，便下楼到前楼门前的健身器材处锻炼。出了单元门后她不经意一抬头，就发现了奇怪的现象：四楼的林政军家竟然亮着灯。

林政军走之前特意告诉孔阿姨家里这两天都没人，让她帮忙代收快递，此时他家怎么会亮着灯？孔阿姨的第一反应是他们可能忘关灯了。她本想给林政军或者葛华打个电话确认一下这情况，却发现他们街里街坊好几年，竟然只互相留了家中座机的号码，连微信都没互相加过，所以只能作罢。

孔阿姨在小区里遛了会儿弯，又在路上和街坊聊了聊天，回到自家楼前准备上去的时候已经是夜里十一点钟，而林家灯未熄，似乎更印证了忘关灯的事实，孔阿姨没有多想便上楼睡觉了。第二天她要去医院针灸，为了能早早排上队，她特意不到五点就起床下楼，此时天还没有亮。她下楼后忽然想起昨夜林家可能忘关灯的事，特意扭头又往林家窗户看了一眼，于是就看到了离奇的一幕：林家的灯不知什么时候已经关掉了，屋内一片漆黑。

孔阿姨很诧异，针灸完回到家时特意上楼看了看林家的门锁，发现并没有损坏，也没有入室盗窃的迹象。她便猜测会不会是有林家的熟人受主人之托，拿了备用钥匙进屋取东西，或者干脆就是借宿。但这些只能等到林政军一家从外地回来才能印证了。

没想到第二天，孔阿姨直接见到那个进林家的神秘人了。

当时也是晚上，大概九点，孔阿姨准备下楼去小区的健身器材处锻炼，出门后忽然听见楼上有钥匙响。孔阿姨警惕性很高，想起昨天林家的异常状况，便顺着楼梯往上走，想查看一下是不是有人在林家门口搞小动作。没想到刚走上几级台阶，她就清楚无误地看见林家门口有个人，正在拿钥匙开门。

孔阿姨赶紧大声问："你是谁呀？"

她作战经验丰富，这样做一方面是想吼亮声控灯，一方面也可以震慑对方。

没想到四层的声控灯竟然是坏的，但好在这一嗓子把五楼的声控灯给吼开了。借着微弱的灯光，孔阿姨看见那是一个身穿黑衣、头戴黑色棒球帽的年轻男子。

男子好像也吓了一跳，但随后的反应还算镇定，直截了当地跟她说了一句："我有钥匙。"

孙小圣这会儿打断孔阿姨的叙述："他当时就说了这四个字吗？"

"对，虽然这话答非所问，但我也没反应过来。后来我想他的意思可能是说他是这家人的熟人吧，要不怎么会有钥匙呢？"

"您接着说。"

孔阿姨一副追悔莫及的样子："嗐，其实我当时真应该多问两句，但楼道的窗子没关，小风飕飕地吹——我这个腿啊，就怕吹，一着凉，那可能两周爬楼梯都成问题。我就想着先回家去加件衣服，然后就赶紧下楼了，也就没再管他。"

"您确定看见那个人进了林家房门？"

孔阿姨想了想："我记得是进去了。而且等我加完衣服重新出门，我有点儿不放心，又上楼到林家门口看了一眼，发现门锁并没有损坏，就又下了楼，这个时候发现林家的灯亮了。之前他家可是黑着的，这不明摆着这人进去了嘛。"

"那就应该是了，"孙小圣也表示认可，"您在林家门口时，听见门里面有什么动静了吗？"

"没有。"

"还记得那个男子拿钥匙开门的具体时间吗？"

孔阿姨扬眉想了想："当时也就九点来钟，因为我是看完电视剧出门的嘛，两集电视剧播完，基本就是这个时间。"

"然后呢？"

"然后我就在我们楼前面的那幢楼下的健身器边上锻炼，又碰上几个夜猫子街坊，聊了聊天，上楼时也将近十一点了。但我还注意观察了一下林家的窗户，发现一直亮着灯。"

孙小圣和李出阳互相看了一眼，李出阳又问道："这个小伙子……您还能具体给我们描述一下体貌特征吗？"

孔阿姨站起身来，回忆了一下那人的身高，觉得不大稳妥，又把一边坐着的李出阳拽起来，上下仔细打量着："你多高？"

"一米八。"

孙小圣在一旁撇嘴，他清晰地记得年初时俩人一起去体检，李出阳脱了鞋量出的身高是一米七九。

"比你矮一点儿，但不会矮太多，也就一两厘米的样子吧，身材和你一样瘦瘦的，"孔阿姨说，"那人不戴眼镜，身穿黑不溜秋的衣服和裤子，帽子也是深颜色的，有可能是黑色的，也有可能是别的深颜色，我实在记不太清了。"

"口音呢？"

"本地口音。不过只说这几个字我确实也无法确定，只能说大概。"

"这个人以前您在附近见过没有？"

"说不好，没看清脸。"

李出阳站起身往窗外看了看："楼道和小区里有没有监控？"

"楼道里肯定没有，小区里我不太清楚。"

李出阳又跑到另一扇窗户前去观望。那是客厅南侧的采光窗户，李出阳顺着窗户望出去，看到的是一片小型绿地和绿地后面的居民楼。绣竹园小区绿化和保洁工作做得不错，虽然楼间距比较近，但小区内景色优美，楼身在阳光的照耀下也熠熠生辉。但随后李出阳发现，在这光天化日之下，对面楼有一扇窗户却拉着厚厚的窗帘。白天拉窗帘也不能算是什么奇怪的事，主要是那扇窗子和自己所处的这扇窗基本平行，而且那窗帘颜色粉嘟嘟的，鲜艳俏皮，所以乍一看去，显得有些夺人眼球。

李出阳注视观察之际，又发现不知是不是风吹的原因，那窗帘似乎微微动了一下。

这会儿孙小圣朝他摆摆手："一会儿咱俩一起去找，你别在我眼前花儿似的晃来晃去了。"

孔阿姨此时问他们："你们今天专门过来问我这些，是要找这个人吗？"

李出阳没多想，走到孔阿姨跟前说了这个人和郭玉琼家那起案件的关系。孔阿姨听罢唉声叹气："郭玉琼家那事我知道，真是倒霉啊，摊上这么个男人。那男的跟郭玉琼结婚后,就是好吃懒做,屁本事没有,脾气倒挺大,成天和郭玉琼吵。这兔子急了也咬人啊,没想到还是到了这一步,唉!"

"您是怎么知道他们夫妻之间不和谐的?"李出阳重新坐在沙发上问。

"我当然知道,我是'门长'啊,"孔阿姨精神头更足了,一屁股坐在李出阳对面,连比带画地说,"而且林政军家就住在郭玉琼家楼下,晚上总能听见吕昆冲郭玉琼吼叫,还摔东西。我们这是老楼,楼板本来就薄,不隔音的,所以林政军和葛华都向我反映过这个问题,我还帮他们调解过呢。不过调解完也是好一阵子,过一阵子又不行了,好在林政军一家也不是矫情人,楼上楼下住着,后来也包容多了。"

看来刘洵对于楼板传音效果的测试还算准确。孙小圣点点头:"那谢谢您了。"然后叫上李出阳一起准备告辞。

"那个……"孔阿姨似乎想起什么,一改刚才的喋喋不休,有点儿欲言又止。

"怎么了?"

"啊,没怎么,"她干笑了一下,"我就是想,你们其实也应该仔细问问林政军他们家人,我总琢磨他家这事不像是外人干的,会不会是熟人啊?"

孔阿姨思维挺发散,也挺对路,非常具有街道工作者的职业敏感性。孙小圣笑了:"我们现在就去楼上林家。"

林家一家三口都在。

林政军生得浓眉大眼,看上去耿直憨厚;葛华个子比较矮,短发细眉,玲珑秀气。夫妻俩年龄和孔阿姨差不太多,都是五十岁出头。他们的儿子林昭昭年龄却不大,今年九月刚上初中。夫妻俩应该是中年得子,所以对林昭昭倍加宠爱,一听说警察又来访问了,便赶紧让儿子先回到自己小屋里,免得他不安或者恐慌。

不过孙小圣判断,林昭昭虽然此刻在父母面前表现得老实听话,但眼神闪烁得像只兔子,身上小动作也很多,想来也不是多乖顺的孩子,没准儿外人一走就原形毕露了。

林政军先把从老家回来后的大致情况和孙小圣、李出阳讲了一遍。他说回到家后,他先听说楼上那对夫妇之间发生了惨剧,流言四起,楼下的孔大姐突然找到他，说他家那两天晚上可能进人了，并跟他描述了那名可疑男子的外貌特征。一开始林政军以为家里遭了贼，毕竟这个小区以前发生过类似事件，所以非常吃惊，但此时家中已经归置和打扫过一遍，所以只能四处翻看，查找少了什么财物。过不多时，孔大姐又上楼来告诉他，她想起了一个细节，就是案发那天和前一天晚上家中亮灯的事。林政军夫妇惶恐不已，再加上此时发现茶几抽屉里疑似少了两千元钱，便去派出所报案了。

虽然事后证明两千元钱没有被窃，林政军也主动去撤了案，但整件事被蒙上了一层更为诡异的色彩，让一家人想起来就觉得毛骨悚然。

林政军夫妇严阵以待地坐在孙小圣和李出阳对面，空气显得有些凝重。孙小圣笑笑，努力缓和了下气氛："您说的情况楼下孔阿姨已经跟我们介绍过了，她是个很热心的人。"

葛华还没应声，就听不远处门缝里传来林昭昭一声高叫："我喜欢吃孔阿姨做的豆瓣酱！"

孙小圣和李出阳冷不丁被吓了一跳，而葛华朝那个方向怒目而视。

林昭昭把门关上，葛华尴尬一笑："这孩子没规没矩的。"

"没事，"孙小圣回到正题，"你们一家三口是十月三日上午回到绣竹园的吗？"

"对。"

"大概几点？"

"他们俩是八点左右吧，我是九点。"葛华说。

李出阳问："怎么，你们不是一起回来的吗？"

葛华这才解释说，她其实十月二日就回到本市了，因为她在老家墓地那里觉得不太舒服，再加上人比较迷信，觉得可能是那里阴气太重，或者冲撞了什么，当天下午便先坐长途车回了古城。不过她当晚也没回家，而是顺道回了一趟娘家，在那儿住了一晚，次日九点左右才回到绣竹园的家。

"宁可信其有，不可信其无，老家的老人也说我身体不好，容易惹上脏东西。而且第一站绝对不能回家，那样不吉利。"葛华煞有介事地说。

孙小圣有点儿无语地听着，再次确认："所以一日、二日晚上您家里肯定没人是吧？"

"是的呀！"葛华摊手。

"那么按照孔阿姨的描述,二日晚上她在你们家门口见到的人是一个二十多岁、不戴眼镜、身材比较瘦、身高一米八左右的青年男子,根据这些特征,你们有怀疑的对象吗?"

"没有。"两人异口同声。

孙小圣没想到两人否认得如此快,他停顿了一下,又问:"你们家的锁是什么样的?"

"是那种最复杂的C级锁,我去五金店专门问过,这种锁除非用电钻之类的工具破坏,否则肯定打不开,万能钥匙也没戏。"

"锁一点儿损坏都没有?"

"是啊。"林政军站起身来,带着孙小圣和李出阳来到门口一起查看和调试门锁,孙小圣发现那门锁果然完好,并且使用正常。

几人重新进屋,孙小圣问:"那现在跟我们详细说一下当时你们从外地回到家后家中的状态吧。"

谈到此处,林政军仍是一头雾水:"可说呢,这真是太奇怪了,我们回来后完全没感觉到家里进了人。而且我们走的时候好像忘了关厨房窗户,所以屋子里有些尘土,回家之后我们就先打扫了一遍,擦擦地和家具,也没准儿就是这样把他的脚印、指纹都擦没了,导致警察什么都没有勘验出来。"

葛华则显得更没自信一些,扭脸问他:"你确定咱们厨房窗户走之前就没关吗?万一要是关好了,是被那个人打开的呢?"

林政军还未答话,林昭昭又从门缝里传出了一句话:"是我爸没有关好,他走之前在厨房抽烟来着!"

这一回孙小圣和李出阳都笑了,林政军也不好意思地挠挠鼻子,葛华则汗颜地朝那门缝摆了一个轰人的手势。

孙小圣继续说:"那就是说,目前还没有在家里发现明确的这个人留下的痕迹?"

"是啊,我们听说这件事之后把家里前前后后都检查了一遍,除了之前误以为丢了的两千块钱,实际上什么也没损失。"

"确定什么都没丢?任何财物、细软或者小的物件?"李出阳问。他依稀感觉那个男子来他家不一定是冲着大家都以为的有价值的东西。也许他带走的只是某种对他来说有价值或者有意义的东西,而这东西在家里却不怎么起眼。

林政军和葛华互相看看，似乎都没那么笃定，最后还是林政军说："你要是这么问，那我们还得仔细再查查……毕竟家里这么多东西和旮旯，之前都有什么也不可能一一记清楚啊……"

孙小圣抬眼去看林家的环境，发现他说的并不夸张，居室虽然不大，陈设和生活用品却是满满的并且摆放得杂乱无章，盘点起来肯定是一本烂账。他们家的户型和楼下孔阿姨家是一模一样的，都是南北通透的两居室，北侧是厨房和次卧，南侧是客厅、阳台和主卧。林政军夫妇住主卧，林昭昭住次卧。而他们家由于杂物过多，明显显得比孔阿姨家局促。

孙小圣望向墙上挂着的一幅很大的全家合照，照片中，林政军和葛华搂着当时还很年幼的林昭昭坐在一张沙发上，沙发的后面还有一个人张开双臂扶着沙发。这个人是个小伙子，身着西装，头发也梳得有模有样。孙小圣定睛一看，这小伙子有二十三四岁，眉清目秀，眉宇间似乎有种超出年龄的成熟和睿智感。

孙小圣用手指着照片中的小伙子问林政军："这位是……"

"哦，他是我的大儿子，林旭，是个律师。"林政军站起来回答。

"大儿子？你们家是四口人啊？"孙小圣和李出阳都有些意外。

"是啊。"

"……那怎么之前没说啊？"

"你们也没问啊。"

孙小圣和李出阳有些尴尬。随后林政军简单介绍说林旭今年二十六岁，自己在外面和女朋友同居。因为律师工作比较繁忙，不仅经常加班，还得出差，一年到头也回不了几次家。这次家里去给林旭爷爷办丧事他也没能赶上。

"那这回晚上回家的不会就是他吧？"李出阳觉得这个林旭倒是跟孔阿姨描述的神秘人特征很相似。

"不是他，"葛华答道，"我们事后问过。而且要真是他，楼下孔姐肯定能认出来呀，俩人以前经常碰面的，她还给林旭介绍过对象呢。"

说到孔姐，孙小圣想起来一件事："你们家出远门这件事，除了告诉过楼下的孔阿姨，还告诉过谁呢？"

"没有了,"葛华说,"我们其实很小心啦,因为之前小区里发生过入室盗窃,所以大家都很谨慎,不敢走漏风声的。"

"家门钥匙呢?有亲戚朋友手里有你家的备用钥匙吗?"

林政军听罢先去看葛华:"我这边肯定没有,你爸妈那边不是有一把?"不过还没等葛华反应,他又补充道,"但事后我们跟老头老太太确认过,他们没来过,钥匙也没丢,更没有借给过别人。"

葛华也回答:"是的。"

这就奇怪了,据孔阿姨说,那个青年男子进林家门时,只跟她说了一句"我有钥匙",听话音明显是知道林家没人,特意强调自己不是外人的。更何况如果他当时不确定林家是否有人,也不可能光明正大地打开门进去的。

因为事情有太多反常之处,李出阳只能请林政军和葛华再好好回忆一下,看看之前所述有没有什么纰漏。林政军和葛华只能靠在沙发上苦思冥想。忽然葛华下意识惊呼了一声,引得大家莫名地紧张起来。

"怎么了?"

葛华忙道:"我想起来了,我跟快递员说过家中这两天没人,如果有我家的快递让他放到楼下孔姐那里。"

"可是快递员也不可能有你家家门钥匙啊。"孙小圣说。

"这倒是。他也没有途径接触到我们家钥匙啊。"林政军说。

话音未落,大家发现刚才一直躲在屋里的林昭昭忽然走了出来。林昭昭像只打翻了醋瓶子的小猫一样讪讪地看着大家,目光最后落到父母身上:"……你们说到这儿,我想起了一件事,快递员好像拿到过咱们家的钥匙。"

4

据林昭昭说,这两年来经常给他家送快递的快递员就那么一位。此人姓魏,人称小魏,二十七八岁,身材偏瘦,不戴眼镜。半年前林昭昭在网上买了一副蓝牙耳机,小魏送件时发现林家没人,就给林昭昭打电话。林昭昭问他能不能换个送件时间,小魏说再送可能就得一天以后了,林昭昭有些烧包,急不可耐地要用新耳机,便想让小魏把快递放在家门口。然而他又怕快递丢了,忽然想起自己早上上学时没带钥匙,母亲怕下班晚了他进不去屋,便将家门钥匙藏在了门口的门垫下面。想到此处他便告诉了小魏钥匙的所在，让他直接开门，把快递放在门口的鞋柜上。

话音一落，孙小圣和李出阳瞬间感到林政军夫妇身上散发出了强大的怨念气场——恐怕这熊孩子晚上免不了一顿男女混合双打了。

不过当务之急还是要找到这个快递员小魏。虽然目前没有掌握小魏作案的证据，但从现有的一丁点儿线索分析，也只能这样查下去，权当排除法了。

从林家出来后，孙小圣一边安排王木一和灿灿姐去小区物业查找监控录像，一边按照葛华提供的电话联系小魏。

没想到他拨打了好几次，快递员小魏的电话都处于关机状态。

"怎么回事？"李出阳坐在副驾驶位蹙着眉问孙小圣。

孙小圣觉得这个小魏有点儿奇怪：按理说一般快递员因为业务关系，都会很积极接电话的，哪怕是一时错过也会及时回拨，不会像这位一样处于失联状态。孙小圣便把小魏的公司信息发给在队里备勤的黑咪，让他通过公司查找小魏的行踪。

不多会儿工夫黑咪发来消息，说小魏已经连续四五天没有上班了，公司主管只有三天前联系上他一次，他称自己得了带状疱疹，要歇几天。后来主管还有一些业务上的事要问他，但再打他电话就是关机状态了。好在黑咪通过主管要来了小魏在本市暂住地的地址，那地方和绣竹园小区很近，孙小圣和李出阳便直奔小魏的临时住处。

到了地方孙小圣才发现：这里虽然和绣竹园只有两街之隔，但环境简直是天差地别。这儿原先好像是一片自然村落，城区规划后，就一直处于待动迁状态。但不知为何项目一直没有启动，很多村民就争相盖起了自建房，供外地人租住。有些人为了利益最大化，在有限的空间内像蜂巢一样平地起楼打隔间。小魏租住的村民自建楼也是如此，虽说每个房间都设置了门牌号，也设有监控和消防设施，但走廊狭窄采光不足，走进去像个阴暗的迷宫，和玩密室逃脱差不多。

孙小圣好不容易才找到小魏的门牌号，敲门，无人应答。

李出阳找来房东，房东说小魏已经在今天早上退租了，押金都没要，只把自己留在他那儿的身份证复印件要回去了，然后直接卷铺盖走人了。

"走了？他没说为什么走啊？"

"为什么？"房东是个头发快掉光的中年汉子，一边搓着下巴一边语气夸张地给孙小圣分析，"我猜，这孩子是不是进了传销组织了？反正他最近特别神秘，这一阵子经常有人来找他。走了也好，我这儿终于消停了。"

孙小圣和李出阳对视了一眼，问房东："都是些什么人来找他？"

"我也不知道啊，但都是和你们差不多的年轻小伙子。"

据房东说，那些人也不知道是干什么的，三三两两的，每天像打卡一样来找小魏。如果小魏在，他们就进去在小魏房里待一阵子；如果小魏不在，他们就第二天继续来。房东曾经问他们和小魏是什么关系，他们回答是朋友。小魏也是如此回答的。

什么样的朋友是这种奇怪的相处模式？孙小圣和李出阳都想不明白。好在楼道里有监控，孙小圣让房东调取出一些，找到了那些人的影像。从视频上看，这些人都是身着便装的青年男子，虽说每次来的人员都不固定，但大体上就是这五六个人。一周之前他们就开始出现，进了小魏房间后待的时间也不长，离开时小魏还出门恭送。两三天之后，小魏便不怎么回家了。录像显示他急匆匆地出去，直到半夜才回来。

孙小圣让房东调出了十月一日和二日晚上的监控录像。然后他们发现：十月一日当天小魏只回家了一次，在下午三点钟左右，他在家中逗留了不到十分钟便又出了门；他再次出现在监控录像中是次日凌晨三点左右，紧接着不到八点钟他就又出门了，九点钟有人来找小魏，结果吃了闭门羹。十月二日晚上，他仍旧是快凌晨才回家，和前一日如出一辙，三日天刚亮便离开了出租屋。

也就是说，林家进人的那两天晚上，小魏行踪不明。

孙小圣和李出阳觉得这很可疑，便让房东打开小魏之前租住房间的门进屋检查，发现这个房间很小，大概只有十平方米，里面只摆了一张单人床和一张写字台。小魏退租后，房东曾经打扫过，也没发现什么奇怪的物件。

孙小圣和李出阳在出租房的院门口一边抽烟一边讨论小魏的古怪。他们首先要搞清楚的是：十月一日和二日两晚，小魏是不是去了林家呢？他去林家的目的和找他的那些神秘人有没有关系呢？他们会不会是一个什么团伙，以小魏的住处为据点，在搞什么秘密策划？或者说，小魏不知出于什么原因被这个组织威胁了,他不得不和这些人玩躲猫猫,以至于深夜逃进林家避难?

两人聊了半天,一致认为现在的关键问题还是怎么找到小魏。孙小圣的意见是在此蹲守,李出阳从小魏这几日的行动轨迹和家中状态来分析,认为他因为某些原因已经越来越疏离此地,说不定此时已经准备或者正在逃离本市。所以最靠谱的方式是双管齐下,一边找人来此蹲守,一边通过梳理小魏的社会关系网,查找他的去处。

"行,那我带樊小超在这儿蹲守,你去主动出击。"孙小圣边说边拿出手机。

"你不跟我一起啊?"李出阳问。

这时孙小圣的电话响了。来电人是黑咪,黑咪告诉他们经过公司联络,已经掌握了小魏目前所在地。原来他有个比较要好的同事,就在不远处的快递网点当收发员。那里有两间员工宿舍,据同事跟公司汇报,说小魏这两天没事就来找他,然后借用宿舍休息,他问怎么了,小魏只说自己的出租屋在装修,一时半会儿不能入住。今天上午小魏又提着行李来找他,说自己房租到期了,下午去找新的房子租住,然后躺在宿舍的床上睡着了,现在可能都快醒了。黑咪便通过公司递话,让那边千万不要惊动小魏,他的同事马上就到。

孙小圣和李出阳得到消息后马上驱车赶往那个快递网点。他们顶着人流驶出了城中村,又在主路上堵了二十分钟,到达目的地时已经过了中午,并且淅淅沥沥下起了雨。两人下车后,孙小圣拨了黑咪发给他的小魏同事的手机号,还没拨通呢,就见网点门脸里走出了一个低头打伞的快递员,孙小圣连忙上前问小魏在不在这里。快递员说刚才还在呢,不过刚刚从后门走了。孙小圣问了后门的方向,走进去发现这网点还挺大,快递盒子到处都是,有的摆成了好几座小山,有的则散乱在地,正待收拣。

孙小圣和李出阳都有点儿找不着北,好在他们很快又看到了一个正在桌边打印单子的胖胖的快递员。

"你们是警察?小魏刚刚出门了。"胖快递员说。

"我知道,是从后门吗?后门在哪儿?"

"后门?"这个快递员眉头一皱,"我们这儿就一个门,后门早就封死了,两年多没开了，谁说他从后门走了？"

"坏了，上当了！"孙小圣一拍脑门儿，回头一看，李出阳已经反身追了出去。

小魏似乎没跑多远，孙小圣追出门口时发现他刚过马路。但此人很是警觉，扭头发现孙小圣他们追了上来，赶紧扔掉雨伞，然后纵身一跃翻过路边的自行车道隔离带，插进了另外一条小胡同里。孙小圣和李出阳只能在一众路人的侧目下跨栏过去，边喊边追，脚下踩出了无数个水坑，浑身上下都湿透了。

孙小圣以前抓过贼，所以对这种闹市追捕格外有经验。他知道，嫌疑人越是想趁乱逃脱，自己就越没有明确的行动计划和参考路线，一切都是下意识的选择。所以想要在闹市抓捕犯人，不需要多么精准的部署，只需要脑子比对方快一步，就可完全占据战略优势。而快一步的最明显体现，就是抄近路。

孙小圣扔下在后面傻追的李出阳，自己七拐八绕跑过两条小路，不一会儿就对小魏实现了包抄。然后他看见李出阳在胡同里被小魏推了一个跟头，正爬起来撅着屁股往前追。小魏转身后发现胡同口已经被堵住，自己无路可逃。这时李出阳也跑到了他身后，气喘吁吁地跟孙小圣把他夹击在墙根下面。

两人将小魏制服。李出阳站在雨幕里，双手撑着膝盖喘粗气。孙小圣把李出阳上下检查了一遍，发现没有什么明显外伤才作罢。

"你还敢推他？你死定了！"孙小圣推推小魏的脸蛋，用胳膊把小魏双臂反锁，贴在后背上。

小魏看上去和林家人描述得差不多，年纪轻轻，血气方刚，再加上是个风里来雨里去靠脚吃饭的快递员，要不是孙小圣瓮中捉鳖，估计他还得带着李出阳在街区里兜几圈。

5

下午三点钟，孙小圣探组在询问室里开始给小魏做笔录。孙小圣和李出阳主问，樊小超做记录。

但没想到的是，小魏从进了询问室之后就一言不发，只是深深低着头，眼睛看着地面，跟个泥胎一样一动不动。

"怎么回事啊你！"孙小圣问了半天他那两晚去做了什么，但得到的答复只有沉默，孙小圣烦躁得只想掀桌子。

李出阳相对冷静，把胳膊肘撑在桌面上思考了一会儿，干脆开门见山："十月一日和二日的晚上，你去没去绣竹园小区？"

小魏好像想起什么，终于抬起头："你们先告诉我为啥抓我。"

孙小圣便说了绣竹园小区林家被闯空门一事，然后问此事和他有没有关系。

小魏听罢，摇头说："我不知道，我也没去过他家。"

"那你那两天晚上在哪儿？"

"……我在河边。"

孙小圣以为自己听错了："在河边干什么？"

"不干啥，坐着。"

"你为什么有家不回，到河边坐着？"

小魏又不说话了。

"那你说说，你在河边坐着，有什么人能证明吗？"李出阳问道。

这次小魏还真认真思考了一下，但答案仍旧令人非常沮丧："没有。"

樊小超小声跟身边的两位哥哥说："这不又是一通幽灵抗辩吗？"

孙小圣瞪了他一眼："你可算学会一个新词了。"然后他叹了口气，拿手机给小魏照了张相，发给樊小超："把这个打印出来给苏玉甫，让他去绣竹园给孔阿姨做个辨认笔录，问问她那晚见到的是不是这个人。"

李出阳这会儿接了一个灿灿姐的电话，灿灿姐告诉他，经过他们调查走访，发现绣竹园小区林家所住的9号楼东侧和西侧的电线杆上各安置了一只监控探头，但只有东侧的探头当晚处于开启状态。虽是如此，想要调取录像仍需时间，因为那套监控系统比较老，而且漏洞极多，物业只有一名员工能熟练操作，但那员工回老家办事了。灿灿姐已经督促物业联系，那员工说最晚明晚回到单位协助调取录像。

李出阳挂了电话回屋，发现孙小圣还在和小魏僵持。小魏虽然坚称自己没非法进入林家，但也无法提供不在场证明以及不回家的理由。孙小圣问他那些陆陆续续找他的神秘人是什么人，小魏又开始进入装死状态。据他所述，他就是连续两天晚上到城中村附近的运河边游荡，困了，就在河边的长椅上小憩一会儿，直到天亮。

"既然你没做亏心事，我们去找你的时候，你为什么还要撒谎逃跑？"李出阳死死地盯着小魏。

正说着，苏玉甫那边传来消息，说孔阿姨很明确地告诉他，那晚在林家门口见到的男子，不是这个快递员。

"这么肯定？"孙小圣一时有点儿摸不着头脑，"她仔细看了吗？"

"看了，说肯定不是。孔阿姨看到的人下巴比较尖，而这个人的下巴却偏方。"

孙小圣和李出阳对视了一眼，都在想这个孔阿姨到底靠不靠谱，这个小魏既有作案时间和作案条件，又暗藏很多古怪，他们还一直觉得非此人莫属呢。

孔阿姨岁数大了，会不会耳聋眼花，或者记忆力衰退？孙小圣也认识这种街坊大妈，热心肠，警惕性高，对你毫无保留，但说出的话总要拿簸箕筛一筛，因为她们的思维总是活跃过头，好些内容都是自己脑补的。

想到这种可能性，孙小圣又有了新策略：既然小魏死扛不说，肯定是惧怕承担非法入室的法律责任。那他们还不如先把郭玉琼家那起杀人案抛出来，告诉他找他的真实目的，只要他愿意作为旁证配合警方工作，也算是将功赎罪，有立功表现了。想罢孙小圣就这么做了，又添油加醋地跟他讲了一些拒不交代和歪曲事实的严重后果，然后观察他的反应。

这一招果然奏效，小魏听了似乎有些释然，身子放松了一些，缓了缓神，说道："是因为这个啊——你们怎么不早说啊。"

孙小圣一听有戏，喜形于色，看了一眼李出阳，问道："那这么说，那两晚去他家的就是你了？"

"不是我！"小魏仍旧坚决否认。

孙小圣使劲往椅子上一靠，显得很不耐烦："你要是想继续扛着，就别表现出开窍的样子行吗？"

李出阳在一旁被孙小圣逗得直乐。

"真的不是我，你们怎么就不相信人呢！再说了，你非得说是我，那你倒说说，我拿他家什么了？那些东西在哪儿？"小魏缩着脖子据理力争。

"那还是继续咱们刚才的问题吧，"李出阳清清嗓子，"既然你没有作案，那为什么见到我们时要撒谎，还要跑？"

小魏定了定神，低声说道："我以为你们是'催收'呢。"

"'催收'？"

原来两个月前，小魏入了"网贷"的坑，从一个非法借贷APP上陆陆续续借了三五千元钱应急用，等到想起要还时，欠款数额竟然高达一万两千元。客服问他是不是想赖账，小魏说手头没现钱，实在凑不上。客服马上发给他另外几款网贷APP，说可以拆东墙补西墙，先对付着还，否则就去找他的亲朋好友要账。小魏只能照做，没想到从此踏上了不归路，一家一家地借，一笔一笔地还，但杯水车薪，还上的永远是小数，总的欠债数额却与日俱增。慢慢地，他已经欠了十几家平台十万余元，而且利息还在每天几千几千地增长。最后他才发现：那些平台的背后好像是同一拨人，故意设圈套让自己跳进去，借钱时连哄带骗地让他写借据、自拍、提供个人信息，最后当欠款慢慢接近他的极限时，这帮人便原形毕露，开始不断地找上门来恐吓他。

"那些找你的神秘人，就是放网贷的人？"李出阳问。

"是的，行话叫'催收'。他们天天来找我，我都不敢回家了。"

小魏说这些"催收"每次来找他，一开始还装模作样地帮他出谋划策，比如管同事借，管家里要，甚至卖老家的房子，等等。到后来见小魏态度依旧消极，他们便换了一副面孔，进屋就掏出刀子顶着他，问他何时还钱，如果不还钱就如何如何，小魏被恐吓怕了，后来就不敢再接陌生电话，也不敢再回家了。尤其是晚上，他真害怕夜深人静自己躺在床上，被突然闯进来的这些人五花大绑掳走，甚至被割掉个肾或者挖走眼角膜。于是他这些天的晚上都不敢回出租屋住，只一人悄悄在河边溜达，等到白天再去找同事借个宿舍休息，如此反复，已经到了穷途末路的地步。

"你也真可以，"李出阳揉着膝盖上摔肿了的伤口，悻悻问道，"这些话你一开始怎么不说啊？害得我们这一通忙活。"

"我一开始以为你们是'催收'假扮的警察呢，等到了这儿才知道你们是真警察。一听你们说怀疑我夜里进了别人家，我就以为那家人丢了东西，然后查到了我头上,发现我欠了巨款的事,那我这嫌疑不就更大了吗?再说了,回头你们万一再把我欠钱的事告知我的公司和家人,我就真没活路了。现在既然那家人没丢东西,找我是为了做证,那我当然可以把事实告诉你们了。"小魏低着头说。

看来孔阿姨的辨认没有出错,孙小圣叹气起身,走到铁椅子边把锁打开,冲小魏说:"行了,法律规定民间借贷年利率超过 36% 的部分无效——你呀,该去法院起诉;要是他们再骚扰你,就到派出所报警,明白了吗?"

"我可以走了?"小魏一时间都忘了抬屁股。

孙小圣话都懒得说了,直接夸张地做了一个恭送的手势。

小魏慢慢起身,想起外面还有"催收"大军的逼迫,反而有点儿留恋此地了,嘟囔着跟孙小圣和李出阳发牢骚:"话说回来,那家人也真是可以,竟然怀疑我。我给他家送了四年快递了,是什么人品他们不知道吗?你们见过有哪个快递员四年如一日这么踏实的……"

孙小圣都无言以对了,您踏实还整这么一出精彩故事来?刚想讥讽他两句,却被一边的李出阳抢了话:"四年?你确定给他家送了四年的快递?"

"是啊,没错,绣竹园是我的老片区嘛,你们可以去小区打听打听,我有没有瞎说。"

"可是林家人说你只给他们家送了两年左右啊。"李出阳问。

"你问的是不是绣竹园 9 号楼 6 单元 401?"

"对啊。"

小魏站起身来,活动着发酸的胳膊腿说:"唉,那没错,只不过我来的最初两年他家的房子是租出去的,从去年年初开始他家人才搬回来住。之前他家住的是一对小年轻,所以他们才记得我只给他们送了两年快递。"

也就是说,林政军家之前还存在着两位租客。李出阳看着孙小圣:"这情况林政军怎么没跟咱们说?"

6

林政军和葛华坐在客厅沙发上,脑瓜子都摇得像拨浪鼓:"不会吧,这事不可能跟小刘他们两口子有关吧!"

小刘和小贾曾是他们家的租户，当时两人是情侣关系。推算起来，他们如今都是二十八岁左右的年纪。那时候林昭昭还在上小学，林旭大学还没毕业，林政军也没有退休，为了方便接送林昭昭上下学，他们曾经带着林昭昭在孩子的姥姥家住过两年。当时谁也没想着把这边的房子出租，只是恰巧葛华有个同事家出租房子的租约到期了，正好同事家孩子结婚要用房，同事便把这对和自己相处不错的租户小情侣介绍给了葛华。于是林家便把房子租给了小刘和小贾，这一租就是整整两年。

　　两人在林家的房子里租住了两年，一直安分守己，和林家人相安无事，从未出过什么差池。这期间林政军负责收房租以及处理一些维修琐事，也和他们处得不错，现在逢年过节，两人还会给他发祝福微信呢。

　　"这两个人都受过高等教育，好像小贾在银行上班，小刘是什么软件工程师，两人收入都不少的。"林政军介绍道。

　　"这都没关系，主要是他们二人从你家退租后，你们换锁没有？"李出阳问。

　　"没有。"

　　"没有？"孙小圣心里一惊，"心真大，租客走了你家不换锁吗？"

　　林政军摆摆手："哎，不会是你们想的那样啦。这小两口我们是熟悉的，人非常老实，和我们家关系也非常好。林旭不在家的时候，小刘还帮忙辅导过昭昭功课呢，到现在我们都有联系。所以他们退租后，我们对他们没有任何顾虑，人家交回了钥匙，我们也就没想着再把锁换了。"

　　"而且，他们也不知道我们一家这两天出远门啊。"葛华在一边补充道。

　　"等一下。"林政军听到这儿，脸色忽然变了，掏出手机飞快滑动屏幕。

　　"怎么了？"孙小圣问。

　　林政军低目凝眉，点开手机里自己的朋友圈，然后有点儿打蔫地靠在了沙发靠背上。

　　葛华觉得情况不对，连忙抢过他的手机，发现上面是一条林政军在九月二十八日发布的动态。动态只有短短几个字，大意是其父已经驾鹤西去，他沉痛悼念，希望不负老人家在天之灵云云。林政军这个岁数的人，虽然也有很多人用微信，但基本都是发群聊、玩小程序游戏，真正看朋友圈的其实很少。朋友圈里大多是年轻人的吃喝玩乐动态，中老年朋友是跟不上节奏的。

更何况现在儿子辈、孙子辈朋友圈要么把他们分组可见了，要么直接屏蔽了，他们也看不见什么有趣的内容。所以林政军这条朋友圈只有寥寥三四位朋友发了节哀顺变之类的留言。

但要命的是，这些留言者中就有小刘。

葛华看了，虽有些意外，但表现得还算镇定："这也不碍事吧？你只是说爸没了，也没说咱们会去老家给他办后事啊。"

林政军脑门儿有点儿冒虚汗，搜肠刮肚地想了半天，才再次开口："哪有你想得那么简单。前年我给小刘修网，有事没事地和他闲聊过。那阵子我爸已经收了好几张病危通知书了，我就感慨说，这人老了都想落叶归根，他们这些年轻人理解不了。他还跟我讨论如果老爷子被埋在老家，以后扫墓会不会很不方便之类的话，我也记不太全了……"

葛华听罢表情渐渐僵住："那他也能大概推断出咱们会去外地给老爷子下葬。哪怕算不出具体日期，躲家门口不远处观察也能发现咱们动身出发。"

"可是他们没动机啊，"林政军又摇起头来，"你说说，两个工作光鲜，平时又没什么不良嗜好的小年轻，怎么会干出这种事？再说了，我们家钱也没丢，值钱的东西也没少，要真是小刘大半夜趁着没人过来，他在我们家干了什么？这说不通啊。"

"等会儿，"葛华忽然一摆手，"我想起一件事来，说不定能回答你这个疑问。"

据她说，小刘小贾这两口子虽说为人处世都挑不出什么毛病，但曾经也做出过令人大跌眼镜的事。有一次林政军还没下班，小贾说家里电线烧了，插线板都没电了，便自己叫了工人来修。葛华知道后，就先到小贾这边查看，但等她到的时候，工人已经修理完毕，打道回府了。葛华和小贾聊了两句也准备离开，正巧碰见了下班回家的小刘。小刘推门一看地上散落着电线等物，忙问怎么了，小贾便如实相告；小刘接着问工人都修了哪里，小贾告诉他自己一直在客厅玩手机，没注意。小刘听罢如遭晴天霹雳，差点儿背过气去。

葛华充分发挥了中老年妇女神神道道的叙事能力，把这一段描述得跌宕起伏扣人心弦。另外三人被吊足了胃口，忙问随后到底发生了什么。

"发生了什么？我真是大开眼界了，"葛华手舞足蹈，跟魔术变到了高潮似的,"随后小刘发疯一样捡起一把螺丝刀就去拆主卧的一块线路板。我们都怕他触电了,赶紧拦住他,没想到他一意孤行,愣是把那块线路板给拆下来了。然后你们猜怎么着,那线路板里头,竟然封着一大捆纪念钞!"

李出阳和孙小圣都听傻了:"纪念钞?"

"是呀,小刘一看这些钞票还在,这才放下心来。然后我问他这是怎么回事,他才告诉我,这捆钞票是几年前小贾从银行内部买到的,现在升值很多。搬到绣竹园后,他听说咱们小区以前发生过入室盗窃事件,家里的窗户又没安防护栏,怕丢了,思来想去找不到合适的藏钱处,就把这钞票塞到线路板的墙洞里了。"葛华越说越来劲,唾沫横飞,"这男孩看着不言不语的,其实心眼儿挺多的,戒备心贼强,你们说他是不是当初还在咱家里别的地方藏了东西,走的时候忘了,现在趁着家里没人就过来找了吧?"

林政军觉得有点儿牵强:"那他直接在微信上跟我说不就行了吗?何必冒着风险,自己偷偷摸摸来取?"

葛华撇嘴:"人心隔肚皮,要又是什么钞票、金条之类的,告诉你,被你吞了你再不承认,那人家不哑巴吃黄连了?再说了,私房钱这种东西,本来藏来藏去就容易忘嘛,找不到还不敢问别人——很正常。"

林政军意味深长地看着葛华:"你好像很有经验的样子啊。"

葛华不太自然地笑了笑:"瞧你说的,咱不是分析问题吗?"

林政军此刻点了点头:"也不是没有道理。"

"可他们已经搬走两年了,现在才想起在你家落了东西,岂不是反应太慢了?"李出阳提出异议。

葛华看着李出阳,一板一眼地说:"小伙子,你还没成家吧?我跟你说,过日子琐事太多啦,家家都是一笔糊涂账。我们从昭昭他姥姥家搬回来这么久,到现在还有很多东西落在那边呢。昭昭他爷爷临死前交代了一堆后事,结果人没了之后,有好多东西都找不到,什么印章啊,看病单子啊,保险凭证啊,弄到现在医院报销这点儿事还没跑完呢!"

"对对对,这么说来是有这种可能性。"林政军越听越觉得有道理,频频点头。

一对以前的租客,在曾经租住的房子里藏了某些值钱的物件,搬家时忘了带走,便伺机过来偷偷取回,听起来虽然有些阴谋论,但林政军夫妇你一言我一语抽丝剥茧后，又似乎有迹可循。关键是这对小夫妻同时具备能接触到钥匙和知晓林政军一家出远门这两大要素，小刘从外貌身形上也很接近孔阿姨描述的神秘人，所以孙小圣觉得也不能轻易排除掉这条线索。

"好，那您把小刘的联系方式告诉我。"

林政军千叮咛万嘱咐，说不要告诉小刘和小贾是他们举报的，否则万一查无此事，就太尴尬了。孙小圣和李出阳合计了半天，觉得还是先以访问的姿态联系一下小刘的爱人小贾。首先，她也和楼上的郭玉琼家做过一阵子邻居，借访问的姿态建立起沟通会很自然；其次，如果小刘真的是作案人的话，也能从她那儿探出一二，而且不至于打草惊蛇。

小贾很快接了电话，并且同意配合孙小圣访问。孙小圣和李出阳驱车赶往她工作的银行，那是金融街旁边的一个支行，小贾负责对公业务，时间相对比窗口业务要宽松些。见到两名警察正经八百地来找她，小贾飞快地把他们带到接待区，小声问他们到底发生了什么案子，还要找她这个搬走了两年的租客了解情况。

小贾穿的是工作制服，小腹看起来似乎有些隆起，李出阳给了孙小圣一个眼神，孙小圣问她："你这是……"

"啊，我怀孕了，没事，你们说吧。"

"那接下来的话可能涉及一起命案，方便说吗？"孙小圣怕万一她玻璃心，惊动了胎气就麻烦了。

"没事，你们问吧。"小贾倒很爽快。

孙小圣便先向小贾介绍了一下郭玉琼案件的大致情况，小贾一开始感到很意外，但与此同时又觉得有点儿事不关己："我知道楼上那个阿姨，但我们在那里住的时候，她好像还没有结婚啊……而且她搬来之后没几个月，我和我老公就搬走了，所以跟她没什么接触。"

"那你能回忆一下，她是个怎样的人吗？"

"我们上班族都是早出晚归，和她作息根本不在一个频道上，所以没有交集。"

小贾的思路很清晰，表达也滴水不漏，李出阳觉得可能套不出她什么话，便道："那回头我们也找你老公访问一下，可以吗？"

"我觉得没什么必要吧，我都没怎么接触过，更别提他啦，再说他工作很忙的。"小贾露出职业性的微笑。

孙小圣也笑了："你老公是小刘吧？"

"你怎么知道的？"

"我们做访问，听你以前的街坊说的，他们都说你们夫妻俩是很好的人。怎么，你们搬走之后就结婚啦？"

"是啊，"小贾脸上掠过一丝红润，摸摸肚子说，"这不，都快成孩奴了，时间过得真快啊，我还真是挺怀念住在绣竹园的日子的。"

"你刚才说小刘工作一直特别忙，他是做IT（信息技术）行业的吧？国庆节是不是也会加班啊？"李出阳顺势问道。

"是啊，他最近接了一个项目，可累了，这两天都在加班。"

"我听说好多互联网企业都拿加班当家常便饭，不到晚上八九点都回不了家。"孙小圣对李出阳说。

小贾马上苦着脸接话："哪儿啊，八九点可就阿弥陀佛了，我们家那位要是真忙起来，凌晨到家都是家常便饭。"

孙小圣赶紧接道："是最近几天吧？我听说，最近互联网行业遭遇寒冬，KPI（关键绩效指标）冲不上去，好多企业都在调整改革呢！"

小贾使劲点头，抬眼看着孙小圣："对对对，没想到你也知道这个啊。互联网行业就是消耗人，行情好，累；行情不好，更累。"

"那我们也去小刘单位找他聊聊，反正也是这一套，例行公事嘛。能把他单位名称和地址告诉我吗？"孙小圣觉得火候差不多，可以捞干的了。

小贾似乎很认可孙小圣，不仅给他写了老公的单位和地址，还写了手机号，写完之后正好有一单业务找她，她就回柜台忙了。孙小圣出门上了汽车后，问坐在副驾驶的李出阳："你觉得咱们要先给小刘打个电话吗？"

"别打，直接去找，免得打草惊蛇。听这个小贾说，他最近总是凌晨回家，就很可疑。"

"咱们不打，小贾八成也得告诉他。"

"但我感觉即使小刘真的做了，小贾也不知情。她今天这反应，丝毫没看出有什么紧张或者慌乱啊。"

"有可能，他在线路板里藏钱不也没告诉他老婆嘛。"

"这家伙，感觉是个存私房钱的高手啊。"李出阳不知从哪儿变出一个饭团，使劲咬了一大口。

"我也吃。"孙小圣手握方向盘，垂涎三尺地朝李出阳歪歪脑袋。李出阳把裹饭团的纸贴在了他脸上。

两人闹了一会儿，终于到了小刘的工作单位。这是一家在业内小有名气的互联网公司，主做一款海外代购 APP 和一些企业内部定制系统。公司设在一栋写字楼里，听闻是警察来访，前台职员联系了小刘所在部门的副主管。副主管是个矮胖的男人，看起来很忙的样子，手里一大堆文件来不及交代就脚不沾地地小跑过来。一听孙小圣和李出阳说是来找小刘的，他有些莫名其妙，反问道："小刘一周之前就离职了，难道你们不知道？"

"离职了？"孙小圣和李出阳都很惊讶，"你确定？"

副主管很笃定，报了一遍小刘的全名和所在部门，跟孙小圣确认后，又说："也是很突然的事，而且他是直接找主管说的，说完当天就办好一切手续，人走之后就再没有出现过。怎么了？他犯什么事了？"

孙小圣就说有个案子需要他配合做调查，副主管说："那你们可以给他打电话啊。他离职很突然，我也不太清楚是怎么回事。"

"他离职之前，有没有什么反常表现？"李出阳想了想，也只能循例问一些这种问题了。

"反常表现……"副主管抱着胳膊苦思冥想，好像这种事从来不在他的思考范畴之内，不过随后他还是想到了一些内容，"你要说反常，我就记得他在离职之前，好像确实有那么一点点不对劲。"

据他所说，现在想起来，小刘的离职也不是全无预兆。离职前两天，小刘好像遇到了什么事情，整个人一直处于精神恍惚的梦游状态，不仅手头的任务没有及时完成，甚至连午饭都忘了吃，一直在工位上抱着胳膊埋头思索着什么。第二天这种情况就更严重了，他压根儿就没怎么进过办公室，只在茶水间或者前台接待处附近静坐和转悠。副主管本想前去问问，但转念一想既然他没主动提有什么困难，那说不定也不是什么太大的麻烦，可能他自己可以解决。再加上企业里都是各人自扫门前雪，只要业绩上不给部门拖后腿，个人问题都是小意思，副主管就没去过问。

没想到第三天，小刘就突然辞职了。

"现在看来，也只能主动联系小刘了。"孙小圣对李出阳说。

7

  两人找了一个地方吃晚饭，李出阳点菜之际，孙小圣给小刘拨了电话。小刘倒是很快接了电话，听明白孙小圣的目的后，直接拒绝了访问。孙小圣再三申明并无别的意思，只是希望他履行公民的义务配合案件的调查。但小刘态度依然很坚决，并表示自己很忙，不便被打扰，然后直接摁断了电话。

  "这家伙绝对有问题，感觉心怀鬼胎！"孙小圣气鼓鼓地说，抬眼一看李出阳吃麻辣牛蛙已经吃得满头大汗了。

  孙小圣抓拉他脑袋："你就知道吃，现在找不到他人，怎么办？"

  "你急什么，跑得了和尚跑不了庙，给他媳妇打电话，说找不到他人就开着警车去他们家楼下等着。"李出阳压根儿没觉得这是个事。

  李出阳的办法果然奏效，小贾接到孙小圣的电话后，不一会儿就给孙小圣回复，说已经做通了丈夫的思想工作，问在哪里见面合适。孙小圣本来要主动去找他们，李出阳却坚持让他们来队里。孙小圣想想也有道理，便和他们约好一小时之后在支队见面。李出阳是那种你敬我一尺我敬你一丈的人，但要是对方发难，他绝对加倍奉还，而且还不露声色。

  两人吃完饭回到队里，发现小刘夫妻二人已经在接待大厅候着了。两人脸上都写着些许尴尬，尤其是小刘，低眉顺眼，一改刚才在电话里的强硬态度，不断跟孙小圣询问到底发生了什么大事，好像一副很关心的模样。

  孙小圣打量着眼前这个年轻人：二十七八岁，个子和李出阳差不多，体态较瘦，各方面特征，尤其是那种疑神疑鬼满腹心事的神色，都很符合孔阿姨描述的神秘人的样子。

  李出阳让小贾留在门厅，然后把小刘带进了询问室。

  孙小圣进到屋里，先问了十月二日当晚小刘身在何处。小刘可能不知道他们已经到访过他前公司，还撒谎自己在公司加班。孙小圣一拍桌子，直接问他公司里谁能证明，有没有打卡记录，小刘便蔫了下来，没做任何辩解。

  "十月二日那天晚上九点到十二点之间，你在哪里？"

  "我和朋友在吃饭，商讨创业的事。"

  小刘明显没有自己媳妇的逻辑思维能力强，一开口就被孙小圣抓到漏洞："哪位朋友？联系方式给我，我和他确认一下。"

小刘这会儿才察觉到危机："怎么？你们怀疑是我进了林叔家？"说着说着他自己都觉得可笑，"这怎么可能？钥匙我早就交回去了，而且我根本没有理由回去啊——难道你们认为我是进去偷东西的？"

　　李出阳说："没人说怀疑你是进去偷东西的，否则也不会让你坐在这里，而是应该在讯问室里。"

　　"那你们这是……？"

　　"你先回答我们的问题，十月二日晚上，你到底去了哪里。"

　　小刘又是一通答非所问："二位警察同志，二位大哥，你们行行好，别跟我这儿过不去了，我都说了不可能是我，不信你们把林叔叫来，咱们当面聊聊，他也不可能怀疑我吧？我们这些年相处得一直不错，再说了我也没穷到去入室盗窃这份上啊？就算偷，也偷不到他家头上啊！"

　　孙小圣从来不怕小魏那样闷声不说话的人，就怕这种跟你没完没了绕弯子打太极的人，他烦躁地按着太阳穴重申："我再说一遍，没说你是去偷东西的。"

　　小刘一副无可奈何的样子："甭管是不是，也跟我没关系啊。我已经从他们家搬走两年了，按理说，他家早应该换锁了吧？就算没换锁，这也不在我的预料范围内啊，所以你们凭什么就认为是我做的呢？"

　　小刘说的有一定道理。就算他预谋要回来取东西，也得是知道自己的钥匙还能用的情况下。不过话说回来，哪怕是赌一把，过来拿钥匙试一试，也行得通，所以这个解释没有说动孙小圣和李出阳。最关键的是，他依旧没有提供不在场证明。

　　"还是说说你当晚去哪儿了吧。"

　　但小刘不是傻子，经过几个回合的问答，似乎已经猜到对方还没掌握其他证据，所以干脆一条道走到黑："我说了，我没去就是没去。"

　　这会儿樊小超进来要走了小刘的资料去找孔阿姨辨认。等他出门之后，孙小圣又想到一个问题："既然你没干什么见不得人的事，为什么要对你老婆撒谎？"

　　小刘一愣，旋即放低声音："你们都知道了？"

　　"知道了，你一周之前就离职了，而且很突然，甚至很匪夷所思。"

　　小刘深深低下头，呼吸显得急促起来。

"到底发生了什么事？那天晚上你去了哪里？"

小刘沉默一会儿，沉闷地开口："网吧。"

"网吧？"孙小圣和李出阳都是一惊，心想这位老兄真是童心未泯，孩子都快出生了还这么放飞自我。

"不是我主动离职，我是被开除的。"

小刘说，副主管不管项目，所以根本不知道前因后果。程序员是个更新换代很快的职业，必须坚持充电，学习新东西，才能跟上快节奏的互联网行业发展。然而近两年他感觉自己状态下降很快，再加上成婚、生子等压力，整个人已经慢慢变得疲累，走到被淘汰的边缘了。

两个月之前，他开始接手一个新模块，上线写完代码，报警系统就嘀嘀叫个不停，十分钟后首页突然出现了大面积空白。领导就开始在微信群里发怒，随后让工程师迅速定位问题，工程师说是他污染了首页用到的一个静态变量，可他根本就不知道这代码首页也在用。然后领导就把他叫到茶水间，细数了他最近工作上出现的诸多问题，最后给他的评价是：一没计划，二没进度，三没能力。

小刘说到这里气就不打一处来，跟孙小圣、李出阳抱怨说："你说，话已经跟我说到这份上，我再不主动离职，难道等他解聘我吗？所以我想了整整两天，觉得还是走了算了，省得最后撕破脸，让我在整个行业里都没法混。"

孙小圣叹道："但你媳妇怀着孕，你就这样裸辞啊？"

"没办法，事情早晚要发生的。现在的企业，领导一旦看不上你了，你就很难转变在他心中的印象了，早走晚走，都是要走。更何况，我现在走总比孩子出生后嗷嗷待哺时再失业强吧。"

李出阳有些明白了："但你也不敢告诉你媳妇，所以每天只能装作仍在加班很忙的样子？"

小刘听见有人这么理解自己，眼泪都快下来了："是啊，媳妇也不容易，大着肚子还在岗位上忙活，我这边却掉链子了，我怎么能直接告诉她啊，只能装作每天仍旧上班、加班的样子，白天去外面瞎晃悠，顺便找一些朋友或者猎头帮我物色下家，晚上就去网吧找招聘广告，投简历。我只能等找到新公司以后再告诉我媳妇，免得她为我着急。"

"就为这点儿事，你故意在网吧耗那么久？"

"也不全是，"小刘这会儿竟露出一丝狡黠，"十月二日那晚有英超，曼城对热刺，我正好能在网吧踏踏实实看一场球赛。"

孙小圣和李出阳哭笑不得。

如果小刘那两天晚上都是去了网吧，倒也不难确认。网吧绝非法外之地，一有监控录像，二有身份信息登记。孙小圣管他要了网吧的名称和地址，派苏玉甫前去调查。小刘见孙小圣煞有介事，忙强调道："你们……能不告诉我媳妇吗？还有，我明天上午还有个面试呢，不会耽误了吧？"

"不会的，你现在就可以走了，但你媳妇那里，你还是别一直瞒着吧，万一最后收不了场，可就不仅仅是失业的问题了。女人最讨厌被欺骗。"孙小圣做了一个拜拜的动作，扭头见李出阳一直看着他，挺奇怪："你老看我干吗？"

"行啊，心灵导师，妇女之友啊。"

"要不跟你最铁呢。"

两人插科打诨之际，站起身来的小刘忽然想起了什么问题，吞吞吐吐地又开口了："那个……话说，林叔那里，碰到这样的事真的很奇怪啊——你们还有没有其他思路了？"

见他似乎暗有所指，李出阳赶紧反问："怎么，你想到什么了吗？"

小刘眼珠一转，言语闪躲："啊，没有，我就是问问。"

孙小圣很认真地看着他："你要不说实话，我一会儿就拆穿你。"

小刘做投降状："好好好，我说，我说。我就是想到了一个问题，仅供你们参考。你们确认过林叔那栋房子的产权没有？"

孙小圣和李出阳都没太明白："什么意思？"

小刘说，他在租林政军家房子之前，被二房东黑过，所以对待租房这种事异常慎重，哪怕是熟人介绍，也一定要看看对方有没有房产证。所以他现在也清晰记得：当林政军拿给他房产证时，那房产证上写的不是林政军或者葛华，而是另一位林姓人的大名。现在分析来看，那人应该是林政军的老父亲，换句话说，林家这套房产，也许到现在还没归到林政军名下。

"我听说林叔的老爹刚去世，所以他家会不会存在什么房产纠纷？所以……"小刘眨巴着眼睛没再往下说。

"他家的某位亲戚，趁着林家处在多事之秋，房子归属不定的情况下，去他家偷房产证？"孙小圣看着李出阳。

李出阳还未做出反应，小刘先急了，一个劲摆手："这是你们自己猜的啊，跟我可没关系。"

8

晚上八点左右，樊小超和苏玉甫都传来消息：经过到网吧核实，小刘所讲情况属实，他在案发那两晚，都是在那里耗到将近凌晨才离去。而孔阿姨见到小刘的照片后，也第一时间予以否认，给出的理由是：小刘偏黑，而那天她见到的神秘人肤色明显偏白。

樊小超当时觉得孔阿姨是不是又过于主观了，毕竟照片存在光照、角度等拍摄问题，不能仅凭肤色就下定论。但孔阿姨随后说了一个比较过硬的理由："那个小刘我是见过的，在我们这儿住了有一段时间，我对他有印象，那天来的人我觉得不是他。"

问题回到林家本身，孙小圣和李出阳都觉得亲戚偷房产证一说虽然狗血，却也不失为一种可能性。事情走到现在这一步，已经找不出别的更加有嫌疑的人了，所以只能赶紧到林家进行论证，有枣没枣打三竿，兴许会激活他家人一些新思路。

翌日一早，他们就出现在林家门前，然后开门见山地询问了林政军房子是否存在遗产纠纷的事。

林政军对于排除小刘的嫌疑并不意外，对于涉及遗产纠纷，却是疑惑极了。他确认了小刘的说法，承认自己不是房主，随后又三缄其口，不着急表态。倒是一旁的葛华有些坐不住了，推了老公一把，急不可耐地说："你还犹豫什么呢？赶紧跟警察说啊，现在想想，八成就是这么回事了！"

林政军使劲嘬着牙花子，啧啧道："不可能啊……我怎么想，都觉得不可思议啊！"

忙活了两天仍是一无所获，李出阳也有些焦躁。这一家庙小妖风大，看着简单平实，却没有一个省油的灯，到处埋雷不说，还各种遮掩。他严肃地看着林政军，很事务性地说："还是先把情况跟我们说清楚吧。"

林政军在妻子的胁迫下，硬着头皮曝光了"家丑"。

原来，林家现在居住的这栋楼房，是林家老宅的回迁房。当年林政军在外地的工厂上班，然后在当地结识了葛华，两人婚后一直住单位的公租房。后来林政军辞职下海，再加上为了林旭日后上学打算，便在林旭两岁时搬来老宅居住，一家三口的户口也一并迁了过来。老宅拆迁时，林政军的母亲已经病故，家中只剩四口人：林老爷子，刚刚成婚的林政军、葛华夫妇，以及林政军的亲弟弟，当时还未成婚的林政民。拆迁时开发商的政策是：被腾退人享有回迁房的个人平方米数，如果选择的回迁房超过这个平方米数，就需要用钱来补差价，当然，价格是低于市场价的。可即便是这样，林政军夫妇的情况也比较尴尬：如果按照他和葛华的个人平方米数，买一套两居室需要补的钱太多，他们承受不起；如果买一居室，又会浪费掉一些平方米数，显然太过吃亏。当然，林家老爷子和弟弟林政民也面临同样的问题。所以后来经过协商，他们要了一套两居室和一套一居室，这就需要林政民把自己的个人平方米数和哥哥、嫂子的放到一起，申领两居室；老爷子则自己申领一居室。

那套两居室就是林政军一家住的这套房子，房产证的名字如今还未变更，如小刘所言，就是林老爷子的名字。

按理说这种暗藏隐患的分配方案是大忌，但林政军兄弟多年来感情深厚，而且林政民是军人，常年驻守在外，一年到头不是援藏就是援疆，很少插手家务事，对哥哥也是百般信任。更何况林政民转业后，不仅分到了自己的房子，多年来日子也过得顺风顺水，不至于为了这么一套房产突然和哥哥翻脸。

葛华补充说，哪怕林政民一家真是要在老爷子西去后跟他们精打细算，他们也问心无愧：多年来林老爷子虽然独居，却一直是他们夫妻悉心照顾；林政民在水利局任职，如今已经是副处级，爱人也是公务员，家中只有一个独子林州。他家不管是从收入还是开销来讲，都比普通工人退休而且家中有两子需要供养的林政军夫妇有优势。

所以这些年来对于林老爷子的两套房产，林家内部的共识就是：大房子留给林政军，小房子留给林政民。林老爷子弥留之际，在林政军和林政民二子的见证下，在病榻前手写了这样内容的遗嘱，不久后便撒手人寰。

孙小圣和李出阳多少有点儿明白了：怨不得林政军不便启齿，要不是查案需要，谁愿意把这些家族风云道给外人听啊。

葛华却觉得林政军话虽说得轻描淡写，现实却复杂得很。她把脸一扭，冲着孙小圣和李出阳说："他想得太简单。林政民虽然当时没意见，但人家也有媳妇和孩子啊，人家凭什么跟你一条心？在人家看来，这房子当年有我的平方米数，凭什么到最后就没有我一份？人家肯定有想法啊。"葛华越说越觉得自己高瞻远瞩，还伸手捅孙小圣，"小兄弟，要是你，你是不是也这么想？"

孙小圣恭恭敬敬地把她的手推开，礼节性地微笑道："首先我得是拆迁户。"

这会儿李出阳问葛华："刚才你们提到的这个……应该是你们的侄子吧，那个叫林州的，他现在多大，体貌特征什么样？"

林政军刚要开口，又被老婆抢了先："比我们家林旭稍微小一点儿，今年二十四岁，个头啊，胖瘦啊，都跟林旭差不多。"

孙小圣道："俩人长得也有点儿像吧？"

葛华还未说话，林政军没好气地插话："你净瞎误导人，万一不是人家孩子呢？你说这话得负责任！"

"我就说了一下林州的体貌特征，怎么就不负责任了？再说了，办丧事，林州可是没参加，他是有作案时间的。"葛华一下子抬高声音。

"他没跟着回老家，就是作案人？那我问你，林州有咱家钥匙吗？他有吗……没有咱家钥匙，怎么可能是他？"

"前年咱们一起去北戴河，都住一起，还有每年过年咱们不也都在一起过吗？还有一次，他带昭昭去采摘，不都能接触到咱家的钥匙吗？怎么就不可能了？"

"净胡说，看把你能的！"

夫妻俩剑拔弩张，眼看就要掀桌子干架。李出阳焦头烂额地看着这对夫妇，孙小圣则起身调停，跟个居委会大妈一样循循善诱："停！咱们也只是根据现有的线索来分析。毕竟你们家这件事多半是熟人干的，所以符合条件的人肯定非常有限，咱们的宗旨是：不能轻易忽视任何一个具有作案条件的人，能排除一个是一个。你们也想尽快找到这个人，省得在家里睡觉都不安稳，你们说是不是？"

"是啊。"听闻此言，这夫妻二人才消停下来。

李出阳问："遗嘱现在在哪儿？"

林政军答："在我随身的手包里夹着呢，这东西当时写完了，我就随身带着了，这么重要的东西确实不敢放在家里……"

孙小圣和李出阳互相看了一眼，心里都在想：说是不在乎，其实比谁看得都重。

"赶紧去看看，丢没丢！"葛华抬手指挥。

"肯定丢不了，这东西那两晚就没在家里。"林政军边嘟囔边去找手包，然后小心翼翼地把遗嘱从手包夹层里取出来。孙小圣发现那遗嘱已经被他认真塑封好，展开一看，上面的内容确实和林政军所述一样，即这套房子在老人百年之后归林政军继承，下面还有老人的签字和指印。只不过遗嘱内容是铅字打印的，应该是老人同意签字前他们一早准备好的。

"林政民那里也有一份，内容是继承那套一居室的，我们准备等着老人后事都办妥当了，再找律师咨询怎么把房子过户呢。"葛华在一边补充道。

李出阳问："您儿子不就是律师吗？"

葛华答道："他不是做这方面的，他主要做刑辩。"

孙小圣小心谨慎地把遗嘱还给林政军，冲大家道："我在想一个问题，假设那两天晚上来你们家的神秘人真的是林州的话，其实他偷房产证的意义不大，即使偷了也没法把房子转到自己名下，更何况房产证还能补办。所以说，他会不会是奔着遗嘱来的？"

孙小圣说完，怕林政军不爱听，连忙又找补了句："我就是做一个假设啊。"

没想到林政军急忙反问："如果他把遗嘱偷走了，会有什么后果？"

李出阳在一边不咸不淡地说："撕毁遗嘱，房子的继承权就属于您和您弟弟共有了。"

葛华头发都立起来了，朝李出阳一猫腰，跟要扑食似的："你的意思是说，如果他把我们这份遗嘱找到，然后毁了，他们家就能分走这个房子的一半了？"

"当然了，"李出阳觉得这问题简直太低级了，"老爷子也没老伴儿了，儿子只有两个，那他的财产在没有遗嘱的情况下，肯定是平分啊。您儿子是律师，这方面他也没跟你们说过啊？"

"嗐，他哪想到还能有这么一茬儿啊！"林政军叹道。

葛华捶了老公一拳："你看，我分析得没错吧？一定就是林州来偷遗嘱。咱们回老家的事，他不用打听都能知道。你说得好听，什么和平分配，双方认可，但在利益面前，谁跟你一条心啊？反正老爷子没了，人家兴许以后都不跟你走动了，那丁是丁，卯是卯，肯定得跟你分清楚啊。再说了，我听说林州交了个挺漂亮的女朋友，说不定人家正预备结婚的事呢，办婚礼、买车买房，哪样不需要钱啊？人家能甘心让你把这么贵的房子据为己有？"

上午十点半，孙小圣和林政军的侄子林州取得了联系。林州在电话里很茫然，说自己正在上班，能不能下班后再和他们沟通。孙小圣说有个案子需要他协助调查，由于办案时效有限，可能等不了那么久，如果他不方便出来，自己可以去单位找他。林州听罢赶忙说可以跟单位领导请个短假，然后去刑侦支队配合做笔录。

一小时后，孙小圣和李出阳就在询问室里见到了这个年轻人。此人看上去身形体态与小魏和小刘差不多，而且同样不戴眼镜，只不过头发比他们长一些，留着时下最流行的削鬓背头，脖子上还戴着一条金链子——一副城市"小开"模样。

孙小圣同以往一样说了林家的大致案情，然后问林州案发时的两晚在哪里，有没有证人证明。

林州是做销售的，性格显然比之前两位都外向，听罢第一反应是觉得很可笑，咧嘴叹气道："我说警察叔叔，是我大爷让你们来查我的？他没事吧？怀疑我进他家搞破坏了？"

李出阳面目严正："这不算举报，只不过但凡可能涉案的人员我们都要排查，所以也请你配合一下，说一下十月一日和二日晚上你都去了哪里。"

林州做了一个伸手的姿势，咬文嚼字："可能涉案？我怎么就成了可能涉案人员了呢？我说警察叔叔，我可是良民，我一年给国家也缴不少税呢，你们不能无缘无故把我放在坏人堆里啊。"

此人顾左右而言他，孙小圣觉得有点儿不对头："听说你爷爷办丧事，你没回老家？能说一下是为什么吗？"

林州见对面两个和自己岁数差不多的警察如此正经，也就不再套近乎了，撇着嘴说："公司事多，我是做市场的，要跑客户，跟单子，忙都忙不过来，哪有时间跟他们跑这一趟。再说了，我大爷家的林旭不是也没去吗？这种事，大人过去当个代表就行了，年轻人现在生存压力这么大，哪有那么多闲工夫啊。"说完他又瞄了孙小圣一眼，嘟囔道："又不是都像你们一样是铁饭碗。"

"那你去了哪儿？"

"那两天公司放假，我就在家加班，做策划案、做市场调研、准备客户需要的资料。"

"有什么人能证明吗？"

"没人，我爸妈都不在啊，那几天我女朋友也正好出差了。"

没有不在场证明，这是一个令孙小圣兴奋的结果。但与此同时，他又拿不出林州的在场证明。而林州比之前那两位的高明之处在于，接下来不管警察怎么问，他都死咬着自己当时就是独自在家，不提供其他佐证，对孙小圣和李出阳的各种质疑也充耳不闻。

"你们怎么问，我那两天晚上都是在家的啊。"林州在椅子上烦躁地扭动身体，"你们问完了吗，哎哟，这椅子怎么这么硬啊。"

孙小圣冷冷地看着他，另辟蹊径："你怎么看你大爷这个人？"

林州反应非常快："我大爷人很好，从小到大很疼我。现在想想，这件事他怀疑我，我也认了，毕竟谁家碰上这种事，都会草木皆兵吧。"说着林州话锋一转，"不过我倒想问问，他家丢了什么东西？我听说后来他自己去撤案了啊。"

"你消息还挺灵通啊，"李出阳想了想，干脆和他挑明算了，"其实我们的重点也不在他家遭没遭受财产损失上，重点是这个进屋的人。他可能是另一起案件的关键证人，也可能和那起案件有着千丝万缕的关系。"

林州不知是对郭玉琼案件有所耳闻，还是自己脑补了什么内容，听到这里若有所思了一会儿，皱眉说道："那我还真帮不了你们，确实不是我。"

李出阳想，这家伙警惕性很强，觉得警方是在套他的话，所以死不松口。但他所提供的辩解一时又很难查证，询问也就陷入了两难境地。如果轻易排除掉他，线索就断了；如果对着他顺藤摸瓜，又要大费周章。所以现在唯一可行的办法就是，赶紧商讨出一个事半功倍的方案，一方面在询问上找突破口，另一方面还要让技术队再去林家进行二次勘查，看看能不能找出遗漏的入侵者痕迹。

孙小圣让林州在询问室里等待，自己和李出阳在办公室里讨论下一步的工作计划。两人正说着，只见樊小超从外面推门进来，把林州的照片往孙小圣办公桌上一拍："孔阿姨说了，那晚她见到的人应该不是这个林州。"

"为什么？"孙小圣大为意外。

"她说林州耳郭比较大，属于扇风耳，而那个人是小耳郭，所以觉得不是他。"樊小超热得直吐舌头，一边咕咚咕咚灌水一边说。

"我的妈啊，她到底看清没看清啊，一边说自己只看到个大概，一边又能说清楚这些特征，热心群众都是这样即兴发挥的吗？"孙小圣迷茫得直挠头，李出阳则在一边抱臂沉思。

这会儿黑咪走过来说："其实这也正常，我遇到的目击群众很多都是这样的：他们对自己的记忆不自信，空口描述就有很多不确定性，可一旦有参照物进行对比，很多细节就凸显出来了。"

"而且我听说，孔阿姨那晚见到的神秘人戴了顶棒球帽是吧？人一旦戴上帽子，尤其是深色的帽子，耳朵轮廓就会变得很明显，所以她对这方面的印象比较深刻吧。"樊小超放下杯子说。

孙小圣转向李出阳："那现在怎么办？林州那边，先让他回去？"

李出阳这会儿自言自语道："不对啊。"

"什么不对？"

李出阳看着孙小圣："你觉不觉得事情变得有些奇怪了？孔阿姨所说的那个神秘人，到目前为止，也只存在于她的说法里，没有第二个人见到过。咱们排查了那么多人，都没有找到这个人的确切踪迹。雁过留影，如果一个人真的来了又走了，肯定不可能了无痕迹，可能会像咱们现在碰到的这个情况一样吗？"

孙小圣毛骨悚然："你的意思是说，孔阿姨在说谎，这个身穿黑衣服、戴着黑棒球帽的年轻男子，根本就不存在？"

黑咪眼睛都圆了："那她所说的两晚林家开灯的事，也是假的了？"

樊小超也是一副见了鬼的表情："那她图啥啊？目的是什么？"

"目的是什么现在还说不清楚,有可能是两家之间有什么问题,她在故意给林家制造麻烦;也有可能是在给什么事情混淆视听,干扰警方的调查。"李出阳沉吟道。

"你要说混淆视听,那就只有郭玉琼杀人案了。但她跟郭玉琼非亲非故的,故意给她这案子虚拟了这么一个咱们找不到的证人,是什么意思?"孙小圣觉得匪夷所思。

"幽灵证人啊?"黑咪摊手。

樊小超抬了抬眼镜,凑到孙小圣和李出阳对面:"她会不会是在帮郭玉琼?如果那起杀人案一直找不到关键证人,检察院就会打回来让咱们重审。重审就要延长刑拘时间,那就意味着判决就要延后——她是想帮郭玉琼争取时间?"

"可是争取了半天,最终也没这个人啊,除非她能找到一个具备作案时间、作案动机,又有林家钥匙,而且还知道林家当晚没人,同时还自愿承认当晚非法入室的人。但找到这样的人的可能性又有多大?"黑咪摇头。

"现在看来,最符合条件的,就是林州了。但林州根本不承认,所以他和孔阿姨之间,肯定有一个人在说谎。"李出阳总结道。

这时门外传来一声清脆的女声:"我知道谁在说谎。"

大家抬眼望去,是灿灿姐和王木一回来了。王木一一脸立了大功的兴奋表情,蹦蹦跳跳地来到孙小圣面前,递给他一张光盘:"小区监控录像调出来了,拍到了孔阿姨所说的那个神秘男人。你们男的呀,就是疑心太重。"

"而且我们又访问了6单元的一些住户,一位住在一楼的大爷说,当晚他也见到了孔阿姨说的奇怪男人。"灿灿姐眉飞色舞。

9

孙小圣迫不及待地把光盘塞进电脑光驱,众人围在四周,屏声静气地看他操作。

录像很快呈现在大家眼前。这套监控设备果然老旧,不仅像素低,夜视功能也很差,视频里只能依稀看到行人的衣着和动作。

"这是10号楼东侧的监控探头拍的,所以只能拍到当晚从这里经过的人。"王木一在一边解释说。

好在晚上十点钟以后，从小区这个甬道上经过的只有寥寥几个行人，所以分辨起来应该不会太困难。在王木一的指导下，孙小圣先点开了十月一日晚上九点钟左右的录像文件，然后循着她的指点，很快发现了那个疑似孔阿姨描述的奇怪年轻男子。

这名男子穿着一身黑衣，戴了一顶黑色檐帽，身材偏瘦，行色匆匆，略微低头从探头下走过，然后再没出现过。

"你看这人像林州吗？"李出阳问孙小圣。

孙小圣瞪圆了眼睛，一帧一帧地查看，目不斜视地说："要说像，高矮啊，胖瘦啊，是差不多，甚至步态也有点儿那意思，但要说不像吧，又不能很肯定，毕竟看不清脸。"

"录像拿给林政军夫妇看了吗？"

"我截了图，拿给他们看了，他们也说看不出来是谁。"王木一耸耸肩膀。

虽然录像中没有拍到人脸，但至少证明这个神秘男子是存在的，孙小圣之前的疑窦终于消散。他又点开了十月二日晚上的录像，然后发现那个男子出现的时间段和前日差不多，衣着、状态也基本一致，而且同样是低头鬼鬼祟祟地快速行走，看不清脸庞。与此同时，这两日以及十月三日凌晨的录像里，都没发现此人离开的影像。

"这人有可能离开时走的楼西侧的甬道，所以这个探头没有拍到。而西侧甬道上的探头坏了很久了，所以没录像。"灿灿姐说。

孙小圣把视频关掉，问她们："那小区里还有其他监控拍到这人了吗？能大概分析出他的行动轨迹吗？"

王木一摇头："小区里能调出录像的探头就三个，另外两个我们也查了，没发现这人。这9号楼位置挺特殊，东边甬道边就有个小门，这人是从这个小门进来的。而9号楼西边是10号楼，穿过10号楼，小区有个西侧门，这人每次离开可能走的是这个小门。"

"小区外面的道路探头你们查了吗？"孙小圣有点儿不甘心。

"查了，两条都是小路，其中东门外有个治安探头，我让派出所的民警帮忙看了，照见了这个人，但距离比较远，参考价值还不如小区监控录像。西边小路没监控。如果再放大排查范围的话，还需要时间。"

李出阳这会儿开了腔:"灿姐,你刚才说还有一个街坊大爷看到了这个人,他是怎么说的?"

灿灿姐说,那位住在一层的大爷在十月二日晚上九点左右想起自己家被子还在院子里晾着,便出门去收被子,然后在单元门门口迎面碰上了这个人。因为当时夜色已深,此人装束又有点儿可疑,所以大爷还特意瞄了他一眼。但因为那人一直低着头,大爷也没看清他的长相。

"从这位街坊大爷的旁证来看,时间、地点都能和孔阿姨的证词对上,说明孔阿姨没有撒谎,相反,她比那位大爷看得真切多了。"樊小超说。

孙小圣看着李出阳:"那就说明,撒谎的是林州?他可是这几个可疑的人里,唯一找不到明确不在场证明和正当不在场理由的啊。"

"而且动机很明显,也很务实。"李出阳靠在转椅上叉着手说。

"可是孔阿姨已经把他排除了啊。"

"老太太一时眼花也不是没可能的。王木一,你们再拿着这截图去周边走访一下,看看有没有人能认出这个人来。"孙小圣一边说着一边往门口走。李出阳问:"干什么去?"

"我再去会会那家伙。"孙小圣头也不回。

李出阳在椅子上想了两秒,起身追了出去。

"林州。"孙小圣看着人口信息卡上林州的名字和户籍地,抬眼看着询问室里坐着的人,然后坐在了旁边的椅子上。

"怎么了?我还不能走?"

孙小圣不疾不徐地道:"你家住在信息路的礼炮胡同,这个位置离绣竹园小区的东边不远吧?"

林州不明就里,琢磨了一下东南西北才确认:"是啊。"

"我们调取到了林家事发当晚小区内的监控录像,里面有一个从东门进入小区的可疑男子,这个人和你很像。"孙小圣说着,把手机中刚才翻拍的录像截图拿给林州看。

林州抻着脖子看看,声音登时抬高了八度:"这个明显不是我啊!冤枉啊!你们看看这个人的鬓角,头发这么多,我发型可不是这样的啊。"林州使劲朝孙小圣拱脑袋,"你们看你们看,我鬓角哪有头发啊。"

孙小圣和李出阳之前还真没注意这个细节,现在仔细一对比,才发现他说的也不无道理。林州这个发型的亮点就在于把两鬓和后脑勺下部的头发都剃光，凸显流线型的背头形状，看上去新潮且精致，是今年的爆款发型。而且这种发型很难打理，每天都要上大量的发油或者发蜡，否则长发部分就会翘起或披散开来，蓬乱异常。

而视频截图里的这名男子的鬓角是能看出有浓密的头发的，至少没有被特意剃过，所以确实是异于此时的林州。

李出阳却说："你现在是这个发型，怎么证明你当天晚上也是这个发型？"

林州做出一个课堂上举手回答问题的手势："这个我有人能证明。我这个头发月初就理了，这个发型好烦的，就是个大坑，为了维持，每隔三五天就得去理发店剃一下鬓角，"他又认真看了一下截图上的时间，"十月一日……那天是国庆假期第一天，早上我去理发店修剪头发了，我的理发师可以给我做证。我的理发师叫 Edison（爱迪生）。"

孙小圣和李出阳对视一眼，心中又升起一个疑问：那当晚他会不会为了伪装而戴了假发套？但又考虑到这种方式似乎不大符合林州这种潮男的做派，而且如果真是想伪装发型的话，完全可以戴一顶遮蔽性更强的线帽，何必如此麻烦，戴了帽子戴假发，不是脱裤子放屁吗？但是由于这句话欠文雅，两人便谁也没说出口。

李出阳又想到什么，走到林州面前，居高临下地观察他，一边思考一边下意识地低语："要说别的特征……脸盘、肤色、耳朵，确实也有差异……"

林州一开始被盯得发毛，一听李出阳已经开始排除自己了，又兴奋了起来："警察叔叔，你们跟我说说呗，你们还掌握了那个嫌疑人什么别的特征？我可以帮你们拓展一下思路啊，万一要是熟人作案，说不定我们之间也有交集呢。"

孙小圣在一边说道："身高、体态和你差不多，尖下巴、肤色偏白，小耳郭，这些……你能想到谁吗？"

林州在一边托腮凝眉，很深入地思考了一会儿，然后轻声嘟囔："这些特征集合起来，怎么越来越像一个人啊？"

"谁啊？"

"林旭。"

孙小圣和李出阳登时一愣，很快孙小圣就摆摆手："别逗了，林旭已经说不是他了，而且林家大公子回趟家，何必搞得这么偷偷摸摸？"

林州无奈地笑了笑，然后像做销售流程中必不可少的环节一样，故意摆出一副高深莫测的样子："我说警察叔叔，这个是我大爷告诉你们的吧？"

"是啊。"孙小圣和李出阳面面相觑，不知道他葫芦里卖的是什么药，"你的意思是说，林政军骗了我们？不可能啊，如果真是林旭，他家内部就破案了，何必还这么担惊受怕的，让我们帮着查？再说了，儿子晚上回家有什么可隐瞒的啊，别说没丢东西，就算是丢了东西，也是家务事，说开了就好啊。"

林州摇头："我不是说我大爷蒙你们，我是觉得有可能，林旭蒙了我大爷。"

"什么乱七八糟的，你大爷家至于这么乱吗？"

"嘿，你是不知道，"林州的口吻逐渐神秘起来，"我大爷是怎么跟你们介绍林旭的近况的？是不是说他工作忙很久没回家了？其实根本不是这样的，近些年他跟家里的关系不太好，是刻意不回来的，一直处于半失踪状态。"

孙小圣和李出阳听了，仍旧觉得云里雾里。李出阳问："他跟家里有什么矛盾？"

林州说，具体什么矛盾他不太清楚，但导致年轻人和家长起争执的绝大部分因素都是情感问题，林旭也不能免俗。那会儿他在政法大学还没毕业，谈了一个女朋友，两个人关系很好，林政军和葛华还见过那女孩，也表示认可。两人本来商量着一毕业就领证结婚，但那女孩大四时有一次随学校登山队去山里搞拓展，不知怎的从山坡上滚落下来，虽然后来经过抢救捡回了一条命，但是摔坏了双腿膝盖，后半辈子都要坐轮椅了。

林旭专情，执意要照顾女友一辈子。林政军和葛华却在此时强烈要求儿子与女孩分手，林旭不同意。林政军夫妇拿他没办法，万般无奈之下竟然单方面去和女孩沟通，还跟女孩家里好一阵子掰扯。这件事的最终结果就是：林旭和女孩终于断了，但林旭对父母这种棒打鸳鸯的行径大为憎恨，双方的关系就出现了很大的裂痕。

"就因为这个？"

林州摇摇头说还有呢。这事发生后没多久,林旭开车带着那会儿还只有六七岁的林昭昭出去玩,然后发生了车祸,林旭只受了轻伤,林昭昭却在医院里昏迷了好久,差点儿死掉。为此林政军和葛华大为光火,都责怪身为大哥的他没能照顾好弟弟。而林旭那会儿正值叛逆期,估计心里本来也对父母老来得子这件事颇有微词,此事一出,双方就有点儿水火不容的劲头了。

林旭大学毕业后,立即搬出去租房居住。后来他可能事业发展得不如意,也可能又跟父母产生了矛盾,再加上交了新的女朋友,最近一年基本上就没回过家。

"今年过年时他都借口在外出差,不跟我们一起过。我这位堂兄呀,虽然一表人才,但心高气盛,而且城府也挺深的。"林州说着,眼珠子滑到李出阳这边,然后突发奇想,"哎,长得就跟这位警官有点儿像,说话那劲头也挺像的。"

孙小圣朝李出阳打量,发现李出阳果然也是尖下巴小耳朵,不禁笑了:"这种面相的人都是心机男啊。"

李出阳很不屑地反驳:"那不对啊,林政军夫妇说得对,如果真是林旭的话,楼下孔阿姨当场就能认出来——他不是还给林旭介绍过对象吗?"

"这倒是。"孙小圣困惑极了,"那这个人到底是谁啊?能给咱们摆这么大一个迷魂阵!现在林家已经被咱们查得底朝天了,已经根本找不到什么可疑的人了啊。"

李出阳抬手指林州:"谁说的,他的嫌疑就还没有排除呢。孔阿姨认熟人认不错,认生人可就不一定了。"

孙小圣憋着笑,知道李出阳又开始趁机报复了。林州听罢,长吐一口气,抬手做投降状:"二位大哥,咱们也熟了,我如实交代,我是有不在场证明的!"

"啊?"

林州说,林家进人那两天晚上,他的确没在家,而是去了郊区的一家律师事务所,和一名律师交谈到深夜。两天晚上都是如此。

"你找律师干什么?"

"咨询房产的问题啊!我爷爷留下的那套两居室,本应该有我爸一份的,凭什么直接就归了我大爷啊!"林州振振有词,"虽然我爷爷写了遗嘱,我爸傻了吧唧也认可了，但我不傻啊。绣竹园小区可是学区房，是好多人一辈子都挣不来的，这么分遗产一看就是不公平的。"

李出阳惊讶道："所以那两晚你特意找律师咨询，看能不能推翻你爷爷的遗嘱？"

林州说，律师朋友很尽责，头一天晚上先问了他遗产分配的大致情况，比如是否写了遗嘱，遗嘱是否有录音录像，是否有律师见证，是否做了公证，等等；然后又问了他房产的历史背景，比如来处、出资人、长期使用人等情况，然后在次日晚上给了他一份详尽的处理方案，包括和解的赔偿方案和诉讼方案。但由于那家律所比较远，开车单程就要两小时左右，所以他每晚和律师讨论完到家后就接近凌晨了。

"你们可以找我那位律师朋友问我的不在场证明。"

林政军被打脸，媳妇的担忧虽然没有全部成真，但也八九不离十了。孙小圣心中感叹，果然是利益面前见人心啊！

"你干吗找一个那么远的律所啊？"李出阳还是有些不解。

说到这里，林州显得有些得意："警官，不是我想故意往远了找啊，主要林旭也是律师，圈子里朋友很多，我怕就近找万一碰上他朋友，那我这事不就暴露了嘛。后来我还是托人找到一个特别靠谱的律师朋友，才敢去咨询的，只不过那律所位置偏远了些。"

李出阳点点头，留了那位律师的电话，以便后续求证。林州还百般叮嘱："劳驾二位警察叔叔，千万不要把我这事捅出去啊，否则林旭知道了，绝对第一时间就对遗嘱采取措施了，法律方面我可绕不过他……"

他话音未落，询问室房门一响，之前一直在外跑腿的苏玉甫走了进来。

"孙小圣，有个叫林旭的到队里来了，说找你。"

10

林旭此时站在支队一楼大厅的警员公示栏前，一边驻足观看，一边若有所思。二十六岁的他看起来仍旧青春洋溢，头发利落有型，双眸炯炯有神，要不是身穿笔挺的黑色西装，手里还提着一只锃亮的公文包，看上去还真像一个在校大学生。即便是西装革履，这种端正而务实的气息也被他驾驭得很好，让人丝毫不觉得刻板老气，反而能从中嗅到一丝清新和雅致。

孙小圣和李出阳带着准备离开的林州走到大厅。堂兄弟二人狭路相逢，林州堆出一脸讪笑，叫了声："哥。"

林旭淡淡地笑道："走啦，不送。"

孙小圣看着林旭，心想：先别说外形，就冲这股子骚劲，果然很像李出阳。

林州走后，林旭把目光转向孙小圣和李出阳，很主动地与他们问好："二位警官，这么晚真是不好意思，"随后他指了指自己这身正装行头，"今天上午有个庭，之后就一直在开会、见委托人，结束后我就直接过来了。你们是不是已经下班了？"他一副很关切、认真的表情。

"没事，不过你来是……"孙小圣直奔主题。

"我刚刚听说家里的事，特地过来提供一些情况。"林旭很快接道。

"哦？"孙小圣看了李出阳一眼，问林旭，"什么情况？"

林旭迟疑了一下，打量着四周，反问："咱们就在这里说？不用进'三室'吗？"

"三室"指的是公安机关办案区中询问室、讯问室和信息采集室的统称，算行话，一般不为外人所知。这位林大律师一开腔便如此上道，可见对警察办案流程相当熟悉，所提供的信息想必也是相当关键——至少他自己是这样认为的。

孙小圣和李出阳把林旭引入询问室，由孙小圣主问，李出阳做记录，两人开始给林旭做笔录。没想到林旭一上来就说："十月一日晚上和二日晚上去我家的人，是我。"

这样的说法好像有些古怪。但就此情此景而言，这仿佛是最适当的表达方式。李出阳一边啪啪敲键盘，一边多看了这个林旭两眼。

孙小圣心中虽然早有林旭是那个"闯空门者"的怀疑，但对方如此干脆利落地承认，还是令他有点儿措手不及。他看了眼身边坐着的李出阳，发现他倒是相当平静。想来也是，这些可疑的人中，只有林旭有这样理直气壮的资本。毕竟他是林家的一员，深夜回趟家太正常了，别说不算违法了，恐怕多么奇怪也算不上，所以他才会表现得如此镇定。

"能跟我们详细说一下经过吗？"孙小圣问。

林旭点点头:"当然可以。"

不过他之后说的内容仍旧算不上详细。他说，因为业务繁忙，他没能参加爷爷的葬礼。在十月一日的时候，他手头有一个拖了很久都没有消息的案子要开庭了，他急需那个案件的材料，然后他想起这份资料应该收在绣竹园的家里，便在白天忙完后于晚上十点钟左右到绣竹园去取。结果他第一天晚上没有找到，第二天又忙着出庭，便于十月二日晚上又回到绣竹园继续寻找，最后终于在自己的柜子里找到了。所以林家那两晚才会出现孔阿姨看到的家里"没人"却一直亮着灯的现象。

林旭平铺直叙地说完，不再赘述，看着孙小圣和李出阳。

孙小圣没想到他说到这里就戛然而止了。显然他还有一些关键信息没有提到，但见他已经是待问话状，孙小圣赶紧调整思路，问道："那你为什么对家人否认自己回过家？"

"哦，这个啊，"林旭有些无奈地笑了笑，"当时我爸打电话问我，我弟弟还在旁边。我那会儿正和委托人见面，听他们问我是不是回过家，我想着如果回答说是的话，我弟肯定又会问我'回来了为什么不告诉我呀''什么时候带我出去玩呀''怎么不给我带礼物呀'这些连珠炮似的问题，便直接告诉他们我没回去，这样就省去了一大堆应付的时间。"

"那你当时没产生疑问，你弟或者你父母，是怎么发现家里是不是进来……或者有人回来过的？"孙小圣想了想，凑出了这么一句不太顺当的话。

林旭说："当时我确实没多想，不过现在想想，除了有可能家中有迹象，应该还和楼下那位阿姨有关吧？我十月二日回来找东西时，正好碰见了楼下那位孔姨。应该是她跟我父母说的这件事吧？"

"当时是几点钟？"

"晚上九点钟左右。"

"你们都说什么了？"

林旭此时想了想，答道："她从楼下上来，问我是干什么的，我当时一门心思想着赶紧找到东西，就没有跟她打招呼，就一边开门一边说了句'我有钥匙'。"

"这就很奇怪了，"孙小圣终于抓到了一个漏洞，"你明明认识孔阿姨，为什么不表明身份呢？而且'我有钥匙'这种话，明明就是陌生人之间的应付语啊。"

"是这样,"林旭调整了一下坐姿,不疾不徐地道:"我和孔姨其实也很久都没见过了,至少有一年吧——也许时间更长,我自己都不记得了。在我的印象中,她是一个热心过头的人,啰里啰唆的,而且喜欢小题大做。当时其实我都没正眼看她,一方面猜测可能是她,一方面又害怕是她。因为她如果要看出来是我的话,肯定也会问我很多问题,比如我怎么突然回来了,怎么不去老家跟着办丧事之类的,所以我想尽快搪塞过去。"

孙小圣嘴角泛起一丝不易察觉的笑:"你好像很怕别人问你问题。"

林旭脸不变色心不跳:"这和我的家事有关,如果有必要的话我可以跟你们解释。"

孙小圣故意没有顺着他的方向走,而是问:"你怎么知道孔阿姨一定知道你的家事?我是指你父母带着弟弟去外地办丧事这件事。"

"我猜的,因为孔姨是门长,又住在我们家楼下,我爸妈非常信任她。前年我们一家人和我叔叔家结伴去北戴河玩,也是拜托她帮我家收快递、照看家的。"

"那两天你是怎么回的家?乘坐什么交通工具?"

"第一天晚上我是打车去打车回的,第二天晚上我是开车去的。我自己有一辆轿车。"

"打的什么车,出租车还是网约车?"

"是路边拦的出租车——车牌号和所属的运营公司不记得了,也没要发票。"林旭好像很清楚警方的问话思路,但孙小圣对他这种滴水不漏的回答很敏感。

"你是律师事务所的,会经常出差吧?一般来讲经常出差的单位,都会报销出租车车票的,怎么当时你没有要?"

"当时比较匆忙,因为那案子放了太久了,材料我在所里、租住的房子里找了好久都没找到,心里挺急的,怕万一丢了就坏大事了,再加上路途并不太远,我也就没要发票,到地方就赶紧下车了。"林旭解释道。

"你从小区哪个门进的?"

"9号楼旁边的东门,两天都是从那里进入的。"

孙小圣忽然想起一个问题:"那你第二天开车去的,车停在哪里了?"

林旭想了想,答道:"我把车停在绣竹园小区东门外的一条小路的岔口边。哦,那个岔口的西侧有个拉面馆,好像是马兰拉面。"

孙小圣马上冷笑道:"你确定?"

"确定。"

孙小圣看了一眼李出阳,然后瞪着林旭,目光如炬:"那你倒说说,那两天你是怎么从家中离开的?出门后走的哪条路?"

孙小圣想,9号楼东侧的监控设备没有拍到可疑之人离开的影像。如果林旭是打车过来的,从东门进西门出还能够勉强解释。次日他把车停在东门后,自己又从西门绕出去,这显然有悖常理。

没想到林旭的反应依旧淡然:"那两天我找东西到凌晨,都是在家眯了一觉才出门,大概五点钟吧。那一阵子实在是太累了,所以我下楼后都是从小区西门走的,因为西门外面不远处有个早点摊,我可以在那儿买点儿早饭吃。然后再从外面绕到东门离开。"

林旭一口气说完,不卑不亢地看着孙小圣。

"你早上从家里出来后,在楼下碰到什么人了吗?能给你做证的那种。"

"应该没有吧。当时天都没大亮,我也没有注意。"

孙小圣顿了顿,让林旭报了自己的车牌号和车辆颜色,又问:"那你那天的着装能说一下吗?"

"我那天穿的是黑色衣服和鞋,还戴了一顶黑帽子。"

"什么样的黑帽子?"

"是那种带帽檐的,我也说不好是遮阳帽还是棒球帽,以前出去玩时路边买的。"

"衣服还在吗?"

"在的,在我租住的房子里,今天没来得及拿来,你们如果需要我可以去取。"

孙小圣听罢,忽然一时无话。李出阳在一边也不知他是没有问题了,还是思路卡壳了,便开口问林旭:"说一下晚上在家里你……"

此时孙小圣用腿碰了碰李出阳,示意他住口。

李出阳愣了一下,随后会意。

"好了,大致情况我们了解了。"孙小圣起身,把敲好的笔录用打印机打出来，居高临下地拿给林旭看，"没问题的话，你可以签字了。"

"可以了？"林旭有点儿意外地接过笔录，一时竟忘了看。

孙小圣从警服上衣兜里掏出一支笔递给他："是的，第一次询问就到这儿，如果有需要，我们再联系你。"

随后林旭再未提出什么疑问，很快签字走人了。

孙小圣和李出阳回到办公室，把笔录扔在一旁，拿出监控录像拍到的那个神秘人的截图仔细观察，看了好一会儿都不能确认这人到底是不是林旭。随后孙小圣对李出阳说："感觉这个家伙怪怪的。所以先不要提郭玉琼那件事，晾着他，看看他后续是什么反应。"

李出阳看了孙小圣一眼，扑哧一笑。

"你笑什么？"

"没什么，感觉你对他有点儿抵触，你对之前那几个人可不这样。"李出阳一边从柜子里拿东西一边说。

孙小圣想了想，不禁也笑了："嗯，这人这面相啊，还有说话这劲头太讨厌了，这么又骚又装的，像谁啊？"

李出阳已经拿出了两个蛋糕派，一听孙小圣这么说，直接塞回柜子里一个，然后故意在他面前撕开包装，咬了一大口。

"我错了我错了——你真的不觉得他很奇怪吗？"

李出阳瘫在椅子上，一边吃一边说："要说奇怪吧，我也有这种感觉，他好像是有备而来的，对你的问题对答如流，听上去也没有破绽——你说他会是那个'幽灵证人'吗？"

孙小圣边剥着蛋糕派的包装边说："现在判定还有点儿早。咱们要把这个问题一分为二来看，也就是说，那晚进林家的人是不是他，以及那个证人是不是他。"

"什么意思？"李出阳觉得自己被说糊涂了。

"哦，我的意思是说，从逻辑上分析，那两晚进入林家的人，很可能是他。这不打紧——他回家很正常，没被孔阿姨认出来也正常，之前对自己家人否认也正常。但这些情节成立的前提就是：楼上安然无事，没发生案件。而一旦楼上有这起杀人案存在，他的这些讲述就很有意思了，就有了为楼上那起案件服务的嫌疑了。你不觉得当我故意没让你提楼上郭玉琼杀人案的时候,他的表情很惊讶吗?他好像是专门为了跟咱们讲述那件事而来的,重点根本就不在自己回家的理由和经过——尽管这些已经被他说得天衣无缝了。"

这番话也说到了李出阳的心里,他看着孙小圣:"确实,虽然他从没主动提郭玉琼杀人案,但他似乎一直等着咱们问他,真的很奇怪。不过咱们还不知道他对这起案子的具体态度,这就要看二次询问时,他说不说自己听到吕昆说的杀人话了。"

孙小圣摆摆手:"先别着急二次询问。我觉得咱们应该好好查查这个林旭。一个是再去找孔阿姨确认;再有就是查查他案发那两天的行动轨迹,我觉得如果他真回过家,尤其是开车回过家,那肯定会留下线索的。"

11

在对林旭进行二次询问之前,孙小圣和李出阳先做了充足的调查取证工作。

两人先到孔阿姨家进行访问。提到林旭,孔阿姨似乎有点儿恍惚,上来就反问他们:"你们还知道林旭?他不是很久都不在这里住了吗?"

孙小圣刚要开口,李出阳却抢先问道:"案发之后,林旭过来找您打听过案情吗?"

孔阿姨连忙摆手:"没有没有,我和他很久都没见过了。有一阵子,我都以为他结婚搬出去了,但好像也没有,因为完全没听楼上提起过嘛。他要是真结婚,我觉得老林夫妇怎么着也得请我吧,怎么说我也给林旭牵过红线嘛,虽然没成,但……"

孙小圣打断她的跑题大论:"那晚您见着的进林家的神秘人,会是林旭吗?"

孔阿姨这会儿显得很谨慎,慢慢踱到沙发边坐下,一副绞尽脑汁的样子:"林旭……像是有点儿像,可要真是他的话,也不至于跟我连个招呼也不打吧?你们问过他吗?他是怎么说的?"

"他说的是他说的——您怎么看?"

孔阿姨的眉头拧得像麻花:"怎么说呢,我也有点儿说不准了……"

孙小圣觉得很奇怪，之前这孔阿姨一直能言之凿凿地辨清另外几个人，怎么到了林旭这儿就掉链子了？想罢他说："您对之前我们查到的那名快递员、租户和林家亲戚，不都排除得挺快的嘛。"

孔阿姨拍了一下大腿："是呀，但这回不是人家自己承认的嘛，我当然得慎重了……话说回来，事后我也和楼上老林说了，他也问林旭了，林旭说回来的不是他呀。你们这一说把我也给弄糊涂了。"

"您不要管别人，仔细厘清自己的回忆就行。"李出阳在一边叉着手看她，跟训导小孩似的。

"我说不好了，"孔阿姨最后泄气地摇摇头，"但他要说是他，那可能就是他吧。他大晚上回自己家，好像也说得通吧。再说我确实跟林旭好久好久没见了，年轻人变化快，他还戴了帽子，我一时没认出来也有可能吧。"见孙小圣和李出阳对她无话可说，她又苦笑着解释："别人也就算了，林旭是人家自家人，我别再因为自己的一些说法弄得人家对我有意见。"

孔阿姨这儿算是彻底帮不上什么忙了，孙小圣只能派苏玉甫和樊小超等人去查林旭的车辆轨迹，然后和李出阳一起来到绣竹园小区四周摸排情况。

他们发现林旭所说的东侧门外岔口处的那家马兰拉面确实存在，但附近没有正对着面馆的监控探头。然后他们绕到西门，也的确发现了一个小本经营的早点摊。李出阳把林旭的照片拿给摊主看，问摊主前几日是否见过这个年轻人来买早点。摊主是个陕西大汉，自己端详着照片又拿给媳妇看，俩人合计半天得出了一致结论：自己家生意火爆，每天来买早点的人络绎不绝，这个人可能来过，但也不十分确定。

说了跟没说一样。

孙小圣看了看早点摊四周，同样没有发现监控探头。

不过，他们在监控录像方面还是取得了一定进展：先是王木一通过联系派出所，调取到十月二日晚上东侧门外部分道路的治安监控录像。不久之后苏玉甫也传来消息，说林旭出租房的属地派出所和交管局也已经配合协查，帮他们追踪林旭当晚的车辆行驶踪迹。

两边很快传来消息：苏玉甫先在派出所治安探头所录的视频里发现十月二日当晚八点三十分左右，林旭的汽车驶上了开往绣竹园小区的主干道，随后经过查看沿途三个交通探头录像，能够证实当时车辆确实开往绣竹园小区方向；王木一也在绣竹园东侧门外面，与小路相连的大路上的监控录像中发现了林旭汽车的影像。当时的时间是晚上八点五十分左右，虽然没有锁定汽车具体停在哪里，但可以确定林旭的车确实行驶过这里。

"为什么是大路？东侧门外的小路上不是也有探头吗？"

"就因为小路的探头照不到，所以我才让人家调的小路外面的大路上的探头录像。东侧门外的小路根本没设交通探头，治安探头也只有一个，距离太远，照不清楚车牌号和车的型号。"

"当时他的车是行驶状态还是停靠状态？"

"行驶状态，但已经进了辅路，再往西小路口拐进去就是通往绣竹园的东侧门小路了。"

从这一点来看，十月二日晚上案发之前，林旭的车的确来过绣竹园小区。总结来说，经过孙小圣等人的核实，虽然有一些细节查无实据，但也没有找到林旭任何撒谎的漏洞。

孙小圣回到队里和花姐汇报了情况，花姐老谋深算，坐在沙发上沉思了一会儿，提出了一个新的疑问："林旭所在的律所那里你们确认过了吗？根据以往我接触律师的经验，专业律师很少把案件资料放在家里，一是怕材料丢失，二是怕案情外泄违反保密义务，三是难以应对突发情况，比如法院要求补交材料之类的。更何况林旭好久都不回那个家了，就更没理由把随时可能用到的工作资料放在不常住的家里了。"

正巧刘洵也在，他接过话头："是啊，而且律师很少把案件材料分开放，一般都是和咱们一样订成卷宗放在一起的，除非他回家是找整套案卷。别管他是不是心大把那么一大摞东西放在家里，就算真是要找的话，也不至于找了两晚才找到吧？"

"也是，要找那么一大摞东西，都不带个包？"孙小圣顺藤摸瓜地想到录像截图中那神秘人的样子。

花姐沉吟道："所以说，他所说的回家的动机要细查。他跟家里关系不好，这个动机就显得尤为关键，只有动机成立，那你们调查出的行动轨迹才能立得住。"

"那我们再去他单位核实一下？"

"先不要,直接把本人叫来问吧,咱们这边时间也不多了,不能影响报捕,"花姐扭脸看刘洵,"你这边随时跟孙小圣他们通着点儿气,如果有需要跟你核对案情的,你要第一时间跟进。"

"好。"

花姐转向孙小圣,一板一眼地说:"记得第二次询问的时候,如果他提到郭玉琼案的有关细节,一定要核对清楚。律师的逻辑思维能力都非常强,反应也很敏锐,他主动来向公安机关提供情况,我总觉得他跟郭玉琼杀人案有点儿说不清道不明的关系。所以他和郭玉琼之间的关联点,你们也要核实清楚。"

下午,孙小圣和李出阳叫来林旭,开始给他做第二堂笔录。

林旭今天不用出庭,所以穿着相对随意一些,帽衫加牛仔裤,显得更加活泼帅气,起码不再像昨晚那样正儿八经。但李出阳还是担心孙小圣情绪化,在询问中太露锋芒,从而令场面陷入僵局,便提出这次由他做主要询问人,孙小圣则负责记录。

"好好好,谁让你俩这么像呢,说不定他跟你能说实话。"孙小圣小声嘟囔着,给李出阳腾地方。

"这个段子还过得去吗?"李出阳没好气地瞪了孙小圣一眼。

这一幕被林旭看在眼里,他想了想,突然冲李出阳笑道:"李警官,我觉得咱们两个确实有点儿像。我要是当了警察,说不定就是你这个样子。"

李出阳一愣,没听出这话是在和他套近乎,还是有什么别的深意,便也没再多想,随便应付了一句,然后开启询问流程,直奔主题。

说了做笔录依据的相关法律法规和一些告知性的开场白之后,李出阳首先提出了花姐针对他回家动机的那个疑问。

没想到林旭的第一反应是:"对不起,我骗了你们。"

李出阳怔了一下,孙小圣也停下了正在敲击键盘的手。

"你继续说?"

"我是说对于这个问题,我昨晚骗了你们。"话虽如此,林旭竟是一副很坦荡的样子,丝毫没有愧疚或者慌乱之感。

"你是说,你在案发前后,根本没有回家?"李出阳见他如此镇定,也赶紧调整思路,步步紧跟。

"不，我回了家，但不是回去找案件材料。"

"那你回家是为了什么？"

"处理我的一些私事。"

"什么私事？"

话至此处，林旭的目光有了一丝闪烁："我可以不说吗？我回家的事实是肯定的，想必你们已经查到一些证据了吧？"

孙小圣刚要插话，马上被李出阳抢过去："是的，我们的确查到十月二日晚上你的车去过绣竹园，但是没有证据显示你的车在绣竹园外停靠过，也没人能证明开车的就是你本人。你觉得这些证据能完全站得住脚吗？"

林旭波澜不惊："公安机关的举证是在调查的基础上最大化地还原事实，我觉得你们已经做到了最大化程度的还原，而且刚刚好——低于这个程度，我的话就是孤证；而想要超过这个程度，不仅没必要，还找不到更多的佐证。所以，你们还要怎么样呢？"

孙小圣真是忍不了了，直接起身走到林旭面前，低头看着他："我们不想怎样，我们只是怀疑你前来提供这些情况的动机。"

"我的动机就是：作为一名法律工作者，配合执法部门的调查，履行公民的义务。"

"可是你的话漏洞百出。"

"漏洞，"林旭不期然笑了，"哪里有漏洞？"

"你为什么回家？"

林旭悠然地保持着微笑："回家？孙警官你自己也说了，我是'回家'，一个人回家难道需要很明确的理由吗？"说到这儿，他收起笑容，声音也渐渐抬高，"'家'，难道不是任何人，哪怕是猫猫狗狗，最合乎情理的归宿吗？"

孙小圣的声音也高了八度："可是你已经很久不回家了，你跟你家里的关系，是普通人和自己家庭的正常关系吗？"

"当然，不管我们的关系有多差，那也是我的家。如果你认为我早就和家里脱离关系了，现在就不应该是在这儿问我，而是应该调查我和我父母之间有没有脱离父子、母子关系的协议或者公证书、登报声明之类。如果找得到，就随便你怀疑。"

"得了吧，"孙小圣故意不屑道，"要真是这样，你还至于一开始对我们撒谎？你明明知道这个谎圆不上，我们终究能在你的律所、你的委托人和你所代理的案件中找出你编瞎话的把柄，你才转了口风，耍起了这套装蒜的把戏。"

林旭彻底换了脸孔，阴冷地看着孙小圣："真有意思，我的义务只是告诉你那个被目击到的进入我家门的人是我，为什么要把我回家的理由跟你一五一十讲清楚呢？"

孙小圣狠狠地瞪着他："因为你很清楚，这个人对于我们意味着什么。"说着他把脸凑近林旭，继续使劲瞪着他，"你是想告诉我们，你听到当晚楼上发生的那起命案的什么细节了吧？"

李出阳厉声打断："孙小圣！"

没想到孙小圣竟然冲李出阳吼了起来："你闭嘴！"

李出阳蒙了。

孙小圣飞快转向林旭："是不是？"

林旭不看他，只是淡淡地目视前方，口气依然强硬："是！"

"你看见了或者听到了什么？"

"我听见有人要杀人！"

林旭说，当晚九点半左右，他在客厅沙发上坐着，忽然听见楼上一阵叮当乱响，好像是什么器皿或者工具不断落到地板上的声音。

然后就是一阵男女声混杂的嘶喊、尖叫声。

林旭和楼上的郭玉琼夫妇并不熟，他们结婚的时候，他其实已经在外租房住了，只是偶尔回到这边看父母时，在楼下或者楼道里碰见过一两次郭玉琼。在他的印象里，郭玉琼总是形单影只，出入低调，不像自己母亲葛华那般爱好广泛，也不像楼下孔姨那样话多饶舌，是一个很简单却也不甚明朗的人。母亲也跟他提起过郭玉琼结婚后夫妇两人过得并不太平，经常在楼上捣鼓出鸡飞狗跳的动静——不是吵架就是摔东西。所以案发那天晚上，独自一人在家的林旭听见楼上又开始上演这一幕，并没有太当回事。

这一幕里就包含了郭玉琼男人的那句"我要杀了你"。

当时林旭还在想，平时不哼不哈的郭玉琼，怎么会把男人惹到这种程度？还是那男人本非善类，喝多了在撒酒疯？虽然他们闹得很激烈，但林旭手头正有事情在做，并未准备休息，所以也没去管他们。更何况说完那几句

"我要杀了你"之后，两人就消停了。

"当时我想，会不会是郭玉琼被唬住，不跟他老公较劲了，所以这场风波就平息了？但没想到还是发生了惨剧。"林旭对李出阳说。

孙小圣此时还在想他那句话，"手头正有事情在做"，能是什么事？

李出阳冲站在林旭面前的孙小圣说："嘿，过来做记录。"

孙小圣跑到键盘前敲字，李出阳这会儿继续问："林旭，你确定当时听到的就是'我要杀了你'这句话？"

"当时声音比较嘈杂，就这几句话最为突出，所以我可以确认。但因为过去好几天了，记忆可能有些模糊，如果不是'我要杀了你'，也是'我要弄死你'之类的话。"

"听见了几句？"

"两三句吧。"

"都是一个人的声音吗？"

"是的，自始至终都是一个男人的声音。"

"还有别人说话或者呼喊的声音吗？"

"听得见一个女人的尖叫，但时断时续，而且没有具体内容。"

"还有其他人的说话声吗？"

"没有。"

这会儿孙小圣又插话："你确定这些话是从楼上传来的吗？会不会是你家电视，或者手机播放的视频里传来的？"

"不会，我当时没看电视，手机也没播放视频和音频。"林旭说。

孙小圣当即想：那么晚，没看电视也没用手机追剧，那他在干什么？

"那会不会是别人家，甚至就是楼上住户的电视里传出来的动静？"李出阳问。

"不会吧。"

孙小圣不动声色："你怎么那么肯定？"

林旭淡定回应："扬声器发出的人声和真实的人声声频宽窄是有区别的，离得越近，就越能分得清楚。所以我肯定那就是楼上真人发出的声音。"

"那楼上除了这些争执声音，还有别的背景音吗？比如电视、广播声？"

"我没听到。"

"声音结束时大概是几点？"

"九点三十五分左右吧，只能说是大概，我也没有仔细看表。"

"之后楼上还传出什么动静了吗？"

林旭此刻思考了一下："之后就没有争吵的动静了，但偶尔会传来一些脚步声。"

孙小圣记录完，发现了一个问题，虽然林旭描述的事情经过很清晰，但案发时间上好像有出入。他记得郭玉琼本人的供述中，杀死吕昆的时间是十点左右，而林旭提供的两人争吵结束的时间是九点三十五分左右，这中间差了将近半小时。这是怎么回事呢？他把疑问写在纸上，递给李出阳。

李出阳看后，想了想，问林旭："你最后一次听见楼上那个大叫的男人的声音，是在什么时间？"

林旭沉吟道："应该是在九点半多一点儿，具体时间我也忘了，毕竟当时也没有刻意去看表。"

如果按照郭玉琼的供述，当晚九点半，别说吕昆还没倒地身亡，她自己也还在楼下溜达呢。不过林旭对于这个时间似乎不太肯定，再加上很多案件中，不同人对于时间的描述的确会有一定的偏差，所以孙小圣和李出阳一时也不好再说什么。

李出阳沉默片刻，忽然抛出了一个连孙小圣都很意外的问题：

"林旭，结合你所说的情况，以你个人的猜测，你认为当时楼上发生了什么？"

林旭少见地一愣，但很快调整好状态，认真答道："我说不好。如果让我客观评价，我只能说听到了这些声音。毕竟眼见为实耳听为虚，我不算旁观者，所以不敢下结论。"

孙小圣点点头，抱起胳膊，显得比刚才释然多了："行，你说的我们都明白了，现在你能讲一下你当时在家中做了什么吗？"

林旭听罢，扭脸看着李出阳："李警官，我有一个诉求。"

"你说。"

"能再告知我一下做笔录时的要求吗？"

李出阳没听明白："你说什么？"

"就是做笔录之前你给我宣读的那些话。我想再听一遍。"

李出阳好像有点儿明白了,把电子笔录翻到第一页,念道:"现在依法对你进行询问,你要如实回答提问,陈述事实,诬告或者做伪证要负法律责任,对与本案无关的问题,你有拒绝回答问题的权利,你听清楚了吗?"

林旭听罢,扭头看着孙小圣:"你听清楚了吗?"

孙小圣刚要反驳,被李出阳拦住。随后李出阳说:"那好吧,看笔录签字。"

12

林旭扬长而去,孙小圣冲李出阳发火:"你有病啊,还傻乎乎地给他念。"

"你嚷嚷什么啊。"李出阳不咸不淡地回了一句,然后靠在椅子上,拿手机打起了游戏,不再理他。

孙小圣觉得自己好像有点儿过头了,这已经是他今天第二次冲李出阳发脾气了。想到这里,他重新坐在李出阳身边,套近乎地问:"哎,你说他回家到底干什么去了?"

"我哪知道啊。"李出阳爱搭不理,继续打游戏。

"说说,说说。"孙小圣捅他胳肢窝,被他一把拱开。

孙小圣自讨没趣,正欲离去,李出阳又没精打采地发话了:"他根本就没回家,哪存在什么回家的理由。"

孙小圣来了精神,跳回来坐下:"你的意思是他做伪证?"

李出阳眼睛都没抬:"对,伪证。"

"那咱俩不是想的一样嘛——是案发时间的问题吗?"孙小圣笑眯眯地一把搂住李出阳的脖子,但很快被李出阳挣开。

"我不能说。"

"为什么啊?"

"我得闭嘴呀。"

孙小圣赶紧从椅子上起来,半蹲在李出阳面前,给他捶腿。李出阳被捶得浑身酥麻,一把游戏很快输掉。

"哎哎哎——"排位赛又掉了三分,李出阳烦躁地撇下手机,看看孙小圣。虽然此刻他觉得孙小圣很欠骂,但他又骂不出口。

"说说呗。"孙小圣坐到他身边。

"我也是猜的。"

"猜的也行。"

李出阳认真回忆了一下刚刚做笔录的经过,说:"案发时间是一方面。主要是我认为,一般人撒谎都有个习惯,就是把谎言编得很细致,但如果你让他下结论,他说的话又似是而非。这是因为他对自己编造的内容不自信,只想用它们去误导别人,而如果让他把这些内容转变成自己的观点,他就会发毛,就怕暴露自己的目的。刚刚林旭就是这个样子,虽然他的逻辑性很强,也有很多自己的描述,但当我问他对这件事的猜测时,他却变得客观谨慎起来。"

见孙小圣不语,李出阳又补充道:"越是聪明的人越容易走进这个怪圈,因为他考虑得过分全面了,想在误导别人的同时,又掩饰自己的意图,所以他所讲的内容中,就肯定有无法统一的东西。"

孙小圣虽然很认可李出阳的话,但也有点儿失望,因为这些毕竟都是他的主观设想,并不算什么实际证据。但孙小圣不敢再发表什么悖论了,怕再惹李出阳不高兴。

不过李出阳随后又说:"还有一个细节,就是林旭在描述他所听见的案发经过时,说并没有听见楼上有电视的声音。按照郭玉琼所说,吕昆是看球赛看毛了,才殴打郭玉琼的。林旭怎么会没听到楼上有电视的声响?"

"我再和刘洵核对一下郭玉琼本人的供述。"

刘洵得知此次林旭的询问内容后,想法跟李出阳如出一辙。

"是因为吕昆看电视时,放的声音并不大吗?"刘洵寻思着说。

"还是说吕昆当时刚刚打开电视看球赛?郭玉琼把吕昆拍死后,便关掉了电视打扫现场,所以楼下的林旭没有听见明显的电视声?"李出阳说了一种很难成立的假设,因为他还是觉得林旭在说谎。

孙小圣虽然也很怀疑林旭,但仍然认真地设想了一种可能性,而且这种设想还很跳跃,那便是:郭玉琼也没有完全说实话。

他认为事情的经过可能是这样的:九点五十分左右,吕昆刚刚打开电视看球赛,郭玉琼便回家了,见状知道他又赌球了,很是气恼,便上前把电视关掉，激怒了吕昆，导致引火上身。这也是林旭没有听见电视声的原因。

"哎，"不知怎的，李出阳觉得这猜测很能说明一些问题，下意识地也加入了相信林旭的队列中，"这就能说通一些问题了。我也觉得光凭看比赛看毛了就打老婆有点儿牵强，毕竟吕昆也没有喝太多酒。"

"可郭玉琼为什么要说谎？"刘洵旁边的小白问。

孙小圣心想，你不愧叫小白，问的全是白痴问题。他摇头晃脑地解释道："太简单了，推卸责任呗。毕竟是她杀死了丈夫，如果主动承认冲突是因她而起，那判决上对她也不利啊。反正人也死了，还不如把所有的错都推到丈夫身上，把自己包装成一个完完全全的受害者。"

"反正郭玉琼和林旭之间，肯定有一个人在说谎。"李出阳这才意识到自己的立场有问题——他之前明明已经开始怀疑林旭了。

"但估计现在去讯问郭玉琼，她也不可能改口了，而且也没必要改口。"孙小圣摊手。

"林旭那边也一样。"

李出阳这会儿想到一个问题："可如果林旭在说谎，他又怎么能把见到孔垂青时的情景描述得那么清楚？连监控拍到了什么好像都了如指掌。"

"那一定是林政军告诉他的，或者是葛华，或者是林昭昭，他们都清楚这些内容。"孙小圣说。

刘洵眉头皱得越来越紧："所以说现在再去调查林家人，好像已经没什么意义了，他们肯定是一伙的。只能侧面查查郭玉琼和林旭。如果是郭玉琼说了谎，她肯定是出于脱罪的目的；如果是林旭说了谎，那就有意思了——他为什么要来做这个伪证？他的目的是什么？"刘洵深入分析道。

"目前乍一听是想帮郭玉琼脱罪，但他所说的，又和郭玉琼的供述不太一致——倒像是故意要向咱们透露什么信息。"李出阳脑中浮现出林旭那双令人捉摸不透的眼睛。

"这样吧，"孙小圣眨着眼睛看着刘洵，"你去查查郭玉琼和林旭之间有没有关联点，多走访走访；我和李出阳去一趟案发现场，找找思路，咱们分头行动。"

傍晚的时候，孙小圣和李出阳在技术队现场勘查的技术员的带领下，进入了郭玉琼杀人案的第一现场：绣竹园9号楼6单元501室，也就是林政军家的楼上。

虽然之前他们三番两次到楼下进行访问，楼上这个杀人现场却是第一次来，所以一进门便下意识地和林政军家做起了对比。他们发现，郭玉琼家与林政军家首先不同的是，房门竟然采用的是挺时髦的密码电子锁。据广告上说，这种锁比林政军家的C级机械锁还要强悍，C级锁还能用电钻卸下来，这种电子锁一旦遭到破坏，就会直接报警，或者推送给用户相关联的手机，可谓是防盗利器。可见郭玉琼在防盗方面的意识比楼下强多了。

进屋后，孙小圣和李出阳戴着手套四处翻看。他们发现，郭玉琼家和林政军家的整体环境也迥然不同。林政军家因为有孩子，再加上葛华似乎懒于家务，房间又挤又乱，属于那种发生火灾时最难逃生的一类；而郭玉琼家就整洁许多，客厅中只摆了沙发、茶几和电视柜。周围的犄角旮旯并未像林家那样摆满了收纳箱柜，只是简简单单放了几株植物，腾出了很多空间，视野上令人感到舒适。

这种空旷感延伸到两间卧室。不知是因为郭玉琼太过勤快，还是他们夫妻俩生活本就简约，几个房间这样看来反而少了几分烟火气，甚至有些清冷。也正因如此，孙小圣和李出阳二人没有发现什么指向性线索，便一同来到客厅和厨房的交接处，查看当时发现吕昆尸体的地方。

圈画尸体的白圈已经被擦去大半，周围也未见什么血迹。客厅的打斗痕迹其实并不太多，那个作为凶器的茶宠摆件已经被技术队提取走，一些当时摔碎的茶杯茶碗应该也被当作证物带离现场了。客厅内除了沙发和茶几显得有些歪斜，看不出太多异样。这种并不复杂的现场其实也没什么好二次勘查的，所以技术员已经等在屋门口，就待孙小圣和李出阳发话，然后大家出屋锁门。

孙小圣问技术员："现场当时还提取到什么其他可疑物品了吗？"

"涉案物品吗？有一些啤酒罐，还有一些摔碎的东西；还采了一些足迹、指纹、吕昆被摔报废了的手机以及烟缸里的烟头什么的。"技术员答道。

"没别的了吗？"

"别的我就不太清楚了。哦，对了，我想起我们吴队说过一个细节，就是吕昆衣服上提取到了一些奇怪的东西，不过也不影响案情的认定。"

"奇怪的东西？"李出阳看了看孙小圣。

"对，具体是什么东西你们还得去问他，我只负责外围。"技术员挠挠后脑勺。

孙小圣本想现场给吴良睿打个电话确认，却又不由自主地在屋里转起了圈，然后抓耳挠腮地嘟囔着："我好像想起了什么，但就是说不上来……"

忽然他眉头一扬，跑到茶几前，拿起上面的遥控器打开电视。果不其然，电视机的初始台果然停留在央视体育频道，而且音量非常大。

"英超联赛是不是就是这个台转播？"孙小圣是半个球迷，平常只是捡漏看看比赛，所以对赛程安排并不太清楚。

李出阳还未反应过来，倒是旁边的技术员很内行地答道："是的，每天都是体育台在转播。"

孙小圣忽然想起之前谁好像提起过，十月二日晚上的比赛是热刺对曼城，因为都是一线球队，所以比赛热度很高。想罢他关掉电视，拿出手机快速查着什么，然后眼睛一亮，把搜索到的手机新闻拿给李出阳看。李出阳接过一看，发现上面报道的是当晚英超联赛热刺主场对战曼城的战况。

战况中写道："北京时间十月二日晚九点十五分（英国当地时间下午两点十五分），本赛季英超第七轮一场焦点战在白鹿巷球场展开角逐，曼城客场零比二不敌托特纳姆热刺，科拉罗夫自摆乌龙，孙兴慜助攻阿里进球，布拉沃扑出拉梅拉射出的点球。瓜迪奥拉入主曼城后首遭败绩，联赛六连胜被终结，新赛季开局十一场不败被终结。"

"这场比赛九点十五分就开始了，为什么林旭却说那个时间没有听见楼上有电视机传出的声音？"孙小圣很是不解。

"看球也不一定从头看吧……"一边的小技术员见他如此肯定，不禁嘀咕了一句。

"不，当时郭玉琼还没有回家，吕昆一个人在家，而且又很可能参与了赌球，所以他八成在比赛一开始就打开了电视，而且……"李出阳说着，又觉得似乎还有什么关键点没有找到，聚精会神地继续快速滑动手机新闻。

"啊。"他轻微地惊呼一声，把手机递给孙小圣，指着新闻上的一段话。

那是这场赛事的简单战报，上面写道："在比赛进行到第九分钟时，热刺队先射入一球，然后于第三十七分钟，又将比分扩大至二比零。"

李出阳说："之前曼城一直是连胜状态，所以他可能下了重资押曼城赢，但没想到这场比赛曼城一直被热刺压制,上半场就已经落后两个球,再加上酒劲一上来,心态就崩溃了。"

"比赛是九点十五分开始的,孙兴慜踢进第二个球时,就是九点五十分左右,郭玉琼应该是不懂球,但她所说的吕昆暴跳如雷,应该就是因为这个吧!"

"所以九点十五分的时候,这间屋子里的电视已经打开了?"小技术员这才弄明白。

"嗯,而且就是刚才打开时,那种音量特别大的状态。"李出阳直到此刻才觉得逻辑上通顺了。

"看来郭玉琼所说的案发时间是准确的。"孙小圣眼睛一亮。

那么问题就来了:电视一开始就开着,最后也是被打扫现场的郭玉琼关闭,如果林旭当时就在楼下,他怎么可能听不见电视声?

林旭果然在说谎。

13

阳光穿过巨大的落地玻璃窗,孙小圣和李出阳感到座位边似乎有个小火炉,温暖、明亮,但也有种被炙烤的干燥感。金融街总是搞一些类似于这种华而不实的建筑,除了制造光污染和打造一种刻意的高端腔调,一无是处。

等待的间隙,黑咪给孙小圣来了电话,说之前小技术员所说的在吕昆衣服上查到的奇怪的东西其实是一些附着在衣服上的霉菌,但很微量。技术队副中队长吴良睿对此倒并没觉得很反常,毕竟国庆前后下了几场秋雨,衣服返潮也是正常现象。何况案发时吕昆穿的是纯棉衬衣,这种衣料吸湿性较强,受潮后不及时晒干,就容易发霉。

孙小圣向李出阳如是说了,李出阳忽然想起了什么事,刚要跟孙小圣探讨,就发现他们等的人已经走进了这家咖啡厅。

来者是一名戴眼镜的年轻人——林旭的助理,已经跟了林旭两年。当孙小圣第一次与他取得联系并表明目的时,他多少是有些顾虑的,觉得私下里向警方提供林旭的情况,恐怕不太妥当。毕竟他刚刚毕业就进入林旭所在的律师事务所，承蒙林旭诸多照顾。尤其近期他在参加司法考试，中间还少不了林旭的帮忙，万一这种行为被林旭或者事务所知道，自己就很难有立足之地了。

但他经过深思熟虑，决定还是和警方会面。一方面自己也很好奇林旭到底发生了什么事，另一方面他也不想得罪警察。毕竟今后还要吃法律这碗饭，步步为营了好些年，没必要因为维护一个同事给自己埋雷。

李出阳已经给他点好了咖啡。助理拿在手里，尽量保持端正的姿势："谢谢！"

他所工作的律所离这里并不远，透过宽大的落地玻璃可以瞥见那座办公楼的一角，他下意识地望去，很担心视线所及的某个区域里会撞上林旭或事务所的同事。

这时对面的孙小圣开始提问："你平时就负责林旭的日常工作吗？"

"是的，他接待委托人的时候我做接待笔录，帮他起草起诉书、答辩书等等。"助理不敢怠慢，但也不过多饶舌，同时也不忘问，"他是工作中犯了什么事吗？"

"没有，是一件和他工作无关的案子，我们要确认他作为旁证的合法性。"

助理略微松了一口气。

"他平常怎么样？"李出阳这样问道，随后又觉得太笼统了，恐怕得不到什么客观的答案，便又补充道，"我是说，现在在所里的工作状态是怎样的？"

"状态挺好的，是我们所非常有潜力的年轻律师，接连打赢了好几个官司，很有上升势头。"助理得空喝了一口咖啡道。

"不过我听说，他早几年好像不是这样？消沉过一阵子？"孙小圣忽然想起之前林州的话。

助理朝上翻了翻眼睛，做思考状："那时我还没入职，不太清楚，但我好像听说过，旭哥，哦，就是林律师，以前在另一个律所，在那里做得不如意，输了两场很关键的案子，然后才来到我们这里，就突飞猛进了。"

李出阳点点头，把这些内容写在记录本上，又问："听他提起过他的家人吗？"

"几乎不提。"

"平常他和家人联系吗?"

"也联系,"助理觉得这样表述比较稳妥,"他有时候会和自己弟弟视频,会时不时地托我在出差时给他弟弟带玩具,有时候也会给自己的母亲打电话。"

"哦?跟他母亲联系时,一般都说些什么?"孙小圣问。

助理摩挲着咖啡杯,表情有些暧昧:"这个嘛……他一般看到母亲的电话,都是出去找没人的地方接,不过有时候也会直接接通,说一些家里的琐事,比如你们身体怎么样、家里怎么样了之类的。"

"最近呢?最近也是这样吗?"

"最近?"助理的思路似乎被打开了一些,"最近好像神秘的时候比较多,一般不当着我的面接家里电话。不过这种电话也不多,毕竟他很忙,每天脚不沾地的。"

李出阳认真记下,咬着笔又问:"国庆节那两天,你了解他的行踪吗?"

助理认真回忆了一下,回答道:"那几天他给我正常放假了,我不太了解他干了什么。"

"他有女朋友吗?"

"有的,他们住在一起,但是我没见过。"

孙小圣点点头,拿出一张郭玉琼的照片摆在他面前:"这个人叫郭玉琼,你见过,或者听林旭提起过吗?"

助理小心地拿起那张照片查看,然后很肯定地答道:"完全没有。"

孙小圣随后又拿出吕昆的照片给助理看,得到的答复一样。

见两个警察有点儿失望,助理补充道:"其实旭哥平时很少跟我谈私事的。他属于那种比较高冷的人,不太会跟我们闲聊。不过也不能说他人就不好,如果我们需要帮助,或者有问题请教,他还是很乐于帮忙的,也很热心。"

"你最近感到他有反常的地方吗?"

"反常……没有吧……"

"你再想想,任何细节都可以。"

助理沉思了几秒,略微动了动眉毛:"要说反常嘛……倒是有件事,不过我觉得也不能算反常吧，只能是一般事，只不过以前从未在他身上发生过。"

"哦？"孙小圣和李出阳都下意识地直了直身子，"说来听听？"

助理说，前两天林旭交给他一个案子的文书证据，十几页纸，让他整理出电子目录。当时这十几页纸放在他平时随身携带的一个布质文件袋里，助理拿出来翻阅时，发现那个袋子里还有一样奇怪的东西。

其实也算不上多奇怪，就是一张蛋糕订单。一开始助理以为那是什么案件证据，而且还是原件，特意认真查看了订单内容，发现好像和案子没什么关系后，便去和林旭确认。林旭赶忙要走了那张纸，当时他似乎还有点儿慌乱的样子。以往他从没有过这种反应。

李出阳赶忙问道："订单上写的什么？"

"就是订蛋糕的单子啊，"助理轻轻回答，随即想起一些细节，"哦，是生日蛋糕，上面还标注要有'生日快乐'的字样牌。"

"没写对方的名字？"

"没写。"

"是林旭自己订的吗？"

助理认真想了一下，轻微"啊"了一声，然后压低声音很快地答道："我想起来了，为什么当时我以为那是案件的证据材料，因为订蛋糕者留的姓氏是'木'。"

木？会不会就是林旭随便给店员留的称呼？孙小圣深度怀疑。

"那上面留电话了吗？"

"留了。"

"是林旭的电话吗？"

"我没有核对电话号码。"

"日期呢？订蛋糕和取蛋糕的日期呢？"

"订的日期好像没有，但取的日期是有的，"助理眼睛闪了一下，"是十月二日的傍晚五点之后。"

此话一出，孙小圣和李出阳都为之一振：十月二日，不就是林旭所谓"回家"的日子吗？如果这个"木先生"就是林旭，那就说明他当晚给某个人过了生日。那么按照林旭的证词，他晚上九点左右就到达了绣竹园小区，监控拍到的人手里又没有拎蛋糕,所以他给这个人过生日的时间,就是五点至九点之间。算上路程的话,这个时间还会短一些,但这并不是关键。关键是:为什么林旭不跟他们说这个环节?如果说了的话,说不定那个过生日的人还能成为他的佐证。

可见,林旭想隐瞒这件事。更直接地说,他想隐瞒这个人的身份。

"蛋糕店叫什么还记得吗?"

"记得大概,好像叫什么'巴黎'什么的。"

黑咪和樊小超很快查出,市里唯一一个带"巴黎"二字的蛋糕房位于东城某小区的一层商铺,全名叫作"漫巴黎欧式蛋糕房"。他们到达店内核实售货记录时,很快就找到了助理提供的订单信息,然后又翻看了店内的监控视频,在店员的配合下,很快找到了生成这张订单时的监控录像。

一目了然,订蛋糕的人就是林旭,时间是九月三十日的中午。画面里林旭身穿卫衣和牛仔裤,独自一人在玻璃展柜前挑选了好久,才选定了一款粉色奶油镶边的生日蛋糕。

黑咪又在店员的帮助下查阅了这之后的监控录像,却没有查到十月二日林旭取蛋糕的录像。后来经过另一位店员的回忆,蛋糕其实并不是被客户取走的,而是送货上门的。

"哦,这个订单我有印象,这位木先生订完蛋糕一天之后,突然给我们打电话,问能不能把蛋糕送到家里去,可以加钱。"店员在柜台前说道。

"那你们送了吗?"

店员说,本来店里并没有送货上门的业务,但因为这位客户提供的地址并不远,再加上他愿意加付一百元的配送费,所以店里欣然同意。经樊小超查询,配送地址竟然就是绣竹园小区。只不过不是林旭家所住的9号楼,而是11号楼5单元301室,收件人是王女士。

李出阳知道后,脑子里忽然闪过什么,但一时又对不上号。倒是孙小圣,满腹狐疑地坐在椅子上问大家:"如果林旭十月二日晚上就在绣竹园给人过生日——甭管这人是谁,根据他对咱们所说的,他二日晚上就在绣竹园,那为什么还要店员把蛋糕送货上门?自己拎着蛋糕去不就行了吗?"

"有可能是因为有事,来不及到店里去取,所以先让人把东西送过去?

他确实也说过,他是晚上九点左右才到的绣竹园。"樊小超说。

黑咪摇头:"那也不对。他说九点多到的是自己家,并没有提这个王女士家啊。按照咱们查的监控录像推断,他的车当晚也是八点五十分左右到的绣竹园附近,他也没时间去一趟这个王女士家,然后再回自己家啊。"

李出阳这会儿终于想起了什么,捅了捅孙小圣:"我好像知道是怎么回事了。"

"怎么回事?"

"走,先去找这个王女士确认一下。"

一小时后,中午十二点左右,孙小圣和李出阳就抵达了绣竹园11号楼的楼下。这幢楼位于林政军家所在的9号楼的南侧偏东一点儿,两楼间距不大,中间隔了一个小花坛。花坛里竖着几排晾衣架,上面晒满了花里胡哨的被子,一个妇女带着孩子在花坛的甬道上玩耍,时不时传出阵阵笑声。

与9号楼不同的是,11号楼的楼道脏乱不堪:楼梯上遍布灰尘,拐角处还堆放着很多矮柜、纸箱子和废旧马桶之类的杂物。如果突然发生火灾,恐怕这栋楼里的住户都凶多吉少。孙小圣纳闷,明明同属一个小区,楼的规格也都一样,怎么内部环境有着如此大的差别?还是说9号楼的管理者责任心强,都是孔垂青那样的积极分子,才把卫生标准和安全防范措施都落实到位的?

更奇怪的还在后头。等他们爬到三楼,发现左侧的301室的门竟然大敞着,客厅的陈设一览无余。

孙小圣和李出阳有些傻眼,他们做过这么多次访问,还从没遇到过这种情况。

孙小圣歪头向客厅看去,发现屋里摆着皮质沙发和玻璃茶几,地板上铺着好些报纸,报纸又脏又破,拉低了整间屋子的观感。孙小圣抬手敲门,然后听见北侧的次卧传来一阵响动,紧接着门被打开,一个摇动着轮椅的年轻女子出现在了客厅通向次卧的走廊里。

女子身穿一身浅黄色的居家服,长得眉清目秀的,装扮也还算细致,头发一丝不乱地扎成马尾辫,眉毛也略微画过,嘴唇上似有一层恰到好处的唇彩。见孙小圣和李出阳站在门口,她先是朝外歪了歪头,然后抬高声音说道:"是工人吗？直接进去弄就行了。"

孙小圣这才明白，怪不得地上那么脏，原来是在装修，于是赶忙应道:"不是，我们是警察。"

"警察？"女子愣了一下，旋即扭动轮椅上的滑钮，很快将轮椅开到他们面前，然后不无戒备地打量着他们，"警察？哪儿的警察？"

李出阳拿出工作证展示给她看，然后问道:"请问……你是王女士吗？"

女子认真看了证件，点点头说:"我是姓王，不过你们……"

"我们是为林旭的事情来的。"孙小圣直截了当。

"林旭，他怎么了？"女子忽然显得有些不安。

正说着，孙小圣、李出阳身后忽然响起一个人的声音:"你们是谁啊？是施工队的吗？"

两人回头一看，是个身穿花衣的中年妇女，手里还拎着两只盛满了水的塑料桶。那妇女上下打量着他们二人，似乎觉得他们不像是工人，刚要说什么，黄衣女子抢道:"哦，他们是律所的人，过来跟我说一个文书的事。"

不等孙小圣和李出阳反应，那女子又朝他们做了一个手势:"那你们进来吧，进屋说。"

14

孙小圣和李出阳赶紧顺势跟着那女子进了她之前所在的次卧。孙小圣发现，这里的格局和林政军家的一样，也是南北通透的大两居室，北侧为次卧和厨房，南侧为客厅和主卧。女子所在的次卧只有三样家具：单人床、双开门衣柜和一张不大的写字桌，角落里还摆着一些做康复用的滑轮、吊环和腰椎牵引等工具。孙小圣让李出阳坐在屋里唯一的一把椅子上，自己从客厅拣了个凳子坐在旁边，面朝着窗前坐在轮椅上的女子，尽量缓和气氛地笑了笑。

"那是我妈，下楼接水去了，我们这儿现在老旧小区改造，这个楼正通上下水呢，没法用厕所和厨房，水也停了。"女子好像并不很在意。

孙小圣想，怨不得楼道里乱作一团呢。

"啊。"李出阳这会儿发出了一声只有自己听得到的惊讶声，因为他看到了窗户两侧的粉色窗帘。这正是那日在孔阿姨家的窗前,他看到的窗帘。

孙小圣发现写字桌上摆着一个塑料饭盒,里面还冒着热气,赶紧说:"你在吃饭啊?那不着急,你先吃吧,我们去外面等着。"孙小圣说着做起身状——他一贯受女性事主欢迎不是没道理的。

"没关系。"女子并不在意,把饭盒盖上。她背对着窗外的阳光,好像也露出一丝礼节性的微笑,但在阴影中显得不是很清楚。

"上下水改造可麻烦了,"孙小圣还是先用闲聊热场,"我家那会儿改造管道时,家里天天都要留人,我还请了好几天假呢。"

女子很无奈地拍了拍身下的轮椅:"是啊,不过反正我也下不了楼。"说到这儿,她似乎反应过来什么,捋了捋头发,问道:"对了,你们想问什么?林旭怎么了?"

李出阳简单给她介绍了一下案件情况,然后和之前对林旭助理的说辞一样,只是来调查林旭作为旁证的合法性,请她不要紧张。其实他已经大致猜到了女子的身份,她应该就是林州口中,林旭的那个瘫痪在家的前女友。

果不其然,女子很快承认了与林旭的关系,并告诉他们自己叫王翊薇,是高中时搬到绣竹园小区的,从那时起就和林旭成为邻居了。但两人真正交往是在大学,因为恰巧都考到了同一所院校,也就是政法大学。后来她坠山负伤后一直在家休养和做康复,平时靠写点儿文章赚点儿稿费。当被问到写什么类型的作品时,她直截了当地承认是代写论文或者法律方面的作业,有时候还会接律所里的诸如起草文书之类的杂活,这些工作对她来说不仅对口,来钱也快。

"我干不了别的,这是唯一能有的收入。"她直言不讳,目光里透着一丝无所顾忌,"我知道9号楼那个事,全小区都传开了,不过我也不认识那家人。"

谈到林旭,王翊薇说她和林旭在分手后仅仅是保持着朋友关系。因为她身体的原因,两人平时也无法见面,但林旭还是很挂念她,经常给她介绍活干,这也是两人至今保持联系的原因。

"你十月二日过生日?"

"是的。"

"林旭给你订了蛋糕,是想陪你一起过生日?"

"简单来说,是这样的。"王翊薇说到这儿显得不是很自然。

孙小圣尽量小心且礼貌地问道:"你的意思是……"

"他不会来我家,因为我爸妈不可能让他进门。我们分手时,两家闹得很不愉快,彼此见面会很尴尬。所以我们约好……"不知为什么,她说到这里忽然说不下去了,微微咬着嘴唇看向地面。

"所以你们约好就在各自家的窗口看着对方,过完这个生日。"李出阳顺势接道。

"是的。"

孙小圣心中一沉,不知为何,他忽然觉得有几分悲凉。一方面为林旭、王翊薇这种卑微而无奈的庆生方式,一方面也为自己似乎已经全盘崩掉的案情推测。

李出阳却依然保持理智:"那一日那天呢?十月一日那天,你们有约定吗?"

王翊薇说,林旭一早就表示十月二日那天给她订个蛋糕庆生,但没想到一日那天他记错了时间,提前一天回到了绣竹园。后来他打电话对她说,反正家里也没人,就一起多聊会儿。于是两人开着窗子,对着几十米外窗户里昔日情人的身影,不知不觉就聊到了深夜。

十月二日那天也是如此。王翊薇收到蛋糕,在窗前插上蜡烛,然后看着对面的窗子,用电话听着站在那里的林旭给自己唱生日歌,许愿,吹蜡烛,切蛋糕。

也许那晚他们欢声笑语,追忆往事;也许他们相顾无语,泪流满面。人生总是无常,顺应命运,接受残酷,却又想把心中仅存的美好希望释放出来,想必就是这样吧。

"他要结婚了,婚后还要在外地和几个合伙人开律所。说不定,这是他这辈子陪我过的最后一个生日。"王翊薇说到这里,嘴唇微微抖动,根本不敢抬眼看人,可能怕触及谁共情的目光,会禁不住流下眼泪来。

房间里变得很安静。孙小圣这时才闻到王翊薇桌上饭盒里透出的饭菜味道。可能是西红柿炒鸡蛋,也可能是烧茄子,总之那味道一下变得很浓烈。可能是她在他们到来之前,匆匆忙忙用微波炉加热的吧。

"这些林旭没有告诉你们吗?"王翊薇忽然反问,可能也想冲淡一下不太好的气氛。

"没有。"孙小圣说。

"也是啊,"王翊薇自嘲地一笑,"这种事怎么说得出口呢?像小孩子做游戏一样,说出来都会觉得丢人吧。"

孙小圣和李出阳都不知道该说什么。

"所以说他当时确实在家。如果你们不相信我的话,可以调一下小区监控,也可以查一下我和他的手机通话记录——你们警察不都可以查通信记录的吗?"

"那需要技侦审批,何况他也不是嫌疑人。"李出阳带点儿宽慰地解答道。然后他想起什么,又问道:"那当时你就在窗前,看到林旭家楼上发生什么事了吗?"

王翊薇摇摇头:"好像没有,那个时间,大多数窗户都拉上窗帘了,可能那家也拉了,所以我什么都没看到。"

"十月二日那天你们通电话时,听见他那头有什么异响了吗?"

"听到过一阵,他那头有一段时间背景音有点儿嘈杂,林旭跟我说可能是楼上夫妻打架,没想到是发生了那种事。"

"好。"李出阳把这些内容写在记录本上,认真画完一个句号之后,他给了孙小圣一个眼色,意思是好奇心得到满足了,该撤了吧?

孙小圣准备起身之际,王翊薇忽然又说了几句话。

"其实过这个生日,也是我最后想让他这样陪陪我。我是不是有些'渣'?毕竟他有未婚妻,"她突然变得莫名不自信起来,念叨着,"但我们从未发生过不该发生的事。我这样,也不可能跟他发生什么,那两晚,是几年来我们距离最近的一次。以后也不会再有了。"

孙小圣露出关怀的微笑:"你想多了。我觉得挺好的,挺美好也挺纯洁的。"

"林旭是个好人,你们应该相信他。"王翊薇仰视着已经起立的他们,很郑重地说道。

15

孙小圣在副驾驶座位上一直沉默不语。李出阳手握方向盘，边开车边取笑他："怎么着，知道林旭回家的真正理由之后，是不是心里觉得特对不住人家啊？"

孙小圣瞥了他一眼，没精打采："你怎么知道这女的说的就是真的？"

"结合整个事件来说，这个可能性很大啊，而且这姑娘有必要骗咱们吗？给伪证做伪证？她吃拧了啊？"

孙小圣想起王翊薇当时确实是在吃西红柿炒蛋，不由得扑哧一笑。

"我也饿了，你请我吃饭吧。"孙小圣抬手看表，已经快下午两点了。

李出阳却说："不过我倒是觉得，应该再去找一趟林旭。再核实一下他那晚听到动静的细节，现在不是还有一些东西没和郭玉琼的供述对上嘛。"

两人在路边随便吃了点儿东西，吃东西的当口，李出阳给林旭拨了电话。林旭表示自己刚刚出差回来，就在租住的房子里，他们可以随时过来。

他们之前已经朝着林旭家的方向开，所以不到二十分钟就到了他家门口。孙小圣敲了敲门，门好半天才被打开。没想到出现在他们面前的林旭赤裸着上身，下身只穿了一条大裤衩，头发还湿漉漉的，一看就是刚刚还在洗澡。半裸的林旭虽然更显瘦，但身上尤其是腹部和胳膊的肌肉线条很明显，应该是平时坚持锻炼的缘故。

林旭非常吃惊："你们这么快！我还以为是我点的外卖来了，你们稍等啊，我收拾一下。"

然后不等孙小圣和李出阳回应，他飞快地关上了屋门。

"这家伙怎么看着比你还白啊？白嫩嫩的小脸。"孙小圣不满地跟李出阳说。

不一会儿工夫，林旭穿着宽大的T恤衫和运动裤重新打开房门，把孙小圣和李出阳迎了进去。

他租住的房子是这个回迁小区里普通的一居室，大开间，阳光充足，视野上也很豁亮。客厅里还弥漫着沐浴露的香气，放眼看去，屋内摆着简约又不失讲究的复合材质家具，桌上地下一尘不染，电视机还开着，里面正在播放电视购物广告。

几人刚进屋，林旭点的外卖就到了。他把饭摆在茶几上没动，关了电视，又从冰箱里给孙小圣和李出阳拿了矿泉水，然后问他们有何贵干。

"你吃吧，也不是什么要紧事，边吃边聊。"李出阳把矿泉水放到一边说道。

"你们吃了吗？"林旭也不客气，边说边打开塑料饭盒，孙小圣瞥见那里面是官保鸡丁和米饭。

"我们吃了，过来是想跟你核实几个问题，也省得你再跑队里一趟了。"李出阳边说边四处打量着他这间居所，发现唯一的一间卧室关着门，客厅的茶几和电视柜上也没什么杂物。虽说这个小家看起来五脏俱全、井井有条，但似乎还是有那么点儿奇怪。然后李出阳抬头朝身后的背景墙望去，才想起什么，问道："你女朋友不在啊？"

"她不在，国庆节加班来着，领导就给她补了几天假，她回老家去了。"林旭一边狼吞虎咽地吃着饭一边回答，看上去是饿坏了。

"我们侧面核实了一下你在笔录里跟我们说的情况，也找到了王翊薇，她证明你十月一日和二日晚上确实回了家。"孙小圣一点儿都不像对女性事主访问那样循循引导，上来就单刀直入。

林旭夹菜的手略微停了一刻，但很快又夹起一块胡萝卜，飞快放入嘴里，用咀嚼回应孙小圣的话。在窗外阳光的映衬下，他那张俊朗明净的脸有些刺眼，也看不出任何表情。

"我们过来是想再核实一下案发时的几个细节。"李出阳说道。

"哦？是什么呢？"林旭停下手中的动作，看着他。

李出阳拿出几张纸，做出要问笔录的姿态："能跟我们说一下，你十月二日具体是在几点钟听见楼上有打架的动静的吗？"

林旭把筷子放在饭盒上，显得有些困惑："不是说了吗，是晚上九点半左右。"说完他又很快补充道，"我只是说大概，具体的不确定。"

"你确定是这个时间段吗？"孙小圣问。这个时间显然还是有问题，因为按照郭玉琼的供述，此时她还没有到家。

林旭斜着眼睛寻思了一会儿，反问："怎么？是跟案情有很大的出入吗？"仿佛预料到这两个警察不会给出明确答复，他又马上接道："容我再想一下。"

孙小圣往沙发上靠了靠，看着林旭认真思考的模样，又瞅了眼那份被他吃了一半的饭菜，目光最后落在李出阳身上。李出阳正趁这个工夫誊写笔录表头。

"怎么样，想起来了吗？"孙小圣问道。孙小圣觉得和这个林旭对话，必须时刻占主导权，不能被他牵着鼻子走。

林旭轻轻摇头："具体的时间我真是说不太上来，你们也知道了，那晚我一直在和翎薇通电话，也许记忆有误差吧。"

"有误差的意思是，还是在九点半左右？只不过这个'左右'的范围更大些？"孙小圣还是紧紧围绕着这个问题发问。

"是的。"林旭想了想答道。

这会儿刚刚一直伏案的李出阳抬起头，问林旭："那你那天晚上九点三十分左右，听见楼上有电视机、广播或者其他功放设备传出的声音了吗？"

出乎他们意料，林旭竟然答道："可能有吧，我也没仔细听。"

孙小圣马上说："你上次不是说没听见吗？"

李出阳也觉得奇怪极了："上次我问过你同样的问题，你说没听到。"

林旭此刻却是一副恍然大悟的样子："上次吗？连我自己都记不太清了，不过现在认真回忆起来，我的注意力主要集中在那几声男人的吼叫声上了，所以可能你们所说的这些声音是有的，但被他们打架的声音掩盖了吧。"

孙小圣直勾勾地看着他，一字一顿地说："不需要你分析，只需要你告诉我们，你，听没听见这类声音！"

林旭少见地迟疑了一下，随后调整气息，说道："好像是听见一些其他的声音。"

孙小圣和李出阳对视了一眼，两人还未再次发问，林旭倒主动答道："好像是电视的声音吧。"

"哦？电视的什么声音？我是指，哪类节目的声音？"李出阳不露声色。

林旭顿了顿，最后说："我没听出来，只是依稀听见一些。"

"你上次怎么不说？"

"本来就记得不是很清楚，"林旭好像故意有些轻描淡写地说道，"再说了，如果真的每个问题都能一次回答清楚，也没有做二堂、三堂笔录的必要了。"

还是那个充满自信目空一切的林旭。孙小圣从心里升起一股压不住的反感，呼吸都不觉急促了起来。李出阳也被噎得没话说，不太爽地看了他一眼，却没急着表达什么。虽然心中对他有万般疑虑，但不管怎么说今天的每一项工作进展，都在慢慢坐实他的证人身份，所以他们又能说什么呢？

孙小圣依然认为要查林旭。不仅仅是查他和郭玉琼之间的关系，还要查他这个人本身。他觉得林旭的古怪之处在于，虽然提供了一份看似确凿可信的证词，结合他前后的表现，却很像是在特意迎合郭玉琼的供述。所以他才会在细节上不断地闪烁其词、模棱两可，为的就是和郭玉琼的供述达成高度统一。

他的目的，应该是要帮郭玉琼脱罪。那么问题来了，他为什么要这么做？他和郭玉琼是什么关系？他是怎么获取案件信息的？为什么又掌握得不那么全面？

孙小圣认为，他和郭玉琼之间一定有什么不为人所知的关联点。所以他和李出阳找到刘洵，商量调取郭玉琼通信记录的事情。调取长时间的通信记录需要审批和操作时间，所以他们先到看守所拿到了郭玉琼的手机，通过本机查找案发当晚以及次日凌晨郭玉琼的通话记录。他们希望在那里面找到林旭的电话号码，但结果很令人失望：郭玉琼只在凌晨给银行打过一次电话，可能是想查询自己或者吕昆的存款账户。除此之外就是在六点钟左右拨打的报警电话，并没有别的呼出号码，同时，也没接到过任何来电。

手机里只能查看一个月之内的通信记录，他们也没有在记录中发现林旭的号码。不过手机的通话记录可以逐条删除，也不能完全说明两个人就没有联系过。

目前来看，郭玉琼日常通话不多，记录中除了一些垃圾来电，就是和吕昆以及小区里一两个聊得来的街坊之间的通话记录。除了通话记录，郭玉琼手机里的应用程序也很少，只有微信和两三个看新闻的应用程序，而且里面的记录和缓存都被删掉了。不知道是案发后故意为之，还是平常就有定期清理的习惯，孙小圣和刘洵一时也不知道怎么确认这些。

"郭玉琼家有座机，通信记录调取了吗？"孙小圣问。

"技侦那边批了，还得一周左右才能调出来。"

听了孙小圣的怀疑，刘洵沉吟道："你是说他们楼上楼下住着，可能会比较相熟，林旭有帮郭玉琼做伪证的动机？所以郭玉琼在案发后，会联系林旭，然后借着他家当晚被闯空门的事情，冒充那个贼？"

"也有可能那个人确实是他，他没有冒充，只不过他在家里的时间段，和郭玉琼杀人的时间段不一样，他并没有完全掌握案件信息，所以两人所说的案发时间才会不一致，细节上也有出入。"孙小圣说。

"但他家楼下那个姓孔的阿姨不是说他家晚上九点以后一直开着灯吗？"

"咱们之前一直有一个误区，就是：开灯即家里有人。其实现在想想，灯确实是人为开的，但如果人暂时离开家，灯没关，这种情况也很有可能存在啊。"孙小圣眨眨眼睛。

刘洵紧皱的眉头松了松，一想也是。林旭可能当晚九点左右回了家，在家里为对面楼的前女友过了生日，随后有事情临时出门，等到回来之后，已经是深夜。这时候楼上的郭玉琼已经杀死了丈夫，她为了给自己获取有利的证据，下楼找到林旭，求他帮忙给自己做证。虽然两人达成了协议，案情细节却没有对好，配合上才会出现一些瑕疵。

但这样的话，同样也有两个问题亟待解决：第一个便是当晚林旭临时离开家后，去了哪里？第二个依然是那个老生常谈的问题，身为法律工作者的林旭，是出于什么目的和心态，甘愿为一个看上去只是自己家邻居的中年妇女以身试法做伪证？

说到第一个问题，孙小圣和李出阳同时想到了一个人：王翊薇。林旭会不会是到家和她联系上之后，觉得电话联络远水解不了近渴，直接去11号楼找了她？

虽然这显然与王翊薇提供的证词相悖，但不失为一种可能性。王翊薇说自己从未与林旭近距离接触过，她父母也对林旭很反感，这些不一定是实话，很可能她已经与林旭达成合谋，在帮他圆谎。真实的情况可能并没有王翊薇说得那样拧巴和复杂。王翊薇的父母也许并不反感林旭，并不会阻碍他上门给女儿过生日。甚至也有可能，林旭有条件把王翊薇带到楼下，带到外面，两人找了一个私密场所，切蛋糕吹蜡烛，过了一个只属于他们二人的意义非凡的生日。

"玩得够开的啊，"孙小圣和大家讨论到此处，意味深长地笑笑，"家里红旗不倒,外面彩旗飘飘——大律师有两把刷子。"

"你想哪儿去了,只是过个生日而已吧。"李出阳虽然对孙小圣的过分脑补嗤之以鼻,但下意识地也认可了这种可能性。

刘洵此刻说道:"那再和那个王翙薇家里确认一下?"

"还是不要了,"孙小圣恢复正色,摆摆手道,"如果他们商量好了,肯定会统一口径,而且咱们也没办法查实。我觉得还是按照我的思路,好好查一查林旭与王翙薇之间的关系,以及林旭与郭玉琼之间的关系。"

16

孙小圣探组和刘洵探组分工明确。前者负责调查林旭和王翙薇的关系,后者负责调查林旭和郭玉琼的关系。两组侦查员采取广撒网多敛鱼的访问方式,对上述几人的生活圈子展开了细致密集的调查,然后由点到面,找到了一些愿意提供情报的群众,通过他们拿到了很多有参考意义的线索。

首先是调查林旭和王翙薇的关系。这方面的访问多少带着些八卦气息,所以孙小圣派王木一和灿灿姐去搞定。两位女侦查员到林旭和王翙薇曾经就读的政法大学走访,找到了一名曾经和林旭同班,毕业后留校工作的女同学。这位姓胡的女士虽然现在是法律系的讲师,但上学时似乎也是校内八卦圈的一把好手。听闻警察来找她了解情况,她很愿意配合,下课后便在学校的花园中给王木一和灿灿姐讲了半天林、王二人的"情史"。

小胡老师说,林旭当年在学校可是抢手货,长得帅,学习好,又是本地人,很多女生都趋之若鹜,可偏偏林大公子弱水三千只取一瓢,单单相中了不那么出众的王翙薇。也可能因为王翙薇和林旭住得近,算是近水楼台吧,反正两人那会儿如胶似漆,别提多甜腻了。但天有不测风云,王翙薇大四上半学期跟着校登山队最后一次活动,摔坏了双腿,直接退学。

所有人那会儿都在关注着林旭的反应,都想看看之前那么深情、专一的林帅哥怎么抉择。令大家意外和佩服的是,林旭没有放弃王翙薇,虽说她重新站起来的希望极其渺茫,但林旭还是一如既往地陪在她身边,带她做康复训练,为她寻医问药。

可是林旭家里始终不同意。一开始大家并不知道这个内情,是因为林旭为此和家里闹僵了之后不回家，林政军夫妇到学校来找他，事情才搞得满城风雨。林政军夫妇战斗力极强，为了给儿子施加压力，先去找他的导师游说，导师不管，他们就去找系主任，找党支部，据说后来还直接去找了王翊薇本人。但林旭更不是省油的灯，对父母的告诫和恐吓充耳不闻，反而比以前更宠爱王翊薇了。最后父母也拿他没辙了。

"哦？"灿灿姐听到此处有点儿意外，这好像和他们之前得到的消息不太相符，"你的意思是说，他俩不是林旭父母搅和散的？"

"当然不是！"小胡老师拖着长音，"你太小看林旭了，他是那种个性极强的人，谁也管不了他，要不是脑子快、长得帅，不知道都死多少回了。"

"那他们为什么分手？"

小胡老师摇摇头："具体情况我不知道，但听同学说，后来有一次林旭在外面出了车祸，人没什么事，但不知为什么，那之后他突然就跟王翊薇提出了分手。那会儿同学们还挺唏嘘的，觉得现实面前，林旭也没能免俗。不过我也理解他，现实这么残酷，谁不为自己的以后做打算啊。"

王木一赶紧把这些信息记在小本子上。

"那就很奇怪了，明明父母都不干预了，林旭自己倒放弃了？"

"可能后来想通了吧，也可能经历了一场车祸，顿悟了什么？不过这些他是不会告诉我们的，也没人敢问啊！"小胡老师说着，忽然想起了什么，竖起食指在空中使劲点了两下，"我想起来了，我们毕业一周年同学聚会，林旭还去了，那是他最后一次参加我们的同学聚会，后来大家都喝多了，去唱卡拉OK，他还唱了一首光良的《童话》，唱着唱着还掉眼泪了呢。"

王木一听得有些心酸，不禁问道："那你觉得林旭是自愿跟王翊薇分手的，还是出于什么不可抗因素导致的？"

小胡老师皱眉摇头，仿佛觉得这个问题很烧脑："要说自愿，那跟林旭之前至死不渝的劲头反差也太大了，更何况发生得那样突然；但要说有什么外因影响，能有什么原因呢？以我对林旭的了解，恐怕没人，也没有什么事能撼动他，除非他忽然发现他和王翊薇是亲兄妹，不过这也太狗血了。"

小胡老师笑笑，又不知道这幽默合不合时宜，赶紧观察两位警察的表情。

"会不会是林旭喜欢上别人了？"灿灿姐问，她记得孙小圣说过林旭是有现任的。

"哦？这我倒不清楚，现任是谁？如果也是我们同学，或者是他当时就能接触到的人，也是保不齐的。"小胡老师微妙一笑。

王木一和灿灿姐都不知道，打电话问孙小圣，孙小圣也一无所知。好像之前有很多人提起过林旭的现女友，但她从未露过面。

"最后一个问题，"王木一在长凳上直了直已经坐酸了的腰，"据你了解的情况，现在林旭和王翊薇还有联系吗？"

这回小胡老师表现得很肯定："有呀，为什么没有，他俩又不是反目成仇，何况以前那么好，而且林旭还时不时从同学圈子里给她介绍点儿活干。有时候王翊薇发朋友圈，林旭还会点赞呢！"

"十月二日那天，王翊薇生日，他们两人有发朋友圈吗？"

小胡老师听到此处，眼睛不由得瞪大了一些，仿佛联想到了什么内容，很快掏出手机找起来，然后特务汇报工作似的低声快语道："我记得那晚王翊薇是发了动态的，但是现在点她的朋友圈进去，已经找不到了——应该是删除了吧。"

说着她把手机递给王木一。王木一发现，王翊薇上一条朋友圈动态还是两个月之前。但小胡老师随后说，她记得自己看到过王翊薇生日当晚一张晒蛋糕的照片，自己还点了赞呢。

"那条朋友圈是什么内容？"

"就是一张蛋糕的图片，配文是什么二十七岁来了，要不负岁月什么的。"

"是不是一个粉色奶油镶边的蛋糕？"

"好像是吧，"小胡老师歪着脑袋回忆了一下，"反正是个挺漂亮的蛋糕。"

"照片里有人吗？"

"没有。就是一个蛋糕的特写。"

灿灿姐想了一下，问："蛋糕放在什么地方？"

小胡老师一时没有思路，愣了一会儿才答道："啊，好像是在饭馆里，因为我记得她配的文字中好像是说'三年来第一次在外面过生日'，怎样怎样的。"

"哦？说具体在哪里了吗？"

"没有，谁会说得那么清楚呀？"

"照片里，蛋糕的周围都有什么？"

"就是摆在一张桌子上，周围有吃的什么的，具体的我也没太仔细看。"

"当时是几点？"

小胡老师又是一阵思考，这一会儿工夫的访问，仿佛快耗光她的脑细胞了："我记得我也是吃完晚饭闲着没事时看手机看到的，也就九十点钟吧……"

孙小圣觉得这些情报已经很接近他们的猜测了：林旭和王翊薇都在说谎，他们两个当晚根本没有窗对窗地互诉衷肠，而是一起去外面过的生日。他们在外面的时候，郭玉琼家案发，等林旭回到家，郭玉琼找到他，两人可能就此达成协议，由林旭充当这个幽灵证人，力证郭玉琼有正当防卫情节。

而且最能说明问题的，就是王翊薇事后竟然删除了这条朋友圈动态。如果心里没鬼，为什么要删除一条给自己庆生的照片？一定是林旭事后跟她串通好了的。

王木一等人都十分钦佩孙小圣的逻辑分析。

孙小圣正发表长篇大论，见李出阳歪在椅子上若有所思，半天都没有发表看法，便抬脚踢踢他的椅子腿："嘿，想什么呢？"

李出阳一脸困惑："我好像忘了什么事，一时又想不起来。"

"那就别想了，听听我这分析得靠不靠谱。林旭会不会当晚和王翊薇见面了。"

李出阳想到王翊薇那副样子，冲孙小圣皱眉："你能别想得那么龌龊吗——什么人啊。"

"我就说两人肯定见面了——真的面对面，又没说别的，是你思想龌龊吧！"

孙小圣话音未落，李出阳已经在穿外套。孙小圣问："干吗去？"

李出阳把衣架上孙小圣的外套给他丢过去："与其这么瞎推测，不如去实际走访一下。"

孙小圣套上外套跟他出来，问李出阳是不是想再去一次王翊薇家核实情况，又说那其实没多大意义，还不如去找刘洵聊聊郭玉琼，或者再去周边调调监控录像。李出阳说："没有，我是对另一个问题很感兴趣。"

"什么问题?"

"林旭当年突然跟王翊薇分手的原因。"

"你可真够八卦的。"孙小圣朝他咧嘴。

李出阳却显得很认真:"你不觉得这很突兀吗?这个林旭身上有太多秘密,但我总觉得,这件事是咱们的一个突破口。"

"那咱们现在去哪儿?别告诉我去王翊薇家,我可不去,没带锅盖。"

"当然不可能去问她。"

"那去哪儿?"

"交管局。"

李出阳觉得林旭和王翊薇关系的转折点就是源于那次车祸,所以要想弄清楚当年林旭身上到底发生了什么,就必须查清楚那是一起怎样的车祸。

他们通过交管局的系统平台查到了当年林旭发生车祸时的报警记录,然后了解到当年这起车祸的基本情况。这起车祸发生在玉川。玉川属于古城郊区,那里有很多曲折盘绕的小公路。那时林旭应该还没买车,开的是林政军名下的一款宝来轿车。当时他似乎是带林昭昭去郊外游玩,车上只有他们兄弟二人。在车辆行驶到一条小路的弯道时,他们身后有一辆帕萨特轿车从外侧超车,因为占用了对面车道,被对面突然行驶过来的一辆凯美瑞轿车迎头撞上,随后车辆失控。林旭的车受到波及,一头撞进道路旁边的树林里。

林旭当时系了安全带,所以除了有点儿轻微脑震荡和一些软组织挫伤外并无大碍,林昭昭却直接从车里飞了出去。根据当年记述的案情,林昭昭伤势较重,有大量出血,情况危急,交管局给救护车专门开了绿色通道,才及时将他送到医院急救,否则小命不保。

从后来的责任判定来看,那辆帕萨特轿车负事故的全部责任,林旭和林昭昭是绝对的受害方。所以李出阳认为:之前林州说的林政军夫妇因此责怪林旭没有照顾好弟弟的情况好像不太可能会发生。因为林旭是正常驾驶,要怪也得怪那辆帕萨特违章逆行。而且手心手背都是肉,林政军夫妇能为了林旭的前程大闹学校,就说明他们也是溺爱他的,怎么可能会在那种时候去苛责同为受害者的他?更何况林昭昭送到医院后经过抢救脱离了危险,也并没有造成什么非常恶劣的后果。

孙小圣不以为然:"别忘了林昭昭没系安全带,这个林旭可有责任。"

李出阳摇摇头:"林昭昭从小娇生惯养,不系安全带这种坏习惯肯定不是一天养成的,如果林政军夫妇真是教导有方,那林政军车上怎么连个儿童座椅都没有?"李出阳指着平台上当时录入的现场照片,"说明林政军和葛华肯定也知道小儿子平时坐车就是'大撒把',所以他们没有理由埋怨林旭。"

"那也说明不了什么,"孙小圣在交管局大厅的椅子上坐下来,"甭管林政军夫妇是什么态度,这都是一起普通车祸啊,跟王翊薇有什么关系呢?开帕萨特的又不是她——她也开不了。怎么这事之后,林旭就忽然跟王翊薇闹分手了呢?"

"也许,和王翊薇分手,只是这场车祸带给他的转变之一,这里面一定有什么内情。"李出阳非常相信自己的感觉。

孙小圣想了想,说:"如果你想继续查,只能去当时救治林昭昭的医院问问了。我刚才看了下,是古城第三人民医院。咱们现在过去?"

李出阳站起身来:"好。"

正说着,孙小圣接到了刘洵的电话。刘洵在电话里告诉孙小圣,郭玉琼一案有重大发现,让他们赶紧归队。孙小圣便把去医院走访的活派给了黑咪和樊小超,然后带着李出阳火急火燎地赶回了队里。

刘洵告诉孙小圣,本来他们是奔着查郭玉琼和林旭之间的关联点去的,没想到这方面一无所获,却查出了另一条值得关注的线索。

经过扩大范围走访,他们了解到郭玉琼曾在十月一日于小区附近的彩票站购买过五十注双色球彩票,而那一期彩票的开奖时间,就是十月二日晚上九点十五分。

"那就很奇怪了,"孙小圣说道,"既然第二天这个时候开奖,她为什么晚上九点五十分左右才回家?买了彩票却不看开奖?"

"报纸和网上倒是都能看,不过我怎么听着这时间有点儿耳熟?是九点十五分吗?"李出阳问。

孙小圣一砸拳:"啊!我想起来了,这不正是当天晚上英超比赛的开始时间吗?"

李出阳眼睛一亮:"对,热刺对曼城。"

刘洵明显恍了一下神,然后装出一副早就料到的样子,抬高声音:"所以呀，我才把你们叫过来碰碰，这里面会不会有什么问题啊？他俩是不是因为抢电视打起来的？"

孙小圣却摇摇头："抢电视？不至于吧，再说如果是抢电视，郭玉琼没必要编瞎话，把案发时间往后推吧？"

正说着，小白从办公室门口风尘仆仆地进来，见孙小圣和李出阳也在，张口便道："哎，都在啊，正好！我这边又有了一些发现：通过对彩票站一些票友的访问，有两个跟郭玉琼比较相熟的人告诉了我一些关于她的事情——她好像不单单喜欢买彩票这点儿事。"

小白说，两个票友对郭玉琼的评价都很一致，说这个女人看似静若止水，其实心里挺不安分的。不过这种不安分和生活作风无关，而是指金钱方面。

这两个票友都是彩票站的常客，常年泡在里面的那种。这种客人多数都是买"快三"。所谓"快三"就是一种间隔短、期数多的彩票，一注两块，成本不太高，中奖率还说得过去，当然还有一些趣味性。郭玉琼自从搬到绣竹园后，也有事没事来彩票站买"快三"，等开奖时大家就有一搭没一搭地聊天，慢慢地互相就有了一些了解。

票友们彼此相识的最初话题都是：你为啥来买彩票啊？这样从回答就能判断出你究竟属于哪类人：幻想一夜暴富的，就是穷人；当爱好的，就是闲人；上了瘾的，就是痴人。反正甭管属于哪种，基本上没有富人。这也是甭管你出于何种心态来彩票站，都能和大家打成一片的原因。

郭玉琼说给大家的理由让人很同情。她说她很久以前家里人就死光了，她孑然一身苟活于世，总归没有安全感。这个世界上如果没有家人疼爱自己、保护自己，那么唯一能给她安全感的东西就是钱。她没有挣大钱的合法途径，只能靠买买彩票碰碰运气，但多数情况下也只是聊以自慰。

彩票站里男人居多，像郭玉琼这样受过教育，又比较"佛系"的女性就显得有些鹤立鸡群了。所以很多人愿意拿她当朋友，多聊几句，互相便有了一些了解。

然而票友们随后发现，她所说的这些，除了身世，其他可能都大有水分。她对金钱似乎有着超乎常人的渴望，不仅专注于可能一夜暴富的彩票，还倒腾过一阵私人理财，好像还把一些朋友拖下水了呢。

她找的理财公司是那种比较典型的针对中老年群体的集资平台，每人入个三五万元，公司每个月给客户返几百元不等的利息，并承诺年底退还本金。这也属于高收益了，而且客户发展下线还能获得提成，所以郭玉琼很兴奋地投了钱，还拉了一些朋友进来。没想到那公司运营几个月后资金链断裂，该发的利息发不出来，仿佛还有跑路的迹象。郭玉琼前一阵子便天天和一些客户去公司闹，也不知道要回本金没有。

除了这些经历，还有更劲爆的事，那便是她还沉迷过一阵网络赌博。

她曾给票友们讲过这样一件事：有一次她玩手机斗地主，手机网页上忽然跳出一个网址，点进去后有人跟她聊天，问她想不想在线玩"炸金花"，保证公正公平，而且过程全部直播。对方还说现在这种博彩方式最流行，因为如果在某处组牌局，会有被抓赌的风险；而合法的博彩平台又没有他们这种方式直接、刺激。郭玉琼说当时自己正闲着没事，头脑一热便同意了。参与那种赌博并不难，客服加了她的微信，然后把她拉入了一个微信群，群里都是玩家，然后大家开启视频聊天，靠在线转账来下注，游戏。

郭玉琼不太会玩"炸金花"，但上手后觉得挺有意思，加上在线玩节奏很快，不知不觉输掉了上千元。她正想收手时，情势忽然又对她有利起来。几把下来，她竟然回了本，甚至在当天结束游戏的时候，还赚了二百多块。

她从此一发不可收拾。

郭玉琼沉迷于这种赌博，虽说手气时好时坏，但终归是输的更多些，而且日积月累，不知不觉赔进去两三万。再加上她平日里还买理财、买彩票，开销上自然捉襟见肘。那一阵她刚结婚，丈夫洞悉了此事，于是反复跟她沟通，告诉她这里面可能有猫腻，让她别再染指。但郭玉琼那会儿已经陷得太深，一方面想要回本，一方面也想提升技艺，成为高手。所以她对丈夫的劝告置若罔闻，夫妻俩很快就为这些事闹得不可开交。

在郭玉琼赔到五万块的时候，丈夫对她连买彩票都非常厌恶了，二人经常为此争执、冷战。后来郭玉琼觉得再赔下去就该要命了，便询问了两个和自己相熟的彩票票友，让他们帮着分析这在线赌博会不会有老千。票友们都说让她适可而止，这一听就不对头，里面肯定有托儿，在坑她的钱。郭玉琼这才偃旗息鼓，消停了一阵子。

"消停了一阵子,一阵子是什么意思?"孙小圣问。

"好像就是两三个月?票友说那两三个月她几乎也不来彩票站了,说是跟自己老公做了保证,以后不碰这些东西了,也不做发财的春秋大梦了。"小白耸耸肩。

"那十月一日她怎么又去买彩票了?"

"哼,还说呢,"小白不由得一乐,"一日郭玉琼去彩票站买彩票,老板见她好久都没来了,还问她怎么今天突然想起来买彩票了。她说今天是国庆,她买个彩票支持支持国家的福利事业。结果一买就是五十注。"

"这女人有点儿邪门儿。明明是自己赌博,还说老公赌,我说现在怎么没查到吕昆赌球的线索呢。"刘洵冷笑道。

孙小圣这会儿茅塞顿开地点点头,眯眼道:"啊——我知道了,郭玉琼买完彩票后第二天等着看开奖,没想到开奖的时间和老公看的欧洲杯撞上了,老公埋怨她又买彩票,不知悔改,两人就这么吵了起来。"

"不光是买彩票的事,"李出阳说,"赌瘾一犯,人是什么都不顾的,吕昆可能同时还发现郭玉琼又参加网络赌博了,再加上她以前买理财扔钱打水漂的旧账,这才对她大打出手。"

刘洵此时瞪大眼睛:"那就是说,案发时间,肯定在当晚开奖节目的前后不久,在九点十五分左右,加上两人争执、撕扯的时间,大概就是在九点三十分,林旭说的时间是正确的。"

"对,"李出阳应道,"郭玉琼之所以把案发时间推后二十分钟,还说自己那个时候才到家,就是故意岔开双色球的开奖时间,怕咱们查到这条线索,从而把吕昆的死和她嗜赌联系起来。"

"而且二十分钟后,热刺攻入第二个球,二比零领先曼城,她也可以顺便编造出吕昆赌球押曼城赢的谎话,让咱们误以为是吕昆输钱丧心病狂要杀妻,这样她就是一个完完全全的弱者、被害者,正当防卫杀死她老公也就不足为过了。"孙小圣说。

刘洵觉得自己汗毛都竖起来了:"我说呢,现场吕昆的手机被摔得粉碎,根本无法恢复数据。这女人还说是吕昆自己摔的,我当时还纳闷呢——吕昆要摔也摔她的手机啊,摔自己手机干吗?一定是她要陷害吕昆用手机赌博,但又怕咱们调查这部手机,所以干脆给摔碎了。"

李出阳又想起了什么："不光是瞎编案发时间，摔碎手机，她肯定还把自己参与赌博和理财的相关证据都删掉或者扔掉了。还有她买的那些彩票，咱们一张都没见到。"

"案发是头天晚上九点多，她次日六点才报警，有足够的时间做这些误导侦查的工作。不过这也从侧面证明，她是有时间也有这个头脑去找林旭碰头的。但假使她这样做了，为什么没有把改变案发时间这么重要的信息告诉林旭？自己找一个伪证，反倒证明自己在说谎，没这个道理啊。"刘洵摇头晃脑地说。

李出阳这会儿也有点儿动摇了："难道说，林旭没有说瞎话，他当时确实是在楼下？"

17

刘洵计划明天带着小白再去看守所给郭玉琼做笔录，此刻便开始准备讯问提纲，孙小圣和李出阳便回了自己办公室。不一会儿工夫，黑咪那边从医院传来消息，说已经查到了当年林旭和林昭昭发生车祸后的就诊记录。记录显示：当时林旭无大碍，只进行了简单包扎，而林昭昭股动脉不完全破裂，输了大量血浆才捡回一命。因为时隔较久，当年的主治医师已经不在医院，只能从病案室查到这些信息。

没有任何迹象表明这起车祸与王翙薇有关。

孙小圣与李出阳都有些焦躁，现在越来越多的线索都在向林旭靠拢，慢慢撑起了他证人的可靠性。但与此同时，林旭身上又有太多的谜团没有解开。比如他对案情反复无常的描述，他和王翙薇扑朔迷离的关系，以及王翙薇那条神秘消失的朋友圈动态。他们在隐藏什么？和案件到底有没有关系？

"如果，我是说如果啊，"李出阳坐在椅子上抬眼问站在面前的孙小圣，"林旭当年突然跟王翙薇分手，不是因为第三者，你觉得会是因为什么？"

孙小圣一屁股坐在李出阳桌子上，居高临下地朝他眨眼睛："你怎么还在纠结这个问题。"

"必须要纠结一下，"李出阳很仔细地说，"如果林旭做伪证，就得详查他和郭玉琼的关系。但如果像现在这样，根本查不到两人的任何关联点，就说明两人可能不是直接有关联,而是中间有什么人作为纽带。而直接参与帮助林旭做伪证的人,就是王翊薇。所以我猜测,会不会是王翊薇和郭玉琼之间有什么关系,在郭玉琼需要帮助的时候,王翊薇找到林旭做了一个局,要保她。"

孙小圣觉得不太可能:"但是两人已经分手了啊,都好几年了。而且林旭有现女友啊,他有必要为了前女友,冒险去做这种违法的事情吗?一旦事情暴露,律师执业证肯定是要被吊销的,他饭碗就砸了。"

"你见过他的现女友吗?"李出阳瞥了孙小圣一眼,又看看探组其他成员,"很多人都提起过他的现任,却从没有人见过,包括咱们去他家时,按说两个年轻人的小天地,一定会摆着很多双方的照片的,但咱们一张也没见到。你不觉得奇怪吗?"

"什么意思?"灿灿姐觉得后背都被他说凉了,"你是说大家口中,包括林旭自己口中的这位现女友,根本不存在?"

"这还不好说,昨天我和孙小圣去他家时,我看到他家电视背景墙和沙发后面的墙上,有几个挂相框的螺丝钉,但是那上面什么都没挂。我猜测,会不会是林旭不想让咱们知道什么,便把上面的照片都摘掉了。"

孙小圣想了想,好像是有这种可能性。林旭开门后发现是他们,借口还未准备好,又关了好一会儿门。正常人的做法都是先将客人迎进去,而不是将人晾在门外。孙小圣当时只是以为林旭孤僻傲慢,除了发发牢骚也没当回事,现在想想,的确可疑。

"好事不瞒人,瞒人没好事。"一旁的苏玉甫总结道。

王木一这会儿发话了:"二位哥哥,你们不会以为,林旭的现女友,其实就是王翊薇吧?俩人还在偷偷好着?"

灿灿姐把一瓣橘子塞进她嘴里:"想什么呢,王翊薇那个样子,上下楼都不方便,怎么会一会儿住在家里,一会儿又去和林旭同居?"

苏玉甫也说:"是啊,再说王翊薇就住在绣竹园小区,俩人要真好着,林政军夫妇也不会不知道吧?那个林州也应该知道吧?"

王木一大口嚼着橘子,仍旧坚持观点:"万一这是个大局呢?大家都参与进来的那种。"

"还大局,你以为'狼人杀'啊?"

"没错，人越多，瞎话的漏洞就越多，就越可能被戳穿，毕竟人心难测啊。而且像林政军、葛华这种的，凭什么帮着儿子给女朋友圆这种谎？他们躲着王翊薇还来不及呢。"灿灿姐很不认可。

苏玉甫也说："就是，退一万步讲，就算林旭真的没跟王翊薇分手，他凭什么管这种事？郭玉琼又不是王翊薇的妈。"

此话一出，孙小圣脑子里忽然闪过什么。李出阳也猛一抬头。

两人都明白对方有话说，孙小圣急忙道："你先讲。"

李出阳沉着气组织了一会儿语言，然后说道："我在想，林旭当年和王翊薇分手，理由其实可能很简单。首先他们之间没有第三者，王翊薇也没有做对不起他的事，他也很爱王翊薇。所以说，他们相爱最大的障碍，还是来自林旭父母这边。林旭只不过是在她和自己父母之间，重新做了一下选择。"

"为什么重新做选择？"王木一问。

"因为很简单，他觉得必须要尊重父母的意见了。"李出阳答。

"那就是想通了呗，觉得父母说的对，王翊薇只会是他的累赘，所以才借着父母的由头甩了她。"灿灿姐有点儿不爽地说。

李出阳眉头皱得极紧："不，和王翊薇没有关系。"

"那和什么有关系？"大家都被他绕晕了——李出阳平时说话很少这么拐弯抹角的。

"车祸。这场车祸，重新定义了他与父母的关系。"孙小圣说。

晚上整个探组集体加班。王木一先后给林旭、郭玉琼的户籍地派出所打了电话，让对方详细查询了两个人之前的户口迁移记录，终于从里面找到了一些关联点。

两人早年都在省内的一个叫作溪沛县的地方居住过，细算起来，是二十三四年前。不过这也不能说明什么问题，首先林旭家住在省城，而郭玉琼住在离省城还有百余公里的乡镇上。而且后来溪沛县建了很大的工业园区，只有一小部分居民选择原地回迁，很多人拿了拆迁款之后，都去外地买房了。而那里离古城只有数十公里之遥，再加上古城这十几二十年来迅猛发展，已经成为二线城市，所以很多溪沛人都陆陆续续来古城安家落户。苏玉甫和小白老家就是溪沛的，绣竹园小区里也有很多业主或者租户是溪沛人。

孙小圣紧接着又让苏玉甫联系了溪沛县公安局，查找当年林旭和郭玉琼住在溪沛县时各自属地派出所的电话。郭玉琼家当年的乡镇已经重新规划，一部分变成了军区，一部分变成了林区，范围和名字都改了，当年的属地派出所也早就撤了，查起来有些难。但林旭家旧址的省城派出所还在，孙小圣让苏玉甫传真过去介绍信和工作证，准备明天带着李出阳到那里出一趟差。

他们翌日一早出发，中午之前就赶到了溪沛县城。

由于有溪沛工业园的经济带动，县城发展得还不错，虽然马路上秩序有些混乱，建筑也有点儿杂乱无章，但总体还是挺繁华的。他们用手机地图导航绕了好久，终于找到了那个隐藏在市井当中的小派出所。这个小派出所一看就有些年头了，墙面斑驳破败，和周围乳胶漆味泛滥的各种时髦商铺形成鲜明的对比。还未停好车，孙小圣就接到了刘洵的电话。

"郭玉琼还是死扛，不承认赌博也不承认咱们推测的案发时间。"刘洵显然刚才在讯问时大为光火，此刻说话还是气鼓鼓的，"哦，对了，她家座机的通话记录已经出来了。暂时还没有发现她跟林旭联络的迹象，手机的通信记录还要等几天。不过从座机通信记录中找到了一些她和彩票站票友的联系记录，这还只是近三个月的，我让小白继续调，最多能调半年的。"

孙小圣瞅着面前漆已经快掉光的派出所牌子对刘洵说："她不认也没关系，会有人替她说实话的。"

孙小圣和李出阳在溪沛县城派出所里找到了负责和他们对接的民警。民警是个姑娘，听闻他们要找二十多年前的管片民警，就说那民警甭管是谁，现在肯定不在所里了。这里现在资历最老的民警也不过十余年所龄，再往上捯，不是退休离职的，就是调到外单位的。孙小圣拍着胸脯说没事，只要能查出去处就行，他们再想办法。

姑娘跑前跑后地打听了一阵子，然后给了他们一个电话，说这老民警姓周，以前负责过林政军家旧址的辖区。不过他几年前就退休了，好在就是溪沛人，偶尔还会来所里报销看病单子，应该不会离得太远。孙小圣千恩万谢，出门便给周警官打电话。

周警官声音苍老，一听就是老烟枪，听闻古城有同行找他，估计还以为自己以前挂的某个逃犯被抓到了，兴奋地在电话里大叫。然后他告诉孙小圣他现在正在河边钓鱼，他们要是着急可以导航过来找他。

这个导航可是坑了孙小圣和李出阳,老周钓鱼的地方是个野塘,地图上根本没显示,虽然离得不太远,但他们七拐八绕愣是找了两个钟头才找到地方。老周为了等他们一直在塘边不敢动窝,此刻低血糖都快犯了,听闻他们不是为逃犯的事而来,仅仅是调查以前他辖区里的住户,兴致大减,人也显得没精打采起来。孙小圣赶紧屁颠屁颠地给他上烟。

"林政军?葛华?林旭?原来镇子上砂轮厂里好像有个叫葛华的,不知道是不是你们说的那位啊?"老周狠狠嘬着烟说。

李出阳想起林政军和葛华以前都是工人,觉得有一定的可能性,便给他拿出了林家三口人的照片,想了想,又觉得成人后的林旭老周未必见过,便重点指着林政军夫妇给他看。老周对着照片微微摇头:"时间离得太远了……认不清了……"

"那这个人您听说过吗?也是溪沛的,当年住在矩镇上。"李出阳又掏出郭玉琼的照片。

"没见过。"然后老周面向孙小圣、李出阳,反问,"怎么,你们到底想问什么?"

"关于这个葛华,您有什么印象吗?您是怎么知道她的?"孙小圣想,既然他只依稀认得葛华,那也只能从这儿说起,要不然他们也没理由继续站在这里了。

老周好像脑力透支似的抓着头发:"哎呀,是呀,我怎么对这个人有印象呢?你得容我想想,"说着他又坐在了小马扎上,歪着脑袋凝视着一大片墨绿的池塘,似乎又找到了当年在职时侦查破案的劲头,眉毛都连在一起了,"我得好好想想啊……你刚才说了一句什么,好像让我想起了一件什么事……"

"哪句话?"

老周一时没应,好一会儿才开腔:"啊,就是你说的,刚才那个叫郭什么的住的镇子,叫什么镇来着?"

"矩镇。现在是军区,镇上好些人都迁到省城或者外地了。"李出阳答。

老周拍拍脑门儿:"啊,那应该就是这个镇子,溪沛县里名字只有一个字的镇子就这一个,当年出过一档子事我记得,和你们说的时间也大概吻合。"

"什么事？"孙小圣和李出阳都有些兴奋地看着他。

"一起煤气中毒事件，死了好几个人呢。"

老周说，二十多年前，那个本来寂寂无闻的小镇忽然发生一起震惊全县的煤气中毒案。当时县公安局派了好几十人的警力去增援调查，老周作为协办民警，虽然没去现场，但多少也了解一些，而且事后还从别的方面算是给这事善后了。

但他对此事的记忆也仅仅停留在自己所说的善后上。简单来说，就是当年煤气中毒死了一家四口，好像是一对年轻夫妻和公公婆婆。但当时这个妻子已经怀胎八个月快要临盆了，煤气泄漏时她单独睡觉的房间关着门，所以一时没有死，处于深度昏迷状态。她入院后的第三天，医生发现其已经出现宫缩，羊水也破了，看来是胎儿要出来了，便赶紧给她实施了剖宫产。

因为一氧化碳中毒也会给胎儿发育造成影响，所以很多医生都没对孩子抱太大希望，但没想到她生下的男婴竟然非常健康。

孙小圣和李出阳听至此，都觉得天灵盖嗖地一凉，头发都立起来了。而老周接下来的话，更像平地惊雷一样震撼。

老周说，那个煤气中毒的女人一直没有苏醒，身边只有一个堂姐照顾。孩子肯定是没办法抚养的，便辗转把孩子送给了砂轮厂的一个女工。那女工据说患有多囊卵巢综合征，而且还是比较严重的那种，医生断定她很难有自己的孩子，所以她一直想和丈夫收养个孩子。而老周就是帮他们给孩子办理户口的民警。

这个女工好像就叫葛华。这也是老周至今对她的名字有印象的原因。

老周一口气说完，见面前两位刚才还口齿伶俐的年轻警察都没了话，目光也游离了，歪着脑袋问他们怎么回事，是不是解锁了什么大案要案。

"那个……那个那个，"孙小圣说话都不利落了，肚子里有千百个问题往外冒，最后只出来一个，"那个煤气中毒的孕妇，是不是叫郭玉琼？"

老周俩手一摊："我都说了，我对那边的人不熟悉，他们不是我那片的，也可能早先知道名字，后来忘了。"

"那……那个女人后来苏醒过来了吗？"李出阳直勾勾地盯着老周。

老周摇摇头："好像被她姐姐接回去没多久就死了。也没准儿是在医院就被拔了管子了。人都那样了，醒来的概率很小吧？"聊到这里老周才转过弯来,"怎么,你们这是帮人认亲呢?刚才照片上那个小伙子,你们觉得是那个姓郭的女人生的?那不对啊,那姓郭的也不应该那么老啊,当时生孩子的时候,应该也就二三十岁吧?"

说着老周又管孙小圣要过来郭玉琼和林旭的照片,拿在手里使劲对比,嘴里嘟囔着说:"这感觉也没多像啊!你们弄清楚了吗?"

李出阳最先缓过神,跟老周讲了他们的猜测,那便是郭玉琼后来侥幸苏醒了过来,一直活到现在。而她之前昏迷时诞下的男婴,也就是后来的林旭。林旭通过多方查找找到了她,为了方便照顾,还把她接到了自己周围居住。

让林旭发现自己身世的,就是那场车祸。

当时林昭昭需要输血。

而林旭血型不符。

18

尽管老周对此持很大的怀疑态度,但孙小圣和李出阳觉得没有其他可能性了。因为这里面的巧合实在太多了。

首先,发生煤气中毒的家庭在矩镇,郭玉琼也曾居住在那里。其次,郭玉琼曾说自己家人都死光了,这和那名中毒后产子的妇女的境遇也很像。最关键的是,林旭的车祸发生在四年前,而郭玉琼是三年前搬到绣竹园小区的,这在时间线上也符合事情发生的逻辑顺序。林旭当年发现自己身世时一定异常震惊,冷静下来便开始采取了一系列措施,其中就包括和王翊薇分手以及寻找自己的亲生母亲。他在得知郭玉琼还活着,并且独自一人生活的时候,毅然决然地把她接来古城居住,并且就安顿在自己家的楼上,以便往来和照顾。甚至郭玉琼再度成婚,可能也是他的主意,毕竟他工作繁忙,还有养父养母需要照顾,所以为郭玉琼组建个新家是个不错的选择。但他万万没有想到,事情就出在了这上面。

回来的路上,孙小圣和李出阳已经把事情经过捋得差不多了,但还有一些问题没弄清楚。首先,林政军夫妇知不知道郭玉琼的身份?孙小圣猜测是否定的,因为如果林旭大张旗鼓地在他们眼皮子底下干这种事,实在有愧于人家二十多年来对自己的养育之恩。而且从案发后林政军夫妇的反应来看，并不像知道事情内幕，否则他们一定会联想到和林旭有关，从而抵制警方的调查。但他们好像还在维护着林旭是养子这个秘密，不仅对警方绝口不提，连林昭昭和林州都未曾透露过一丝一毫，可见其用心良苦。所以林旭对养父养母的感情一定是深厚而又复杂的，尤其是将郭玉琼接到自己家楼上居住后，他很可能在一定程度上后悔了。

林旭自从知道母亲是在那样苦难的状态下生下了自己，自己又被养父养母宛如亲生儿子一般悉心养护了多年，心中背负的责任感与压力就翻了倍。越是想要成功，就越是彷徨迷失。这也是他当初急功近利，在之前就职的律所栽了跟头的原因之一。

那段时间他和养父母的关系一定也非常微妙，一方面他对他们感恩到极致，一方面在面对他们时，心中又有种隐隐的不安和不自信。而且这种心态是相对的，他应该也能明显地感觉到，林政军与葛华对他的态度也比以前客气了许多，俨然没了曾经对他的那种无所顾忌、直来直去的天然姿态。林旭对此感到很悲哀，却无力改变，甚至他还有些想逃避。

而且事情还远远不止于此。

郭玉琼搬到楼上之后，他一定有了一种割裂感，就像脚踩两只船一样，时刻需要在两头周旋。他纠结于情感和精力的调配，困惑于孰轻孰重的比较。养父母和生母像磁铁的同极相斥一样，在他心中创造出一种强大的能量场，令他越来越惧怕那个熟悉的环境。

最后的结果就是，他越来越逃避绣竹园小区，才导致最近一年都不怎么回家。

第二个问题就是，王翊薇知不知道郭玉琼的身份？李出阳认为：她知道，而且是早就知道，所以才会帮林旭做伪证。为什么是一早就知道？因为他们的分手与林旭获悉自己身世有着直接关系——

在那个时候，林旭才真切地感受到，原来自己嗤之以鼻的父母对自己感情的阻挠，实际上是他们发自内心把他当成亲生儿子的反应。林旭二十多年来一直养尊处优于父母亲对自己的宠爱，没想到有一天他突然发现，撑起这份爱的不是血缘，而仅仅是无私的奉献，或者说是一种心甘情愿的选择，这怎么能不让他重新审视自己的所作所为？最后他无条件地达成了他们的意愿，只为还他们一份尊重。

孙小圣和李出阳讨论至此，在车内沉默了许久。两人望着窗外飞驰而过的稻田与树木，脑海里不约而同地浮现出林旭那深邃的目光。他确实太难了，可这些也与他过人的聪明和完美主义有关。他想要把一切搞得水落石出，想要把所有事情安排得妥帖圆满，却发现很多事情充满了自然而然的玄机，绝非一己之力可以干预或者拨动的，自认为聪明地一意孤行，只会让历史选择的结果变得更加苍白而惨淡。

这起案子中林旭和郭玉琼的叙述还有很多未能统一的地方，但它们都已经是次要问题。当务之急，是必须落实两人的关系，才能进行下一步。孙小圣和李出阳来到支队长王艺花的办公室，讲了他们调查的收获和猜想，并希望市局签署委托书，给林旭和郭玉琼做DNA亲子鉴定。

花姐在办公室抓了半天脑袋，一筹莫展地对他们说："我听了半天，你们这些都是推测，并没有拿到实质性的证据呀。"

"我们正在尝试取得证据，DNA亲子鉴定一旦出来，就是证据啊。"孙小圣说。

花姐把手上的茶杯放下，用手指轻点着桌面说道："首先，你们并没有调查出那个煤气中毒的家庭的信息，对吧？你们也不确定那到底是不是郭玉琼家，对吧？也没有其他人能给你们做证，林旭就是当年从郭玉琼家抱养给林政军家的，连你们找的那个姓周的老民警，他也是大致回忆，对吧？所以说你们手头上掌握的这些内容，水分就很大啊，可不可以给我一些实质性的证据，比如书面材料、文字说明什么的。这样我跟上面请示时，也不至于空着手说啊。"

"可是当年煤气中毒的那户人家，除了郭玉琼都死光了，户口都销了好多年了，只剩下郭玉琼一个人，还迁了户口……"

"不能因为郭玉琼的身世和那个妇女相像，你们就把两者强凑到一起吧？你们也没问过郭玉琼啊，万一听她一说，她家完全是另外一回事呢？"花姐皱着眉头打断李出阳的话。

孙小圣有点儿上情绪了："您觉得现在问她，或者林旭，他们能告诉我们这些吗？"

"怎么不能，至少郭玉琼能。现在没有证据显示郭玉琼找林旭合谋，否则两人所说的案发时间也不会对不上——她到现在可能都想不到林旭给她做证呢。"花姐抖着腿说道。

"所以我们才认为林旭是心甘情愿帮她脱罪，只不过林旭说的可能是真的，郭玉琼却说了谎。这也能从侧面说明两人关系不一般。"李出阳反应很快。

"荒谬，"花姐微微冷笑，"如果当时林旭真在郭玉琼家楼下，按你们所说郭玉琼是他亲妈，他听见楼上都闹成那样了，竟然不上去帮忙，而只是在楼下安安静静地当听众？"

此话一出，孙小圣后腰上像过了电，立马高声应道："对啊，如果他当时在楼下，那他肯定就去郭玉琼家了，想必他也有郭玉琼家的钥匙吧！那吕昆会不会是他杀死的？他们母子俩，一个给对方顶罪，一个帮对方做伪证，天衣无缝啊。"

花姐笑笑，很有成就感似的说："我不说，你们还想不到吧！"

"我觉得不会，"李出阳给他们泼冷水，"以林旭的性格，不会让亲妈帮自己顶罪，万一正当防卫争取不到，那郭玉琼不就凉了？他不会让郭玉琼冒这个险，否则当初也不会千方百计地找到她，安顿她了。我更倾向于当晚林旭就在楼下，却没有上楼。"

"放任自己亲妈在楼上挨揍，也不是他的性格啊？"

"所以郭玉琼在说谎。"李出阳看着孙小圣，"咱们之前不是已经分析出郭玉琼编造案发时间，以及在现场做了好些手脚吗？那么当时案发时吕昆对她的反应，很可能也是她单方面编造的，两人可能确实弄出了一些动静，但吕昆从头到尾没对她说过'我要杀了你'这种话，所以林旭没必要上楼去帮她。东窗事发后，他猜到郭玉琼会把责任推到吕昆头上，或者两人之前聊过，身为律师的他教过郭玉琼一些违法之后钻法律空子的小伎俩，所以他了解郭玉琼在警察这边的对策，便找到咱们，说听见了吕昆要杀人。他与郭玉琼隔空打配合，目的就是让她被从轻处罚。"

李出阳说完，深觉这是结合案情所有细节，最可能成立的情况。花姐和孙小圣听罢也认真消化了好一阵。

"所以王队，"孙小圣面向花姐，一脸恳切，"当务之急，就是弄清楚林旭与郭玉琼之间的关系。我们高度怀疑郭玉琼与林旭之间存在血缘关系，一且这方面被查实,那么真相就会水落石出。"

花姐嘬了一下牙花子,还是摇头:"但你们拿到的实质性东西太少,林旭也不是嫌疑人,这样子去市局申请,我怕人家不批啊。"

"证人的身份,也需要查实啊。"

"你说得轻巧,这属于个人隐私,而且对方还是律师,除非他自己同意,否则我觉得难度很大。"

孙小圣想了想:"王队,我有一个疑问。"

"你说。"

"如果经查明,这两个人有血缘关系,那林旭的证词能作数吗?"

花姐抱肩沉思:"这个我不好说。因为个案存在特殊性,这主要体现在他们这种亲属关系也和普通的亲属关系不太一样,法院应该会酌情判断的。但我认为,如果林旭的证词有其他佐证,那么也不是没有被采用的可能。"

孙小圣和李出阳听罢都有些无语。也就是说,只要林旭玩得溜,能再整出一些其他可以互相印证的证据,证词还是能生效的——王翊薇的粉墨登场就是一个很好的例子。

"但是,"花姐话锋一转,眼睛也瞪大了一些,"我觉得只要你们把他的身世以及同郭玉琼的关系这一块的证据准备齐全,在材料过硬的情况下提交检察院,那么如果林旭不接受亲子鉴定,在法庭上,他的证词应该就直接会被无视。"

孙小圣和李出阳振奋不已,一边安排继续深入调查林旭被抱养以及郭玉琼家庭背景一事,一边让灿灿姐事务性地给林旭拨打了一个电话,问他愿不愿意配合案件调查走一个程序,就是和案件主要嫌疑人郭玉琼进行 DNA 亲子鉴定。

不出意料,林旭马上拒绝,并且询问为何会有这项程序。

林旭在电话那边好像咄咄逼人,灿灿姐一时应付不来,电话被孙小圣抢了过去。孙小圣对着话筒说道:"我说了,只是走一个程序而已,如果你不愿意配合,我们警方也不会强求。"

"我怎么从没听说过公安局取证还有这道程序?你们依据的是哪条办案程序规定啊?"林旭在电话那头好像非常烦躁。

"我说了,这不是必须履行的,只是根据自愿,你不同意就算了,该忙忙你的，有事我们会跟你联系的。"孙小圣口气平淡，表情上却是势在必得。

林旭挂了电话。

孙小圣朝李出阳做了个手势："慌了？"

"他应该能料到咱们查到了什么吧。"李出阳靠在椅子上，反而不那么安稳地说道。

孙小圣抬手看表，已经到了下班时间，便把明天的工作稍做安排，然后放组员们回家。等人走得差不多了，他走到李出阳办公桌前，悄声问他一起去外面吃点儿东西不，正好还有一些思路需要顺顺。李出阳今天在外面跑了一白天，不太想去，但又想到孙小圣没车，还得走路去地铁站，便开车把他送到了家，然后自己顺路去超市买东西。

他在路边的一座大型商场的超市里买了一袋子吃的，然后往马路边的车位走。走了没多远，发现自己车边似乎站了一个人。从姿势看，那人还很惬意地靠在自己车上，两手抱着肩，朝他走来的方向望着，好像已经等了他许久。

"林旭。"李出阳脱口而出，自己都没搞清楚是在打招呼还是自言自语。

路灯下面的林旭朝李出阳笑了笑，脸上的光影让他的五官显得更加立体了。他穿了一件灰色的针织开衫，里面是白色的衬衣，下身穿了牛仔裤和跑步鞋，整个人看上去挺清爽的，也不由得让人替他在这秋风瑟瑟的季节感到一丝寒意。

"李警官。"他也只是打了声招呼，并没有其他开场白。

"怎么，有事？"李出阳本想问问他是不是跟踪了自己，但又一想这还用问吗，便没再开口，而是从容地把东西放进后备厢，然后走到他跟前。这时林旭递给他一支烟，李出阳迟疑了一下，没有接，说不会抽。

林旭自己点上，嘬了一口，吐出了浓浓的烟雾——这是李出阳第一次看见他吸烟。

"我知道你们在查我。"林旭说。

"哦，都是例行调查，毕竟这是命案，领导交办。"李出阳觉得对付他这种极聪明的人也只能打打官腔了。

"查得怎么样了？"

"有了一些进展，不过还有一些事情没弄清楚。"

林旭听罢，看着李出阳，先是似笑非笑，然后把手中的烟头扔掉踩灭，似乎故作不经意地问了句："你们平时办案，都是这样查一个人吗？我的意思是，把他扒得一干二净那种？"

李出阳刚要说什么，话又被他抢了去："我知道，你们怀疑我：怀疑我的动机，怀疑我的身份。从见到你和那个孙警官的第一面开始，我就觉得自己挺没趣的——当然我也理解，因为我的一些个人原因，确实让我说的一些话不那么站得住脚。"

李出阳听到这里才明白，原来他是专门等自己和孙小圣分开后才露面的。想到这里，李出阳不由得握了握放在裤兜里的拳头。

"你的这些个人原因，确实有点儿复杂，我也没想到。"李出阳笑了笑。

一阵夜风拂过，周围的树叶略微抖动，林旭的头发也飘动着几根，他说："但是事实就是事实，你们想要调查，可以围绕着这件事，为什么要在别的地方纠缠呢？这样对你们有什么好处？"

说实话，听到这里李出阳觉得有点儿好笑了。这对林旭来说，显然是一种有失水准的反驳。看来他是真的乱了方寸了。但李出阳也觉得不能再任他肆意发问了，否则场面一定很难收拾。想罢，李出阳沉着一口气，认真说道："那好，既然你说到了调查，那我倒要问问你，你和郭玉琼到底是什么关系？"

"我和她没有关系。"

"没有关系，"李出阳带着深意重复了一遍这几个字，"既然没有关系，你怎么会主动来跟我们说一些对她极为有利的话，哪怕冒着自己的秘密被泄露出去的危险，也要为她做证？"

"别忘了，是你们一直在查我们家。查快递员、查租客、查我的堂弟，如果我再不出来澄清事实，家里就会被搅得越来越糟。所以我去找你们说出真相，很正常吧。"林旭不疾不徐地说道。

李出阳不得不承认，他的逻辑没有问题。正是因为他最初骗了家里，才令林政军选择报案，进而导致孙小圣等人去他家寻找证人。所以李出阳要让话题回到郭玉琼身上，这才是他的要害。

"既然你说你和郭玉琼没有关系，为什么不接受做亲子鉴定？如果结论如你所说，你们只是单纯的上下楼关系，那所有的怀疑都会不攻自破。"

"这样好吗？"

"这样不好吗？"

林旭微笑着摇了摇头："不好。我实话告诉你，你们查错了。我之所以不想做鉴定，不是不敢做，是不想让你们出丑。"

李出阳没想到他竟然这样说，好像有点儿明白了他之前的意思，但仍旧很不解地问："哦，哪里查错了？"

"当年那个镇子上确实有个煤气中毒的女人生的孩子给了别人，但给的不是我们家。砂轮厂有两个叫葛华的女工，除了我妈，还有另外一个葛华，孩子给的是她家。你可以去问问，就因为她和我妈同名，民警还联系错过，所以我妈是少数知道这件事的人之一。"林旭看着李出阳，眼神里透着不容置疑的自信。

李出阳虽然大感意外，但还是下意识地飞快思考了一番。他觉得，怎么会？如果真是这样，那他们之前对于林旭的猜测，不就全被推翻了？那么那场车祸、他与王翊薇的关系，甚至是他与郭玉琼的关系，不就又变回一张白纸了吗？最主要的是，排除之前那些明明已经如拼图一般拼上的事情经过，这些谜团难道还存在着另一种解答吗？

李出阳还未回过神来，林旭又开口了，此时他的口气也软了下来："我只是想告诉你们事实，没有一丝一毫的恶意。我和我爸妈虽然近两年闹了一些意见，但我依旧爱他们；如果你们凭空让我去和别人做亲子鉴定，会让我们非常困扰。"

李出阳的思绪还绕在林旭对于两个葛华的解释上回不来，虽然一时没有明确的判断，但表情上还是要故作镇定："你是学法律的，知道如果证人和被证明人之间如果存在亲属关系，证词效力会是怎样的。"

"会很微弱，"林旭并不回避，"法官一般不予首先采信。不过李警官，我想问你一个问题。"

"你说。"

"你当警察这么久，有没有碰见过法律与人情发生冲突的时候？一边是死板固化的条条框框，一边是有血有肉的情感反应，它们会让你抉择，或者说……"这个话题好像是林旭临时想到的，所以说得并不流畅，但他仍旧很用心地表达，"或者说，让你分裂。"

李出阳静静地聆听，也在随时准备做出反应。

"分裂成两个你：身为警察的你和作为一个普通人的你。你可能会觉得秉公办事才能达到公正，才符合你的职业身份。但你从来没想过，一件事情的发生，尤其是命案，除去那些谋财害命的，其实远远不是案情中写得那样简单。我接过的刑辩案子，死人的、伤人的，背后的故事，如果你认真体会，都是那种超越你认知的震撼和困惑。"

林旭说着，老气横秋地叹了口气："人心就像是一台不可控的魔术，演好了，掌声雷动；演砸了，便一败涂地。"

"所以你也是表演者之一，"李出阳顺势说道，甚至带了一丝玩味的笑意，"害怕别人看出自己的暗道机关，害怕别人戳穿自己的把戏套路，所以为此焦虑和不安。"

"我们都一样。只不过我的姿态比你低多了，我自始至终都觉得自己只是个极其普通的人——事实上我本身也是。有人说咱们很像，我相信你也有这种感觉，所以才愿意听我说这么多，"林旭说着往前走了一步，目不斜视地看着李出阳，"假如说，你分裂出的那个身为普通人的自己走到了你面前，就是我，你愿意听我的一个建议吗？"

"你说吧。"不知为什么，他这种说法，让李出阳忽然少了很多思考的空间。

"请你们不要再查我了。我只是想告诉你们事实，不想成为一个被扒皮、被脱得一丝不挂还要任人评判的活靶子。何况这和你们想要的真相也没有丝毫关系。"林旭说至此处，苦笑了一下，但很快就收住了。

李出阳略微和缓地说道："除去本来要进行的亲子鉴定，如果你不想配合，也就没有要调查的了。"他说完，觉得似乎也没有什么好饶舌的，便做出要离开的架势，朝车门走去。

"如果我不配合，是不是我的证词就不会被采纳了？"林旭在他身后继续问。

"或许吧，具体我说不好，庭审方面，你比我有经验。"李出阳回头道。接着他口风一转，不无揶揄地补充："你自己看着办。你刚才也说了，哪怕真是有血缘关系的，证词也不见得一点儿都不作数，对吧？"

"好。"林旭看着李出阳，眼睛里闪过一瞬的冰冷。

19

翌日一早，刘洵先来到孙小圣办公室，告诉了他一个新的发现，那便是死者吕昆的外衣在案发后好像被人换过。

"哦？快说说。"孙小圣大感意外。不过其实细想想也没什么大惊小怪的，郭玉琼既然敢在作案后去进行一系列干扰调查的工作，那么给尸体换衣服这种事对她来说也不算什么，说不定她想毁掉原先衣服上的什么证据。

刘洵说，这个发现源自最早在吕昆衣服上检测出的霉菌。经过技术队深入化验，认为那霉菌大概率是黄曲霉。这种霉菌基本上是在三十摄氏度左右、湿度达到百分之二十以上的环境内的有机物上生长，而现在秋高气爽，显然不太符合条件，因为一旦受到通风、干燥的影响，它们很快就会风干。

为了确保化验准确，技术队还特意在郭玉琼家的床单、沙发巾和枕套等地方采样，都没有发现上面有发霉的痕迹。所以除非吕昆这件衣服压箱底已久，当天刚刚拿出来穿，否则一定有古怪。

"我们也试着调查了案发前几天有没有人看见吕昆的穿着，但没什么成效，有两个街坊确实在楼下看见过他，但他穿的什么街坊们记不住了。"刘洵撇嘴摇头。

"假设吕昆的衣服在案发后被人换了，那肯定是凶手，也就是郭玉琼干的，她的目的和她编造案发时间一样，都是为了误导侦查。"孙小圣断言。

刘洵想了想，说道："会不会是吕昆本来穿的衣服被她撕破了？她怕咱们查出她殴打、撕扯吕昆的事实，怀疑她正当防卫的可靠性，从而就把他的衣服给换掉了？"

"也有可能上面沾了她踢踹的脚印之类的，但现在也无从查起了，毕竟现场后期被她做了太多手脚，如果咱们猜的是真的，那衣服也肯定被毁掉了，找都没法找。"

"太有心机了，每一步都在给自己算计，"这案子刘洵越是查，就越是感叹郭玉琼的精打细算、步步为营，"很多看似正常的细节，其实都被暗箱操作过，而且很多证物都已经灭失，比如那些彩票，吕昆的手机、衣服……"

孙小圣这会儿想起了林旭的好："要不是楼下突然蹦出了一个证人，咱们都还不知道她可能在案发时间上胡编乱造。"

刘洵苦笑,然后又摘掉眼镜,一边揉脸一边往出走,和陆续到岗的黑咪、王木一等人擦肩而过。李出阳最后一个进门,一脸心事重重的样子,连刘洵跟他打招呼也是敷衍了事,进屋后直奔电脑。

孙小圣本想跟李出阳说说这个新闻,但见他一脸专注地盯着电脑屏幕就没过去打扰,转而给各个组员分起工来。他要大家多管齐下查询林旭和郭玉琼的身份背景信息。孙小圣挨个吩咐,有查郭玉琼原户籍地公安局的,有查溪沛县当年领养信息的,安排了好一通,唯独把李出阳晾在一旁,估计是和以往一样,打算和他一起另有安排。

李出阳这会儿在电脑上用全国公民身份信息系统检索着溪沛县叫葛华的女性,筛查了半天,未果。

林旭昨晚说,砂轮厂当年有个女工也叫葛华,收养了那个煤气中毒女人的孩子,那么这个葛华如今也应当是五十岁左右的年纪。但从现在的检索结果来看,并没有符合条件的人。那么是这位葛华也和林旭母亲一样后来迁走了户口,还是死亡被销了户就不好说了。还有一种情况,就是林旭在给他放烟幕弹,其实并不存在这个人。不过这个谎言似乎不难拆穿,只要去原籍或者原厂职工中间稍微调查一下,就能分辨真伪。只是李出阳还没来得及把林旭昨晚单独和自己会面的事告诉孙小圣。

"你干吗呢?"孙小圣安排完任务,看着坐在电脑前沉思的李出阳。

"是这样……"李出阳决定先把林旭说的情况如实汇报。没想到他刚开口,就听办公室电话响了起来。灿灿姐接起应了两句话,声调忽然高了起来,然后捂住话筒兴奋地朝众人发话:"哎哎哎,都别忙活了,都停!"

"怎么了?"孙小圣满脸诧异。

"林旭同意做亲子鉴定了!"

众人一阵惊呼,全看向孙小圣,一方面等他发话,一方面也想捕捉他对于林旭出招后的反应。孙小圣当然是没有防备的,但这种猝不及防马上被随后赶到的强大自信所掩盖,他抱着胳膊呵呵笑道:"看来他也是急眼了,知道如果不做这个鉴定,郭玉琼一点儿希望都没了;如果做了,结果出来,证词也许还能稍微起点儿作用。"

见李出阳一时没什么反应,孙小圣推了他一把:"李政委,你说是不是?"

李出阳愣了一下，旋即反问："那……法医那边是不是要安排一下？"

孙小圣顾不得李出阳的反常，跳起来给丁雁心打电话。不一会儿工夫，他就挂了电话，然后跟大家宣布："丁雁心说让咱们先做聘书，然后走平台，顺利的话，明天上午就能安排。"说着他又指挥王木一去电脑上操作系统平台，接着嘱咐黑咪，做好委托书之后去找花姐签字。最后他决定再去找一下刘洵，让他安排郭玉琼那边的相关手续。

见李出阳并没有多兴奋，孙小圣临出门还关切地问："李政委，你怎么了？是不是有什么事瞒着我啊？"

"没啊。"李出阳整理了一下思绪，决定先不把昨晚和林旭见面的事说出来，一是现在大家热情高涨，无端说了，会增加很多不确定性；二是事情很快也能见分晓，静候结果就好了。更重要的是，他本身也不太相信林旭关于两个葛华的说法，觉得那只是林旭陷入绝境的一种权宜之计，想蒙混过去，却弄巧成拙。

翌日清早下了小雨，雨幕下的法医中心更显寂寥，樊小超开着警车缓缓驶入大门，绕过院落内的假山和喷泉，在送案大厅的玻璃门前不远处停下。樊小超先下了车，在他的带领下，身着皮夹克和工装裤的林旭走出车门，目不斜视地向早已等在门口的李出阳和孙小圣走来。

丁雁心也已经恭候多时，见"检材"终于到位，不禁也好奇地走到门口，站在孙小圣身边。看见不远处林旭的样子，她不禁小声惊叹道："哇，这么帅。"

孙小圣很无语地朝她斜了一眼。

丁雁心想到一会儿要给帅哥抽血，脸都红了，紧贴着孙小圣问："哎，看着怎么像一个人啊？"

孙小圣没搭理她，倒是李出阳，没绷住乐了。

"哦，我知道了，那个拍电视剧的男明星！"

李出阳脸上的笑容立即消失。

几人一起进了大厅，丁雁心带林旭进了一间操作室。进行亲子鉴定不需要多么复杂的程序，只需要签一些告知手续的文件，表明是本人自愿的态度，然后抽一小管血就可以了。几分钟之后林旭就走出了操作室，丁雁心追在他后面提示胳膊上的棉球要多按压一会儿，一脸没出息的花痴样。

林旭自始至终都很从容，也没跟孙小圣和李出阳搭话。临走的时候，他只是特意看了他们一眼，眼神直接而明朗，不带任何情绪。孙小圣小声跟李出阳说："到这份上还装呢，要不是看在他是一片孝心的分上，我早挤对他了。"

李出阳没说话，这会儿丁雁心带着满满的八卦气息朝他们走来，跟他们打听案情的前情后果。孙小圣不着急回答，反而讥笑道："上回让给老太太查血，怎么没见你这么积极呀？"说着孙小圣动作夸张地撅屁股仰头，模仿她提醒林旭按棉球时的样子。

"讨厌！"丁雁心止住话头，把签好字的聘书塞进他怀里，扭头往楼道走去。

"哎！什么时候出结果啊？"

"等电话！"丁大法医头也不回。

与此同时，刘洵那边对郭玉琼的讯问也取得了重大进展。

郭玉琼的血样是在看守所医务室取的，取血样之后，刘洵顺便给她拉了一堂笔录，着重问她案发时间和案发原因的问题。这些内容他们之前交流过，当时郭玉琼一直坚持自己最初的说法，令刘洵十分头大。此次做笔录，刘洵毫不避讳地给她展示了他们工作中取得的一些进展，比如她之前在彩票站购买彩票的记录，和票友们谈论有关购买理财产品和网络赌博的内容，等等。上一次刘洵也大致问过一些，只不过当时调查尚未深入，所以未曾提及过多。

"关于你参与网络赌博的事我们网安大队也在帮忙协查，相信很快能出结果。"刘洵此时颇有自信。尤其在血样已经到手的情况下，他坚信孙小圣的判断，戳穿她的谎言只是时间问题。

刘洵的震慑果然起了作用，郭玉琼愣了一会儿，表示想吸烟。吸烟就是思想激烈斗争的表现，刘洵马上给她点上了一支。

身穿黄蓝相间号服的郭玉琼看起来比之前苍老许多。头发只是简单地用皮筋扎住，刚刚入秋她就穿上了棉裤，据说是风湿病的缘故。

郭玉琼大力吸了几口，才稍稍止住了手指的颤抖，眼睛里出现了以往不曾有过的动摇。毕竟她不是惯犯，心理防线怎么也不会太高。但是这个女人也经历过太多常人没有经历的风波，从孑然一身地苟活，到与亲生儿子相会，再到嗜赌成瘾、杀人锒铛入狱，一辈子大起大落，总会有一些特别之处。

"你的家人是怎么去世的？"刘洵换了个问题。尽管答案马上会揭晓，但询问仍然很关键。

"我前夫和公公都是心源性猝死，好像是遗传性的，相继死的；婆婆死得更早。"郭玉琼轻吐着烟雾说道。

"哦？"刘洵有点儿意外，"那你娘家人呢？"

"我嫁给我前夫时，因为彩礼的事，跟娘家人早就断了，几十年没有联系了。"

刘洵管她要了她曾经的家人的名字，让身侧的小白一一记下，心想要查也不是什么太难的事。只不过年代久远，销了户口的人，必须得去当地户籍翻档案，少不了出差和折腾。好在马上要进行 DNA 比对，结果一出，自然分明——科技的力量就是强大。

"现在说一说案情吧，"刘洵把烟灰缸拿过去，让她掐灭香烟，然后又拿回来，放到自己跟前，"案发那天，你到底是几点到家的？"

"我是晚上九点一刻左右到家的。"郭玉琼双目空洞。

她说得波澜不惊，刘洵却非常意外，这是十几天来她第一次改口。

"为什么之前说是九点五十分到家的？"

与孙小圣之前的猜测一样，郭玉琼说，自己是怕警察查出她买彩票的事，才故意把时间往后拖的。

当时郭玉琼刚到家，便想要用电视看彩票开奖。此时英超联赛也正开播，已经准备看球赛的吕昆非常不满，并质问她为什么又买了彩票，而且一买好多张。郭玉琼坚持看完彩票开奖，发现一注未中，心情也非常郁闷，便和吕昆拌了几句嘴。没想到就是这几句把喝了点儿酒的吕昆惹恼了，两人大打出手。后来吕昆情绪失控，扬言要杀了她，她才趁着他去厨房拿刀的时机在身后给了他致命一击。吕昆倒地后，郭玉琼惊慌失措，本想拨打 120 急救电话，但试探鼻息发现吕昆已经身亡，便万念俱灰，也想一死了之。后来渐渐冷静下来，她又想藏尸跑路。稍微打扫了一下现场之后，实在不堪重负，随手重新打开电视，发现热刺正好攻入曼城第二球，便心生一计，决定把争执起因全部推到吕昆的身上，这样说不定警察会站在自己这边。

"等一下。"刘洵脑子中冒出了两个问题,"第一,你说你'重新'打开电视,也就是说,你们俩打完架后,电视是关着的?"

"对,看完开奖,我们俩越吵越凶,我顺手就把电视关上了。"

也就是说两人真正开战时,电视是关闭状态。刘洵让小白重点记下,又问:"第二,吕昆到底有没有参与过网络赌球?"

郭玉琼此时又开始耍滑头:"啊?有吧,起码以前有过——他赌他也不告诉我呀,我是听他无意间说起过的。"

"怎么说起的?"

"我也忘了,就说来钱快,而且自己预测比分挺准什么的。而且那晚是曼城比赛嘛,他喜欢曼城,之前曼城还是连胜状态。"

虽然有一些收获,但刘洵觉得她还是未说出全部实话。他指示小白一一在电脑上记下,然后问她:"就因为彩票一注没中,你们两个就打了起来?你确定没有其他原因了?"

"还有什么原因呢?"郭玉琼眨着眼睛说。

刘洵嘴角升起了一个微妙的弧度:"他没发现你又开始参与网络赌博了?"

"没有啊。"

"是没发现你赌博,还是你压根儿就没赌?"

"都没有。那个我很久都没碰了。"郭玉琼埋着头说。

"你之前购买的那个上了当的理财产品呢?"

"那个啊,那个也不算上当,我把大部分钱要回来了,算是撤资了,所以和那个没关系。"

虽然她此次未承认夫妻争执是因自己复赌而起,但起码认可了两个细节:一个就是案发时间,一个就是案发过程中电视机的状态。这和林旭最初的证词高度吻合。

只不过林旭可能因为谨慎起见,猜到自己之前的笔录内容和郭玉琼供词有相悖之处,很狡猾地模糊了一些关键点,以迎合郭玉琼的说法。不过也正因如此,孙小圣和李出阳才坚持认为林旭做证的动机一定有问题。

所以孙小圣知道此次郭玉琼改口后丝毫没有惊讶:"她知道了自己要和林旭做 DNA 比对,肯定也猜到了林旭来给她做证,当然要把这两处瞎话纠正过来，否则和林旭的话对不上，俩人都白耽误工夫。"

刘洵把双脚搭在办公桌上，摘了眼镜，疲惫不堪地揉脸："这案子快给我弄精神分裂了，尤其这个郭玉琼，现在说她不是林旭的妈我都不信了，那反侦查意识，真是绝顶。"正说着，他胸兜里的手机响了，他说了两句，挂断后告诉孙小圣："是技术队，让我过去一趟。反正我觉得林旭当时确实是在楼下，只不过郭玉琼不知道，所以她自作聪明地隐瞒了事实。"

"没关系，现在这些都不重要了，"孙小圣扭脸看了一眼一旁的李出阳，"等到亲子鉴定结果出来，他们说得再怎样一致，都不能作数了。"

20

三天以后，法医中心通知可以取鉴定结果了。李出阳这边联系了林旭过来做告知笔录，林旭很快驱车来到队里。他进门时孙小圣还未把报告取回来，李出阳便先带着他进询问室做告知笔录的准备工作。两人刚坐定闲聊了几句，询问室屋门被猛地推开，孙小圣火急火燎地冲了进来，直接走到林旭跟前，一把抓住他的脖领子，几乎把他从椅子上提了起来：

"你到底是什么人？啊？"

李出阳和樊小超赶紧上去拉孙小圣，孙小圣却死不撒手。再看林旭，脸上竟未见一丝错愕和紧张，反而有几分尽在掌握的轻松。

林旭不语，孙小圣再次大吼："说话啊！"

李出阳用蛮力把孙小圣扯开。孙小圣太阳穴上青筋都起来了，喘着粗气，一把把手中的鉴定文书摔到地上，扭头走出询问室。李出阳心中已明白大半，捡起地上的文书展开翻看，跳过一行行摘要说明和比对概率，赫然发现最后一行写道：

排除被鉴定人郭玉琼、林旭存在直系血亲关系。

虽然李出阳之前已经有所准备，但白纸黑字摆在面前，依旧让他浑身一凉。这代表着他们的调查已经被全盘推翻，从前所有的怀疑和推断，都在这一行字面前变成了近乎幼稚的幻想。李出阳侧脸看着坐在椅子上整理衣领的林旭，他若无其事，漫不经心，俨然一副常胜将军的姿态。李出阳这才想起他之前说的那句狂话：

"不想让你们出丑。"

是的，这回他们可真是出丑了。之前信誓旦旦地在领导和组员面前认定林旭和郭玉琼有血缘关系，这才大张旗鼓地去办理鉴定手续。现在打脸来得太快，怪谁？林旭之前明明已经告诉他，自己并不是被领养的婴儿，郭玉琼那边也并未查出和当年的煤气中毒事件有关，就像花姐说的那样，怎么就把这两人强凑到一起了？李出阳想到此处，心绪纷乱。是因为自己和孙小圣当初太武断吗？不是，是因为这里面的巧合实在太多了，多到让他们即使没有确凿证据，也敢下结论的地步。现在看来，那些巧合依旧可疑，甚至就像是有人一环一环安排好，故意误导他们大出洋相一样。

是林旭吗？他安排了什么？与原生家庭的尴尬关系？与王翊薇剪不断理还乱的恋情？他最近工作中的种种异样？那涉及的演员就会有林政军夫妇、王翊薇和她的家人、小胡老师、他的助理……这些人，难道都被林旭驱使，只为了让李出阳和孙小圣推导出那场奇怪的车祸，然后误以为林旭是当年那个被送人的孩子，直至逼他们进行亲子鉴定，用出人意料的结果洗刷掉一切怀疑？林旭以前不是没这么做过，第一次做笔录时，他坚称自己回家只是取文件，随后又自己否认，故作神秘，不愿提及。若不是孙小圣和李出阳主动查出他回家可能与王翊薇有关，到现在他们可能都不相信林旭那晚确实就在郭玉琼家楼下。

林旭好像很能洞察人心。先让你怀疑，同时不做任何解释，直到你自己撞了南墙，他才笑吟吟地看着你面对现实——他似乎总是这样取信于人。

因为只有这样，说真相的权利，最终才会完全交到他手上。

李出阳强迫自己冷静下来，先按照流程给林旭做完了告知笔录，示意他签字之后可以先行离去。李出阳尽量保持着一种公事公办的态度，他觉得和林旭这种段位的人交流越多就会越生事端。这个人的心思像是深海的黑洞，思维就像是那洞中的洪流，面向外界，无时无刻不在吸收和吞噬。谜团的恐怖不仅仅在于未知，还在于不知何时，它会将你包裹、吞噬，让你彻底迷失在它的世界里。

林旭签了字，抬眼看李出阳："谢谢你，李警官。"

"没事。"李出阳抬了下下巴，示意他可以离开了。

林旭站了起来，身体被后面窗户照进的阳光镀了一层亮圈，他似乎在跟李出阳说结束语:"希望咱们以后能成为朋友。"

李出阳也站起来:"行。"

出乎意料,林旭掏出手机冲李出阳晃了晃:"留个电话?"见李出阳一时没反应,他又改口道:"加个微信也行啊。咱们这两个行业都是吃法律这碗饭的,说不定哪天谁能帮上谁呢。"

李出阳这才拿起鼠标旁边的手机:"好。"

孙小圣一直在办公室思考问题。

鉴定结论摆在眼前,郭玉琼和林旭是母子关系的可能性已经完全排除。就此看来,他可能是一名真正的证人。哦,不,如果是这样孙小圣也不会感到多么挫败。确切来讲,林旭顶多算是一个具有证人条件的人。因为至今他身上还有太多的疑点无法查清,有太多矛盾之处无从解释。

其中最关键的,就是他对于案情前后不一的描述。很明显,他可能是在帮郭玉琼。那么在排除他和郭玉琼有血缘关系的前提下,他为什么要帮郭玉琼?他和郭玉琼还有没有其他关系?孙小圣觉得,这是他们接下来应当调查的方向。

一般来讲,做伪证都是基于四种原因:情分、金钱、被要挟、个人其他目的。林旭不是郭玉琼的儿子,以往似乎和郭玉琼也没有交情,所以可以暂时排除感情因素。那么金钱呢?郭玉琼会不会掏钱收买林旭呢?显然也不可能,别说林旭不差她那点儿钱,就算真是拿钱办事,两人也不会连案发时间都没商量好。被要挟呢?两人一个是退休妇女,一个是青年律师,几乎没有交集,林旭似乎不可能有小辫子握在郭玉琼手上——即使有,郭玉琼要挟他也需要和他串通好,这和花钱办事的道理一样,所以这一点也可以排除。

那就只剩下"个人其他目的"这一项。孙小圣想,虽然郭玉琼可能不是林旭的至亲,但两人之间,会不会仍存在一些微妙的关联。这种关联可能会与某个人,或者某件事有关,而这样的人和事,正是林旭所在意的,所以他要保郭玉琼,实际上也是保护自己在意的东西。

孙小圣忽然想起他们之前也分析过这个理论。当时他们已经推定,关联林旭和郭玉琼的纽带是王翊薇。因为除了家人,只有王翊薇是林旭真正关心的人。

最关键的是，王翊薇也有条件目睹郭玉琼家案发的经过。她卧室的窗户与郭玉琼家客厅的窗户相隔不过数十米，视野上几乎没有阻挡，非常有可能看清那里面发生了什么。所以除了郭玉琼，也只有她能够清楚地知道案件发生的时间，甚至是当时客厅内电视机的状态。林旭掌握的这些案情信息，很可能就是她透露的。

那么问题又来了：如果是这样，林旭当时一定就没在郭玉琼家楼下。那孔垂青和一楼的老大爷目睹的进入林家的黑衣人到底是谁呢？还有，小胡老师说案发当晚王翊薇疑似在外面过了生日，既然如此，她又怎么可能目睹郭玉琼家发生的命案呢？

孙小圣不由得想到了另外一种假设：

当晚进入林家的黑衣人就是林旭。但林旭回到家不久，又出门去找王翊薇（同时忘记关掉家里的灯），两人一起在外面过了生日，王翊薇还拍照发了朋友圈。王翊薇家户型和郭玉琼家一样，从次卧到旁边的卫生间、厨房，都能看到对面楼住户的客厅。王翊薇的父母有可能从卫生间或者厨房目睹了对面郭玉琼家的凶杀案，然后告诉了王翊薇和林旭。

那么王翊薇一家和郭玉琼的关系，就一定有古怪。

好像还差点儿什么。

孙小圣忽然从椅子上站起来，心跳加速。他好像想到了一个至关重要的问题——

王翊薇，她真的完全站不起来吗？

21

李出阳刚推开办公室的门，就和迎头往出跑的孙小圣撞了个满怀。俩人一个揉鼻子一个按眼眶，互相指着对方乱哼哼。

"你就知道给我添乱，林旭呢？"孙小圣鼻歪眼斜。

"早走了，留着陪你过年啊？"李出阳嘟囔着径直进屋。他其实还在思考一个问题：到底怎样把那晚林旭和自己单独会面的事讲给孙小圣听。这事宜早不宜迟，孙小圣现在肯定还在对这个鉴定结果匪夷所思呢。

想罢李出阳扭头看孙小圣，然后发现孙小圣也正在看自己。俩人一块儿开口道:"哎,我跟你说啊……"

然后俩人都乐了。孙小圣扔给李出阳一支烟:"你先说。"

李出阳眼珠一转,屁颠颠地过去给孙小圣点烟。孙小圣预感很不好:"你是不是做了什么对不起我的事?"

"算是吧。"

"赶紧说!"

李出阳便把那晚林旭跟自己说的关于他身世的话给孙小圣讲了一遍。

没想到,孙小圣不仅不生气,反而一把搂过李出阳的脖子,搂着他原地打圈:"哈哈!这就对了!看来我猜得一点儿都没错!"

"你猜什么了?"李出阳好不容易挣脱他,一边整理发型一边问。

孙小圣把自己刚才的思考成果讲给李出阳听。

"你的意思是,王翊薇能自主行走,那晚去林家的黑衣人,实际上是她?"李出阳抬头纹都出来了,深度怀疑孙小圣是不是在逗他玩。

"对,她连续两个晚上去林家,有可能是去帮林旭找东西,也有可能是去帮林旭办什么事情,无意间在楼下听见了郭玉琼和老公打斗的声音。她事后本想装聋作哑,但没想到咱们这边通过孔阿姨等人提供的信息开始各方面寻找证人,林旭觉得瞒不住了,又不能让王翊薇暴露,便自己顶替她冒充这个证人,于是两个人唱了这么一出双簧。这也能够解释为什么黑衣人在见到孔阿姨之后会有奇怪的反应,林旭为什么能知道案情的细节,以及王翊薇为什么会配合他编瞎话。"孙小圣恨不得把自己的这一大套新理论赶紧塞到李出阳耳朵里,所以说得快极了。

"这也就说明为什么林旭和郭玉琼没有血缘关系,还主动帮她做证了。"孙小圣最后抬手总结。

李出阳见他这样认真,便也顺着这思路想了想,竟然觉得有一定的道理:这好像也能解释为什么林旭的现任女友是如此神秘的存在。在林旭家时,他似乎都对此讳莫如深。因为他不想让警察和现任女友接触,从而暴露自己劈腿前女友一事。

不,不仅仅是劈腿。鉴定结论已经说明林旭在血缘上和郭玉琼没有关系,林旭也就不存在身世上的心魔,那么当年那起车祸就不是他与王翊薇分手的原因。所以他跟王翊薇也许只是表面上断绝关系,实际上则转入了地下恋情。

所以林旭不能让王翊薇出现在林家一事曝光。他要保护的不是郭玉琼，而是王翊薇，或者说，也是他自己。那么，林旭与郭玉琼没有血缘关系就太正常了，因为那本就是一个与他无关的人。

只是，一个瘫痪许久的人，真的能恢复得如此彻底，与正常人无异吗？这好像是很多外国侦探小说中才会有的情节。侦探费尽心思找不到凶手，最后才发现，凶手就是那个坐在轮椅上病病歪歪的残疾人——人家早就重获自由行动的能力了，只不过为了行凶报仇，扮猪吃老虎而已。

"现在科技发达着呢，我刚才上网查了一下，只要不是脊髓神经功能完全丧失，用一些康复手段或什么电刺激方式使神经元再生长，那患者还是很有希望重新站起来的。再说了，王翊薇本身不也是部分截瘫吗？你想想，从咱们看到的和了解到的情况，王翊薇也确实一直在做康复训练。"孙小圣在桌子前叉着手说。

李出阳想了一下，确实在王翊薇家见到了不少康复训练器。他下意识地摸了摸自己的大腿："所以她事后重新坐上轮椅，就是让咱们相信她确实下不了楼，只能像她描述的一样，和林旭在窗口两两相望？"

"没错没错。她那晚离开林家后，很有可能就是去找了林旭，然后两人在外面过了生日，但因为林旭要代替她的证人身份，她便删掉了在外面过生日的朋友圈动态。"

"她连着两个晚上去林旭家干什么？"

"我哪知道，你问林旭去。你俩不是处得挺好的嘛，没事还花前月下地约个会。"孙小圣挤眉弄眼。

"我觉得不太可能，"李出阳频频摇头，"如果王翊薇的腿真的恢复了，而且真的到了与正常人无异的程度，周围朋友街坊多多少少都会知道，去医院也能知道个大概，咱们根本不难查，这种套路实在是太拙劣了，这俩人好歹也是学法律出身，做事怎么可能这样不缜密？再说了，"他又调出了电脑上那张黑衣人的视频截图，用手指着说，"这看上去会是个女人吗？"

孙小圣凑到他边上，敲屏幕："你看，这人戴着帽子，如果把头发完全收进帽子里，也是有可能做到的。而且这人低头含胸，再加上距离镜头又远，实际上看不出什么性别特征。就因为孔阿姨说看见的是个男的，咱们才一直把这个人当男人。"

"王翊薇有多高？截图上这个人至少一米七五以上。"

"这个就不大清楚了。"孙小圣回到座位上。

李出阳回忆着王翊薇的面容，她倒是尖下巴白皮肤，符合孔阿姨对黑衣人的描述。只不过孔阿姨难道连男女声音都会辨错吗？他本想以此反驳，但估计孙小圣又会解释说是当时两人交流太少，孔阿姨耳聋又眼花、辨别能力差之类的，便没张口。

孙小圣接着抛出了最具说服力的论据：如果按他这样推理，当时郭玉琼家楼下的黑衣人就是王翊薇，并且她事后将案件发生的细节告诉了林旭。林旭替王翊薇站出来做证时，却被警方问到了一些他们未曾串通过的细节。在后续询问时，林旭又发现王翊薇提供的信息和郭玉琼的供述可能有偏差，但他也不知道这俩人谁搞错了，便只能对现有证词含糊其词，让两个女人之间的描述最大限度地接近。

李出阳认真想了想，觉得这个说法倒是很有道理。根据对现有笔录的梳理，的确可以看出林旭有获得当时案发细节的途径，但对于细节内容，他好像不那么自信。那么就能推断出，那个楼下的黑衣人即使不是林旭本尊，也和林旭存在着关系。

不过那真的是王翊薇吗？一个曾经瘫痪的人，真的能恢复得如此成功，而且事后还能不顾随时会穿帮的危险，伪装得那样心安理得？

李出阳又朝电脑上的黑衣人照片望去。

半晌，李出阳眼睑忽然一抖："不，这个人不是王翊薇！"

"那是谁？"孙小圣歪头看他。

"就是林旭。当晚他和王翊薇两人都在林家！"

"哦？"孙小圣猛地跳到李出阳身边，"你是说，林旭背着女朋友和王翊薇重温鸳鸯旧梦？那林旭应该对案发细节是有把握的啊，怎么后来会含糊其词呢？"

"案发时，林旭可能正巧下楼买东西或者抽烟，只剩下王翊薇一个人在楼上，这也能解释为什么孔阿姨说黑衣人是个男的，王翊薇说自己在外面过生日这种话。"

最关键的是，这种推测跨越了最大的逻辑障碍：王翊薇的行动力问题。

王翊薇哪怕仍旧是现在的瘫痪状态，也不太影响这种假设的成立。

那么那两天的事情应该就是这样的：

林旭连续两晚都偷偷回到绣竹园与王翊薇幽会，这本是他背着现女友和家人，计划得天衣无缝的事，却出现了两个意料之外的情况：一是自己的行踪被楼下孔阿姨发现了；二是楼上竟然发生了命案。好巧不巧的是，发生命案时，他还正好临时不在，家里只剩下王翊薇。于是情势所迫，他就到了必须代替王翊薇出面做证的境地，所提供的证词由于是转述的，就有了错乱之处。

一切逻辑的障碍似乎都被打通，孙小圣和李出阳都仰靠在椅子上，跟刚干完一场硬仗似的放空自己。

他们得出了以下结论：

一是林旭确实和郭玉琼没有任何关系。二是郭玉琼在案发时也的确受到了丈夫的死亡威胁。三是林旭虽然涉嫌做伪证，但并没有歪曲事实。

如果这套结论是事实，那么虽然林旭违反了做证程序，但似乎也并没有干扰警方对于郭玉琼一案的侦破。最起码主观故意上没有，所以对他这种行为应该怎样认定，孙小圣和李出阳一时也没有章程。何况他们现在的这个推想还只是空中楼阁，并没有什么证据能够支持。而现在对于林旭做证动机的最硬反证已经粉墨登场：那份亲子鉴定结论。孙小圣和李出阳接下来能做的，至多是确认王翊薇当时在案发现场楼下的可能性，不过最终结果好像也不会影响郭玉琼案件的主干案情。

现在看来，貌似高冷深沉的林大律师也摆脱不了桃色事件的俗套，机关算尽兜了这么一个大圈子，只为隐藏自己劈腿的事实。孙小圣想，这种狗血动机还不如为母脱罪来得令人敬服呢。斯文败类说的就是他这种人。

孙小圣把接下来调查王翊薇的走访工作交给了王木一和灿灿姐两位女同志，又让苏玉甫去核实当年砂轮厂另外一个叫葛华的女工的情况。他和李出阳一边在办公室等消息，一边商量接下来的对策。

苏玉甫那边先有了回音。他说全国人口信息库内查不到疑似林旭说的另一个葛华的信息，后来他经过溪沛县政府，与当年砂轮厂的一个老员工取得了联系，老员工确认当年砂轮厂确实有两个叫葛华的女工，而且年龄相仿。只不过其中一人前些年好像跟儿子移民到了国外，国内的户口当然就注销了。苏玉甫试着打听了一圈,也没能找到这个葛华在国内的任何亲属,以及在国外的联系方式。

几乎与此同时,刘洵也告诉了孙小圣一个消息,他们找到了当年郭玉琼居住村落的原村大队支书,基本确认了郭玉琼所说的有关其亡夫的死亡原因。老支书告诉他们,郭玉琼是个苦命的女人,一九八八年嫁到他们村,没两年,公公和丈夫就因心脏病突发相继去世,没有任何征兆。一个死在睡梦里,一个死在长途汽车上,医生给出的结论都是心源性猝死。这种病比较诡异,平时根本不会有什么症状,一旦发作,短短几分钟就能要人性命。郭玉琼因此还被村里人视为不祥之人,一直到村子被征地,都是郁郁寡欢地独自生活。

这么一听,至少有三个人的话能够被依次坐实。首先是林旭。林旭称,当年被抱养的男婴给了另一个葛华。那么根据现有信息,那个葛华确实也有一个儿子,而且还带她移民到了国外。其次是郭玉琼。郭玉琼称自己的家人都是死于病患,而非煤气中毒。刘洵的调查结论证实她没有说谎。最后是民警老周。老周说,当年那个产子的妇女好像死了。现在看来,那妇女的确和此案无关,而且真的可能已经不在人世了。

不过还能细查。比如去出入境总队查移民记录,去找当年那名妇女生子的医院查病例档案,等等。但孙小圣觉得已经没有必要了。现在已经排除林旭和郭玉琼存在血缘关系,应该把调查重点放在他与王翊薇的关系上。如果能够查到更多的有关王翊薇在十月一日和二日两天晚上的行踪,并且证实这些行踪和林旭有关的话,他们就可以名正言顺地找王翊薇问话了。

王木一和灿灿姐适时地回来了。她们查到在十月二日晚上十点左右,绣竹园小区有人看见一个男子在9号楼和10号楼之间推着王翊薇往南走,也就是11号楼的方向,看样子像是回家。至于那个男子的体貌特征,住户表示当时离得很远没有看清,只对坐在轮椅上的王翊薇有印象。经过一番回忆,他只想起那男子身穿一身深色衣服,身形比较瘦。

而小区9号楼西侧的监控探头恰好坏掉了,王木一没有调出相关的监控录像。

"十点左右,"孙小圣琢磨着这个时间节点,"如果这个推轮椅的男人是林旭的话,他当时肯定是送王翊薇回家。两人已经过完了生日,叙完了旧情，差不多也就是这个时间点。第二天一早林政军他们就会到家，林旭也不敢留她在家中过夜。"

一边的黑咪觉得挺不可思议："如果真是这样的话，那王翊薇父母的心也够大的，大晚上愣让林旭把闺女推走？万一出点儿事怎么办？"

年长一些的灿灿姐倒不觉得奇怪："王翊薇乐意啊。父母也没辙，女儿瘫痪这么久，肯定心情也挺压抑的，说不定性格都受了影响，他们肯定就顺着呗。他们也做不了更多了。"

"所以问王翊薇的父母恐怕也问不出什么，只能直接去问王翊薇本人。不过这种事，她能痛快地承认吗？"王木一问。

大家沉默了几秒，李出阳问孙小圣："现在怎么办？"

孙小圣说："我先给她打个电话。"

电话里，孙小圣并未开门见山，只是问王翊薇十月二日晚上在哪儿过的生日。王翊薇说："不是告诉你们了吗？就是在家过的。"

孙小圣顿了顿，才说："可是当晚有人在小区里看见你了。"他故意没把话说全——其实应该是"你和林旭"——从而试探一下她的反应。

王翊薇一时无话，孙小圣还以为是她手机信号不好，一连说了好几个"喂"。半晌，王翊薇语气略沉重地说："现在我在做康复训练，能过会儿再聊吗？"

"好，"孙小圣的声音温柔起来，"那……下午我再联系你？"

"我训练完了联系你吧。"王翊薇说完挂断了电话。

"肯定去和林旭通气了。"李出阳看着孙小圣。

孙小圣扭扭已经发酸的脖子，有些无所谓地说："通就通呗，我倒要看看林旭这回怎么收场。"

樊小超问："如果她和林旭死不承认怎么办？现在鉴定结果出来了，林旭没有为郭玉琼做伪证的动机。"

"不，他们不会直接否认的，"孙小圣皱眉推测，"因为他们已经圆不上了：王翊薇说自己十月二日晚上是在自己窗前和林旭聊到深夜，但是现在有人看见她深夜在小区里出现过。我故意把这个信息说得很隐晦，所以他们肯定也不知道咱们具体掌握了多少内容。"

"那如果王翊薇全盘否认林旭给自己过生日这回事呢？"樊小超追着问。

"如果完全否认，林旭就没办法解释他是怎么知道具体的案发时间和细节的了。"

"那么如果林旭回到最初的解释，即自己是回家去找文件的，和王翊薇完全无关呢？"樊小超推了推鼻梁上的眼镜，表情严肃。

"他不会这么傻，"孙小圣微微冷笑，"别忘了，邻居在小区里看见的是两个人。"

22

中午十二点半，在律所刚刚开完会的林旭接到了王翊薇的电话。

"他们查到我了。"王翊薇听起来还算镇定。

"是那两个警察吗？不是已经去找过你了吗？"

"他们又开始问我一些问题。"

"哦，什么问题？"林旭觉得脑袋一紧，努力让自己保持冷静。随后他抓起桌上的茶杯灌了一大口水。

"问我十月二日晚上到底在哪里，还说有人在楼下看到我了。"

"你是怎么回答的？"

那边沉默了几秒，传来了简短而有力的声音："我准备告诉他们，那晚我也在你家，并且听到楼上声音的人，其实是我。"

林旭整个人像过电似的抖了一下，环顾四周，拿着手机走向办公室窗口，压低声音狠狠地说道："你疯了！绝对不可以！"

"现在没有别的办法了，"王翊薇好像已经拿定主意，对他的态度变化并不怎么在意，"现在已经有很多漏洞了，而且会越来越多，如果再没有一个快刀斩乱麻的办法，你的处境会非常不利。"

林旭呼吸急促，盯着玻璃窗外楼下的车水马龙，忽然有一种时刻都会跌落的压迫感。事情真到了这种地步？难道自己几乎稳操胜算的局面，已经危机四伏？

不，他只要还能站在这里思考，就说明还有机会。没有什么逻辑能够完美无瑕，他这里如此，警方那里也是一样的。他迅速调整思路与情绪，强迫自己回到正确的状态上来。

世上最大的苦难，莫过于现实对理想的冲撞。但林旭偏偏是一个惯于和现实作对，纵使伤痕满身也死不低头的人。任何危机对他来说是绝境，也是挑战。他总是敢于，甚至乐于接受挑战，因为他不像很多人那样畏惧失去。失去一些又能怎样呢？就好像他曾经得到过很多似的。经历教给他一个真理：朝一个方向前进，其实也是朝另一个方向后退。

他告诉自己，王翊薇对警察的那通电话只是反应过度。然后他让王翊薇千万不要轻举妄动，他马上去她家里找她。

半小时之后林旭就到了王翊薇家。家里的施工已经结束，家具和杂物都被重新布置好，房子里弥漫着水泥和乳胶的味道。王翊薇母亲在家，见他来了，并不觉得很惊讶，还是一如既往地热情。王翊薇的父母都非常喜欢他，甚至以前经常为了他责备爱耍小脾气的女儿。这些年他时常帮王翊薇接一些工作，尽管在方式上刻意很事务很寡淡，但在王翊薇父母看来，林旭仍旧是一个非常顺眼的男孩。

"我们去见一个合伙人，就在附近，一会儿就回来。"王翊薇已经准备好说辞。

"好，"王翊薇的母亲并无二话，然后指着轮椅问，"那用我帮你们吗？"

"你帮我把轮椅拿下去吧。"王翊薇也毫不客气。

随后林旭像以往一样，背着王翊薇下楼。三楼对他们来说并不困难，随后林旭在楼下把王翊薇放到自己停在甬道边的车里，又在王翊薇母亲的帮助下，把折叠好的轮椅放进后备厢。

本来林旭想带王翊薇去小区旁边那家小饭馆的，那里曾经是二人打牙祭的首选据点。但那个饭馆自从煤气泄漏之后一直没开门营业，他只能驱车带着她来到隔壁街的一家麻辣香锅店，从前两人也经常来这里吃饭喝酒。王翊薇非常喜欢这里的肥肠和凤爪，经常辣得一边吐舌头一边让林旭给她吹气。

但今天只有林旭在吃——王翊薇在家吃了午饭，而且此情此景，她实在没有胃口。倒是林旭，依旧食欲高涨地吃着两盘炒菜和米饭。一方面他不想表现出心事重重的样子，另一方面他确实是饿了，上午那个案件分析会，整整开了四小时。

"你吃饭还是这么没规律，这样下去不行的。"王翊薇端起茶壶。

"你不要再接那两个警察的电话了。"林旭头也没抬。

王翊薇的手停在半空："为什么？"

"我回头告诉他们，我那两天是回家拿文件了，和你没关系。"林旭没有任何表情，还在伸手夹菜。

王翊薇没有倒水，把茶壶放下，很严肃地说："这说不通的。你不能小看那两个警察，他们能查到这么多事，就说明是有一些手段的，至少没你想的那样好对付。"

林旭兀自吃饭，没有应声。但王翊薇根据经验判断，这话他应该还是听进去了一些。

王翊薇知道今天要出门，特意收拾了头发，穿了一件很显身材的高领羊绒衫，还戴了耳钉，如果不是身下坐着轮椅，看上去就像个正待业在家、上午睡过头现在忙着出来找食吃的应届毕业生。曾几何时，她非常害怕自己会面临这种生活。而这种生活对现在的她来讲，无疑是一种天大的奢求。

她看着林旭，发现这几年他的样貌也没怎么变。只不过头发从以前的不修边幅，变得细致有型了，沉默时的样子，也从曾经的懵懂无知，变得深沉凝重了。

见他还是不说话，王翊薇继续说道："如果你说你是回去取文件，他们一定会去你的律所调查，而且一定会查出问题。"

"能查出什么问题？"林旭很不屑地喝了一口水，继续夹菜。

王翊薇很认真地看着他："我虽然不是律师，但好歹也是学这一行的，你说你临时回家去取案件材料，那么我问问你，当时你手里有什么案子要突然开庭吗？或者有委托人突然要看材料吗？或者律所会允许你把文件放在家里吗？这些警察一定会重点查的，一旦查出来你在说瞎话，再加上之前咱们说的过生日的事是假的，他们一定会再度怀疑你的动机。"

林旭依然不为所动："怀疑就怀疑吧，要不是因为被怀疑，我也不至于去做亲子鉴定。都到这份上了，还怕什么？"

王翊薇叹气偏头，责怪地看着他："现在不是意气用事的时候。现在好不容易他们把矛头对准了我，就说明他们暂时对你放松了警惕。所以只有我站出来，这件事才能快速了结。"

"你别说了，我不同意。"林旭抬手让服务员添米饭。

"林旭！"王翊薇知道林旭的脾气，他如果反对什么事情，首先会拿出软硬不吃的架势。但他并不会毫无理智地唱反调,所以现在她需要做的,就是让他明白其中的利害关系。

"他们如果重新怀疑你,就一定会再查你,就像他们现在又来查我一样。到时候他们一定会揪住你不放的,到那时候你怎么办?"

林旭接过一碗新米饭,继续吃。

王翊薇说着,看了一眼周围,压低声音但加重了语气:"他们查来查去,说不定很快就能查出那件事。"

林旭的筷子抖动了一下,仿佛很艰难地把一口菜塞进嘴里,机械地咀嚼,眼睛却还固执地盯着饭桌。

"我怎样都没关系,反正我已经这样了……"王翊薇轻声道。

林旭"啪"的一声把筷子拍到饭桌上,声音之大,引起周围服务员的侧目。

王翊薇有点儿被唬住,一时没了话。以前她也见过他发脾气,但他从没有像现在这样,整张脸都变得煞白,指尖也在微微地颤抖。

"你别说了,绝对不行。"林旭努力压下急促的呼吸,死死地看着王翊薇。

王翊薇看着他的样子,有些心疼,但并不打算低头:"你能不能听我把话说完?能不能顾全一下大局?这是你一个人的事吗?"

"是我一个人的事。从现在开始,这件事跟你没关系。"林旭冷冷地看着她。要不是王翊薇行动不便,他可能起身就走了。

"不可能,"王翊薇同样强硬地看着他,"嘴长在我身上,怎样跟警察说,你管不了我。"

林旭看着她那张消瘦的脸,胸口像正在被什么东西腐蚀一样隐隐抽痛。那张脸曾经绽放出让他幸福的笑颜,是他生命中最亮的一抹颜色。现在看来,这抹颜色虽然尚在,却令他失神。不是因为他对她的感情起了变化,而是他整个人生就像走进了浓雾,任何人、任何事在他眼前都受到了阻隔。所以看着王翊薇,他有点儿恨自己,不知怎的也有点儿畏惧自己。他最终躲开了她的注视。

"你听我说,"他尽量控制好语气,"也许还有更好的办法。我不能因为这点儿事,就连累你被别人戳着脊梁耻笑。"

王翊薇正色道:"'这点儿事'?你这么形容这件事吗?和这件事暴露相

比，我被人说几句闲话又算什么？何况别人又能怎么指点我呢，"她无奈地笑笑，"我只是一个瘫子，想必再恶毒的人，也会留点儿口德吧。"

林旭瞪着她："我不许你这么说自己。"

"不是吗？"王翊薇好像丝毫没有感情用事，话说得平淡而无谓，"如果你是路人，你会那样诋毁和嘲笑我吗？不会吧，你只会觉得我可怜到这种程度，放纵一些也情有可原！何况时间会抹平一切，就像我刚刚站不起来的时候，一度还想轻生，可是现在呢，我不是也活得好好的吗？没有人比我更懂时间的妙处了，你也一样，林旭。"

"可是你以后还要嫁人、成家。"林旭一字一顿地说。

"你也是，"王翊薇目光如炬，"对我来说，林旭以后也会和别人结婚，会举办隆重的婚礼，会生下可爱的小宝宝。也许那时候我们再也不会相见，甚至连微信都互删了好友——听起来是不是很无奈？"王翊薇说着，望着窗外飞驰而过的汽车和慢吞吞的行人，越来越像是自言自语，"可是我觉得我都能接受。哪怕是一些现在想都不敢想的事，我都有信心能够接受，并且事不关己地生活下去。这可能就是灾祸带给我的唯一的人生收获吧。"

林旭被说得心情沉重，下意识用手去抚脖子，竟然被颈上的冰凉刺痛了。

"这是最好的办法，我说是我听见的那些话，一切逻辑就通顺了，他们的疑惑也就解开了。然后事情就会向着咱们预想的那样发展。"王翊薇说。

林旭仍是摇头，也更显烦躁。不知怎的，他开始控制不住手上的抖动。"你能不能别再说了，我说不行就不行。"

"林旭，"王翊薇换了一种眼神看他，"我能问你一个问题吗？"

林旭眉头紧皱，目光和她的目光碰在一起。

"你不想我这么做，是真的担心我，还是担心你自己？"王翊薇说。

"什么意思？"

"你是怕她会知道？"

林旭忽然觉得浑身冰凉，连呼吸都不是自己的了。唯一能让他感到自己还活着的，就是手上那越发控制不住的抖动。他死死地盯住王翊薇那张似有轻蔑的脸，想说什么，却发现嗓子像结了霜，微微一动都会扯出刺骨的疼痛。

他忽然感觉鼻腔像塞满了什么东西，眼球竟不受控制地热了起来。林旭躲开王翊薇的注视，颤抖着去摸桌上的烟。他像犯了毒瘾一样快速且慌乱地点上一支烟，刚吸了两口，就被赶过来的服务员制止。

"先生，我们这里禁止吸烟。"话音未落，服务员就看见这个看上去儒雅帅气的大男孩用通红的眼睛瞪着自己，眼神里射出一股简直像要手刃她的凶光。

王翊薇伸手夺过林旭的烟，摁灭在桌面上，面无表情。

23

下午三点钟，王翊薇来电告诉孙小圣，关于上午提到的那个话题，可以面谈。

"哦？"孙小圣多少有些意外，"那……在哪儿方便？"

王翊薇说了一家咖啡馆，好像离绣竹园不远。孙小圣确认后，很快带着李出阳赶了过去。两人推门进了大厅，不出所料，果然先看到了林旭的身影。

林旭站在座位边上，正把一杯美式咖啡端到身边坐着的王翊薇面前。王翊薇好像心情不错，指挥林旭："给两位民警同志也买点儿咖啡吧。"

李出阳马上说："啊，我不喝咖啡，喝了睡不着觉。"

林旭看了他一眼，反应似乎比平时慢了半拍。孙小圣为了缓解略微尴尬的气氛，伸出双臂分别搭在林旭和李出阳肩膀上，左右转头说："我去买吧。一杯热巧克力，一杯香草拿铁，怎么样？"还没等他们二人反应过来，孙小圣又收起动作："就这样了。"

几个人都有了饮料，坐在一起似乎该聊正题了。孙小圣端着咖啡喝了一口，先去看对面的王翊薇："是有什么话要对我们说吗？"

"是的。"王翊薇也喝了一口，然后稳稳当当地把杯子放下。

"哦，是什么呢？"李出阳拿出背包里的两页纸，先照着王翊薇的身份证填写身份信息。

王翊薇尽量小幅度地做了个深呼吸，徐徐说道："十月二日那天晚上，我实际上是在林旭家过的生日。"

"这样啊。"孙小圣并没表现出太惊讶的样子，只是心想，何止是十月二日？想罢用余光瞟瞟林旭，发现他正平静地看着桌子正中央的点餐牌。

李出阳问道："能详细地说一下经过吗？"

王翊薇说，十月二日白天的时候，林旭打电话跟她说准备给她过生日，并让她在家里等着蛋糕送上门。晚上大概九点钟，林旭先回到家里查看情况，然后把她接了过来，两人在家里吹蜡烛、许愿、切蛋糕，然后大约在九点半的时候，林旭在卫生间洗澡，她一个人坐在客厅沙发上玩手机。这时候她听到楼上传来打架的动静，一个男的大声吼着要杀人。

内容似乎比孙小圣预料得还劲爆。林旭竟然都不是临时下楼，而是洗澡！简直是干柴烈火啊，不过这也从侧面说明，此信息有可信度。

孙小圣不动声色，扭脸看着林旭："你当时什么都没听到吗？"

"我在浴室里开了蓝牙音箱放歌，所以我没听见什么动静。"林旭说。

李出阳问王翊薇："你是说九点半听到的声音吗？"

"哦，只是大概，"王翊薇挠了挠鼻子，"我这个人时间观念本来就比较差：平时起床啊，做康复啊，下楼啊，都是等着人过来帮忙，没办法按照自己的时间来，所以我是不太习惯看表的。"

李出阳看了一眼孙小圣，把内容记在了纸上，又问："除了这些话，你还听到了什么声音呢？"

"电视声。"王翊薇很肯定地说道。

"你怎么确定就是电视机的声音呢？"

"凭感觉吧，"王翊薇好像觉得这种追问没什么意义，随随便便地一笑，"手机放不出那么大的声音，现在大家除了开车的时候，也基本上不听广播，所以我猜是电视节目的声音。"

"能听出是什么节目吗？"

"这怎么可能？我又不是千里耳。"

"那么，"孙小圣稍微往前探了探身子，像要刻意缩短和王翊薇的距离，"你除了听见男人的吼叫，还听见别人的叫声了吗？"

孙小圣确实是真心诚意地提问。因为他总觉得郭玉琼在和老公开战后，不一定完全处于被动挨打的地位。毕竟吕昆的尸检报告中，尸表有抓伤的痕迹，而且她也很有可能在吕昆死后换过他的衣服。所以孙小圣猜测她可能说过一些过激的话刺激吕昆，毕竟一个曾经嗜赌成性的人，身上终归会沾染一些暴戾。

王翊薇思考了几秒，随后说："要说叫声，是听见了一声女人的吼叫——但吼叫的内容我没听清楚，可能就是惨叫吧。"说着王翊薇又看了一眼林旭，"我当时还有点儿害怕，心想你家楼上住的都是什么人啊，大晚上的还家暴。"

林旭苦笑了一下。

李出阳一字一句地记完，又问了两三个补充问题，得到的答案和之前林旭对他们讲的差不多。可见林旭基本上都是转述王翊薇的话，随后李出阳把笔录呈给孙小圣过目。

这个时候王翊薇又开口了，而且语气比刚才柔和许多："对不起二位警官，我们之前骗了你们，但我们也是有苦难言，还请你们理解。"

林旭的眼神更加黯淡，头也微微低垂着，这是他在孙小圣和李出阳面前从未出现过的状态。

"没关系，"孙小圣深表理解，甚至暗有所指地说，"回头我们会告诉检察院，到时候在法庭上只出示你的书面证词就可以。毕竟证人在有正当理由的情况下可以拒绝参与庭审，你的身体情况应该就符合这个条件。"说着他又自嘲地挠挠脑袋，看了眼林旭，"这个你应该比我更清楚吧。"

林旭还未接话，王翊薇便先行应道："不，我可以出庭。"

孙小圣和李出阳一愣，林旭也显得有些意外。

王翊薇可能也觉得自己有些突兀，看了一眼林旭，咬着嘴唇微微低头："请把我当作一个正常人。"

一直沉默着的林旭此时说道："翊薇除了站不起来，其余的都和正常人没区别。她起草的很多法律文书比我们律所的很多助理甚至律师还严谨。做证这件事，其实一开始她就想要自己站出来，但被我阻止了。我怕她会承受非议，也怕以后会有别的什么麻烦，所以教她说了一些误导你们的话。但自从你们找完她后，她就非常后悔，也总是责怪我。所以二位，"林旭说着，也做了一个低头的动作，"真是对不住了。如果你们想追究我的法律责任也可以，只是别怪她，全是我的错。"

林旭抬起头时，先看了眼李出阳。李出阳此时不知道怎么表态，扭脸看孙小圣。孙小圣一时没说话，李出阳不知他是故意端着，还是同样没有章程，用胳膊肘拱了拱他。

老实讲，孙小圣对林旭的低头认错并不太买账。如果不是到了穷途末路，林大律师一定不会垂下高傲的头颅。但不知为何，如果此时让孙小圣上纲上线，他又有些于心不忍，怎么能如此不解风情呢？虽然林旭在行为上有些欠妥，也做了一些偷鸡摸狗的事，但他对王翊薇也算是痴情一片，走到现在这一步，只是犯了很多年轻人都会犯的错误。

也许他的人品有问题，但终归两人没有主观上的恶意，也并没有误导案件的侦破，所以孙小圣不准备赶尽杀绝。

"算了，就这样吧，回头我把你的笔录从卷宗里撤出来就好了。"孙小圣朝林旭笑了笑。

告别林旭和王翊薇，孙小圣带着李出阳回到队里。

真相基本大白，他们就等着和刘洵那边对接。今天是刘洵值班，他却一直没在办公室。孙小圣让李出阳把王翊薇的笔录整理好，先拿给花姐看。

花姐看完笔录，啧啧叹气："没想到啊，这个'幽灵证人'竟然是林旭的女朋友，真是够狗血的！"

"是前女友，否则还算不上狗血。"孙小圣坐在沙发上纠正。

花姐把笔录还给孙小圣："你们这回办得挺好。当初看你们整个探组为了找那个黑衣人，整天跟没头苍蝇似的乱飞，我还怕给办砸了呢。"

"是啊，要不是林旭自己找上门来，我们现在估计还在周围瞎转悠呢。"

花姐一屁股坐在老板椅上，仍旧不太放心地说："虽然证人证言这边搞定了，但我还是觉得郭玉琼那边不太牢靠。我听刘洵说，那个女的满嘴跑火车，把现场也搞得乱七八糟。你觉得事实真像证人听到的那样，吕昆扬言要杀了她吗？"

"您得这样想，就是这种不着四六又满肚子鬼主意的女人，才最有可能把男人惹急。"孙小圣本想再调侃一下，说句类似您这种端庄纯良的类型最安全的话，但一看花姐大山一样的坐姿，又把话咽了回去。

花姐很不屑地哼了一声："好像你挺懂似的。"

"那我这边的工作是不是就完成了？"孙小圣伸伸懒腰，"我直接把笔录给刘洵就可以了吧？"

"你看着办吧,"花姐做了个轰人的手势,"我这边没什么要交代的了,你问问刘洵,还有没有什么需要你们帮忙的,如果没有,你们恢复正常工作就行。"

"好嘞。"孙小圣一蹦一跳地出了花姐的办公室。

孙小圣为了犒劳大家,晚上请探组众人吃饭,地点定在支队附近的一家日本料理。他们要了一个包间,由于备勤期间不能饮酒,大家只能把注意力集中到一盘盘精致美味的菜肴上。正在大快朵颐之际,又有两位嘉宾闪亮登场:刘洵先到,头发被风吹得一边倒,显然是在外面跑了一天;丁雁心本不想来,但自从那日迷上林旭后,一直想打探这案子的后续消息,于是也半推半就地来了。

孙小圣又让服务员加了几盘刺身,问刘洵:"怎么就你啊?小白呢?"

"他哪有工夫啊,还在外面跑呢。"刘洵抿了一口果汁。

"走访?补充工作还没做完呢?"

"郭玉琼刑拘延期三十天,花姐说还有很多问题没弄清楚,比如郭玉琼赌博的事、买理财的事,以及可能给吕昆换衣服的事,所以这两天我们组在对她进行彻查,包括账户交易记录、通话记录、她买理财产品的记录等,另一组人还天天提讯她,忙得脚不沾地。"刘洵大吐苦水。

"那她承认这些事了吗?"

"不承认,活脱一北京烤鸭,肉烂嘴不烂。"

李出阳和刘洵碰了一下杯,问:"换衣服?换什么衣服啊?"

孙小圣便简单地跟李出阳说了一遍。李出阳摇摇头:"这个可不好查。假如她真给吕昆换过衣服,那原先穿的那件没准儿被她烧掉了。"

"还有一点你们得注意,"丁雁心提示道,"她用的凶器是一个乌龟茶宠吧?根据技术队提供的上面的指纹掌纹方向推断,她是抓握住乌龟的腹部,用龟壳来攻击死者后脑的,但我看那凶器的照片,龟壳的曲线弧度比较大,很圆滑,而死者脑袋上有一块深度瘀伤,镶边样挫伤带明显要小于龟壳砸的,这我写在补充报告里了。"

"我今天看到了,所以你有什么看法没有?"刘洵看着丁雁心。

"我只能说有点儿奇怪,可能凶器并不是她所供述的那件,毕竟上面也没血迹,也可能她抓握的方法或者角度比较刁钻,讯问时你可以问问她。"

"你的意思是，有可能凶器仍旧是那个茶宠，但着力点不是龟壳？"樊小超在一旁发问。

丁雁心蹙眉点头："嗯，有这个可能，可能是茶宠比较尖锐的一端，比如龟爪子或者龟头。"

"好狠的女人啊，"刘洵接过话，"我让他们好好查查。"

王木一夹起一块生鱼片，边蘸料边说："郭玉琼最厉害的地方就在于，她不否认杀人，而是在认罪的基础上，给自己寻找或者虚构能够轻判的材料。不得不承认，这种退而求其次的方法，比拒不承认杀人或者藏尸逃逸高明多了。"

"可是就由着她这么胡编乱造吗？吕昆虽然有可能对她进行过一些威胁，但她自己也不是什么好鸟，真不知道法院会怎么判。"黑咪抬了抬筷子。

刘洵扭头问孙小圣："证人那边，查清楚了确实和郭玉琼没什么关联吧？两个人不存在一些私交或者可能成立的利益交换什么的吧？"

"放心吧，这俩人毫无关联点，王翎薇残疾之前，郭玉琼还没搬到绣竹园呢。估计俩人都没怎么见过。"孙小圣本想再吐槽一下林旭为了遮掩劈腿行为搞出的罗生门，但一想到今天下午两人那可怜巴巴的眼神，又住了口。爱谁谁吧，他想，反正对于林旭的调查已经结束了，今后再也不用和那两个人纠缠了。挺好，大家都消停。

说着孙小圣组织大家集体碰杯，探组众人热情高涨，都跟卸下了千斤重担似的格外欢腾。

"那个林旭，不是证人啊？那你们还带他来做亲子鉴定干吗呀？"丁雁心放下茶杯问。

"是这样的，"樊小超跟她挑明了，"他一开始是做伪证。因为当晚他背着家人和女友，跟前女友在家里偷情，案发时的声音是他前女友听见的，他怕事情暴露，顶替前女友来做证。所以他本身也和楼上那家人没什么关系——这也是我们后来才查到的。"

丁雁心登时有点儿无语。

还是孙小圣懂她，一语道破："怎么样，幻想破灭了吧！"

"别瞎说，"丁雁心白了他一眼，"我只是觉得他跟一般的被鉴定人不一样。不过你们要是说他早就知道和另一个鉴定人没有血亲关系的话，我也就理解了。"

"怎么不一样啊?"孙小圣问。

丁雁心想了一下,随即放下筷子:"反正我遇到的多数被鉴定人被鉴定前都挺忐忑的,就算不慌神,好像注意力也不会放到其他地方上。但这个林旭不一样,比起做亲子鉴定这件事,他好像更注重自己的隐私。"

"啊?"孙小圣和刘洵都有些不解其意,"他不是早就知道自己和郭玉琼没关系吗?怎么还会怕结果泄露出去?"

"不是那个意思,他当时问了我一句话,大概意思是自己提供的所有东西,比如签了字的告知书啊,身份信息啊,血样啊,是不是只是针对本次化验,会不会被我们用作其他用途之类的,好像不太信任我们。后来我一想,这可能是律师的职业病吧,总是担心个人信息泄露。"丁雁心说到最后有点儿哭笑不得。

黑咪撇嘴:"那还真是挺有病的。"

刘洵嚼着一大块烤肉,吐字不清地说:"不管怎么说,只要能够确认证人确实没有做伪证的动机就好,那我们这边查得也会更顺当一些。"

"现在的证据情况怎么样?"灿灿姐问。

"除了你们做的这份证人证言,其他的对她都不太有利。而且她还在笔录中各种编瞎话,属于那种非常不老实的类型。不过我猜她是太想利用正当防卫这个点了,所以很多事情弄巧成拙了。"刘洵一边吃小菜一边说,然后又不忘催孙小圣,"哎,我点的鸡肉串怎么还不上啊?"

没想到鸡肉串刚上来,刘洵却说自己要走了。原来是小白给他打电话,让他过去一趟,估计是那边遇到了什么难搞的事情。

大家刚刚送走刘洵,李出阳的手机也响了一下,他拿起一看,是林旭发来的微信。上面写道:李警官,不知是否方便,能请你吃个饭吗?

李出阳想了一下,简单回复:不用客气。

林旭回得非常快:正好今天我刚在你单位附近见完一位委托人,之前害你白跑很多趟,心中过意不去,你要是还没吃饭的话就赏个脸吧。

这会儿黑咪让李出阳帮着递果汁,李出阳也没多想,随便回复了一句"你在哪儿",然后去拿果汁。

随后李出阳看着聊天记录才有点儿后悔,这已经是要赴约的反应了,再拒绝恐怕有点儿不够意思。

果不其然,林旭发了一个位置。那里离他们现在吃饭的地方不远,是一家泰国菜馆,开车过去可能还不到十分钟。

去还是不去呢?

这会儿孙小圣看了看表,冲大家叫道:"六点半了,到七点大家敞开了喝!我先看看酒单。"队里规定,备勤时间截至晚上七点,七点之后才可以饮酒。

李出阳最怕喝酒,每次喝完不是头昏脑涨就是上吐下泻,所以给林旭回道:好的,我现在过去。

24

下午林旭把王翊薇送回家之前,两人去了附近的一个公园。那公园中心有一片湖,湖边还有漂亮的玻璃栈道,安静又浪漫,是原先两人经常约会的地方。两人会在晨光熹微的早上,或是星辰初上的傍晚,在湖边隐蔽的一隅,小声地聊天、嬉笑、拥抱和接吻。周围安静得会让人忘记时间的流逝,湖水刺眼的碧波折射出四周的一切光亮,总能带给人隐隐的希望——这也是他们非常喜欢来这里的原因之一。

今天他们又来了。时间快到傍晚,阳光不那么热烈,但湖边还是如往昔一样斑驳美丽,美得让林旭不是那么想久留。

他坐在长椅上,王翊薇坐着轮椅靠在旁边,两人半天无话。今天他们去了所有可以去的曾经约会过的地方,似乎有什么象征意义。但是两人都不愿去深想。

半晌,王翊薇开了口:"咱们以后还是不要再见面了吧。"

林旭没看她,仍是盯着湖边,很不在乎地说:"哪有那么严重。"

王翊薇看着他:"你得听我的,至少最近不要见了,也不要发消息了,否则对咱们百害而无一利。"

林旭活动了一下脖子,仿佛听见关节摩擦的声音。他说:"好。"

又是一阵沉默,林旭说:"咱们回去吧。"

王翊薇却说:"我在想一个问题。"

"什么问题?"

"我觉得,你应该找个时间,或者就是今天晚上,把那两个警察约出来——不,"王翊薇说着表情越发严肃,"不要两个人一起约,约一个你更熟一些的。"

"干什么?"林旭终于把头转向了她。

"今天咱们配合得很好,应该已经打消了他们的所有怀疑。你的态度也让他们挺满意的,所以这段时间,是他们对你防备最弱,甚至可能还会有一些好感的时候,所以你应该利用这个机会,套套他们的话——你明白我的意思吗?"

林旭的呼吸不觉加重:"你是说,这件事可能还有变数?"

"不好说,反正接下来一段时间他们很可能不会主动来找我们。那这段时间也就是咱们消息来源的空窗期。所以还不如趁着今天,话题的热乎劲还没过,你主动和他们联络一下,说不定还能打听出一些有用的消息。"

"找个什么理由?"

"你就借着让他们白跑好几趟的理由,说想赔罪,或者交个朋友,都可以。反正你们岁数都差不多,沟通上不会有什么障碍。你之前不是按我说的加了一个人的微信吗?是那个姓李的吧?直接给他发消息就可以,或者找另一个也行。如果对方实在拒绝,那就算了,也不损失什么。"

林旭想了想,觉得有难度:"那两个警察都不是善茬儿。一个看着大大咧咧,其实自大又敏感;另一个稍微能和我聊上两句,但也是心思深沉的主儿。跟他们打听也没用,说不定还会招一身骚。"

王翊薇嘴角微扬:"我听说,当警察的都挺好喝酒的,尤其是刑警。"

林旭这才有点儿反应过来,刚要说什么,王翊薇又笑着补充道:"你不是也挺能喝的吗,听说每回都能把你们主任喝趴下。可以试试,这种事有枣没枣打三竿,终归是没有坏处的。万一能打听出什么不好的消息,你也能早做准备。"

林旭不否认这种方法的可行性,只是怀疑自己的执行力。他仰望天空,有气无力地道:"我还能做什么准备?我太累了。"

王翊薇伸出胳膊,紧紧抓住他的手,恨不得释放出所有体温去温暖他冰凉的五指:"林旭,不要松懈,更不要放弃,我永远都支持你,你需要我做什么告诉我就可以。但是你千万不要自暴自弃，只要事情还有一丝希望，我们就要尽百分之百的努力去争取。"

林旭偏过头看着她，看她熠熠闪光的双眼和圆润小巧的嘴唇，心中像是先忽然被什么东西撑满，紧接着又被抽空一样，失落得令他几乎无法呼吸。仿佛是自然而然地，他朝她侧过身子，靠近她的脸。虽然周围空气有些冰冷，但他仍旧能够感到一股热度朝自己扑面而来。他心跳加速，整个人仿佛被磁铁吸住一样，停不住了。

两人的嘴唇马上就要贴在一起。

但在最后一刻，王翊薇躲开了他。

林旭也正了正身子，有点儿尴尬地调整坐姿，同时心中升起一股难以名状的凄凉感。

"林旭，我还有个事想问你。"

"你说。"

王翊薇再次转过头看他："那个连续两个晚上去你家的黑衣人，到底是谁？"

"我也不知道。"

林旭点了一桌子菜，还要了洋酒，然后看着李出阳走进餐厅。他觉得王翊薇说得很有道理，今天可能是他获取案件进展信息的最后时机，一旦错过，也许从此就陷入被动，事情也会留有后患。他思来想去，也只能找这个李出阳了。那姓孙的对自己颇有成见，即使答应见他，估计也是滑头敷衍，难怀多少好意。

但他知道，李出阳同样不是什么简单人物。所以他备了好酒，打算跟李出阳畅饮一番后再做试探。从他的经验判断，这个人的酒量应该不高。

没想到李出阳刚一坐下就跟他说："我去，我就是为了躲酒才上你这儿来的，再说我开着车呢，不喝不喝。"

林旭把酒放在一边，问："刚才你在外面吃饭啊？"

"哦，"李出阳把外套脱下来搭在椅背上，"孙小圣组织的饭局。我们这边调查工作结束了，他自娱自乐庆功呢。"

"我临时把你叫过来，他没不高兴吧？"林旭很认真地问。

"没有，我没告诉他，我说我有事。"

看来有点儿高估他了，这话也不难套，没几句就挺有信息量了，还是在他没喝酒的情况下。林旭的情绪放松不少。

李出阳看着醒酒器里的酒，说："要不然你喝吧，没开车吧？我一会儿可以把你送回去。"

"行。"林旭笑着给自己倒酒。

两人吃着聊着，话题有些凌乱。林旭不敢贸然询问案件进展，只能若有似无地先从自己的经历说起——这好像也是李出阳稍微感兴趣一点儿的话题。

林旭说，当初自己被他们怀疑不是林政军夫妇的亲生儿子，他真是跌破了眼镜。他爸妈是整个绣竹园小区有名的严父慈母，对他的疼爱和管教几乎尽人皆知。他三岁识字，四岁会乘除法，上幼儿园之前就会背英文单词，全靠林政军和葛华一手调教。除了学习，父母也会尽最大的努力带他娱乐。他们为了让他长见识，经常会一家三口出门旅游：那时候经济条件不好，不能去什么远地方，但父母绞尽脑汁变着花样带他玩耍。他们去野炊、露营，去海边坐船，去草原烤肉，见过无边的湖水，也看过最美的星空。林旭的青少年时光，可谓五彩斑斓，是当时很多同龄人所奢望而不及的。

"其实我当时比我弟弟还幸福。我爸妈现在老了，玩不动了，所以只能把带他玩的任务交给我。但是我太忙了，一年也抽不出几天时间。"林旭喝了口酒，边叹气边说。

几乎是必然的，李出阳问了一个问题："那现在呢？听说你们关系不太好。"

林旭并不打算回避："是有一点儿，但没你想得那么严重。从小他们对我的期望就很高，而且我顺风顺水惯了，走入社会就避免不了受打击，我们的关系也就是从那时候起变得有点儿紧张的。"

林旭说他从小心高气盛，自恃聪慧过人，见多识广，但凡考试不拿第一，心中都会失落好一阵子。当时家人还以此为傲，但现在想想，这其实不是一个好苗头，至少从心态上讲，比起很多人他就输了一大截。他参加工作后，也正因此栽了个大跟头。

他工作的第一个律所是个大所，名律师很多，对他的吸引力也很大。但他太急于求成，总想着事半功倍走捷径，然后快速在所里立足，所以吃了很多暗亏。一方面他倨傲不羁，得罪了一些有头有脸的同事；另一方面他经验不足，在对待事主和取证工作上犯了一些错误，导致输了几场很重要的官司。虽然这是很多新手进入职场的通病，但对自命不凡的林旭来说，简直就是世界末日。他一度消沉，性格也变得非常暴躁。

和父母的矛盾就产生自那时。

有一天，他回去和父亲聊天，说自己不想干律师了。父亲问他为什么，他说这个职业不适合自己。父亲问："怎么可能？你律师证在手，业务知识又非常过硬，怎么可能做不了这一行？"林旭给了他一个非常无语的答案："碰见的傻瓜太多。同事里、事主中，比比皆是。"父亲觉得他简直不可理喻，训了他一通，二人不欢而散。

母亲这边同样给他施加压力。母亲希望他什么岁数办什么事，既然大学已经毕业，工作也趋于稳定，那就应该赶紧结婚，他们也好早日抱孙子。但林旭和现在的女友显然不是早婚派，两人都有各自的事业，玩心也比较重。说句实在话，他们确实也不想过早地成为孩奴，从而丧失自己大量的精力和机会。为此，葛华没少跟林旭吵架。

葛华说林旭就是自私，他说她也是。

到后来，父母对他现在的女友也不甚满意了。林旭于是心生恨意，认为他们太过顽固，只会说教不会理解。他们已经淘汰掉自己的一任女友，现在又因为私欲，对自己的现任指手画脚，简直是顽固不化。再加上那时候林旭事业不顺，去年年初在一次喝多后和父母几乎掀了桌子，从那时起他就赌气不再回家。

不过这种冷战状态其实最近已经有所好转。他事业稳定，和父母之间也因距离产生美，不再像以前那样抵触，反而有时还会颇为挂念。爷爷去世时父亲专门给他打了电话，火化时他也露了面，跟父母交心地谈了谈。林政军和葛华这一年来思儿心切，盼望他能多回家看看，表示对其他事也不会做太多干涉。没想到就在这个节骨眼上，发生了楼上杀人那件事，所以林旭一开始才要坚决掩护王翊薇，避免和父母这边再节外生枝，也防止周围有人说她的闲话。

林旭借着酒劲说了这么多，隐隐觉得火候到了，可以聊一些干货了，便在李出阳略有感慨的时候装作不经意地问道："翊薇那边做完证，这案子是不是就报捕了？"

"没呢。"李出阳端起杯子喝水。

"哦？你们这边还在取证？"

"是啊，"李出阳好像也在权衡说话的尺度，"还有一些东西没弄清楚，感觉郭玉琼好像没完全说实话。"

虽然大脑被酒精麻醉得有些眩晕，但林旭仍旧警觉起来："是吗？你们觉得她杀死老公另有隐情？"

李出阳想了一下，反问："她搬来时，你是不是已经不在家住了？"

"对，但是偶尔能见到。"林旭好像知道他要问什么。

果不其然，李出阳问道："你听说这个人的人品怎么样？从我们的走访结果来看，她好像挺神秘的，有自己的圈子，但也不是什么正常人的圈子。"

"'不是正常人的圈子'？"林旭没明白，"什么意思？"

"哦，"李出阳却只是点头，好像不准备正面回应，"你不知道就算了。"

林旭心里百爪挠心一样琢磨着对方这句话——他到底指的是什么？

场面一度冷了下来，李出阳这会儿忽然想起一个话题："对了，你跟王翊薇那边……有什么打算吗？"

林旭收拾好情绪，很释然地说："当然，我们已经分开了。"

"她这些年也挺不容易的吧？"李出阳话里有话。

林旭思考片刻，决定先把话题绕开一些，然后再侧面试探。他很客套地给李出阳夹菜，大致给他讲了自己和王翊薇的相恋过程，然后又说到她受伤以后的种种悲惨境况：倒了一些苦水，试图博取同情。他说她很坚强，也很倔强，受伤之后颓废了一阵，但很快走出阴霾，重新振作了起来。

他也并未夸大事实。王翊薇当年曾经颓废萎靡了好久，若不是内心强大，恐怕早已寻了短见。虽然现在仍然康复渺茫，但起码她已经学会笑对人生，坚强自立，这对她来说已经是宛如涅槃一般的蜕变。

"哦，那她还真是了不起。"李出阳很认可地点头。

"她的康复训练在咱们看来只是很简单、机械的动作，但对她来说其实特别痛苦，旧伤会时不时复发，尤其是天气阴冷潮湿的时候，伤口仍旧会钻心地疼。但她都忍过去了，而且很少抱怨。"

不经意间，李出阳的眉头皱了一下，但并未说话。

"怎么了?"林旭观察入微,马上问道。

"天气潮湿……"李出阳重复着,"我好像想起一件忘了很久的事。我记得我看过郭玉琼的体检表,她好像也有风湿病……"

"哦?是吗?这怎么了?"林旭故作冷静,身子却不知怎的一阵发热。

李出阳并未回应,而是站起来:"我去打个电话。"

"好,你去吧。"

见他起身走出座位,林旭马上扫码买单,悄声告诉服务员不要撤桌,然后顺着李出阳离开的方向,走出餐厅寻找他的身影。

他在楼梯间的一个角落看见李出阳在打电话。

"你还在饭馆吗?喝多了没?啊?……刘洵叫你过去干什么?有新发现?"

林旭心跳加速,加上酒精作祟,整个人摇摇欲坠。他强压着已经乱套的呼吸,认真偷听接下来的内容。

"……我就告诉你我想起一件事,是之前我早就想告诉你的,怕现在不说一会儿又忘了——咱们之前到郭玉琼家勘查时,发现她家里有除湿机,犄角旮旯里还摆了除湿盒,包括衣柜里,是吧?她有风湿病,所以非常注意通风和除湿,那吕昆的外衣上怎么会检测出霉菌?这你想过吗?……对,所以应该不是事后被换衣服的缘故,也许……"

接下来李出阳好像故意压低了声音,林旭没有听清楚。

"好的,那我一会儿过去找你。一会儿打电话吧。"李出阳说着挂断电话,然后原路返回。林旭飞快地回到座位上。

"怎么了?"林旭假意问归来的李出阳。

"没事,我有点儿事,可能送不了你了,把你送到地铁站可以吗?"李出阳抬手叫服务员,然后掏出手机做买单状。

"买过了。"林旭淡淡一笑,"怎么能让你请。"

"那谢了,改天我请你。咱们走吧。"李出阳穿上衣服。

两人起身向外走去。李出阳的车停在这座大厦的地下车库,走过去还需要几分钟。这几分钟对林旭来说,简直比跨入地狱之门还要煎熬。他脑子里不断闪现李出阳打电话时的景象,却在焦灼之际形成不了任何思路,最后只变成大面积的空白。问也不能问,否则会加快自己暴露的速度。他脚底像踩着棉花一样，不知不觉已经跟李出阳走出了电梯。

看来李出阳这边马上就要对案情做出新的推断，孙小圣那边也没闲着。他们接下来会查到什么？会不会是那件事？但自己与李出阳很快就会分道扬镳，如果不马上制止他，说不定今晚就是他的万丈深渊。想到此处，林旭的一颗心都快蹦出嗓子眼了。

他晕晕乎乎地看着李出阳走在前面的背影。那身影脚步快速，分明是志在必得的架势。车库非常老旧，周围的灯光也很昏暗。这座大厦平时光顾的人本就不多，现在这个时间点，四周更是空无一人。停靠的汽车寥寥无几，再加上四处的暗影和黑魆魆的通道口，有股能量强大的黑洞效应，让他心生一股难以抑制的冲动。他深知，如果跟李出阳上了车来到马路上，来到地铁站口，他就更没有机会了。

没有退路，只能在此地动手了。

林旭此时开始回忆自己包里的物件。硬物只有充电宝和笔记本电脑，但似乎都当不了武器。除此之外倒是有一条领带和一条围巾，说不定能派上用场。哦，还有一条充电线。

此时李出阳已经来到了自己的车边，按了车钥匙启动门锁，然后给了林旭一个手势让他上车，随后他拉开了驾驶室的门。

没有时间考虑更多了。

"李警官，你的车被人剐蹭了？"林旭卸下背包，指着副驾驶车门处的一个地方说道。

"啊？不会吧，这么倒霉。"李出阳从车头绕过来。

趁李出阳弯腰仔细辨认之际，林旭抡起手中的电脑包朝着李出阳的脑袋就是一击。李出阳头重重磕在车门上，登时摔倒在地。见他挣扎着要起来，林旭一阵气血上涌，不知哪儿来的力气，抓住他的头发就把他的脑袋往车门上撞。

李出阳反抗着踹了林旭一脚，令他整个人摔坐在地。随后两个人同时起身，扭打在一起。两人势均力敌，互相都吃了对方不少拳头。最初被砸的那一下明显削弱了李出阳的战斗力，而林旭饮了酒，酒精麻痹了本应感到疼痛的神经，所以显得更为猛烈一些。但李出阳在警队里学过一些散打要领，对野路子的林旭还是有一些优势的，不一会儿他已经运用战术打得林旭有些体力不支了。尤其最后林旭被李出阳一记勾拳打翻在地后，关节处已经传来钻心的疼痛。

林旭的脸贴着地，冰凉感传递着深深的绝望。他知道李出阳已经向他扑来，知道自己已经陷入最可怕也最不敢想的绝境。

但此时他忽然发现自己手边倒着一个红色的东西，他借着昏黄的灯光快速辨认，好像是一个废弃的消防栓。

他想都没想，举起消防栓，转身就向已经迫近的李出阳的脑袋砸去。

李出阳应声倒地。

25

林旭快速驾驶着李出阳的汽车，漫无目的地开着。他不知道以自己的酒驾状态能稳定行驶多久，所以尽量往偏僻的道路上开。他瞥了一眼后视镜，后排座上的李出阳还未苏醒，手脚也被捆得很结实。他的脑门儿上有明显的血迹，不知是不是光线的原因，那血却不是林旭想象中的红色，而是偏紫发黑，好像是一片油污一般，与李出阳苍白的脸色形成鲜明的对比。

林旭不敢多看，胸口几乎要爆裂开来。

路边有个便利店，林旭把车停好，进去想购买一些可能会用到的工具。什么工具呢？他没主意，因为他也不知道自己下一步的计划。他走入生活用品的区域，在惨淡的白炽灯照射下，看着置物架上明晃晃的剪刀、水果刀、剃须刀片，身体不由得抖得厉害。他这辈子做梦也没想过，会带着这种诡异的目的和恐惧的心情来便利店。这和电影里那些刚刚杀完人准备找方法分尸的凶手好像没多大区别。

他冷得出奇，衣服里像灌满了液氮一般，无论如何都控制不住身体的瑟瑟颤抖。

最后他挑选了一卷宽胶带、两根跳绳和一袋创可贴，这都是潜意识替他做的决定。然后他鬼使神差地又从货架上拿了几罐啤酒，结账时，还要了一盒香烟和一包湿纸巾。

收银员看着这个鼻青脸肿、头发蓬乱的小伙子手忙脚乱地拿出手机出示付款码，滑动了好几次都没有成功。收银员战战兢兢地等他调整好屏幕，以最快的速度给他结了账。

　　林旭上车之前开始呕吐。不知为什么，胃里翻江倒海，却吐不出什么东西。然后他打开车的后排门，上去用跳绳把李出阳的手脚又捆了一遍。之前他给李出阳手上捆的是领带，为了怕他醒过来挣脱，又捆了一圈手机充电线。他依稀看见充电线似乎勒得太紧，李出阳手腕上已经出现黑紫的血印，便把那线拆了下来。随后他确定李出阳的双脚被跳绳绑瓷实后，又把之前缠在他腿上的围巾解了下来。最后，他扯下一段胶带，小心翼翼地把李出阳的嘴封上。封之前他还颤颤巍巍地试探了李出阳的鼻息，发现他呼吸正常后才敢动手。贴胶带的时候他同样小心谨慎，他以前在电视上看过有凶犯给被害人贴胶带时把鼻子也封上了，造成被害人窒息死亡。

　　不知不觉他已经有凶犯的顾虑了——他这是怎么了！

　　林旭做完这一切，整个人软塌塌地歪坐在车轮旁边，使劲抽烟。

　　头疼得厉害，但林旭还是决定先驶离市区。毕竟这边摄像头密集，也人多眼杂。他开车上了高速，随便找了一个方向快速行驶，想找一个山高路远的地方。这么开了将近一小时，他听见后排座上的李出阳好像传出了动静。

　　不，确切地说是他的手机响了。

　　应该扔掉他的手机，林旭边打方向盘边想。警察能通过手机信号来锁定位置，说不定很快就能查到他的行驶路线。但他转念一想，如果切断李出阳与外界的联系，自己也没法获得今晚案件进展的信息了，而且李出阳如果一直处于失联状态，那个孙小圣说不定会怀疑自己，然后组织大量警力来进行搜索和抓捕。

　　手机一直在响，李出阳也苏醒了。但他说不出话，只能"呜呜"地在后座上扭动着身体。

　　林旭想，醒了也好，让他先接电话，稳住来电方，以免惹人怀疑。想罢林旭把车开到辅路，又绕进一条非常偏僻的土道，把车停在路旁。借着车灯他看见不远处有一条笔直的铁轨。

　　手机已经不再响，林旭把后排车门打开，把李出阳拖下汽车，让他靠坐在汽车一侧。

　　李出阳使劲挣扎，林旭把他嘴上的胶带撕开。李出阳脸憋得通红，大口大口地喘气，脸上的血迹触目惊心。

"李警官，"林旭忍着剧烈的头痛，尽量把话说得平缓冷静，"李出阳，我没别的意思，我就是想让你听我说几句话。"他都不知道怎么组织语言了，好像任何解释都不太切合这个黑暗血腥的场面。

李出阳气喘吁吁地看着他，一言未发。

林旭蹲在地上，胸口也剧烈起伏。"别再查了，求求你，放过我！"说完他又半跪在地上，往前贴了贴，"只要你答应不查，我绝对不会对你做什么，什么要求我都答应你。"

周围没什么光线，林旭仔细辨认也看不清李出阳的表情。由于还是没得到任何回应，他不禁有些着急，一把掏出李出阳放在裤兜里的手机："我可以给你钱，现在就给你转。"说着他有些魔怔一般滑动着手机屏幕，发现需要面部解锁，又对着李出阳的脸来回照。他甚至想如果现在就成功给他转一些钱过去，那事后李出阳对组织就解释不清了。

解锁不成功，林旭把手机扔在一旁，晃动着李出阳的肩膀："你说话啊，你倒是说话啊！"

李出阳被晃得七荤八素，终于开了口："你到底做了什么？"

"我什么都没做，我没害人，你相信我。"

"没害人，你为什么干这种事？你到底有什么秘密？"

"不要再跟我扯这些了，"林旭脑子里乱作一团，"你给孙小圣打电话，让他不要再查了，你也不要再查了。这个案子就这样：恶人得到惩罚，好人得到宽容，你们也大功告成，这样不好吗？咱们之前不是说过吗，你不光是一个警察，你还是一个普通人，咱们大家都是普通人，那为什么不能互相珍重一下，在一些没必要的东西上拼命纠缠，也得不到你们想看到的结果！"

李出阳吐字困难地问："你和郭玉琼到底是什么关系？为什么要这样替她开脱？"

"她是个好人，"林旭又开始剧烈抖动，"不像你们查的那样，真的，你相信我！我……"林旭也不知道该怎么获取李出阳的信任，伸手抽出一张湿纸巾，慢慢替他擦拭脸上的血污，又把创可贴贴在他的伤口上。

李出阳疼得呻吟了一下。

林旭一阵手忙脚乱，然后不知怎的，他跪在了李出阳面前。他索性就以这种姿态来恳求宽恕:"我求求你,我不伤害你,我只想挽救一个好人……你能答应我吗?"

"你容我想想。"李出阳非常吃力地应了一句。

林旭心下稍安,点了一支烟,自己吸了一口,又给李出阳也吸了一口。

李出阳也放松了一些:"你都把我弄糊涂了,能先跟我说说是怎么回事吗?"

林旭不敢回答,他可怜巴巴地望着李出阳说:"你现在给孙警官打个电话,说你不过去了,也让他不要查了,行吗?"

正说着,李出阳电话又响了。林旭抓起来一看,来电人正是孙小圣。

"你跟他说,就按我说的说,行吗?"

"他怎么会听我的?他是我领导。"

"肯定会听的,我看得出来,他很在意你,"林旭刚才还冷得打战,现在又急得几乎冒汗,"李出阳,我求你了!"

说着林旭不等李出阳点头,就按了通话键,然后调到免提模式,把话筒递到李出阳嘴边。这会儿正巧前方有列车经过,巨大的鸣笛声掩盖了手机的声音。等列车驶过,他们才听见听筒里传来孙小圣焦急的询问:"你跑哪儿去了你?电话也不接,我都在这儿等你半天了。"

林旭朝李出阳使了个眼色。李出阳明显在犹豫。

"喂?"孙小圣急得抬高声音,好像察觉到了一丝异样,"是李出阳吗?"

"啊,我在外面办点儿事。"李出阳看了林旭一眼,又冲话筒说,"我不过去找你了,你要不然也先回去,我明天跟你细说,今天也不早了。"

林旭感激地看着李出阳,心里又开始盘算起一会儿怎么补偿这位被自己好一番折腾的警察。不管怎么说,一定要让他先宽恕自己的鲁莽,不管付出什么代价,也要争取到他的同情和信任。

没想到孙小圣并不买账:"你怎么了?刚才咱俩不是说得好好的吗?我这儿……"

李出阳赶紧打断:"你听我的,明天我跟你解释。"

孙小圣却有点儿火急火燎:"李出阳,你先听我说,现在基本弄清楚了,当时郭玉琼杀人现场还有第三个人存在,而且那个人,很可能就是林旭他妈,葛华!林旭是为了保护她才来做证的!"

李出阳大惊失色，扭脸看林旭。

林旭脸色苍白得在夜色中几乎刺眼。那是一种几乎失去了生命体征的脸色，虽然神思尚在，但身体里，已经没有一丝热乎气了。

26

刘洵那边接到小白的消息，说已经找到了郭玉琼之前购买理财产品的公司，在那家一地鸡毛的公司里，他们翻出了两份合同底单。合同上的两个名字他们都很眼熟，一个是郭玉琼，一个便是葛华。

葛华是郭玉琼半年前推荐投资的，投了五万元，从此入坑。从公司的记录来看，葛华只领到了一份投资礼品，以及前两个月应返的利息，之后便再没有得到任何收益。

这家公司现在一直处于被债主蜂拥围堵的境地。公司经理是一个戴眼镜的中年男子，一开始面对警方的盘问还以为警察是客户假扮的，愣是躲在办公室里不敢出来。小白表明身份后，经理赶紧做了一大通解释，说他们不是骗子公司，只是目前资金链有点儿问题，一时周转不开，但他们是集团公司，后面有总公司撑腰，是一定不会跑路的。

"您看您看，"经理拿出好些收据，"我们已经陆续给客户退钱了，这些都是这几天客户拿到退款后给我们签的。"

小白说了郭玉琼的名字，经理显得非常惊讶："这个人我知道呀，我月初已经给她退钱了啊，还有她拉来的一个朋友，我也给退了啊。"

随后他们便看到了那两份合同底单，以及郭玉琼签署的收据。那收据是郭玉琼一人签署的，上面写着收到退款八万元整，其中五万块是葛华的。

经理还告诉小白，这期间葛华一直就没有出现过，都是郭玉琼自己来闹。她每次来了就在公司前台一坐，对职员、领导围追堵截，让公司给她和她的伙伴退钱，有时候还高喊自己高血压、心脏病犯了，让他们带她上医院。当时闹的不止她一个，但数她最执着、最戏精，所以在她连续闹了两个月左右，公司拿到回笼资金后本着送瘟神的态度，第一个就给她退了钱。

"哪一天退的？"

经理看了一眼收据的签字日期："十月二日。"

小白联系刘洵，刘洵又与孙小圣确认，发现十月二日晚上葛华曾经以"中邪"不舒服为由先行回到了市里。当时他跟李出阳就觉得挺尴尬的，现在想来，很有可能是郭玉琼当天打电话告诉葛华钱要回来了。葛华怕夜长梦多，提前从老家回来去找她拿钱。

　　刘洵分析事情经过可能是这样的：葛华知道本金被退回来之后，便告诉郭玉琼自己马上回家，当天晚上就能赶回来。这期间两人可能一直保持联系，郭玉琼获悉葛华即将登门，便在晚上九点一刻左右也从外面回了家，并给葛华留了门，然后匆匆忙忙地打开电视机看彩票开奖。

　　葛华大概在晚上九点半到达楼下，随后她没有进自己家家门（否则就会与屋内的黑衣人撞上），而是直奔郭玉琼家。没想到到了郭玉琼家门口，葛华听见屋里面有打斗声，她打开屋门往里一看，是吕昆在殴打郭玉琼。情急之下葛华赶忙去帮郭玉琼，没想到失手把吕昆打死了。但由于她对郭玉琼有救命之恩，郭玉琼想到可以利用正当防卫的条款，愿意替她顶罪，然后告诉她千万不要回家，想个理由去娘家住，这样才能有比较完美的不在场证明。

　　随后，郭玉琼抹去了葛华在现场的所有痕迹，做成假装打扫现场想要逃跑的样子，又销毁了一系列不利于自己的证据，还想到可以歪曲案发细节从而为自己争取到一些同情分。本以为这个局做得干净利落，没想到葛华怕她反水供出自己，也采取了一些措施。

　　葛华回到娘家后，思前想后，这件事只能找儿子林旭帮忙出主意。林旭知道后，也担心此案一旦正当防卫情节不成立，郭玉琼知道难逃重罚之时难免会翻供，到时候自己的母亲一定会以过失杀人罪被逮捕，所以他决定充当郭玉琼的证人，巩固她的被侵害情节。

　　黑衣人的出现给林旭帮了大忙。在警方苦苦寻不到此人后，林旭料定此人可能是一时难以被查获的流窜犯，便在早先不知情时，否定黑衣人是自己的情况下，又站出来突然承认自己就是黑衣人。然后他又在动机和佐证上下功夫，目的就是为了保护郭玉琼，力保她能够被判定有正当防卫情节，从而避免把葛华牵扯进来。

　　一盘大棋。

　　孙小圣还好是在喝酒前接到刘洵的电话，匆忙赶回队里，听刘洵说了这些推断后，问他："这些推想，有证据吗？"

"有一些,"刘洵拿出一张纸,"这是今天小白在理财公司复印的郭玉琼签字的收据,上面分别有她的三万元和葛华的五万元。但我们在郭玉琼家里搜查时只找到了三万元现金,属于葛华的那五万元不见了。"

"会不会是郭玉琼自己给花了——她又是买彩票又是赌钱的。"

小白在一侧摇头:"不大可能,经理说他给郭玉琼拿钱时,还亲自打电话告知过葛华郭玉琼帮她领了钱,所以葛华一定知道自己这笔钱被要回来了,并且一定很快会去找郭玉琼拿。郭玉琼没道理这么快就把钱给花了。"

"别的证据呢?"

刘洵又拿出一份报告:"还有就是这份丁雁心出示的补充报告,说凶器上面的指纹掌纹方向有问题,我们怀疑当时持凶器伤人的是葛华,郭玉琼事后为了体现是自己所为,擦掉了上面葛华的指纹掌纹,然后按上了自己的。但她抓握凶器的方向反了,才造成报告中吕昆头部的伤情对不上。"

孙小圣想了想,觉得有一些道理,但这些又都不是直接证据。虽然现在这种推测很大程度上解释了林旭与郭玉琼的关联点,但若要证实葛华当时就在现场,确实还差点儿火候。

"小区监控调了吗?能看到十月二日晚上葛华回家的影像吗?"孙小圣想了想问。

"调了,目前没发现。他们回老家要走高速路,肯定是走小区西侧门;葛华的娘家也在西边,所以她当晚回来和离开多半走的都是西侧门,而那边是没有监控的。"小白耸耸肩膀。

"没关系,"刘洵拍了孙小圣一把,"技侦那边马上出郭玉琼的手机通话记录。如果通话记录上显示她和葛华那两天密切联系过,咱们就可以去找葛华问话了。"说到这儿刘洵突然发现少了点儿什么,问道:"哎,怎么就你一个人啊?李出阳没跟你一起过来?"

"啊,没有,他有事,也从饭桌上走了。"

"哦。"

不知为何,孙小圣此刻并没有拨云见日的欣喜,反而有点儿怅然若失。绕了半天,林旭仍旧是为母献身,虽然方式方法不可取,但终究还是挺令人动容的。孙小圣心中有点儿五味杂陈,一时不知说什么好。

刘洵以为他还在纠结案情，朝他挤了挤眼睛："甭想那么多了，就算葛华不交代，郭玉琼不还在看守所呢，让她交代了，就知道该从哪个方向细查了。一个人在另一个地方的痕迹不可能被完全抹掉，肯定会有残留的。"

郭玉琼此刻躺在看守所的大通铺上，空洞地盯着天花板，一脸迷惘。

往事如烟，一些情景总像过电影似的在她眼前闪现。

她是三年前搬来绣竹园的，因为性格和生活圈子的原因，在楼里熟人不多，但偏偏楼下的葛华和她比较投缘，因为两人当年都在溪沛居住过，算是老乡。她亲切地称呼葛华为"老姐"。在溪沛，老姐就是和自己年龄差距最小的姐姐的意思。这样叫起来又贴切又热乎。

郭玉琼虽然爱财，但从不会因财坑人。不管是一分一厘还是成千上万，她只拿自己那份。而且她也很注重情谊，所以和老姐一直处得很好。

两人除了交流一些投资理财的事，她还在9号楼上下水管道改造时，把自己家电子锁的密码告诉过葛华，以备自己家中无人，工人无法进门施工时，让葛华帮着开门。而就是这个举动，酿成那天晚上的事故。

那晚郭玉琼九点多进了家门，丈夫正打开电视要看英超比赛转播。郭玉琼坚持先看双色球开奖节目，两人因为抢台争执起来。随后丈夫辱骂她不务正业，成天就是一门心思想发财，明明已经答应他不再买彩票还出尔反尔。郭玉琼烦躁地关了电视，丈夫好像想起什么，非要查看她的手机，问她是不是又参与了网络赌博。

两人从争吵变成扭打，最后郭玉琼被扯倒在茶几后面，丈夫压在她身上，使劲抢夺被她死死攥在手里的手机。丈夫在酒精的作用下情绪已经失控，表情扭曲狰狞，脸上的每一根血管好像都要爆开，而郭玉琼的惨叫声已经越来越微弱。

眼看要失去意识了，郭玉琼不禁用尽全身力气大喊道："杀人啦！杀人啦！"

她喊了两声，浑身麻木酸痛之际，忽然听见大门一响，然后就是一阵杂乱的脚步声由远及近。紧接着是一阵熟悉的女声传来："快住手，她快死了！"

郭玉琼眼前一阵纷乱，还未反应过来，忽然看到丈夫的身子晃悠了两下，紧接着他头顶又传来一声闷响，最后他整个人痉挛了一下，随即倒地。

视野终于开阔，她仰面看见自己上方出现了一个熟悉的身影。

"老姐！"郭玉琼眼泪忽然夺眶而出。

"这是怎么了？"葛华显然也被吓坏了，有一只胳膊剧烈抖动着。郭玉琼发现她那只手上拿着家里茶几上的乌龟茶宠。她好像就是用这东西拍了丈夫的后脑。

葛华同样也盯着郭玉琼攥着手机的那只手。看上去，她好像对刚才的情景有些误会。

"他……刚才不是在掐你脖子？"葛华问。

郭玉琼不知说什么好。刚才自己的脑袋和手都在茶几后面，老姐肯定以为丈夫要置自己于死地。

"是，是在掐我脖子。"郭玉琼爬起来下意识说，把手机扔在一旁。

过了一会儿她发现一个更严重的问题，丈夫好像没气了。

两个女人惊魂未定，都脸色惨白地瘫坐在地，互相看着对方。地上的丈夫近在咫尺，身躯好像黑夜中的一座大山，让人不敢靠近，又在视线里挥之不去。

葛华最先反应过来："先给120打电话吧！"

郭玉琼摇摇头："已经没有呼吸了。"

郭玉琼此时经历了一阵短暂的万念俱灰，但身上传来的阵阵疼痛又令她想起了一个办法。她故作镇定地思忖了一会儿，对葛华说："是你救了我，你走吧，这件事和你没关系。"

葛华讶异极了："这怎么可能？你要怎么跟警察解释？"

郭玉琼坐在沙发上又想了半刻，问对方："不是有个叫'正当防卫'的词吗？我之前看过一个新闻，外地有一个男的，在马路上拿刀把一个要杀他的混混砍死了，我干脆就跟警察说，是老吕要掐死我，我不得已反抗，却把他打死了。"

葛华硬着头皮去看倒在地上的吕昆，发现他脑袋后面似乎冒出了一点儿血。她说："可是他伤口在后脑，你被他掐着脖子，即使还击也不可能打在他后脑上。"

郭玉琼眼珠子一动，瞥向厨房："咱们可以把他挪一下，挪到厨房门口，就说他要拿刀砍我，我一害怕，就从后面拍了他的脑袋。"

"这行吗?"

"行,"郭玉琼皱着眉头,"我记得那个案子,也是混混去捡刀,却被那男人反杀了,最后那男人被判了正当防卫。"

葛华似乎也觉得,现在这个境地,也只能如此了。看上去葛华确实害怕蹲大狱,而自己的这个方法,听上去的确有可能将两人一起保全。

"那你到时候一定跟警察说明白了,他去厨房拿刀时,大喊要杀了你。"葛华沉吟片刻,很老到地提示她。

"好,我就说他这样喊了好几声。"

随后两个女人就一起把吕昆的尸体拖到了厨房门口。

尸体很沉,深夜中两个女人咬紧牙关,出了一身汗,随后她们开始计划下一步的行动。

如果要完全把葛华排除在外,还要清除掉她在现场留下的所有痕迹。还好她从出现在现场到击倒吕昆只是一瞬间的事,除了那只茶宠,她并没有触碰别的东西。郭玉琼让葛华脱了鞋在角落里待着,自己拿着笤帚把她经过的地方清扫了一遍,又把那茶宠擦拭好,然后自己握住,印上了自己的指纹。

还有门锁。如果被警察查到葛华知道她家大门的密码,并且密码还没换过的话,葛华也会被怀疑。郭玉琼又掏出手机,在门锁的应用程序上改了一个新密码,然后清除了里面的开关门记录。

一切操作完毕,郭玉琼走到葛华面前,让她赶紧离开,并且按照自己所说的,建立好完整的不在场证明。从此之后,她就和这件事完全没有关系了。哪怕是警察找上门来,也一定要假装不知道这件事,也不要提两人曾经一起买理财产品的事。因为线索不可能完全被清除干净,一旦她没撇清,警方说不定就顺藤摸瓜,查到她的头上。

葛华看着郭玉琼满头大汗又颇为诚挚的样子,一时不知说什么好。她几乎要感谢她,但话最终没有说出口。到底谁该感谢谁呢?这还真是一个让人头疼的问题。

最后郭玉琼把一包钱递给葛华,让她赶紧离开。

葛华走后,郭玉琼开始进行自己的下一步行动。首先她要删除掉任何可能引起警察怀疑的手机通话记录、短信、微信,然后还要清除缓存和网页浏览记录。她不能让警方查到任何对她不利的信息，首先就是网络赌博这个祸根。如果不想让警察知道这个，就得掐断信息源头。她想过只对彩票票友讲过此事，便赶紧烧掉了所有彩票票根，以及之前自己分析投注编码的小本子。

她重新打开电视，发现体育台在播放刚才英超比赛的回放。回放中主持人说，在比赛进行到第三十七分钟时，热刺攻入第二球，并把此优势保持到最后。

她想到丈夫是曼城球迷，于是心生一计。

27

十月三日，上午十点钟。

天空有些发灰。宿醉之后，林旭坐在自己的车里，发现手机里有三个未接来电。其中两个是母亲在昨晚打给他的，一个是早上父亲打来的。林旭刚连上蓝牙想要回复，就又接到了父亲的电话。

十分钟后他在事务所所在的写字楼停车场停好车，想着赶紧给母亲回个电话，不料一抬眼竟然看见母亲就坐在不远处写字楼前的台阶上等他。他赶紧把母亲带上汽车，问："妈，你怎么找到这儿来了？是出了什么事吗？"

"是……有个事我得跟你说一下。"

"什么事？"

"我杀人了。"

话还没完全入耳，林旭就感觉头皮嗖地一麻。他难以置信地看着母亲的脸。

母亲坐在他身侧，和他近在咫尺，却不敢和他对视。

"你杀了谁？"林旭强打精神问。

"楼上，郭玉琼的老公。"母亲双目失神，呼吸急促。

林旭见她如此反应，知道木已成舟，现在唯有冷静应对，才可能有转圜的余地。

"妈，到底怎么回事？你好好地把经过讲给我听。"

半小时后，林旭从自己的汽车内钻出来，走进写字楼。这短短的一路他确认了一个主题：必须要保郭玉琼，让她的正当防卫情节成立。否则她大概率会翻供，从而牵连出母亲，那后果不堪设想。

他在办公室的工位上抱着胳膊深思了许久，到底要怎样保护郭玉琼？

如果想要让她的正当防卫情节成立，至少是在一定程度上成立，就必须有一个能够证明吕昆有杀人动机，并且在此基础上极度恐吓郭玉琼的证人。亲眼所见的证人不可能存在，那么就需要一个耳听为实的人。父亲两小时前打电话问自己昨晚是不是回了家，还说楼下的孔姨告诉他们，昨晚有个男子拿着钥匙捅他家的门锁。林旭当时还不知情，所以很快否认了。

这个捅他家门锁的人是谁？到底进屋没有？如果这个人当时进了屋，那么不管是从时间上还是空间上，都符合作为郭玉琼一案的证人条件，而且是唯一的证人。他只要找到这个人，也许就能达成目的。

他似乎想起什么，拿起手机给家里打了个电话。父亲接了电话，并告诉他，刚刚孔姨说她又想起一个细节，就是昨天晚上，再加上前天晚上，他家连续两晚在没人的情况下亮了灯。也就是说，那个昨晚在他家门口捅门锁的男子不仅进了门，还在他家过了两夜。

很好！不管这个人是谁，出于什么目的，至少符合证人的条件，可以协助他办成这件事。那么当务之急，就是要找到这个人。

不，林旭掐灭了烟头，同时也掐灭了这个念头。

不能去找这个人。一方面，警方肯定也要寻找此人，自己的效率绝对赶不上警察；另一方面，即使自己先找到他，不管用威胁还是利诱的方式让他做伪证，都不会太稳妥。何况他根本不知道这个人到底是个贼，还是他家的熟人。

随后他有了一个大胆的想法：他要亲自冒充这个人。只有他成功充当这个人，警方才会停止寻找此人。

但要把握好时机。他要在警方已经开始寻找此人并且一直未果，调查工作陷入瓶颈的时候突然出现，才能最大限度地避免警方的怀疑。

但愿此人只是一个流窜犯，不那么容易被他们查到。

不过还存在几个问题。第一，自己和此人的相似度有多大，能否天衣无缝地冒充？第二，楼下的孔姨亲眼见过那个人，如果自己突然站出来承认，怎么圆上他们当时没有互相认出对方这个漏洞？第三，自己明明已经否认过是此人，并且父亲已经报案，想必警方也会查出自己与家中的微妙关系，他要怎么解释突然回家的动机？

这些是首要问题。另外，还有很多麻烦事，比如监控录像、可能存在的其他目击者以及自己前两晚的行动轨迹等等，都可能是警方后续调查的方向。

先不能急，要等警方那边的消息。郭玉琼目前可能先被刑拘，然后肯定要被延长拘留，这些天，都是他运作的时间。

紧接着他回忆了自己前两天晚上的行踪。第一天晚上，女友过节回了家，他自己独自在租住的房屋。第二天晚上女友虽然回来了，但他单独出了门，在小酒馆喝酒喝了个通宵。还好，如果仔细谋划，是可以瞒天过海的。

之所以如此自信，是因为他知道一个细节：昨天晚上，女友开着他的车来过绣竹园附近。

昨晚是王翙薇的生日，林旭本来想陪她一起过的。毕竟他计划明年结婚，然后有可能去异地创业，和王翙薇从此天各一方，再加上她的身体状况，两人恐怕以后再难相见。所以他一早订了蛋糕，想陪她过最后一个生日。

但最后一刻，他还是退缩了。昨晚他在小酒馆门前给她打了电话，跟她说还是不去了。王翙薇仿佛预料到了他的决定，虽然有些失望，但仍表现出最大的理解。

"我知道你为难，毕竟快结婚了嘛。没关系，我会让我爸妈陪我过的，我们出去吃大餐，一定把这个生日过好。"她强颜欢笑。

"生日快乐。"林旭在风中有些哽咽。

那一晚他在小酒馆里喝得酩酊大醉，回来后发现自己的汽车好像被别人动过。他反复问女友，才知道她昨夜怀疑他是去找了王翙薇，便开着车到绣竹园等他，但等到的是王翙薇父母推着她到外面吃饭的画面。

女人在这方面总是格外灵敏。

林旭此时却很感谢女友。他问了女友的行驶路线和停车方位，然后到绣竹园外观察每一个摄像头的位置。万幸女友将车停在了一个监控盲区，并且还是在离小区很远的主干路辅路上。万一东侧小路拍到了那个黑衣人，他便可以以此应对警察。

他手头还有一样"证据",便是那张蛋糕订单。这就需要王翊薇的协助,来帮他圆好回家的理由。不过在此之前,他还要试探警方的态度。如果他随便编的回家借口不能说服警方,再将此牌悄悄打出,可能会收到非常好的效果。想罢,他将这张订单混在文件里,交给助手去处理工作。如果警方后来对他产生怀疑,以他的经验,他们必将走访自己身边的人。

这个时候他通过和弟弟发微信知道,父亲到派出所撤销了报案,原因是发现家里其实并没有财产损失。很好,他心里又踏实了一些。这样那个黑衣人是自己的逻辑好像更能成立,现在需要关注的就是警方那边的动作。

警方一定会去找那个人,希望他们一定不要找到。

果不其然,接下来的几天他通过和母亲、弟弟等人的联络,知道警察已经开始调查走访工作。他们依次找到了楼下孔姨和自己父母,以及其他的一些住户,并根据他们提供的线索,陆续锁定了几个嫌疑人。先是快递员,然后是租客,最后再到林州,但好像都不是他们要找的那个人。但警察又调出了那个黑衣人的监控录像,截了图四处找住户询问。这其中当然包括自己家,林旭嘱咐母亲一定要看到那张图,还要问清楚是哪里的监控拍到的,然后一一跟自己描述清楚。他之前已经给了母亲一个自己工作用的手机号,让她用这个号码和自己联络,那个手机号是自己一个前同事注册的,他现在还一直在用,这样可以躲避警方的侦查。

他按照母亲描述的黑衣人的穿着,到商场购买了一套还原度最高的衣帽。同时他还嘱咐母亲,如果警方找到了那个疑似黑衣人的人,尽量想办法让他们排除掉,这样才能误导侦查,让他有可乘之机。

在知道那张图像素很低,并且没有拍到黑衣人的正脸,孔姨等人也对此含糊不清的时候,林旭想,时机到了。

当他出现在孙小圣和李出阳面前,表示自己就是黑衣人的时候,对方明显满腹狐疑。但林旭知道他们没有过硬的证据反驳,所以表现得还算镇定。可他还是有两方面的担忧:一方面是自己回家的理由确实存在漏洞,如果孙李二人到他单位调查,难免会查出问题;另一方面他还不清楚警方这边是否还会动用其他技术手段去核实黑衣人的身份。所以,当务之急是必须让他们相信自己就是那个黑衣人。这就需要他把第一个问题彻底解决掉。

他只能去找王翊薇帮忙。

王翊薇在电话里答应得很痛快："好。"

敲定大致框架后，林旭和王翊薇随后商讨了一套详细的方案，还是在给她过生日上做文章，虚拟出一个两人窗对窗互诉衷肠的无奈而浪漫的情景。王翊薇那边需要做的，是删除生日当晚发的朋友圈，和父母做好交代；他这边需要做的，就是当警方再找自己询问时，故意做出神秘而隐晦的姿态，以激发他们的好奇心，令他们主动深入调查。当然，如果哪个环节脱离了计划，他也只能主动把这个借口跟他们和盘托出。还好，一切都在往他预料的方向发展。

孙小圣和李出阳的调查效率很高，不多时就查到了王翊薇，当然也就又找上了他。好在当时女友不在家，林旭怕他们见到女友的长相，从而在十月二日晚上的监控录像中发现她的身影，赶忙在他们进门前摘掉了屋子里的所有照片。

不过此时他又发现了一个问题：郭玉琼好像擅自改变了一些案发细节。比如，案发时间和案发时电视机的状态。他一时摸不准，只能假装谨慎地含糊其词。以他的经验判断，这些倒不是什么大问题。毕竟各类案件中，证人对于小细节的把握程度都有限，甚至记得颠三倒四的也大有人在。只要紧紧抓住关键点，并且有其他佐证加持，他的胜算依然非常高。

但前提是，郭玉琼撒的谎仅限于此。这也是整件事中他和他的母亲最不可控的一点。

随后令他稍感意外的是，两个警察竟然对他当年那起车祸有了兴趣，并且由此竟然联想到他身世有问题，从而怀疑他和郭玉琼有血缘关系。这简直令他哭笑不得。但当时他故意表现得很抵触和困惑，就为了真相大白的那一刻，让他们彻底无话可说。于是他先找到李出阳，把事情解释了一通，以免最后落个知情不报的下场。正中他下怀的是，李出阳并不买账，随后便有了做亲子鉴定的闹剧。

发展到这一步，林旭以为自己已经赢了。可没想到，孙小圣又查到了王翊薇在案发当晚曾经出现在小区里，而那个推着她的男人，正是她的父亲。万幸，他们好像并没有掌握这个细节。

但就像王翊薇所说的那样，这两个警察不是那么好对付的。

28

晚上九点钟，李出阳和孙小圣通过一通电话之后就失联了。孙小圣心急如焚，预感不太好。最后他怀疑这和自己最后的那通电话有关系，因为他在电话中告诉了李出阳林旭的诡计，说不定给李出阳带来了麻烦。也许林旭当时就在李出阳身边，当得知自己被识破后，他恼羞成怒，对李出阳做了什么极端的事。

孙小圣给林旭打电话，无人接听。他又分别联系了林政军和王翊薇，双方都表示没见过林旭，也不知道他今晚的行踪。

孙小圣后悔得恨不得扇自己耳光。明明知道林旭以前私下里去找过李出阳，自己为什么还如此耐不住性子，非要在电话里说出真相？

组里人都喝了酒，孙小圣只能去求助刘洵。刘洵让孙小圣冷静地回想他和李出阳最后一次通话的细节，看看能否从中提取一些线索。孙小圣只想起当时李出阳好像是在室外，周围有风声。

"哦，想起来了，电话接通时有火车鸣笛的声音！"孙小圣拍了一下桌子。

"火车鸣笛，"刘洵抓着脑袋琢磨，"李出阳是什么时候从饭桌上走的？"

"你刚走没多久，大概六点半吧。"孙小圣这会儿也强制自己进入头脑风暴模式。他在想，假设李出阳是被林旭约走了，为了方便李出阳赴约，两人约定的地点一定不会太远。也就是说，要寻找一个以日料饭馆为起点，一至两小时车程内有火车经过的地方。

说着孙小圣在刘洵办公室找到一张本市地图，仔细研究，却发现这种地方不止一处。

孙小圣同时想到一个问题：他们为什么会选一个那样的环境见面？以他对李出阳的了解，他是不会在那种地方和林旭见面的，也不会自己没事到那种地方去，从而被林旭盯上。所以孙小圣推断，一定是自己的那通电话把林旭惹毛后，林旭把李出阳掳过去的——不，也可能是他们之前在那个日料饭馆附近见了面，谈了一些话后，林旭发现了一些不利于自己的情况，便狗急跳墙，控制了李出阳的人身自由，逼他就范。所以李出阳才会在后来一直对他说让他先回去，不要再查了之类的话。

孙小圣想到这儿，心里犹如百爪挠心，满脑子都是李出阳的安危，思绪又乱作一团。

"我让小白去联系技侦看看能不能定位李出阳的手机，你再跟我说说当时的情况，你们后来只打了一通电话吗？"刘洵坐在孙小圣面前的桌子上给他递烟。

"啊，"孙小圣又想起一个细节，"李出阳之前还给我打了个电话，说自己想起了一件事，是有关吕昆尸体衣服上的霉菌的，还说要马上过来找我！但之后我给他打电话，他就说来不了了，让我也回去之类的话。"

"那就是了，"刘洵敲敲桌面，"估计就是这些话让林旭听到了，他怕咱们查出葛华的事，所以阻止李出阳去见你。"

但吕昆衣服上的霉菌又与葛华有什么关系？孙小圣一时想不明白，也决定不再去想。现在琢磨这些有什么意义？！

孙小圣扔掉烟头，又站到白板上的地图前。他按照自己刚才的思路，努力推断李出阳和林旭的去向：如果是林旭把李出阳掳到某条铁轨边，他一定是想快速找到一个荒无人烟的地方和李出阳谈判。那他一定会先上高速路，行驶出市区之后便迫不及待地找出口出去。那个地点一定离出口不远，因为林旭的目的既不是绑架要钱，也不是杀人抛尸。

但愿不是！孙小圣想到此处，头脑又是一阵眩晕。

给手机定位一时搞不定，技术跟踪车的信号碰撞没那么快。刘洵又联系了市局指挥中心，在孙小圣圈定的可疑范围内，查找所有的治安和交通监控录像。很快指挥中心传来消息，经过图像识别，他们发现李出阳的车曾经沿着某条高速路快速行驶，然后在一个叫六公口的高速出口驶离高速。六公口接近无人区，那里的确有铁轨经过，但沿途没有监控探头。

孙小圣和刘洵获得消息后，第一时间赶赴那里。

他们开了三辆车，一路闪着警灯快速行驶。孙小圣一边踩着油门一边祈祷李出阳可千万别出差池。他执行过无数次任务，心中从没有像现在这样惶恐不安过。一想到林旭那双看似波澜不惊，实际上却暗藏煞气的眼睛，他就心乱如麻。林旭会把李出阳怎么样？会不会殴打他？会不会虐待他？他要敢这么做，他孙小圣一定百倍奉还！

但他真是不敢再继续往下想了。

他们一直超速行驶，半小时左右就出了六公口高速口。车分三路寻找，却一直找不到李出阳的汽车。没多久，孙小圣就看到了不远处驶过的列车。道路太过崎岖，还有成片的树林，孙小圣把车一停，在荒地和林间漫无目的地奔跑，大喊李出阳的名字。刘洵带着人追上他，劝他冷静一下，大喊兴许会对李出阳更不利。孙小圣几乎失去理智，接过他递过来的手电筒又把他一把推开，沿着铁轨一路狂奔。

跌跌撞撞中，孙小圣忽然看到远处铁轨对面有一丝光亮，好像是汽车的氙气灯。

是李出阳的车！孙小圣也不管认清楚没有，只管朝着那方向奔跑。与此同时，又有一辆列车从远方驶来。借着列车惨白而刺眼的灯光，孙小圣忽然看见前方铁轨上好像站着一个人。而且那人越看越像李出阳，他站在那里，似乎神情恍惚，一动不动。

列车已经逼近，并且高声鸣笛。孙小圣发现李出阳还是站在那里一动不动。孙小圣动作过急，中途摔了一跤，起来后步履艰难地继续朝李出阳跑去，边跑边叫他的名字。

后面的刘洵等人见孙小圣几乎就要和驶来的列车撞上了，都呼喊他的名字，让他止步。但孙小圣不仅没停，还跑得更加迅速。

孙小圣蹿上铁轨的一瞬间，列车距他数米之遥擦肩而过。他只觉得耳边传来排山倒海般的呼啸，眼前是一片如同白昼的光芒迷雾。但他什么也没想，一把抱住铁轨上的人，和他一起滚落到铁轨外面。剧烈的晃动中孙小圣的脑袋好像磕到了什么东西，然后他眼前一黑，便什么也不知道了。

列车匆匆驶过，仿佛带走了什么轰轰烈烈的东西。随后黑夜恢复宁静，连风声都显得若有似无。

孙小圣好像做了一个漫长又混乱的梦。梦里他碰见了很多人，也做了很多事，过了很久很久的时间。但他苏醒过来后，怎么也想不起梦境的任何细节。他只是觉得恍如隔世，仿佛重生了一般，盯着病房里的四面白墙不知所措。

视线渐渐清晰，周围也略显刺眼。

头上、腿部传来刻骨的疼痛，但孙小圣觉得很欣慰，这表明他还活着。

然后他发现自己躺在一张床上，右腿被打了石膏吊着，颈部好像也套着什么柔软又坚固的东西。这会儿他才断断续续地想起自己晕倒之前的一些片段。黑夜、冷风、呼啸而过的巨大列车，像从梦境中钻出的恐怖画面，冷不丁敲击着他反应迟钝的大脑。

李出阳呢？

孙小圣一急，仿佛胸口里有什么东西涌上大脑，又是一阵钻心的疼痛。然后他看见自己床边有个坐着的人。那人靠坐在自己床边的椅子上，上半身弓着，头埋得很低，似乎睡着了。

好像是李出阳！孙小圣想张口说什么，却觉得喉咙里一阵火辣辣地疼。

李出阳感觉到什么，抬起头，看着他，整个人为之一振："醒了？"

"啊……"孙小圣这才有种劫后余生的庆幸。因为他看见李出阳除了脑门儿上贴了一块纱布，好像并没有什么太重的伤。

李出阳赶紧站起来，凑到他面前问："喝水不？"

孙小圣点点头，接过他递过来的插了吸管的水杯，如饮甘霖般猛嘬了好几口，脑回路才缓慢搭上。他问李出阳："你怎么没事啊？咱俩不是一起摔倒的吗？"

李出阳看着他，好像挺感动的。过了好一会儿他说："你救的不是我，是林旭。"

"林旭？"孙小圣意外地抻了抻脖子，然后又疼得龇牙咧嘴。

"别动！"李出阳按了孙小圣头顶的按钮，好像在呼叫医生。

"林旭在哪儿呢？"孙小圣问。

"就在隔壁，还没醒呢，要不你过去唤醒他？你俩来个卧谈会。"

"我在这儿躺了多久啊？"

"四十多小时吧，"李出阳抬手看了看表，"真能睡！"

孙小圣的脑子艰难地处理着这些信息，还未完全反应过来时，李出阳已经打开窗帘，放进一片金黄色的阳光。孙小圣这才发现自己身处一间独立的病房，身边的床头柜上还放着不少药品和水果。对面墙上有个电视屏幕，再上面有个挂钟，显示的时间是下午两点半。

李出阳顺着光走过来，一边给水杯续水一边说："花姐和刘洵刚走，让你好好休息。"

"人抓到了吗？"孙小圣这才想到正题。

"抓到啦，你就别操心了。"

"在现场找到证据了？"

"找到了。"

"是什么？"

李出阳重新坐下，笑吟吟地看着他："就是衣服上的霉菌啊。经过调查，那霉菌应该是豆子发酵后的产物，不是衣服上长出来的。"

"豆子发酵……"孙小圣没听懂，"这能代表什么？"

不知为何，李出阳却兜起了圈子："你吃过豆瓣酱吗？要做这个，必须要将黄豆发酵，黄豆发酵就会产生大量霉菌。"

孙小圣一时还是没太明白，但他猴急的脾气又令他直接跳到最终的问题上："葛华承认了吗？"

李出阳答非所问："对了，再告诉你一件事，黑衣人找到了。"

"哦？"

李出阳说，之前绣竹园小区外那个煤气泄漏一直停业的饭馆重新开业，刘洵等人拿着黑衣人的照片前去找老板辨认，老板一眼就认出这个人是自己的一个伙计。还说十月一日那伙计入职，并且住在老板在绣竹园9号楼5单元租的员工宿舍里。十月二日那晚这个伙计下班，因为不熟悉环境，走错了楼栋，所以才拿着钥匙使劲捅林政军家的房门。两天之后，饭馆发生了煤气泄漏事故，工商、派出所、消防部门来了很多人，给饭馆开了处罚单子，让他们停业半个月整改，老板和伙计们便各自回老家歇假了。

知道这些后刘洵带着那个刚刚回到本市的伙计去现场指认，又用他的宿舍钥匙试着开林政军家的门，结果发现完全打不开。

孙小圣刚要问什么，便看见门口走进来一名大夫和一名护士。护士推着一辆小推车，上面码满了药品。

"先给他测体温。"大夫指示道。

李出阳站起身来："我去看一眼林旭。"

孙小圣面露不悦，李出阳说："我一会儿就回来。"

临出门，李出阳又回头看了看孙小圣。孙小圣问："怎么了？"

"没什么。"李出阳笑了笑，笑容迎着阳光，显得暖洋洋的。

隔壁躺着的林旭还在熟睡。林政军坐在病房外的椅子上打盹儿，屋里有樊小超和黑咪轮番盯着。林旭虽然受的伤没孙小圣重，但可能由于对麻醉剂的耐药性不同，他迟迟没有苏醒。黑咪说，刚才王翊薇又打来了电话，一直询问林旭的状况，还说他一旦苏醒一定要告诉她。

林旭脸上有两处挫伤，此时已经被处理干净。李出阳望着他那张终于变得平静的脸，心情有点儿复杂。他想起了那天晚上，林旭在铁轨边对他说的话。

"事情已经到了这个地步，我向你坦白。"林旭听了孙小圣给李出阳打来的电话后，竟然一反常态地平静了下来。

"你说。"被紧紧束缚着四肢的李出阳看着他，不知他是又在演戏，还是真的大彻大悟了。

直到林旭跟李出阳说完那些话，李出阳才确认，是后者。

李出阳也感到一阵钻心的悲凉。

林旭狠狠地盯着李出阳，又说道："我再告诉你一件事，是关于王翊薇的。是，你们猜得没错，我爱她，直到现在还爱，我们可以为对方付出一切，但事实上我们之间真的没有发生过什么。"他说话间已经泪流满面，"你们可以凭空假设一切，但关于她我决不允许，因为我们没你们想得那样肮脏，我们都是好人。"

远处传来列车的轰鸣，夜空仿佛都在为之颤抖。

林旭在月光中站起来，似乎想到了一些触不可及的美好东西，脸上显现出无奈的通透表情："可是成为一个好人又有什么用呢？人生就是这么恶心，你想尽心尽力地把它过好，它却百转千回地和你作对，让你所有带有美好希望的努力都变成作茧自缚咎由自取的伤感。"说着他居高临下地看了李出阳一眼，"李警官，你是一个好警察，但是这样就够了吗？你改变不了任何悲剧，也拯救不了一个走向末路的好人。"

说着林旭义无反顾地向铁轨走去。

29

十月三日，上午十点半。

林旭在车内和葛华沟通完，对母亲说了最后一番话："妈，不要害怕，你现在回家，一切按我说的做，有我在，你不会有事的。"

"好。钱我已经背着你爸给她了，放心吧。"葛华听完稍稍安心，推门下了车。

林旭按下车窗玻璃，看着她离去的背影，眼中有泪光在闪动。

母亲老了，走得有些蹒跚、有些佝偻。但她也走得很自信，因为儿子就在她的身后。

她姓孔……